재일 디아스포라의 목소리

INTERVIEWEE   김석범 서경식 최덕효 정영환
INTERVIEWER   김용규 서민정 이재봉

엮은이

김용규 金容圭
부산대학교 영어영문학과 교수. 영국문화연구, 세계문학론, 포스트식민주의 등에 관심이 있다. 지은 책은『문학에서 문화로』,『혼종문화론』 등이 있으며, 옮긴 책으로는『멀리서 읽기-세계문학과 수량적 형식주의』,『문화 연구 1983』 등이 있다.

서민정 徐旼廷
부산대학교 언어정보학과 교수. 언어와 문화, 통사론 연구, 생태언어학 등의 분야에 관심이 있다. 지은 책은『토에 기초한 한국어문법』,『민족의 언어와 이데올로기』(공저) 등이 있으며, 옮긴 책으로는『제약에 기초한 통사론과 의미론』(공역) 등이 있다.

이재봉 李在奉
부산대학교 국어국문학과 교수. 한국 근대문학, 재일조선인문학 등에 관심을 가지고 있다. 지은 책으로『근대소설과 문화적 정체성』,『한국 근대문학과 문화체험』 등이 있고 옮긴 책으로『말이라는 환영-근대 일본의 언어 이데올로기』,『그녀의 진정한 이름은 무엇인가』,『버젓한 아버지에게』 등이 있다.

재일디아스포라의 목소리

초판인쇄 2024년 2월 15일 **초판발행** 2024년 2월 29일
엮은이 김용규·서민정·이재봉
펴낸이 박성모 **펴낸곳** 소명출판 **출판등록** 제1998-000017호
주소 서울시 서초구 사임당로14길 15 서광빌딩 2층
전화 02-585-7840 **팩스** 02-585-7848
전자우편 somyungbooks@daum.net **홈페이지** www.somyong.co.kr
값 19,000원 ⓒ 김용규 외, 2024
ISBN 979-11-5905-861-5 93810

이 책은 부산대학교 국립대학육성사업(2021~2022)의 지원을 받아 연구되었음.

대담집

재일 디아스포라의 목소리

INTERVIEWEE 김석범 서경식 최덕효 정영환
INTERVIEWER 김용규 서민정 이재봉

디아스포라라는 것은 하나의 고정된 개념이나 고유명사가 아니라 하나의 '맥락'이자 '위치'를 가리키는 말이라고 생각합니다. 그래서 똑같이 디아스포라라는 용어를 사용할 경우에도 전혀 다른 의미를 지니게 될 경우가 많습니다. '우리가 디아스포라에 대해서 연구하고 있습니다', '나는 디아스포라입니다'라고 말하더라도 그것이 어떤 의미인지, 어떤 위치에서 말하고 있는지, 어떤 맥락에서 이야기하고 있는지를 따져 물어야 한다고 생각합니다.[1]

오늘날 디아스포라 개념만큼 넓고 다양하게 사용되는 단어도 없을 것이다. 만약 디아스포라를 자신이 태어난 곳에서 뿌리 뽑혀 다른 지역이나 장소로 옮겨가게 된 이산離散된 사람으로 정의한다면, 세계화로 인해 수많은 사람들이 고향을 떠나 살아가는 오늘날 디아스포라는 개념은 엄밀한 정의가 수반되지 않을 경우 이론적 설득력을 갖기 어려울 것이다. 최근 들어 디아스포라 개념이 진부하고 상투적으로 들리는 것도 이런 사정과 무관하지 않다. 복수의 여권을 갖고 비즈니스와 관광을 위해 전 세계로 다니는 글로벌 이주자들이 있는가 하면, 국가 폭력이나 다수 민족의 횡포와 억압으로 다른 곳으로 이주할 수밖에 없는 소수집단 이주자들 모두를 동일 범주에 넣는다면, 디

---

1   서경식, 「디아스포라는 누구인가」, 서경식 외, 『경계에서 만나다—디아스포라와의 대화』, 현암사, 2013, 15쪽.

아스포라는 개념은 지나치게 광의적이며 이론적으로도 유효하지 않을 것이다. 미국, 영국, 캐나다 등 서구로 이주한 인도인들이 고국에서 소수 민족들에 대해 배타적이고 억압적인 종족적 민족주의운동인 힌두트바Hindutva를 지원하는 경우를 베네딕트 앤더슨Benedict Anderson은 '장거리 민족주의long-distance nationalism'라고 지칭한 바 있다. 해외로 이주하여 자국의 민족주의나 글로벌 자본주의를 강화하는 데 기여하거나, 중심부의 부유한 지역에 거주하며 국경을 자유롭게 넘나드는 사람들조차 디아스포라 개념에 넣는다면, 디아스포라 개념은 과연 유효할 수 있을까? 따라서 "자신이 태어난 곳에서 뿌리 뽑혀 다른 지역이나 장소로 옮겨가게 된 이산된 사람"이라는 디아스포라의 정의는 추가적 설명이 필요하며 보다 정밀한 개념화가 요구된다.

　서두에 인용된 문장에서처럼 재일조선인 디아스포라 지식인 서경식은 디아스포라가 하나의 고정된 개념이나 고유명사가 아니라 하나의 맥락이자 위치를 가리킨다고 지적한다. 이는 디아스포라 자체가 근대 국민국가들 간의 (포스트)식민적 관계 속에서 국가와 국민이 폭력적이고 억압적으로 기능해온 방식을 드러낼 수 있는 독특한 위치, 특히 주변적이고 소수적인 위치를 강조하는 것으로 해석해볼 수 있다. 바로 이런 맥락과 위치를 예각화함으로써 디아스포라는 비판적이고 급진적이며 정치적인 가능성을 지닐 수 있다. 만약 디아스포라 이주자들이 배타적 민족주의를 강화하는 데 자금을 제공하거나 이념적으로 뒷받침한다면, 그것은 디아스포라의 고유한 의식이라 할 수 없다. 이미 거기에는 타민족이나 타자들을 억압하는 다수자의 위치가 전제되어 있기 때문이다. 디아스포라의 '위치'가 의미 있는 것은, 그것이 자신의 삶의 터전에서 이산할 수밖에 없는 존재들의 고통과 상처의 정동을 드러내는 데 그치지 않고, 그런 고통과 상처를 낳는 구조적 원인, 즉 (포스트)식민적·국가적 폭력의 구조를 비판하고 극복할 수 있는 가능성을 제공하기 때문이다.

　스리랑카계 도시문화 연구자인 카니쉬카 구네와데나Kanishka Goonewardena는 광의의 디아스포라 개념을 비판하면서 디아스포라를 오늘날 글로벌 자본주의처럼 전지구적 규모의 상황에 의해 조건지워져 있으면서도 내부적으로 모순적이기 때문에 디아스포라의 위치를 적절하게 역사화할 필요가 있다고 주장한다.[2] 그는 디아스포라가 이런 맥락 속에서 루이 알튀세르Louis Althusser가 말한 과잉 결정된 모순들이 집약된 존재로 보이기 때문에 이들을 이해하기 위해선 역사적이고 총체적인 시각이 필요하다고 말한다. 이런 지적은 오늘날 디아스포라가 더 다양하고 복합적인 모순과 긴장들이 집중된 위치에 있음을 강조하는 것으로 해석할 수 있다. 우리에게는 디아스포라의 달라지고 있는 위치를 적절하게 인식하려면, 자본의 전지구화 속에서 근대적·식민적 계기들과 탈근대적·포스트식민적 계기들이 교차하고 중첩되는 디아스포라의 역사적 위치를 탐구하는 작업이 절실하다. 이를 위해서는 디아스포라의 위치에 대한 총체적 인식이 필수인데 그것은 소수자와 타자의 위치와 그들의 시각을 배제하지 않고 함께 하는 과정으로서의 총체성을 항상 감안해야 할 것이다.

2　　Kanishka Goonewardena, "Postcolonialism and Diaspora : A Contribution to Critique of Nationalist Ideology and Historiography in the Age of Globalization and Neoliberalism", *University of Toronto Quarterly* vol. 73 no. 2, 2004, p. 667.

이런 시각에서 볼 때, 디아스포라가 하나의 '맥락'이자 '위치'를 가리킨다는 말은 이중적인 의미를 갖는 것으로 해석할 수 있다. 하나는 디아스포라가 제국과 식민, 남부와 북부, 중심과 주변 사이의 불평등한 관계와 여기에서 파생된 국가주의, 인종주의, 식민주의에 의한 차별과 억압으로 인해 심한 상실감과 트라우마를 경험하는 현실적 상황에 위치하고 있다는 것이고, 다른 하나는 이런 위치를 비판의 담론으로 구성하는 작업이다. 즉 이런 억압적 체제와 이데올로기들에 맞서 소수적이고 비판적인 저항의 담론을 전개하고, 다수자 중심의 배타적이고 혐오적인 공동체주의를 비판하고 뛰어넘을 수 있는 대안문화로서의 디아스포라의 정치학을 구성하는 것이다. 다시 말해, 디아스포라의 위치는 이산, 이주, 망명으로 인한 상실감과 상처를 경험하면서도, 자신들을 억압한 문화의 차별과 폭력에 맞서 비판적이고 급진적이며 소수적인 문화, 특히 타자의 환대에 열린 문화의 가능성을 제공해주는 것이다.

우리가 인터뷰한 재일조선인 디아스포라 지식인들은 모두 디아스포라의 이런 곤경과 가능성을 보여주고 있다. 이들은 20세기 들어 국권의 상실과 민족 분단으로 자신이 살던 고향을 떠나 일본으로 이주하여 식민주의와 분단체제에 의한 억압과 차별을 감내하면서 이를 극복할 비판과 저항의 형식을 창조해온 지식인들이다. 그리고 이들은 이런 민족적 현실 때문에 '자기 민족이 사는 공간'을 떠나야 했던 박탈과 상실의 고통을 경험하면서도 '자기 민족이 아닌 민족이 사는 공간'에서도 차별과 억압을 겪어야 했던, 민족과 민족의 사이-경계in-betweenness를 살아온 존재들이다. 이들의 목소리가 소중한 것은 이런 사이-경계의 사유를 토대로 민족 내의 다수자의 체제와 이념의 차별적 폭력성을 집요하게 문제 삼으면서 그것들의 허구성을 폭로하는 데 중요한 역할을 하고 있기 때문이다. 이 대담을 통해 우리는 이들 모두에게서 민족 문제를 치열하게 사유하면서도, 민족주의와 탈민족주의, 국가주의와 탈국가주의의 이념적 대립을 뛰어넘는 새로운 지점을 어떻게 사유할 것인가를 질문하고 있다는 것을 알 수 있었다.

이 대담의 의도는 재일조선인 디아스포라 지식인들의 고민과 사유가 역사적으로, 세대적으로 어떻게 변주하는가를 보여주는 데 있다. 그럼으로써 이들이 하나의 균질적인 집단이 아니라 역사적 차이와 변화의 과정 속에 존재하는 복합적 집단임을 보여주고 싶었다. 대담의 대상은 『화산도』라는 대작으로 우리에게 잘 알려진 작가 김석범, 『디아스포라 기행』, 『나의 서양미술순례』, 『언어의 감옥에서』 등을 통해 재일조선인의 특수한 위치를 디아스포라라는 보편적 시각으로 풀어내고 있는 작가 서경식, 『해방 공간의 재일조선인사』와 『누구를 위한 '화해'인가』를 통해 재일조선인의 역사를 주변에서 중심으로 이동시킨 역사학자 정영환, 그리고 「포스트 제국의 시련－1945년에서 1952년까지 미국과 일본의 관계 속에서 탈식민화, 인종, 냉전의 정치학Crucible of the Post-Empire : Decolonization, Race and Cold War Politics in U.S.-Japan Relations 1945~1952」라는 논문으로 국제아시아학회International Convention of Asia Scholars의 최우수인문학박사논문상을 수상하고 한일 관계를 넘어선 초국적 시각으로 재일조선인 역사를 재조명하는 최덕효, 이렇게 네 분이다. 이 분들은 소설, 에세이, 논문 등 다양한 글을 통해 재일조선인 디아스포라의 문제를 치열하게 사고하고 있다는 점에서 재일조선인 디아스포라의 문제를 가장 잘 얘기해줄 분들이다. 우선 이 네 분을 1세대 김석범, 2세대 서경식, 3세대 최덕효와 정영환으로 나누어 한반도와 일본사회에 대한 그들의 경험과 고민을 들어보고, 그 속에서 재일조선인 디아스포라의 위치가 어떻게 달라지고 있는지를 살펴보고자 했다. 네 분 모두에게 동일한 질문, 즉 민족^{조국}, 세대, 언어, 문화와 관련된 질문들을 던짐으로써 이들의 디아스포라적 문제의식의 공통점과 차이를 듣고, 이를 통해 재일조선인 디아스포라의 세대적 변화를 짚어보고자 했다.

대담 과정을 좀 더 부연하자면, 우리는 각 대담자에게 재일조선인 1, 2, 3세대로서 산다는 것의 의미를 묻고, 일본사회의 변화, 한반도의 정치 상황, 일본과 남북한 간의 관계 등 변화하는 역사 속에서 재일조선인 지식인들이 어떤 고민과 문제의식을 갖고 있는지를 들어보며, 이를 통해 재일조선인사회의 미래를 엿보고자 하였다. 특히 1세대들이 역사 속으로 사라지고 있고, 3세대 이후 새로운 세대들이 일본사회에서 자신의 정체성을 유지할 것인지 아니면 일본사회로 통합할 것인지를 깊이 고민하는 상황에서 이런 접근은 의미있을 것이라 생각했다. 재일조선인 디아스포라 1세대가 식민주의와 냉전과 분단의 역사적·집단적 경험을 통해 자신의 위치를 인식했고 주로 조국에 대한 집단적 의식을 갖는 경향이 있다면, 2, 3세대들은 그런 경험을 물려받으면서도 일본사회의 일상을 살아가야 했기 때문에 1세대보다는 일본사회 내부에서 개인적이고 일상적인 차별과 마주쳤을 것이다. 따라서 2세대 이후에는 모국과의 관계 못지않게 일본사회 내부의 문제와의 깊은 연관성을 고민하지 않을 수 없었을 것이다. 결국 1세대에서는 주로 디아스포라의 집단적 생성이 두드러진다면, 2, 3세대에서는 디아스포라의 개인적 생성이 두드러져 보인다고 말해볼 수 있을 것 같다. 이런 변화의 구체적 모습을 1, 2, 3세대의 재일조선인 지식인들에게 직접 들어보고 싶었다.

하지만 세대의 시각에서 역사적 경험과 이해를 구분 짓고 그 차이를 분석하는 것은 한계가 있을 수밖에 없다. 세대의 관점은 은연중에 세대를 거듭할수록 애초의 문제의식이 변질되고 소멸될 것이라는 목적론적인 시각을 전제하는 경우가 많다. 대담자 중 몇 분은 세대를 통해 바라보는 접근에 우려를 표하기도 했다. 우리 또한 세대 범주가 갖는 그런 측면을 경계하면서 이 개념을 사용하려고 노력했다. 세대의 개념은 한계도 명확하지만 나름의 장점도 있다. 세대 개념과 디아스포라의 위치를 잘 종합하여 살펴볼 경우, 세대의 시각은 일본 내의 재일조선인 디아스포라의 변화하는 사고와 역사적 경험을 복잡한 변화의 과정으로 읽어내는 한편, 재일조선인 디아스포라의 선후배 세대의 문제의식이 어떻게 계승, 발전하는지, 또 어떤 점에서 달라지는지를 드러내줄 수도 있기 때문이다. 그 결과 이 대담을 마무리하며 얻은 인식은, 재일조선인 디아스포라의 문제가 세대를 거듭하면서 약화되거나 사라지는 것이 아니라는 것, 특히 디아스포아의 '위치'와 '맥락'이 존재하는 한, 세대가 달라져도 재일조선인 디아스포라의 문제는 끝나지 않는다는 것을 깨달을 수 있었다는 점이다. 식민주의적 유산이 남아있고 국가주의의 차별과 억압이 존재하는 한, 디아스포라의 위치와 맥락은 사라질 수 없기 때문이다. 이런 위치와 맥락을 염두에 두면서 사고한다는 것이 무슨 의미를 갖는지, 우리가 무엇을 실천해야 하는지, 우리가 어떤 세상을 만들어갈 것인지를 고민하는 것이 디아스포라의 정치학이자 우리에게 던져진 과제가 될 것이다.

이 대담은 오래전에 기획되었지만 이제야 출간하게 되었다. 이 작업은 처음 부산대 인문학 연구소에서 진행된 HK 인문한국사업고전번역+비교문화 HK 연구단의 일환으로 기획되었지만 사업이 종료되면서 마무리를 짓지 못하고 있었다. 일부 인터뷰 자료들과 사진들이 사라지기도 했고, 인터뷰의 시간도 흘러 그 시의성도 장담할 수 없었다. 그러던 중 부산대의 국립대학 육성사업의 지원을 받아 다시 인터뷰를 이어갈 수 있었고 작업을 마무리할 수 있게 되었다. 역사적 시간의 흐름과 함께 난민, 이산자, 소수자들에 대해 배타적이고 혐오적인 사회체제가 더욱 강력해지고 있는 오늘날의 세계 현실에서 이 대담의 문제의식이 더욱 유효할 수도 있다는 것은 시간의 역설이다. 오히려 그 시의성이 다했더라면 더 좋지 않았을까 생각해본다. 오래전 도쿄 우에노공원 앞 카페에서 장시간 자신의 소중한 경험을 들려주고 대화 내내 통일을 강조하던 김석범 선생님, 도쿄게이자이대학 연구실로 찾아갈 때마다 늘 따뜻하게 환대해주면서도 디아스포라의 문제에 대해선 철저하고 날카로운 인식으로 우리의 생각을 뒤흔들어주던 서경식 선생님(지난 12월 18일 선생님께서 유명을 달리하셨다는 황망한 소식을 접했다. 연초에 일본에서 뵈었을 때 건강이 썩 좋아 보이지는 않았지만 그 뒤 많이 회복되었다는 소식을 전해 들었는데 정말로 애석하다. 평생을 불의에 타협하지 않는 소수파의 삶을 살아주어 감사드리며 고인의 평안한 영면을 빈다), 영국의 캠브리지대학 교수휴게실에서 자신의 디아스포라적 경험을 다양하게 들려주고, 이 책에 실린 감동적인 글「월경하는 '재일'─도쿄에서 셰필드까지」까지 보내준 최덕효 선생님, 끝으로 도쿄메이지가쿠인대학에서 두 차례 만났지만 늘 겸손하면서도 재일조선인 역사에 대한 단단한 생각을 들려준 정영환 선생님께 깊이 감사드린다. 늦었지만 이 대담집의 출간으로 그분들의 후의에 대한 작은 답례가 되었으면 좋겠다. 끝으로 이 작업이 마무리될 수 있도록 물심양면 많은 도움을 준 부산대 인문학 연구소 이효석 소장님, 그리고 일부 대담에 같이 해준 김성환 선생님께 깊이 감사드린다. 모쪼록 이 대담집이 재일조선인 디아스포라의 역사적 경험과 고투를 타자화하지 않으면서 같이 생각하고 같이 연대할 수 있는 가능성을 조금이라도 제시해줄 수 있기를 소망한다.

2024년 1월
펴낸이들을 대신해서 김용규 씀

차례

제1장

김석범과의 대담

재일조선인과 준국적

그리고 일본어 문학

김석범 金石範

어머니 뱃속에서 일본으로 건너가 1925년 오사카 이카이노(猪飼野), 현재의 이쿠노(生野)에서 태어났다. 1945년 3월 중국의 충칭(重慶)으로 탈출하기 위해 서울로 건너와 선학원(禪學院)에 머물다 일본으로 되돌아갔지만 신생 조국을 건설하는 일에 참가하기 위해 11월 다시 선학원으로 돌아온다. 1946년 여름 학비를 구하기 위해 일본으로 돌아왔다가 그대로 일본에 머물게 된다. 1947년 간사이대학(関西大学) 전문부 경제과 3학년에 편입 후 1948년 3월에 졸업한다. 1948년 4월 교토대학(京都大学) 문학부 미학부에 입학하여 1951년 3월 졸업한다. 일본공산당에 입당 및 탈당(1948년 4월~1952년 2월), 『조선평론(朝鮮評論)』 편집(1951년 12월~1952년 2월, 제3호까지), 『평화신문(平和新聞)』 편집부 및 재일조선인문학회 등에서 일한다. 1952년 12월 『문예수도』에 「까마귀의 죽음(鴉の死)」을 발표한 이후 제주4·3의 형상화가 필생의 작업이 된다. 1965년부터 1997년에 걸쳐 완성된 『화산도(火山島)』 1~7은 그 대표적이고 기념비적인 작품이다. 이 외에도 『1945年夏』(筑摩書房, 1974), 『萬德幽靈奇譚』(筑摩書房, 1971), 『詐欺師』(講談社, 1974), 『海の底から、地の底から』(講談社, 2000) 등의 작품집과 『ことばの呪縛』(筑摩書房, 1972), 『民族·ことば·文学』(創樹社, 1976), 『在日の思想』(筑摩書房, 1981), 『国境を越えるもの』(文藝春秋, 2004) 등 많은 저서를 남기며 지금까지도 문필활동을 이어가고 있다.

『화산도火山島』의 작가 김석범. 그는 누가 뭐라 해도 재일조선인 제1세대를 대표하는 작가이다. 국내에서는 아무도 말할 수 없었던 시절부터 그는 4·3의 형상화를 필생의 과업으로 삼아 왔다. 김석범 소설의 원점이라 할 수 있는 「까마귀의 죽음」에서부터 시작된 이 여정은 여전히 진행형이다. 문학적 여정만이 아니라 식민지시대에서부터 현재에 이르기까지 한반도와 일본에서 형성해 왔던 그 치열한 삶 또한 만만찮은 의미를 지닌다. 그만큼 김석범의 삶과 문학은 재일조선인 1세대를 대표하는 상징성을 띠고 있다고 말해도 결코 과한 표현이 아닐 것이다. 이런 김석범이기에 여러 가지를 묻고 싶었다. 한 세기에 이르는 그의 삶과 문학을 한정된 지면에 다 담을 수는 없겠지만, 그의 삶과 문학적 여정을 관통하는 중요한 생각들을 직접 듣고 싶었다. 재일조선인 1세대는 대체로 식민지를 직접 경험했기 때문에 '조국'과의 관계가 직접적인 경우가 많다. 더욱이 김석범은 식민지 시기 '어린 민족주의자'였다고 여러 곳에서 밝히고 있는 만큼 그 시절의 경험과 기억이 전체 삶과 문학에 미친 영향도 궁금했다.

제1세대 재일조선인들은 식민지 조선, 분단 이전의 조선을 모두 경험했기 때문에 '재일'이라는 위치성으로 식민지적 모순과 분단된 조국의 여러 문제에 일정하게 기여해야 한다는 의식도 지니고 있었다. 따라서 1세대 재일조선인에게는 '국적'이 매우 민감한 문제였다. 이러한 문제는 재일조선인들에 대한 남북한 및 일본에서의 처우나 인식 등과도 연관되어 있는 아주 중요한 문제였다. 물론 이런 인식들을 시간이 흐를수록 변화를 겪을 수밖에 없지만, 제1세대의 인식은 일종의 원점으로 자리 잡아 이후에도 지속적으로 영향을 미친다는 점에서 반드시 확인하고 싶었다. 아울러 자신의 문학이 일본이나 한국, 북한의 문학이 아니라 '재일조선인문학'이라고 일찍부터 분명하게 인식하고 있었던 김석범은 무엇보다 언어에 민감한 작가이기도 하다. 일본어로 창작하는 디아스포라 작가가 일본어가 지닌 주박呪縛을 어떻게 벗어날 수 있었는지, 그가 생각하는 언어란 어떤 것인지 하는 점 등을 1세대를 대표하는 김석범에게 듣고 싶었다.

일시	2014년 7월 31일
장소	도쿄 우에노공원 근처 카페 청학동
대담자	김석범, 김용규, 서민정, 이재봉

오사카와 제주, 서울, 그리고 징병검사

김용규 재일조선인은 상당한 역사적 질곡을 겪어왔고 1세대, 2세대, 3세대를 거쳐 지금은 4세대까지 이어지고 있습니다. 따라서 재일조선인의 역사적 경험이 한국과 일본뿐만 아니라 나아가서는 전 세계에 던지는 의미가 만만찮을 것 같습니다. 그중에서도 특히 제1세대의 경험이 가장 직접적이면서 시대의 흐름에 따라 변화를 겪는다고 생각합니다. 그래서 제1세대의 대표적인 분이랄 수 있는 김석범 선생님의 경험, 사고방식, 역할이 매우 중요하지 않나 생각합니다. 또 2세대, 3세대, 4세대를 거치면서 일정한 영역과 사고방식 등에서 세대 간 차이들도 보이고, 문제의식이 많이 희박해지는 부분도 있는 것 같습니다. 그래서 선생님의 경험과 2, 3세대들이 바라보는 시선 등을 들어보고 싶습니다.

이재봉 선생님, 반갑습니다. 이 자리를 마련한 이유는 재일 제1세대를 대표하는 한 분이신 선생님의 삶과 문학 등에 대해서 전반적인 말씀을 듣고 싶어서입니다. 첫 번째 질문은 선생님께서 젊은 시절부터 가지고 계셨던 조국에 대한 생각입니다. 선생님께서는 해방 전 제주도와 서울 등지에서도 활동하셨고, 일본에서도 활동하셨습니다. 선생님께서는 또 식민지시대에 어린 민족주의자였다고 여러 곳에서 밝히고 계신데요, 그때 구체적으로 어떤 활동을 하셨는지요. 그리고 선생님께서는 1세대이시기 때문에 조국과 직접적인 관계를 맺고 계십니다. 그런 입장에서 지금은 '조국'을 어떻게 바라보고 계시는지도 말씀해 주셨으면 합니다. 그리고 그 당시의 활동들에 대해서도 말씀해 주셨으면 합니다.

김석범　저는 원래 일본 오사카大阪에서 태어난 사람입니다. 내가 맨 처음에 고향으로 돌아간 것이 14살인가 15살쯤이었습니다. 그때 오사카의 이카이노猪飼野라는 곳에는 원래 제주 사람들이 많이 살고 있었는데, 그곳 사람들이 일상생활에서 쓰는 말이 제주 사투리 아니겠습니까? 그러니까 저는 일본말을 배우기 전에 제주말을 배우게 된 셈이죠, 맨 처음에. 일본 학교에 들어가서 일본어를 알게 되고, 동네 일본 아이들하고 사귀게 되면서, 차차 일본인인가, 조선인인가를 구분하게 되었죠. 그런 시기였습니다.

어릴 적부터 한라산이라는 말을 자주 들었어요. 그야말로 신을 모시는 것처럼 한라산이란 이름을 제주 할머니들이 부릅니다. 한라산이 무엇인가 싶어서, 제주도에 그런 산이 있다는 것, 제주가 제 고향이라는 것도 인식이 되긴 하지만, 그것은 어디까지나 그 당시에 지금처럼 사진이 있는 것도 아니고 말이죠. 그러다 열대여섯 살쯤에 처음 제주도로 가서 일 년 가까이 지냈는데, 그때 젊은 친구들은 일본말을 썼지만 촌에 들어가면 일본어가 안 통하지 않습니까? 모든 것이 우리말이라야 되죠, 사투리. 그리고 바다, 해변가, 산, 그때 한라산이란 산도 처음 봤고. 제주에서 1년 가까이 처음 생활한 것이 내게 큰 충격을 주었죠. 나는 일본 사람으로 되어 있는데, 일본 사람이 아니다, 나는 제주 사람이고 제주라면 조선 아닌가? 그리고 간접적으로 일본이 조선을 침략했다는 이야기는 듣고 있었고요. 원래 일본이 아닌데, 하여간 일본으로 되어버렸다. 그 정도는 다 알고 있지 않습니까, 일본에 침략당해서. 그때부터 말하자면 난 일본 사람이 아닌 조선 사람이라는, 사상적인 담보는 그리 없었지만, 그런 민족 의식을 가지게 되었습니다. 난 절대 일본 사람이 아니다. 일본 학교에서 얘기하는 것은 거짓말이다. 그렇게 시작되었죠.

그 당시는 그래도 일본말로 쓴 조선 역사책들이 고서점에는 다 있었습니다. 일본 사람들이 쓴 조선 역사를 보면서, 역사 공부를 하지 않았겠습니까? 그런데 제주에 있는 동안에 처음 한글을 배우게 되었습니다. 천자문도 맨 처음부터 배웠는데, 동네 영감님 중에 한학자가 계셨어요. 그분한테 천자문과 한글을 처음 배웠고 그 후 일본에 돌아와서도 그때의 인식을 계속 강하게 지니게 되었죠. 나는 절대 일본 사람이 아니다, 그렇다면 일본 사람이 아니라면 식민지 조선이 독립이 되어야 한다는 생각을 가지게 되었죠, 혼자서. 주위에 그런 사람도 없었으니까 말하자면 공상인 셈이었죠.

1943년 말쯤인가, 가을쯤인가, 두 번째로 제주에 가서 이듬해 가을경까지 일 년 가까이 지냈어요. 그때 한라산 중턱에 있는 절, 관음사에 들어갑니다. 중이 되기 위해서가 아니라, 해변가 마을에 있으면 징용에 끌려가기 쉽기 때문에, 고모님이 신도로 계신 관음사에 반 년 이상 있었습니다. 거기서 서너 살 위의 형 뻘 되는 민족주의자인 김상희金商熙라는 분을 만났고 그분의 소개로 김운제金運濟라는 친구를 만났어요. 다들 민족 독립에 관심이 있는 친구들이었죠. 여기서 말하자면 처음 사상적인 동지를 얻게 됩니다. 그들과 함께 성내城內에 있는 제주무선전신국에 가서 밤 1시, 2시쯤에 하는 미국의 단파방송을 들은 적이 있어요. 내용은 〈동포에게 고한다〉라는 이승만의 조선어 방송이었죠. 그런데 1944년 가을에 일본으로 돌아오자마자, 김운제가 청진에서 체포되었다는 소식을 들었어요. 제주에서 함께 단파방송을 듣거나 독서회를 하거나 했던 김상희 등의 동료들이 모두 체포되어 청진경찰서로 연행되었고요. 아무튼 김운제는 나와 동갑이었고, 김상희는 서너 살 위였는데 반 년 이상 형무소 생활을 하다가 석방이 되었나 봐요. 그런데 김상희는 청진 시내로 오지 않고 산 속으로 들어갔다가 행방불명이 되어서 결국 죽어버리고 돌아오지 않았어요. 그 선배는 해방된 세상을 그러니까 보지도 못했죠. 그 이야기를 들으면서 제가 충격이 상당히 컸습니다. 나도 한 달이나 두 달만 더 제주도에 남아 있었다면 독서회 관계로 체포당했겠죠. 아무런 근거도 없는데도 체포되잖습니까. 도망친 것은 아니지만 저는 운수가 좋은 건지 어떤지 결과적으로는 그렇게 되고 말았습니다.

일본 정세는 아무래도 유리하지 않았지만 1945년 8월 15일에 일본이 패망할 줄은 몰랐습니다. 한 3~4년은 더 지속되다가 망할 거라고 생각했습니다. 그러니깐 일본에서 무조건 나가야 한다, 어리석다기보다 어린 애같은 생각을 했습니다. 저는 아무런 연줄도 없는데 그저 일본을 탈출해야 된다는 생각에 임시 정부가 있다는 중국의 충칭重慶으로 가려고 했습니다. 그러니까 그 당시에 서울로 가려다가 못 가고 제주에 머물다가 한라산에 들어간 셈입니다. 1944년 가을, 한라산에 있다가 일본으로 돌아왔는데, 그 이듬해 4월 초하룻날 징병검사가 있었어요. 1945년에 내 나이가 만 열아홉 살이었죠. 그 당시 재일조선인은 기류지寄留地라고, 자기가 살고 있는 곳에서 징병검사를 받아야 된다는 법이 있었습니다. 난 오사카에 있었으니까 오사카에서 징병검사를 받아야 되지 않습니까? 이러다가 영영 일본에서 떠날 수 없는 거예요. 그 당시에는 병신이라도 끌고 가는 때였으니까 난 합격이 틀림없어요. 결국 징병으로 끌려가서 죽는 수밖에 없는데, 자기 나라 동족을 위해서 죽는다면 몰라도 일본 사람들을 위해서 죽을 수는 없어서 어떻게든 일본을 탈출해야 한다고 결심했죠. 그 당시 협화회協和會라는 일본 경찰의 특고特高, 특별고등경찰 관계 외곽단체가 있었습니다. 재일조선인을 황민화하고 일본에 동화시키는 그런 단체였죠. 그래서 경찰에 내선계內鮮係에 출입하면서, 내게 경찰의 징병검사 통지가 왔는데, 천황 폐하를 위해 목숨을 바치려면 고향에 가서 부모님 산소 성묘도 하고 마음을 공空으로 깨끗하게 비워서 징병검사를 받고 싶다, 그럴려면 제주도에서 징병검사를 받아야 한다고 도항증명서를 달라고 했죠.

결국 도항증명서를 받아가지고, 제주에서 징병검사를 받게 됩니다. 지금도 기억이 그대로 남아 있는데, 옛날에는 급행을 타도 도쿄에서 오사카까지 열두 시간이 걸립니다. 오사카에서 시모노세키下關까지 가는 데는 열서너 시간 걸리고요. 3월 21일 밤차로 오사카에서 시모노세키까지 가서 아침에 관부연락선을 타고 저녁때 부산에 도착했어요. 관부연락선이 여덟 시간 걸려요. 부산에서 하룻밤 자고, 아침에 기차로 서울을 갔죠. 상당히 시간이 걸리죠. 거기서 찾아간 곳이 안국동 선학원禪學院이라는 절이었어요. 지금도 절이 있긴 하지만 그때는 참선하는 절이었습니다. 거기서 3~4일 머물다가 짐을 풀어 놓고 3월 30일 아침 차로 목포까지 갔어요. 그때 목포에서 제주까지 8시간인가, 10시간 걸렸는데, 저녁에 목포에서 연락선 타가지고 아침에 제주에 도착했어요. 도착하기 전에 2~3일 굶어서 체중을 줄여 가지고 어떻게 해보려고 말이죠. 그런데 고모님께 인사드리러 갔는데, 아침을 먹으라는 거야. 징병검사 받는데 체중이 불어나 합격하면 안 되지 않습니까? 그래서 고모님이 울기도 했고요, 아무튼 여러 일이 있었죠. 징병검사에서 제2을종을 받았는데, 이전에는 탈락이었는데 그때는 합격이라는 거야. 그 후 서울로 가서 주소를 통지해야 하는데, 일부러 통지를 안 했어요. 선학원에 있는 거 통지를 안 했습니다. 한 보름쯤 지났나, 어느 날 스님이 나를 불러서, 물어요. 내 본명이 신양근慎洋根인데, 여기에는 여러 가지 사연이 있습니다. 그런데 그 스님이 "넌 일본에서 징병검사 받을 수 있는데 무엇 때문에 서울까지 왔다가 다시 제주까지 가서 징병검사를 받고 여기로 돌아왔냐?"라고 한 보름쯤 있다가 하루는 눈치를 보다가 물어봤어요. 그래서 내가 실은 중국으로 가고 싶어서 그렇다고 했습니다. 그러고 보니까 나한테 질문을 해요. "너 일본에서 하상조河上肇라고 아나?" 하상조는 가와카미 하지메河上肇라는 일본의 공산주의 학자죠. "저 압니다. 『빈보모노가타리貧乏物語, 가난한 이야기』라는 책이 있어요." "읽어봤느냐?" "예." 이렇게 사상점검을 하는 것입니다. 이상한 영감이었죠, 스님인데. 그 스님이 이석구李錫玖 선생이었습니다. 여운형 선생이 중심이 되어서 세운 건국동맹의 한 사람이었어요. 그때는 몰랐는데 선학원이 그 건국동맹의 아지트였는데, 이석구 선생이 그 주지로 변장해 있었던 거지.

물론 그때는 조직 이야기는 안 했어요. 절대 비밀이었으니까 말이죠.

장용석과 친구들

김석범　　장용석張龍錫이라는 친구에게서 들은 이야기인데요, 장용석은 평양군이었어요. 이석구 선생의 제자인데 해방 후에 나와 함께 살기도 해요. 그 사람이 전라도 흑산도로 가는 도중에 선학원에 들러 나와 같은 방에서 잔 일이 있어요. 장용석은 간부는 아니었지만 건국동맹 조직원이어서 밤새도록 조선독립에 대해서 이야기했어요. 그때 난 우리말이 서투니까 잘 모르면 그 친구가 고쳐주면서 말이죠. 아이고 세상에 이런 친구가 다 있구나, 일본에서는 이런 친구를 찾아보기가 어렵고 제주의 친구는 죽어버렸지 않았습니까. 그때는 8·15가 그렇게 빨리 올 줄 몰랐어요. 1945년 5~6월 경인데 건국동맹 간부들은 아마도 어느 정도 짐작하고 있었던가 봐요. 그런데 그때 내가 발진티푸스에 걸려 총독부 옆에 있는 순화병원順化病院에 입원을 한 적이 있어요. 퇴원을 해서 보니까 먹을 것도 없고, 쇠약하니까 내가 약한 마음에 다시 일본으로 돌아간다고 했어요. 그랬더니 이석구 선생에게 꾸지람을 들었어요. 이석구 선생이 나를 보고 "절대 일본으로 돌아가면 안 된다. 금강산으로 들어가라. 금강산에 가 있으면 너와 뜻을 같이 할 젊은 친구들이 몇 명 있다. 그러니까 여기서 하산하라는 연락이 갈 때까지 거기 좀 가 있어라" 그랬는데 저는 어리고 마음도 몸도 약해져서 일본으로 돌아왔어요.

　　재일디아스포라의 목소리

해방 후에 10월인가 11월인가에 서울로 가서 선학원에 찾아가니까 젊은 중이 나와서 이석구 선생이 지금의 인사동 근처에 일본 소학교가 있는 곳에 계신다고 알려줬어요. 소학교는 2층 목조건물이었는데, 2층이 인민당 본부였습니다. 거기 찾아가니까 그 선생님이 말이죠, 옛날에 중이었는데, 넥타이를 딱 하고 그리고 선생이 사냥모자, 도리우치鳥打ち를 썼던 거 같아요. 포옹을 했죠. "선생님, 돌아왔습니다." 난 그때 막 그냥 선생님한테 욕을 얻어먹을 줄 알았습니다. 그런데 잘 돌아왔다고. 그러면서 용석이가 남산 기슭에 후암동, 옛날에 삼판통三坂通り이라 했는데, 그곳에 장용석이가 있으니까 거기로 가고 하시더라구요. 장용석은 옛날에 가짜 공양주 행세를 하고 다녔죠, 지하활동 한다고. 장용석이 있던 곳이 일본 회사원들 사택이었는데, 나, 용석이, 그리고 10년 선고받아서 후에 사형당해 죽은 김동오金東午 등 몇몇이 합숙했죠. 자취를 하면서 말이죠. 이듬해 4월에 국문학자 정인보 선생이 세운 국학전문학교에 셋이 다니게 됩니다. 정인보 선생이 이석구 선생과 친구였죠. 그 학교를 한 학기 다니다가 방학에 학비를 구하러 여기 일본에 돌아왔죠. 한 달 뒤 방학 끝나면 서울로 다시 간다고 하고. 그런데 정세는 더 심해졌고 결국 돌아가지 못하고 일본에서 학교에 들어갔어요, 1947년에 간사이대학關西大學 전문부 3년에 편입했다가 이듬해 교토대학京都大學에 들어갔어요. 그런데 1946년 말부터인가, 장용석에게서 편지가 오기 시작한 것이…….

서민정 약력에는 1947년 정도, 봄 정도로 서른 통쯤인가?

김석범 24통인가 25통 있습니다. 그때 한 달 걸려요.

이재봉 편지가 오는 데요?

김석범　그래요. 왕복하려면 편지 받아서 진작 답을 써도 두 달 이상 걸리지 않습니까. 그 편지 지금도 갖고 있는데, 도쿄가쿠게이대학 東京學藝大學의 이수경 씨에게 맡겨두고 있죠. 컴퓨터 파일로 만들어 달라고요, 철자법도 그때하고 지금은 다르지 않습니까. 이수경 씨는 김기진 연구도 하고 친일파 연구도 하는, 일본에서는 드문 사람인데 한국학 연구소 만들어서 지금 소장 맡고 있어요. 그런데 그 편지 중에, 장용석이 내가 대학에 들어갔다는 걸 알아가지고 자기도 일본의 대학에 진학하고 싶다는 내용이 있었죠. 오죽이나 답답하면 그런 소리를 하겠습니까? 그래서 그 친구를 여기서 맞으려고 준비를 다 해 두었죠. 1949년에 부산을 경유해서 누구를 만나서 어떻게 하라고 편지에 다 썼는데……. 그전에는 언제 조국에 돌아올 것이냐, 조국을 잊어 먹었나 이런 내용들이었는데, 이번에는 자기가 일본 오고 싶다는 내용이었죠. 그 친구 마지막 편지가 1949년 4월경이었는데 그 내용이 '양근아, 조국을 생각하라. 지금 여기는 고양이 손, 개의 손이라도 필요한 시대다. 내가 어찌 동지를 버리고 일본으로 갈 수 있겠나'라는 것이었습니다. 그전까지만 하더라도 받아들일 준비를 좀 하라고 해놓고 말이죠. 무사히 들어오기만 하면 되는 건데. 그러면서 하는 소리가, '너한테 내가 고백해야 할 일이 있는데, 내게 애인이 있다. 애인이 있는데, 국민학교부터 줄곧 수석을 했다' 그러니까 유복한 가정에서 자란 것 같아요. '애인이 음악학교에 다니고 있는데 나 대신 일본으로 가고 싶어한다'는 게 아니겠어요. 자기 애인 부모하고도 만나서 서로 허가를 받고 하는 말이라면서 자기 대신 애인이 네게 가고 싶어 하는데 어떻게 했으면 좋겠느냐는 이런 편지가 또 와요. 아이고, 내가 그 답장을 어떻게 썼는지는 모르겠어요. 내가 어떻게 답을 했는지 모르겠고 그 뒤에 답장이 없었어요.

그 전 편지에 '동오 10년'이라고 간단히 써 놓은 게 있었는데요, 징역 10년이라는 거예요. 검열 때문에 징역이라는 말은 쓰지 못하니까 그렇게 쓴 거고, 단독선거 반대도 반대라고는 쓰지 못했죠. 1949년이면 대한민국이 수립된 이후이니까 반대운동을 하다가 잡혀서 징역을 받은 거죠. 장용석이도 아마 이때 그렇게 잡혀서 처형된 거 같아요. 그것이 마지막 편지예요. 상당히 긴 편진데 그것까지 합쳐서 스물다섯 통이예요. 지난번 이수경 선생한테 가져갈 때 세어보았죠. 꼬박꼬박 그야말로 작은 글자로 말이죠. 이야기가 탈선했는데, 그러니까 내가 그때 서울로 돌아갔더라면 그 친구들처럼 되었을 테고 지금 여기 없겠죠.

이재봉　　그러니까, 선생님 그때, 장용석, 김동오, 이런 분들하고 교류하고 하면서, 선생님 나름대로 조국에 관심을 계속 가지고 있으셨다는 이야기시네요.

김석범　　그런데 뭐 활동을 한 건 아닙니다.

「까마귀의 죽음」과 문학의 원점

이재봉　　조직활동을 직접적으로 한 것은 아니라는 말씀이네요. 그런데 장용석은 「까마귀의 죽음」의 모델이 된 인물이 아닌가요?

김석범　　이름만 빌렸죠. 「까마귀의 죽음」에서는 돌 석石 자를 썼는데, 원래는 주석 석錫 자죠. 그러니까 내가, 친구에 대한 속죄는 아니지만, 그래도 네 이름이라도 내가 쓴다. 이거죠.

이재봉　　그러니까 친구에 대한 일종의 부담이랄까, 이런 부분들이 선생님 작품에 영향을 미친 것 같습니다. 그런데 『신편 재일의 사상』에 실려 있는 선생님께서 직접 작성하신 연보에 따르면, 1951년에 김종명金鐘鳴 등과 함께 『조선평론』을 창간하고 2호까지 만드시다가, 비밀리에 센다이仙台에 가셨다. 거기에서의 생활이 이후 「까마귀의 죽음」을 쓰는 계기가 되었다고 되어 있습니다. 그때 센다이에서 무슨 일을 하셨는지요? 그리고 센다이에 가시게 된 이유나 목적은 무엇인가요?

김석범　　센다이에 간 건 용석이하고는 아무런 관계가 없어요. 그 당시에는 재일본 조선인 활동가 중에는 일본공산당원이 많았습니다. 일국일당주의라고 일본공산당만 허용되던 때죠. 그런데 지금과 달라서 해방 직후에 일본에서도 반혁명분자란 보통이 아니죠. 그리고 당에서 벗어난다는 것은 반혁명분자가 된다는 뜻이죠. 정치가 문제가 아니라 문학가라도 정치생명이 끊어진다는 건 이건 창피스러운, 아니 창피보다 말이죠, 사람 새끼가 아니지. 배반자가 되는 거야. 특별히 활동을 한 것은 아니지만 그 일본 당에 소속되어 있었고, 이제 당을 나와야 하는데 어려운 일이었다. 그게 1952년인가, 1952년 초 『조선평론』을 하다가 친구들에게 아무 말도 하지 않고 그냥 없어진 거죠. 내가 거기서 무슨 일을 하거나 하려고 간 것이 아니라 그냥 간 거죠.

고학능高學能이라는 친구가 있어요. 나하고 동갑이고 해방 후 일본에 있다가 돌아가서 서울대학교에 다니다가 다시 이쪽으로 와서 나

하고 오사카大阪대학에 같이 들어간 친구입니다. 1948년 9월에, 오사카대학이 원래 이공학계인데, 문과 계통 법문학부가 가을에 생겨서, 고학능이 그때 서울에서 돌아와서 거기 들어간 거야.

이재봉　고학능? 능력 능 자입니까?

김석범　그래요, 고학능. 고학능. 우수한 친구죠. 나하고 아주 친했습니다. 이 친구와 8·15가 되면 늘 만나서 술 한 잔 하고 그랬지요. 그런데 어느 날 그 친구가 그냥 행방불명이 되었는데 나중에 알아보니까 센다이에 가 있는 거야. 그 친구를 통해서 센다이로 갔죠. 친구 교류라 해 봤자 4~5명밖에 없었고 그러니까 연줄이 없습니다. 이후에 공화국에서 온 사람을 한두 번 만나긴 만났는데, 우리가 있는 그룹은 한 다섯 명 정도, 내가 아는 건 두 사람 정도밖에 없었고. 그런데 문제는 여기서 경제활동을 하면서, 경제적인 토대를 꾸려 놓고 활동을 해야 했어요. 그 당시는 6·25전쟁 당시 아닙니까. 일본의 군사 기지 정보 수습을 해야 했죠. 원래는 『가호쿠신뽀河北新報, 하북신보』라는 신문사밖에 없었는데, 해방 후에 『도호쿠닛뽀東北日報, 동북일보』라는 신문사가 하나 더 생겼어요, 센다이에. 근데 이 얘기를 30년 동안 안 하다가 30년이나 지나서야 겨우 소설을 쓴 겁니다. 거기 『도호쿠닛뽀』 편집부에 들어간다 그래가지고 지금 얘기도 아마 모르지만, 편집부에 들어가려고 갔는데, 학능이가 말이야 너 우선 광고부에 들어가라, 들어가서 한 1년쯤 하고 편집부에 갔죠. 그때 경제활동으로 파친코를 하고 있었어요. 또 하나는, 우두머리로 고강이라는 중국 사람이 있었습니다. 이름은 잊어버렸습니다만 당시 중국 고위인사의 비서, 아마 본 이름은 아니겠죠. 그 사람이 일본에 와서 일본 조직 일을 했어요.

그 사람이 철광산을 하나 발견해서 광산경영을 하는데, 그것도 또한 자금 활동이지요, 파친코하고 철광산하고.『도호쿠닛뽀』라는 건 내 눈치로는 사장 딸이 북에서 온 사람이야. 최 씨야. 그러니까 아마『도호쿠닛뽀』를 영향 아래 둬서 일본에서 하나의 선전기지로 해보려는 거 아니겠습니까? 그리 간단한 건 아닌데. 난 광고부에 들어갔는데, 광고를 받지 못해요. 그때 병에 걸려가지고 말이죠. 어디 광고 받으러 가도 말이죠, 가게 앞에 뭐 추울 때인데, 보통 아닙니다, 추위가. 센다이라는 데가 서울만큼 추워요. 영하 10도 15도 되는데 들어가지도 못하고 우두커니 반 시간쯤 서 있는 거야. 비위가 물러서 말이지. 그래서는 광고 활동이 안 되지 않습니까. 밤에 자지도 못하고 그냥. 그런데 그때 파친코는 지금과 달라서 뒤에서는 사람 얼굴 안 봐도 좋죠. 뒤에서 이렇게 좀 조작을 하는데 말이죠, 우라마와리裏回り라해요, 뒤에서 돈다고 말이지. 날 우라마와리 시키려고 했는데 그것도 안 했어요. 고학능이한테 말했어요. 그냥 간다고, 여기 버리고 말이지. 친구니까 할 수 있는 말입니다. 보통 같으면 그런 데서 나오지 못해요. 비밀리에 하는 건 아니지만 말이죠. 자칫하면 죽여버리지 않습니까, 없애 버려야 해요. 친구 덕분으로 내가 거기서 나올 수 있었지.

여러 가지 일이 있었어요. 교토대학 동기로 들어간 정병우라는 친구가 있는데, 천재 같은 친구가, 그 당시 4·14한신교육투쟁을 하는데, 미국에서 비상경겐가 뭔가 해가지고 미군들이 출동을 해가지고 탄압을 했는데 그때 통역을 한 것이 정병우라는 친굽니다. 4월 달에 교토대학에 들어간 친구인데, 안면은 있지만 친하지 않았고 한 두어 번 정도밖에 안 만났어요. 그런데 그날이 51년 3월인가, 그때는 3월까지 추웠어요. 그런데 고학능이 하는 말이 "야, 여기 정병우가 와있는데, 네가 여기 온 걸 알아가지고 꼭 만나고 싶다고 한다". 그걸 듣고 아이고 깜짝 놀라지 않았습니까. 미국 통역이라는, 말하자면 우리와는 반대 입장에 있는 친구니까. 하여간 나도 젊을 적에 허무주의자였지만, 상당히 허무주의적인 그런 친구야. 학교도 다니지 않고, 모처럼 좋은 대학에 들어가고도 말이죠, 수업에 나가봤자 재미없다고 가지 않고. 나도 학교 출석은 많이 하지는 못했지만 그래도 그럭저럭 뭐 엉터리는 아니지만 대학을 졸업하지 않았어요? 그런데 그 친구는 그냥 그런 거 필요 없어 하며 학교를 그만두었다는 소식은 듣고 있었어요. 피차간 의식은 하고 있었던 겁니다, 입장은 다르지만. 근데 깜짝 놀랐어요, 동북지방까지 그 뭣 하러 왔냐 물으니까 그 친구는, 그러니까 자기가 쓸모없이 버려진 인간인데, 마지막에 자기가 못된 짓한 것, 이전의 자기 삶을 청산하기 위해서 '내 목숨이라도 바쳐서 조금이라도 내가 할 만한 역할, 도움이 된다면 말이야, 혁명을 위해서 일하고 싶어서 왔다'고 대답하더라고요. 그 친구 입에서 어떻게 혁명이 나왔는지 모르겠지만, '혁명을 위해서 여기서 일하고 싶어서 왔다'고 하더라고요. 인간은 그래도 착실했는데, 중간에 그런 미군 통역을 한 데 대해서 상당히 후회를 하고 말이죠. 그래서 피차간 고베神戶, 고학능이도 고베, 그러니까 둘이 개인적으로 친했죠. 그러니까 인간적으로 믿어서 그런 말을 한 건데 결국 나는 정병우를 안 만났어요. 고마운 일이지만, 나는 혁명한다고 하면서 패망한 사람인데, 혁명에 패배해서 돌아가는 사람인데, 혁명을 하기 위해 여기 온 사람을 어떻게 만나냐고 말이야. 만날 자격도 없고, 나 그럴 생각이 없다.

아예 나 같은 놈하고 만날 생각하지 말라고 말이야. 그런데 고학능의 고집이 보통이 아니야. 하여튼 마지막으로 우리 셋이서 술 한 잔 하자면서 말이야, 3일 전부터 하도 졸라대는 거야. 나는 귀찮다고 안 만난다고. 날보고 돌대가리라고 하면서 말이죠. 그런데 그날 아주 춥고 비가 내리는 날이었는데, 역에서 학능이 차표를 사주면서 '야, 아직 시간 있으니까, 바로 옆에 정병우가 와있단 말이야. 만나 주라'. 친하니까 하는 소리지만 나 안 만난다고 '빌어먹을 소리 하지 마라'고 했죠. '내 신변도 생각하란 말이야. 내가 인간까지 배반한 건 아니지만, 혁명한다고 온 사람이 당을 둘 다 나온 사람이야'라며 거절했죠. 난 그때까지 조선노동당에 입당은 안 했는데 결국은 입당하게 됩니다. 조직에 일단 들어간 것이죠. 내가 어떤 심정인지, 앞으로 내가 뭘 해야 하는지도 모르는 사람인데, 혁명하려고 온 사람을 어떻게 만나느냐면서 끝내 안 만났죠. 그랬는데 그 친구가 여기 와서도 버릇을 고치지 못하고 술 먹고 연애하고, 지금까지 두어 번 자살하려다 실패했고, 고베에서. 그런데 그 후에 여기서 자살 한 번 해보려다 실패했어. 그래서 짐이 돼서 학능이가 산에 보내버린 거야, 그 철광산에요. 거기 인부들 말이야 뭐 보통 성격이 아니지 않습니까. 인텔리 문학청년이 상대가 되겠습니까. 하여간 산에서 몇 개월 수양하다가 오라고 보낸 거죠. 그전에는 학능이가 감독을 하다가, 어느 일요일 날 거기서 심부름하는 부인네, 밥 해 주는 여자 말이죠, 그 부인네를 데리고 산을 내려가 어디 시장에 간 거예요. 그 틈을 타가지고 다이너마이트, 화약에 불 붙여서 자살해 버렸어요.

이재봉 그러니까 정병우 그분이 「까마귀의 죽음」에 '정기준'의 모델이 되었군요. 역할이나 성격은 다르지만 미군 통역으로 위장하고 스파이 활동을 하는…….

김석범　　그래요, 그건……. 난 아무것도 안 했지만 내 입장이, 자칫하면 거기서 좀 있었다가는 한국으로 국적을 변경을 하게 됐을지도 모릅니다. 그러니까 가장하기 위해서. 그때 한국으로 변경했으면, 그건 또 곤란했겠죠. 그전에는 내가 아무것도 못 했지만, 변경했더라면 이중적인 입장이 되는 거죠, 가장을 해야 되니까. 아무도 모르게 해야 하지 않습니까. 그러니까 표면적으로는 한국 사람처럼 행동해야하는 거죠, 그땐 한국 사람도 많지 않았고요. 그런데 학능이는 한국 국적으로 고쳐서 골수 한국인처럼 서울을 출입했습니다. 조그마한 무역회사를 한 10년쯤 거기서 운영하면서 그랬죠.

그런데 내가 그 후에 오사카로 돌아갈 수 없잖아요. 그냥 아무 말 없이 비밀리에 당에서 빠져나온 사람이기 때문에요. 그런데 도쿄에 있다는 소문이 차차 퍼져서 아 저게 도쿄에 가서 살고 있구나, 이렇게 오사카까지 소문이 돌았어요. 그렇게 도쿄에 있다가 5, 6년 만에 오사카로 다시 돌아왔는데, 도쿄에 있는 동안에는 학능이가 도쿄로 오면 연락을 줍니다. 『조선신보사』에 있었을 때 말이죠. 그런데 연락이 오면 술집 어디 클럽에 나를 데려가서 "너 이런 데 와본 적 없지? 이런 것도 좀 맛 봐야 된다"라고 하면서요. 그렇게 여기서 10여 년 활동하다가 공화국으로 돌아갑니다. 돌아가는데, 그때 처음 자기 아내에게 고백을 한 거야. 내가 한국 국적이지만 한국 사람이 아니다. 그때 아들까지 있었는데, 난 부인을 몰라요, 부인도 모르고. 근데 학능이 그놈이 나한테 얘기하지 않고 중간에 돌아갔지만. '조우경'이라는 분이 있었어요. 그 친구 통해서 여러 가지 일을 들었어요. 어쨌건 그 부인이 놀라지 않았겠습니까? 같이 가자, 안 간다 하다가 결국 이혼을 하고 아들도 그냥 두고, 북쪽으로 갔죠. 1960년대 들어서 돌아갔는데, 내가 듣기로는 당학교 교장 한다는 얘기 들었는데, 그 후로는 없어졌어요. 그러니까 거 참 하하…….

내가 오사카大阪로 돌아온 후에 오사카교구에서 잠시 교원질 했어요. 그때 교장이 한학수라고, 해방 후에 간사이에서, 오사카에서 학생동맹할 적에 같이 일한 친구입니다. 오사카상과대학 나온, 지금은 오사카시립대학인데, 그 사람이 교장을 했는데, 그 후에 총련 간부도 했는데, 부인하고 같이 돌아갔어요, 북에. 그런데 소식에 의하면 몇년 후에 수용소에서 총살당해서 죽었답니다. 그러니까 가까이 있는 친구도 그런 식으로 다……. 말하자면 나도 자칫하면 고국에 돌아갈 뻔했죠. 일꾼들은 여기서 혁명하고 총련을 중심으로 활동하고요, 가족들은 북으로 보내라는 방침이 있었죠. 내가 오사카에서 다시 도쿄로 올라온 후에 『조선신보사』라든가 재일본문학예술가동맹 등에서 일하다가 그만두었어요. 하여간 일꾼들은 여기서 꾸준히 활동하고 가족들은 다 보내라는 거지. 나한테도 그런 방침이 내려왔는데, 보냈으면 꼼짝달싹하지 못하니까. 그리고 나 같은 사람은 그쪽에서 살아남지 못할 사람이지. 가족을 보내 보시오, 어떻게 되었겠나. 그래서 가족을 보내라는 방침에 반대했지, 그건 안 될 말이라고.

이재봉　그 부분과 연관 지어서 보면, 선생님께서 글 쓰실 때 처음에 재일조선인문학회나 이후의 재일조선인문학예술가동맹문예동에서도 활동을 하셨지요? 그 당시 재일조선인문학예술가동맹의 한글 기관지 『문학예술』의 편집도 하셨고, (김석범 : 예, 예.) 그때 『화산도』도 처음에는 한글로 좀 쓰셨고요. 그런데 『까마귀의 죽음』[1]은 조직, 당하고 의논하지 않고 출판했다고 하셨는데.

김석범　당이 아니지만 조직하고요. 말하자면 비준받아야 됩니다.

이재봉　그런 부분에서 보면 김시종 선생님도 그렇지만, 김달수 선생님도 그랬고, 1세대에 해당되시는 작가들은 대부분, 처음에는 총련 계열이나 문예동 등에서 활동하시다가 나중에 다들 멀어지더라고요. (김석범 : 그렇죠. 조직과 떨어지죠.) 이은직 선생님 한 분만 빼고요. 예전에 이은직 선생을 잠시 만난 적이 있는데 그때 물어봤더니, 이은직 선생님은 문학을 포기했다고 말씀하시더라고요. 그런데 선생님께서는 그와 달리 문학 활동을 지속하고 계시는데, 당시 선생님의 문학활동과 총련 혹은 문예동 등과의 관계는 어땠고, 어떻게 조직과 멀어지게 되었는지, 그 이후에는 어떻게 활동하시고 생활하셨는지요?

김석범　문예동에서 활동하던 친구들이 그게 이름뿐이지 아무것도 못하지 않았습니까. 형편없어요. 하라는 대로. 글 내용도 말하자면 교조적이고 조직을 받든다는 내용 즉 '김일성 주석 만세!'라든가 그런 식으로밖에 글을 쓰지 못해요. 그러니까 글 쓰는데 뭐, 형편없어요.

이재봉　그렇죠. 지금도 그쪽 계열의 작품들은 상대적으로 문학성이 떨어지는 건 사실입니다.

김석범　옛날하고는 또 좀 다른데, 요즘은 전체적으로 자유롭지만,

1　『鴉の死』, 講談社, 1971. 「看守朴書房」, 「鴉の死」, 「觀德亭」, 「糞と自由と」, 「虛夢譚」 등 다섯 작품이 실려 있다.

그 사람들의 문학적인 생각이 틀에 박힌 데가 있어요. 그러니까 창조성이 떨어진다니까. 문예동뿐만 아니라 옛날 사회주의 리얼리즘이라고 말이죠, 일본 당도 그렇잖습니까. 지금 민주일본당 계통의 문학지 『민주문학』이라고 있는데, 그런 민주주의문학 동맹 관계에서 그리 걸작이 안 나와요. 옛날과 달라서 요즘은 상당히 자유롭잖습니까. 자유롭고 꼭 사회주의 리얼리즘을 해야 한다는 그런 것도 없고, 사회주의 리얼리즘의 결점, 결함도 이제 어느 정도 다 알게 됐고 말이죠. 여러 가지 창작 방법론이 말이죠, 옛날 진보에서 상당히 벗어났음에도 불구하고 일본 당, 그리고 북에서 좋은 예술이 나오기는 굉장히 어렵죠. 일본 당에서도 예전과 영 달라서 자유로운데, 거 이상해. 내가 그 친구들 보고 그런 이야기를 하는데, 문예동 조직의 역사에서 예술작품으로 꼽을 만한 그런 게 아마 그리 없을 겁니다. 그러니까 헛되다고는 하지 못하지만 그래도 총련에서 한 교육사업은 평가해야 하죠.

이재봉 그렇죠. 한신교육투쟁 등의 사건은 매우 중요하죠.

김용규 그런 속에서도 재일조선인작가로서의 의식이 형성되는 과정은 어땠는지요?

김석범 형성과정은 아까 내가 「까마귀의 죽음」을 쓰게 된 계기를 이야기하다가 잊어버렸는데, 이게 내 문학의 출발점인데 말이죠. 내용은 4·3사건을 다루고 있지만, 「까마귀의 죽음」은 오히려 허무주의 사상, 누구나 청년 시절에 가질 수 있는, 허무주의와 사회주의의 갈등입니다. 제가 교토대학에 들어갔을 1948년 당시에는 사회주의에 대해 원래 관심이 있었던 사회주의자입니다. 아까 이야기했던 건국동맹과도 관계가 있었고요. 하지만 다른 한편으로 허무주의에도 빠져 있었습니다. 혁명과 니힐리즘은 반대되는 것이지요. 허무주의 사상을 가지면 일본이나 당 관계에서는 반동으로 칩니다. 그러니까 학생동맹 시절에도 그 못된, 타락한 니힐리즘을 가지고 있었지요. 철저한 니힐리즘은 깨끗한 사상인데 실은, 그걸 극복하는 데 상당히 애를 썼어요. 그러니까 옛날 독일의 쇼펜하우어라든가 니체로부터 영향을 받고, 그리고 문학적으로는 도스토옙스키의 영향을 크게 받았습니다. 도스토옙스키문학에서는 허무주의자가 나오고 자살하는 사람도 많지만 니힐리즘을 극복하는 길이 있어요. 젊은 시절에는 인생을 긍정하지 못하고 무슨 가치가 있나 하는 그런 식이지만 도스토옙스키문학의 영향을 크게 받아서 어떻게 인생을 긍정적으로 살아나갈 것인지 고민을 많이 했죠.

그리고 내가 꼭 소설을 써야 한다는 생각은 없었습니다. 될 수 있으면 예술학자가 되고 싶었습니다. 그러나 어느새 소설을 쓰게 되었지요. 그런데 소설을 쓰기 위해서는 니힐리즘을 극복하지 않으면 안 되니까요. 근데 니힐리즘을 극복하는 데 어떻게 해야 하는가. 제 인생에서 가장 위기감을 느꼈던 시기는 센다이에 갔을 때입니다. 원래 니힐리즘을 가지고 있던 사람이, 오사카에서 일본공산당을 나왔죠, 혁명에서 발 씻고 나온 거죠. 그래도 앞으로 북의, 조선의 당으로 들어간다는 수단, 수단이라기보다 그 과정이었어요. 그런데 센다이에 가보니까 형편없어요, 내 자신이. 말하자면 패배야. 내가 정병우처럼 다이너마이트로 자살도 못하고 그렇게 용기도 없는 겁니다. (웃음) 그래도 살아야지요, 잘 생각해서. 어떻게 보면 나도 질긴 놈이죠. 살아오면서 배반한 적은 없지만, 내가 그 운이 좋아서 그런지 모르겠어요. 1946년도에 일본으로 왔다가 서울로 다시 돌아가지 않았던 것도 그렇고, 4·3 당시에 내가 일본에 있었던 것도 그렇고. 일본에 있었으니까 내가 거기 대해서 쓸 수 있었잖겠어요, 김시종처럼 만약 4·3을 직접 체험했었다면 저는 그에 대해서 오히려 쓰지 못했을 겁니다. 이건 이상한 거죠.

이재봉　김시종 선생은 4·3을 직접 체험하셨고, 죽음을 피해 오사카로 밀항하셨고요…….

김석범　김시종은 4·3을 체험하고 여기 왔지만, 오랫동안 그 체험에 대해서 아무 말도 안 했어요. 그러다가 헤이본샤平凡社에서 나온 『왜 계속 써왔는가, 왜 침묵해 왔는가なぜ書き続けてきたか, なぜ沈黙してきたか』2001에서 한 말이 공식적으로는 첫 고백입니다.

저는 센다이에 갔을 때 사상적으로는 죽은 것이나 다름 아니었는데, 사실 사상적으로 죽는다는 것은 존재가 죽는 게 아니겠습니까. 센다이에서 그대로 나와서 그냥 그렇게 살았다면 오래 살지는 못했을 겁니다. 그 타격이 보통이 아니었고 또 벌써 그때는 4·3의 충격이 있었지요. 무슨 정보가 들어오는 것도 아니었고, 또 밀항자들은 말도 안 하지만 친척들이 그런 얘기를 해 주지 않습니까. 내가 오사카에 있을 때인 1948년부터 밀항해 온 먼 친척으로부터 그런 얘기를 듣고 있었고요. 보통 일이 아니지 않습니까, 거기서의 대학살이. 우리는 8만이 죽었다고 생각했어요. 소문이 그렇게 났어요. 제주 사람이 그 당시 24만인데, 어디 세 사람 중의 한 사람을 죽여버리느냐고요. 미군들이 말이죠.

김용규　『4·3은 말한다』제민일보 4·3취재반, 전예원, 1994 등에도 그렇게 기록되어 있죠. 정부 공식기록은 3만 정도입니다만, 공식적 기록에는 늘 누락되는 부분이 있을 수밖에 없죠.

김석범　그렇죠. 그 충격이 컸고, 더군다나 센다이까지 가서 혁명해 보자고 했지만 못하고 마는 이런 미련한 자식이 어디 있나요? 정말로 앞길이 캄캄해서 영 희망이 없었어요. 그리고 그 4·3의 충격은 충격이면서도 그 엄청난 학살에 대한 반발, 그 충격으로 움츠러드는 것이 아니라 그에 대한 반발, 원수라면 원수를 갚아야 한다는 그런 앙심 같은 것이 또 생겨나지 않았겠습니까. 그러면서도 센다이에서 자기가 할 일을 하지 못하고 그저 돌아오게 되니까 앞길이 너무 막막했죠. 그래서 자기의 이중성, 이중성이란 건 모순을 벗어나야 그 상황에서 벗어날 수 있는 길이죠.

이런 모순을 극복해 나가는 인물이 말하자면 「까마귀의 죽음」에서 '정기준'입니다. 그 모순 속에서 '정기준'은 인생을 긍정적으로 생각해서 그것을 헤쳐나가죠. 또 「까마귀의 죽음」에서는 허무주의자라는 말이 한 번도 안 나옵니다. '정기준'이 『화산도』의 '이방근'의 원형이 되는데, 아니 아니, '이상근'이 '이방근'의 원형이죠. 그런데 '이방근'이 허무주의자라는 건 『화산도』에서도 나와요. 그런데 「까마귀의 죽음」에서 '정기준'에 대해서는 그런 말이 하나도 안 나와요. 고독이라는 말도 마지막에 한 번밖에 안 나와요. 그 고독이 절대적인 고독이라고 하나요, 그 고독을 푸는 데는 그 애인이 있지 않습니까, 거 장용석張龍石[2]의 여동생 양순亮順이, 빨치산 활동을 하는 용석이 때문에 부모와 함께 잡혀서 수용소에 갇혀 있다가 사형당하고 마는 그 양순이 말이죠. 마지막에 정기준이 권총으로 까마귀를 쏘아 죽이고, 열예 닐곱 살 되어 보이는 이미 사형당한 여자아이를 향해 총을 세 발인가 쏘죠, 사실 동지 아니겠습니까? 그래서 비를 맞으면서 걸어 나가는 데 그때 이런 말이 있어요, 소설 속에. 그저 고독이 아니라 "충실감 속에서 고독을 내몰았다"는 그런 말이 있습니다.[3] 내가 고독하다는 것이 아니라 만족하는 가운데 고독을 내몬다는 것이죠. 까마귀와 자기 동지 시체에다 총을 쏘아놓고 니힐을 넘어서지 않습니까. 그리고 바깥으로 나오는데 비가 오는데 그 짐수레도 달리고 어린아이도 있고 바구니를 짊어진 주부도 비에 젖은 채 다니고 있는 거죠. 여기서 충격을 느끼는 거야. 그 충격 속에서의 고독을 그렇게 표현한 거죠. 이건 고독이지만 고독이 아니라는 거죠. 정기준은 작품 속에서 육지 그 어디야, 광주로 일자리를 옮긴다는 말이 있었는데, 그것도 거부하고 그냥 이 땅에서, 제주에서 자기 목숨을 바치겠다는 거지. 거기서 말예요, 내가 니힐을 넘어서서 인생을 긍정하는 의미를 담았죠. 그런데

2   앞서 나왔지만, 서울에서 만났던 장용석은 이 작품에서 '빨치산' 투쟁을 하고 있고, 주인공 '정기준'의 친구로 설정되어 있다. 물론 이는 이름만 빌려온 것이지 장용석의 실제 전기적 사실과는 무관하다. 정기준은 표면적으로는 미군정청에 소속되어 미군의 통역을 하고 있지만 실제로는 빨치산으로 스파이 활동을 하는 비밀당원이다. 이 작품에서 장용석의 여동생으로 설정되어 있는 '양순'과 연인 사이이기도 하다.

3   원문은 "この充実の中で彼は孤独をおしのけた". 이후 문장은 "모든 것이 끝나고 모든 것이 시작되었다. 그는 살아남아야만 한다고 생각했다. 그리고 이 땅이야말로 자기가 의무를 완수하고 그 목숨을 묻기에는 가장 어울리는 땅이라고 생각했다(すべては終り, すべては始まったのだ─彼は生きねばならぬと思った. そしてこの土地こそは自分は義務を果たし, その命を埋めるにもっともふさわしい土地だと思った)"라고 이어진다(『鴉の死』, 講談社, 1973, 141쪽).

일본 아이들은 그렇게 인정하지 않아요. 그 소설을 쓰고 책으로 내는데 몇 년이나 걸렸습니까. 그러니까 일본문단에서, 또 사회에서 인정받지 못하기 때문에 자기가 자살한다는 것이 아니라 그 소설을 쓰지 못했다면 내 인생을 긍정하지 못했을 겁니다. 「까마귀의 죽음」을 써냄으로써 나는 인생을 긍정하는 한 걸음을 내디딜 수 있었던 거죠. 그러니까 400자 원고지 150~160매짜리 짧은 소설에는 모든 것이 담겨있죠. 나도 처음에는 몰랐었는데 『화산도』제1부, 400자 원고지로 4,500장인데, 그걸 쓰고 난 후에 언젠가 내가 다루었던 길을 보는 것 같다고 느꼈죠. 아 이건 「까마귀의 죽음」에서 시작되었구나, 「까마귀의 죽음」이 없었으면 『화산도』쓰지 못했을 겁니다. 4,500장 제1부를 쓰고 난 3~4년 뒤에 제2부를 썼죠. 그래서 모두 합치면 400자 원고지 11,000매쯤 되는데, 그걸 다 쓰고 난 뒤에도 말이죠, 이 힘의 원천은 「까마귀의 죽음」에 있다, 150~160매밖에 안 되는 그 소설이 내게는 원자폭탄 같은 위력을 가진 셈이죠. 모든 것이 거기에 담겨 있는데 그때는 그런 생각을 못했죠. 그저 그냥 패망자로 생각했죠, 비 내리는 센다이에서. 그렇게 생각하면 나 질긴 사람이야. (웃음)

이재봉　지금까지 많은 말씀을 해 주셨습니다만, 시간도 많이 지났고 해서 조금 쉬었다 계속하면 어떨까 합니다.

서민정　그러죠. 선생님 체력도 좀 걱정되고……

김용규　그게 좋겠습니다. 달달한 것도 좀 드시고, 체력도 보충해서요.

재일조선인과 통일 문제, 그리고 준국적

이재봉　이제 주제를 조금 바꾸어서 '재일조선인이란 어떤 존재인가'에 대해 말씀을 들었으면 합니다. 사실 재일조선인이라는 존재가 중국의 조선족이라든지 카자흐스탄이나 우즈베키스탄 같은 중앙아시아의 고려인과는 또 다른 존재이기도 합니다. 그리고 선생님께서는 현실적으로는 존재하지 않는 조선적朝鮮籍을 여전히 유지하고 계시고요, 이 문제를 두고 1998년 이회성 선생님과 논쟁을 하시기도 하셨습니다. 물론 선생님께서 다른 여러 글에서 이에 대해 많은 말씀을 하고 계시지만 이러한 문제들을 포함하여 과연 재일조선인이라는 존재에 대해 어떻게 생각하시는지 말씀 부탁드립니다.

김석범　이 선생이 말한 것처럼 재일조선인은 특이하죠. 미국에도 해외교포가 있고 여기저기 500~600만 명의 교포가 있다고 하는데, 다 거기 살고 있는 나라 그 나라 시민이 되어 있지 않습니까? 국적을 다 가지고 있죠, 이중국적자도 있겠지만요. 그런데 중국도 연변에 자치구가 있지만 다 중국 사람이죠. 아까 말한 도쿄가쿠게이대학에도 많은 조선족들이 유학을 와요. 그들과 얘기해 보면 한국서 온 친구들과 다름없어요. 다 우리말 잘 하고, 그런데 국적은 중국이죠. 국적이 중국이면서 조선자치구 조선족. 그래서 여기 와서 오래 사는 동안에 생각이 좀 이상하게 되는 거야, 느낌이. 중국 국민임에는 틀림없는데…….

　여기 있는 사람은 일본 국적을 갖고 있는 사람도 있지만 그럴 적에도 조선 사람 구분되지 않습니까. 그래도 감추는 사람도 있고 완전히 일본인이라는 사람도 있고, 또 요즘은 옛날과 달라서 본명 그대로 일본 국적을 가지고 있는 사람도 있지만 태반은 일본 국적이 아닙니다. 일본 국적으로 바꾼 사람은 대부분이 완전히 일본 사람 되어 버리죠. 가령 미국에 있는 사람 완전히 미국 사람이 되지는 않죠, 얼굴 생김부터 다르니까요. (웃음) 그래도 한국 국적은 없는 거죠, 미국 국적을 얻으면요. 그러면서 민족 의식은 똑똑하게 가지고 있지 않습니까. 일본은 거리가 가깝고 옛날부터 관계가 깊긴 하지만, 물론 귀화한 사람도 많이 있습니다만, 결국 일본적日本籍을 취득하지 않고 외국인으로 꾸준히 살고 있다는 것, 이게 좀 특이하죠.

김용규　　그런 존재를 디아스포라라고 흔히들 말하고 있습니다. 물론 재일조선인의 경우는 대표적인 디아스포라이고요. 이런 재일조선인 문제는 또 민족 문제, 통일 문제와 깊이 연관되어 있을 수밖에 없다는 점에서도 다른 여타의 디아스포라와 다른 특이한 존재라고 할 수 있습니다. 국가와 국민 바깥으로 밀려나 있지만 국가와 국민을 강하게 의식할 수밖에 없는 특이한 존재라는 것이죠. 이런 점들에 대해서는 어떻게 생각하십니까?

김석범　　글쎄, 디아스포라라고 하지만 디아스포라라면 미국에 있는 사람도 디아스포라라고 하고 중국에 사는 조선족도 디아스포라라고 하지만 진짜 디아스포라는 우리 재일본 조선인 중에 나이 먹은 사람들입니다. 왜냐하면 국적이 없는 사람들이니까요. 말하자면 상상, 공상, 머릿속의 사고가 조선 사람이지, 하지만 법적으로는 허허허허……. 그러니까 당당한 조선 사람입니다. 그러니까 재일조선인은 이국 땅에 있으면서도 그 이국 땅에서 끝내 국적을 취득하지 않는 사람도 있고, 또 국적 없는 사람도 있고 한국 국적을 갖고 살고 있는 사람도 있다는 것이 특이하다는 겁니다. 그러면 왜 그리 되었나. 그건 나도 어려워서 잘 모르겠네. (웃음) 그러니까 그건 원래 조선 사람의 민족 의식이 강하다고밖에 설명할 수 없어요. 물론 옛날에 친일파도 있긴 했지만, 해방 후에 우리나라가 분열된 것이 오히려 반작용을 일으키고 있습니다. 통일이 되어서 우리가 걱정 없이 편안한 나라가 된다면 일본에 있는 사람은 그렇게 모순을 느끼지 않고 세계시민으로 살아갈 수 있겠죠. 일본에 귀화, 나쁜 의미에서 귀화라 하더라도 조금 자연스럽겠죠. 요즘은 여기 김승복 대표[4]와도 그렇지만 저쪽에서 오는 사람들과는 다 자연스럽습니다. 일본에 대해서 아무런 콤플렉스가 없거든요. 그런데 여기서 나고 자란 2세들은 아무리 해도 일본에 대한 감정을 갖고 있는 거라. 그래서 그게 고마워요, 저쪽에서 온 친구들에게는요. 젊은 사람들도 그렇고 이 친구들은 일본에 대해서 정정당당히 나는 한국 사람이다, 당신은 일본 사람 이런 태도를 가지고 있습니다. 그런데 재일본조선인은 그렇게 안 돼요. 그런 태도를 가지려면 나처럼 완고히 무장을 해야지요. 보통의 경우에는 그건 힘들어요.

남북의 통일도 어렵지만, 제일 좋은 건 말이죠. 남이 민주화를 철저히 해서, 북을 흡수 통합하려는 자세를 버리고 평등한 입장에서 서로 무역하고 교류하면 남북의 생산 관계 구조가 달라지지 않겠습니까? 그러면 시민의식이란 역사적 필연이니까 그에 맞추어 발전되어

---

4   출판사 쿠온 대표. 일본에 유학 갔다가 도쿄에서 출판사를 운영하면서 한일 양국의 문화적 가교 역할을 하고 있다.

나갈 겁니다. 물론 북도 나쁘지만 남에서도 반민족적, 반통일적 세력이 많이 있죠. 민족교육도 중요한데, 민단은 민족교육이 영 형편없습니다. 총련이 지금까지 해 온 일 중에 역사에 크게 남겨야 하는 것은 일본에서의 민족교육입니다. 이걸 발전시키지 못해서…….

요즘 납치 문제가 새롭게 떠오르면서 국교정상화에 작은 희망을 가져보는데요, 일본도 경제계에서는 정상화를 바라고 있어요. 벌써 20년 전인가에도 관서전력에서 5,000억 엔인가를 투자했다는 말도 있었는데, 거 고이즈미小泉가 가기 전에도 말이죠. 그런 관계가 생기면 일본 경제계에서도 진출할 것이고요. 문제는 너무 속도가 빠르면 북의 체제가 불안정할 수 있다는 것이죠. 하여간 형식적으로라도 국교정상화는 있을 수 있는 일입니다. 일본도 과거 역사 청산도 못하고 있고, 납치 문제도 있고요. 어쨌거나 국교정상화가 되려면 일본에 있는 조선인들의 국적 문제가 새로 제기됩니다. 그러니까 조선적을 갖고 있는 사람들이 아마 몇 만 명 남아 있지 않을 겁니다. 거의 다 한국 국적을 취득했으니까요. 조선적으로 남아 있는 사람들은 거의가 총련계 사람들이고요. 총련계 아니라도 나처럼 조선적을 갖고 있는 사람도 물론 있어요. 앞으로 국교가 정상화되었을 때 생각할 수 있는 것이 국적 선택의 자유에 관한 겁니다. 일본에서는 될 수 있으면 조선적을 그대로 조선인민민주주의공화국으로 하고 싶은 거야. 그래야 간단하지 않습니까. 총련에서도 아마 그렇게 할 것이고. 그러나 나처럼 북을 선택할 생각이 없는 사람들에 대해서는 상당한 공작이 들어 올 겁니다. 그때 어떻게 되는지 몰라요. 총련은 살아남기 위해서 정치적으로 그렇게 해야겠죠. 그러면 한국 국적으로 고치는 사람이 또 늘어날 테고, 일본 국적으로 가는 사람도 많을 겁니다. 그래서 조선적이 몇 명이나 남을지 모르겠지만 남긴 남겠죠. 선택의 자유가 있다는 전제에서요. 어쨌건 조선적으로 남는 사람은 어떻게 되는지, 그건 나도 모르겠어요. 이회성과 논쟁을 한 것도 국교정상화가될까 싶어서 그랬던 거죠. 그러니까 앞으로 국교정상화가 된다면 일본에 있는 조선적을 가진 사람들을 공화국으로 하게 되면 이 사람들에게는 선택권이 없지 않습니까. 이 사람들의 기본적인 인권은 어떻게 되느냐, 개인적으로는 잘 모르겠지만 그런 사람들이 몇천 명이 된다면 집단적으로 사회 문제가 되는 겁니다. 그래서 북과 남이 일본과 국교정상화가 될 경우에 일본에 있는 국적 없는 사람들을 구제하기 위해서 남북이 협상을 해서 남북에 다 통하는 준국적을 만들었으면 하는 거죠. 서로 인정만 하면 준국적으로 서로 출입을 할 수 있는것 아니겠어요? 십수 년 전에 주장했던 것을 다시 한 번 말하는 겁니다. 남북통일을 전제로 우선은 일본에 있는 국적 없는 사람들을 위해서 준국적을 만들라, 국적을 줄 수 없거나 또 한쪽에서 이것을 받지 않을 수도 있지만 같은 겨레니까 이 사람들을 구해야 했으면 하는 거죠. 준국적을 만들어서 일본에서 무국적자를 구제하는 남북협상을 해야 하는 거죠. 동시에 재일조선인 무국적자를 위한 준국적만이 아니라 남북에서 통할 수 있는 준국적을 만들어서 그것을 가지면자유롭게 왕래할 수 있도록 했으면 좋겠어요. 통일을 전제로 해서 말이죠. 언젠가는 통일을 해야 하지 않습니까? 입으로만 통일을 말하지말고요. (웃음) 이전에 김대중 대통령이 말했듯이 순차적으로 통일을해 나가야죠. 반동강 난 것 어느 쪽도 내게는 조국이 아닙니다. 이전에 한국에 가서 한국 사람들에게 당신들 한국 국적이 그렇게 자랑스럽느냐고 말한 적 있죠. 반쪽으로 동강난 국적이 그렇게 자랑스럽느냐고……. 동강난 국적이라는 의식을 가지고 한국 국민이라는 생각을 해야 하지 않겠어요. 나는 조선적으로 되어 있지만 북조선을 지지하는 사람도 아니고 한국 국민도 아니라고 말했죠. 그렇지만 한국 국민이 아닐 뿐 한국 사람이지 내가, 제주 사람이고. (웃음) 이런 모순점이 통일을 잊어서는 안 된다는 하나의 전제가 되는 거야. 이런 존재가 있다, 언제까지 분단되어 있어야 하냐는 거죠. 통일 문제는 꿈같은 일이지만 꿈이든 뭐든 통일해야 되지 않습니까.

김용규　물론 저희 세대의 사람들은 통일이 된다고 전제하고 있습니다. 그런데 선생님께서도 알고 계시지만 현재, 남북 모두 정권을 유지하기 위해서 분열된 상황을 교묘하게 이용하고 있다는 점을 저희들은 분노와 동시에 우려하고 있습니다. 권력을 잡은 사람들 혹은 기득권자들이 크게 각성을 하지 않거나 국민들이 크게 성숙한 의식을 가지지 못한다면 현실적으로 통일이 어렵지 않겠나, 이런 생각도 가끔 하기도 합니다. 일본에서, 선생님과 같은 입장에서 한반도를 바라볼 때 통일을 가로막는 걸림돌은 무엇이라 생각하시는지요?

김석범　통일 안 되는 이유? 그건 우리의 의지가 아니라 외세에 의해 남북으로 분할되었다는 것, 그리고 6·25는 북에서 먼저 침략했지만 도화선은 해방 직후에 남에서부터 있는 겁니다, 내 개인적인 생각이지만요. 맨 처음에 신탁통치 문제가 있지 않았습니까? 1946년 정월에 미소공동위원회 1차 회의가 실패하고 2차 회의가 5월에 있었는데 그때는 나도 서울에 있었어요. 신탁통치가 10년이던 것이 소련의 주장대로 5년으로 단축되었죠. 그래서 그 당시에 정당, 사회 단체 일꾼들하고 협의해야 하는 게 처음 해야 할 일이었어요. 신탁통 치를 미소 대표 둘이서만 하는 게 아니라, 조선인민의 대표들하고 같 이 하자는 게 그 내용이었어요. 그런데 어떤 단체를 참여시키느냐 하 는 문제를 두고 처음부터 갈렸어요. 이승만은 우익에 친일파까지 다 참여시키려 했거든. 소련 측에서는 신탁통치를 반대하는 인사들이 속한 단체는 참가시킬 수 없다는 입장이었죠. 그런데 1945년 모스크 바 삼상회의에서 신탁통치가 결정된 후 좌익에서도 처음에는 다 반 탁이었어요. 그런데 며칠 뒤 찬탁으로 돌아섰어요, 허허허허……. 그 때 거 어디야, 서울에서 정초부터 데모한 것도 생각나는데…….

그런데 이승만이 들어오잖아요. 김구도 해방 후에 들어오는데 임 시 정부 대표라든지 하는 간판들 다 박탈당합니다. 개인 자격으로 들 어왔지. 그리고 인민공화국도 9월 6일인가 해산당하고. 그러니까 미 군정 입장에서는 총독부 기구를 받아서 계승하는 것밖에 다른 것은 인정할 수 없다는 것이었죠. 그런데 군정과 이승만이 붙어 있는 거 야. 미소공동위원회에서 4개국의 신탁통치를 반대하는 인사들과 단 체는 참가시킬 수 없다는 소련의 입장은 당연하지 않습니까? 꿈같은 얘기잖아요. 5년 동안 서로가 협상해서 5년 후에 조선에 통일된 임 시 정부를 세운다는 것이고 그 동안 신탁통치를 한다는 거잖습니까. 그런데 여러 선생님들도 아시는 바와 같이 친일파들도 참가시키자 는 게 미군정의 주장이었고, 이승만은 친일파는 아니었지만 미군정 과 같은 입장이었죠. 여기서 서로 합의를 보지 못했어요. 5월에 2차 회의도 실패하고 6월에 이승만이 정읍에서 남한의 단독 정부를 수

립해야 한다고 말하죠. 벌써 그런 방향에서 미소공동위원회가 성공하기 힘들다, 또 그걸 미국이 바랬고요. 이승만도 철저한 반공주의자이고 미소공동위원회를 겨우 두 번 하지 않았습니까. 이듬해 7월인가에 또 한 번 해 가지고 이리 된 거잖아요. 그 전에 1946년 말에 이승만이 미국으로 가죠. 거기서 미국 정부와 단독선거 공약을 한 거죠. 1948년 문제가 아니고요. 책에는 안 나오더라도 사실이란 건 엄연히 존재하는 겁니다. 대한민국 헌법 전문에 '3·1운동으로 건립된 대한민국임시 정부의 법통을 계승'한다고 되어 있지 않습니까? 지나간 일이라 다 어쩔 수는 없지만 역사를 바로 잡아야 하는 거죠. 4·3도 그렇고요, 해방공간의 역사도 북은 일방적으로밖에 말하지 않을 겁니다. 한국에서는 그래도 바로잡을 만한 객관적 토대가 이루어져 있어요. 지금까지 오랫동안 현대사는 터부시되어 왔지요. 다들 고대사라든가 그런 것만 하지. 일본에서 한국 역사 공부하는 사람들은 다 그렇습니다. 일본에서는 무서울 게 없는데도 말입니다. 앞으로 한국에 가서 대학교수 하지 못할까 봐서 그런지 모르겠지만, (웃음) 친일파 문제 연구하는 사람도 없고, 미군의 역사도 생략된 역사들이 여럿 있죠, 다들 알고 계시지 않습니까? 친일파? 내가, 소설쟁이인 내가 하도 답답해서 말이지. 지나간 일이지만 그렇다고 파묻힐 순 없는 겁니다. 통일하기 위해서는 또 한 번 역사를 되돌아가야 해요. 대단히 어렵지만 그래야 역사를 바로잡을 수 있고 옛날식으로 말하면 민족정신을 세울 수 있는 겁니다. 친일파들 때문에 한국의 인심, 도덕성이 얼마나 타락했습니까? 반공만 하면 사람을 죽여도 좋은 거야. 김일성도 혁명 전통 그것만 갖고 주장하고 있는 거잖아요. 그것도 안 되는 거야. 혁명운동도 여러 곳에서 했지만 말이야.

김구 선생은 실천운동을 거의 못하지 않았습니까? 김구 선생이 제일 안타까운 건 광복군 만들어 놓고 훈련하는 동안에 해방되어버린 거야. 그리고 그의 잘못이라기보다 통일을 위한 그의 열정 때문이기는 하지만 반탁운동을 이승만하고 같이 했잖아요. 그러니까 이승만한테 넘어간 거야. 그래서 나중에 단독선거할 때 북으로 가지 않습니까? 이미 때가 늦은 거죠. 그러니까 나중에 다, 여운형도 그렇고 김구 선생도 그렇게 암살당하잖아요. 그러니까 되지 못한 한국의 해방공간 역사를 바로잡아야 정신적으로 통일된다는 거야. 그런 걸 무시하고 뉴 라이트 사람들이 이승만을 국부로 모시고 말이야. 역사는 그저 이데올로기 싸움이 아니라 역사의 진리를 가지고 맞서 싸워야 하는 거죠. 그러니까 디아스포라 문제도 그런 데서 나오는 겁니다. 다 관계되어 있는 것이죠.

요는 분열의 원인이 외세와 역사를 똑바로 보지 못하고 외세와 결탁한 세력, 특히 이승만 같은 친미주의자에 있다는 겁니다. 미소공동위원회 결렬을 바라면서 단독 정부 수립을 위해서 공작을 하러 다니지 않았습니까? 그때 미·영·중·소와 조선의 임시 정부가 신탁을 했더라면 꿈같은 얘긴지 모르지만 6·25도 터지지 않았고 통일 정부가 수립되었을 수도 있었겠죠. 앞으로 통일논쟁할 적에는 왜 분열되었느냐, 외세 때문에 그렇게 되긴 했지만 왜 단독선거가 이루어졌느냐 하는 것을 꼭 따져야 한다고 생각합니다.

서민정 　결국은 해방공간 5년 동안의 반성이 철저하게 이루어지면 그에 대한 각성도 같이 있어야 할 것 같네요.

김석범　그러니까 우리 조국, 남북이 다 조국이지…….

이재봉　결국 통일되어야 조국이라는 말씀이시네요.

김석범　그렇죠. 그런데 지금은 제도화되지 못한 거예요. 지금은 분열이 제도화되어 있는데 그건 통일이 아닌데……. 식민지시대에도 똑같이 압박을 받은 민족인데 분열되어 있다는 것은 말이 안 되지.

월경하는 존재와 일본어문학

이재봉　그러면서도 선생님께서는 「문화는 어떻게 국경을 넘는가 文化はいかに国境を越えるか」『国境を越えるもの』, 文藝春秋, 2004라는 글에서 재일조선인 그 자체가 월경적인 존재라고 말씀하고 계시기도 합니다. 어떤 의미로 그런 표현을 쓰시고 계시는지요?

김석범　월경적인 존재라는 건 재일조선인의 문학이 일본문학이 아니란 것이 그렇다는 뜻입니다. 일본에 대한 반박이지요. 속으로 재일조선인이라는 존재는 너희 일본들과는 같은 문학을 하지 않는다는 거지요. 하위문학 상위문학이 뭐예요, 그래? 요즘은 그따위 소리는 안 하는데. 그러니까 일본인들이 그런 얘기를 해도 문장으로 반대하는 재일조선인이 별로 없어요. 요즘 일본어문학이라는 말이 나오고 있지 않습니까. 그러니까 일본이란 나라가……, 이렇게 놓아둬 버리면 결국 이런 말할 사람도 없어지겠지만 누군가가 그런 글을 남겨 놓으면 흔적이라도 남지 않겠어요? 그러니까 분열된 조선을 원하지 않는다는 것, 일본에 동화하지 않는다는 것, 이거는 지금도 국경 넘는

사회에서는 그 나라와 조화해야 하고요……, 이건 좋은 일이지만 그 나라에서 자기 자신의 정체성, 아이덴티티를 세울 수 있어야 한다는 말입니다. 미국에서는 미국 국적을 가져도 한국 사람, 미국 시민권을 가지고도 한국 사람이어야 다시 말해 미국 사람을 대해도 정정당당해야 되는 거예요. 그렇잖아요? 과거 역사를 아직도 깔끔하게 청산하지 못했고 식민지적 노예상태를 완전히는 벗어나지 못하고 있다는 말입니다. 그러니까 진정한 아이덴티티를 아직도 확립하지 못하고 있지 않습니까. 그 상태를 벗어나지 못한 채 지금까지 살아온 거예요.

재일본조선인문학도 그런 겁니다. 일본문학의 주류인 사소설이라는 영역이 있지 않습니까. 그러니까 그런 것에 대항하는 것, 반발 등이 하나의 운동으로는 되지는 못할지언정 뭐 거기에 동조하는 사람도 있다는 거죠. 일본문학에서 노벨상을 몇 사람이 받았는데 말이죠, 뭐 그렇게 세계적인 문학이 일본에 있는지 저는 잘 몰라요. 내가 일본어문학이라고 하는 건 일본어로 쓰여진 문학을 통틀어서 일컫는 겁니다. 재일본조선인문학만을 일본어문학이라 하는 게 아니에요. 일본문학도 모두 포함해서 일본어문학인 거죠. 그러면 나는 소위 명치明治 이래 일본 근대문학이 백몇십 년 지나지 않았습니까? 그런데 문학을 산술처럼 누가 낫고 누가 못하다고 할 수는 없잖아요. 거기다 그런 등급을 매긴다는 것 예술에 대한 역모입니다. 그렇지만 거기서 수준 높은 문학이 있겠고 그렇지 못한 문학이 있지 않겠습니까. 나는 백여 년 동안의 근대 일본문학 작품들과 비교해서 우두머리는 아니겠지만 그 사람들보다 예술적 수준이 전혀 떨어지지는 않는다고 생각하고 있어요. 위도 아니고 아래도 아니야. 그건 왜 그러냐? 식민지 사람이었기 때문에 나 안의 식민지성을 극복하기 위해서 그런 겁니다. 일본인들이 조선인을 깔보는 좋지 못한 경향이 있죠. 내가 『화산도』, 물론 4·3이 주제의 큰 부분이지만 이 작품을 쓴 이유 중 하나는 일본 애들이 쓰지 못하는 것이기 때문입니다. 일본에서는 사소설을 순문학이라고 하고 이것이 진정한 문학, 본격문학이라고 하죠. 일본에선 본격문학, 순문학에서 400자 원고지 11,000매짜리 작품을 쓴 사람이 없잖아요. 노마 히로시野間宏가 전후문학에서 8,000매 쓴 게 있지만요. 그보다 3,000장이나 더 쓴 사람이야, 내가. 일본 사람들이 이런 게 안타까운 거죠.

내가 우익이 아니라 좌익 아닙니까. (웃음) 재일본조선인이고 좌파야. 이런 게 또 일본문단의 이데올로기와 안 맞아요. '일본문예가협회'라고 있어요. 난 거기에 일체 들어가지 않았습니다. 그런 만큼 일본문단과 연계가 없어요. 반감 때문만이 아니라 거기 들어가려면 회비도 내야 하는데, 그 돈으로 술 마시지 말이야. (웃음) 여기 있는 재일본조선인 작가들 말이야, 이회성은 물론이고 양석일 등도 다 일본문예가협회에 들어있어요. 내게도 거기서 집요하게 권유가 오긴 했지만 미안하지만 끝내 들어가지 않았어요. 그래서 일본문단과는 관계가 깊지 못해요.

김용규　　그런 태도와 위치가 선생님 문학의 중요한 특징으로 드러나는 것 같습니다. 그래서 선생님의 그 위치가 대단히 소중하게 느껴집니다.

김석범　　그래도 그 사람들이 속으로는 어떻게 생각하는지는 몰라도 적어도 밖으로는 내게 큰소리치지 못해요.

김용규 그럴 수밖에 없겠죠. 일본문학에서 없는 점을 선생님 문학이 지니고 있으니까요.

김석범 소설은 픽션인데 말이죠, 일본 사람들은 자기가 체험해 보지 못한 세계를 쓰지 못하잖아요. 그런 점에서 일본문학에서는 김석범이 달갑지 않죠. 그 점은 내가 잘 알고 있고 그렇다고 내가 그 사람들 비위 맞춰서 살 생각도 없고, 지금까지도 그렇게 살아왔어요. 거기다 내가 나이가 있으니 할 말은 해놓아야지요. 말하자면 내가 말하는 일본어문학이란 우리, 나라 잃은 사람의 정체성 찾기와 연관되어 있습니다. 일본어로, 더 널리, 일본문학이 월경하라는 것이지요.

김용규 중요한 말씀입니다. 제 전공이 영문학인데, 영문학 안에서는, 아프리카 작가 아체베Albert C. Achebe 라든지 소잉카Akinwande Oluwole Wole Soyinka 등의 문학을 영문학이라고는 하지 않거든요, 영어를 쓰지만. 그들은 그걸 통해서 훨씬 더 범위를 확장시키는 위치를 가지고 있습니다. 그런데 아체베나 소잉카 등의 작가들은 나이지리아, 케냐라는 자기 나라 안에 있지요. 반면 김석범 선생님 같은 경우는 일본에 있다는 겁니다. 일본문학과 선생님의 일본어문학이 같은 공간, 같은 지역 안에 있기 때문에 어떤 의미에서는 훨씬 더 큰 독자성을 가질 수 있는 위치라는 생각이 듭니다, 제가 볼 때는. 밖에서 영문학을 월경하기는 쉬운데, 실제로 아체베나 소잉카는 둘 다 노벨문학상을 받기도 했지요. 그런데 일본문학 안에서 일본어문학이라는 걸 통해 월경한다는 이와 같은 방식은 사실 대단히 드문 일입니다. 이런 점에서도 적극적인 평가가 필요해 보입니다.

재일조선인의 일본어, 언어의 보편성

김석범　네, 네. 앞으로 아마 더 늘어나겠죠. 지금 일본인이 아닌 작가들이 많이 등장하고 있고요. 문제는 앞으로도 그렇지만 그 사람들이 얼마나 큰 작품, 좋은 작품을 쓰느냐 하는 문제입니다. 문학이란 단순한 숫자 문제가 아니거든요. 숫자가 많다고 수준이 높은 문학이 나오는 건 아니라는 거죠. 높은 수준의 문학을 창조한다는 것, 그것이 앞으로 일본인이 아닌 사람들 속에서도, 그러니까 재일조선인／한국인문학에서도 그런 작가들이 많이 나와야겠죠.

김용규　그런 차원이 세계문학적 보편성을 가질 수 있을 것 같거든요.

김석범　그렇죠. 하나의 보편성이죠. 말이란 건 번역할 수도 있는 거고. 말을 그 나라 내셔널리티nationality와 같이 엮어서 고정불변인 것처럼 붙이면 안 된다는 거지요. 언어라는 것이 민족성, 개별성을 초월해서 번역될 수 있는 보편적인 부분도 있는 것 아니겠습니까. 그런 것이 국경을 넘는 하나의 수단이고 말이죠. 그런 관점이란 게 일본이 얼마나 번역을 해왔고 번역을 통해 영향을 받았나 하는 것과 연관됩니다. 일본이 번역이 아주 강한 측면이 있는 반면 일본문학이 자기 틀 안에 갇혀 자유롭지 못한 것도 사실이거든요. 그러니까 김석범의 일본어문학이 재미가 적을지 모르겠지만, 요즘 많은 젊은 외국인들이 들어와서 하는 문학은 큰 영역으로 받아들이고 있잖아요. 좋은 작품을 쓰는 외국인 작가들이 많이 나오면 일본문학을 위해서도 좋은 겁니다. 그러면 국제성을 더 가지는 거예요.

이재봉　보편성 이야기가 자연스럽게 언어 문제로 넘어갔네요. 선생님께서는 재일조선인의 언어 문제에 많은 관심을 가지고 계시고 이에 대한 생각들도 정리해서 많은 문장으로 남겨 두고 계십니다. 그런 글들에는 '언어의 보편성' 문제가 거의 중심에 놓여 있습니다. 물론 언어란 어떤 형태로든지 '주박呪縛' 하는 힘을 가지고 있는 것이고 '어떻게 주박에서 벗어나 작가로서의 자유를 스스로 획득해 갈 것인가' 하는 문제를 제기하시면서 결국은 언어가 지니고 있는 보편성에서 그 대답을 찾고 계시기도 합니다. 이와 같은 점들이 방금 말씀하셨던 일본어문학의 보편성, 더 나아가 세계성, 국제성과 연관되지 않을까요. 조금 전에 잠깐 말씀하셨지만 언어와 문학이 지닌 보편성에 대해 좀 더 설명해 주십시오.

김석범　일본의 문학 전통이란 사소설이 주류이고 사소설을 순문학이라 하고 있습니다. 전시 중 즉 식민지 시기에는 조선문학도 그런 영향을 받고 있었고 말이지요. 「까마귀의 죽음」이 초기에 속하는 작품인데 이 작품도 일본문학의 영향 안에만 있었다면 쓰지 못했을 겁니다. 나는 일본문학을 많이 읽지 않았어요. 일본문학만 많이 읽고 그 논리에 동의했더라면 그런 작품은 쓰지 못했겠죠. 소설은 어디까지나 허구, 즉 픽션 아닙니까. 일본문학의 전통이라는 건 꾸며내는 것, 허구성을 싫어해요. 자기 주변, 신변잡기 같은 걸 충실하고 성실하게, 그리고 거짓말한 사실도 성실하게 그려야 한다는 입장이 강하죠. 작품에 대한 평가도 그런 것이 기준이고요. 일기도 문학으로 칠 정도로요. 그런데 픽션이란 건 대중소설, 순문학이 아니라는 식으로 몰아치는 경향이 있어요.

그런데 「까마귀의 죽음」을 쓸 때는 언어 문제를 그렇게 깊이 생각한 때가 아니었습니다. 그저 쓰고 싶은데, 4·3의 충격도 있고 센다이에서 말하자면 탈락해서 나온, 정신적으로 사경을 헤매고 있었는데, 거기에서 벗어나야 했죠. 그러기 위해서는 제주4·3을 주제로 삼는 것이 적절하지 싶었습니다. 잘은 모르겠지만 그 당시 제주에 '정기준' 같은 이중스파이가 있었을까요? 아마 없었을 것입니다. 상상력으로 이런 허구적 인물을 꾸며내어서 실존주의적 허무를 극복해 나가고 싶었던 겁니다. 이런 수법에 사소설은 어울리지 않아요. 사소설은 경험하지 않은 것을 쓰지 않으니까요. 사소설적 수법에서 벗어났기 때문에 「까마귀의 죽음」을 쓸 수 있었던 것입니다. 일본 작가들은 상상력으로 없는 것을 만들어 내는 데에 서툽니다. 그런 것은 대중문학이라 하여 몰아내야 한다고 생각하고 순문학이란 어디까지나 자기 주변을 충실하게 쓰는 것이어야 한다고 생각하니까요. 그러니까 나의 문학은 그 출발부터 사소설이 아닙니다.

물론 재일본조선인문학이 일본문학의 영향을 받아서 다 사소설적 경향이 강합니다. 물론 허구인 것도 있지만요. 지금은 돌아가셨지만 아쿠타가와상을 받은 히노 게이조日野啓三, 1929~2002, 1974년 아쿠타가와상 수상 같은 친구는 후에는 평론을 썼는데, 언젠가 한 번 우연히 만났더니 제게 "金さんは大変な. 대단한 고생을 하셨습니다"라고 하더라고요. 그래서 무슨 말인가 물었더니 "제주에서 그런 엄청난 경험을 하셨더군요"라고 하더라고요. 그게 아니라 허구이며, 내가 꾸며내어서 썼다고 하니까 깜짝 놀라는 겁니다. 그런 일이 종종 있어요. 소설은 작가의 실제 경험이라고 생각하니까요. 그러니까 저의 방법론과 일본 사소설의 방법론은 안 맞는 거죠.

1970년에 들어서 제가 언어 문제를 다루기 시작했는데 언어의 주박을 벗어나는 데는 프랑스 언어학자 소쉬르의 영향을 많이 받았습니다. 내가 말하고 싶은 언어의 두 측면은 개별성과 보편성입니다. 개별성이란 언어는 그 언어를 사용하는 집단, 일반적으로는 민족이죠. 그와 관련되어 있다는 것입니다. 일본어도 한국어도 다 민족과 연관되어 있죠. 발음도 그렇고 글자의 모양도 그렇고요. 또 하나의 측면은 보편성, 말하자면 그것을 다른 언어로 대체로 번역할 수 있다는 것이죠. 그러니까 근대 일본말이라는 건 거의 서양말을 일본어로 번역한 것이고, 그것이 중국과 한국에도 퍼져 나간 것이죠. 이런 점은 일본이 동아시아에 큰 공헌을 한 것이라 할 수 있죠. 이런 번역을 통해 근대 문명을 동양으로 보편화시키는 데 큰 공헌을 했다는 것이죠. 내가 작가로서 언어의 주박을 느낀 것은 일본어의 민족적인 측면입니다. 모양만이 아니라 일본어 발음이나 글자 등이 일본적인 것이지 조선적인 것이 아니지 않습니까. 그런 데서 주박을 느끼기 시작한 것이죠. 일본 사상뿐만 아니라 글 자체로서 말이죠. 그것과 더불어 이전에 일본의 식민지였다는 사실 등과도 관련되어 있습니다. 나 자신이 가지고 있는 일본적인 의식의 잔재, 일본어가 가지고 있는 개별적인 구속성, 그런 주박, 더 나아가 우리를 지배한 지배자의 글로 써야 한다는 굴욕감 이런 것을 견디기 힘들었던 겁니다.

예를 들어볼까요. 이전에 이 사람들이 일본의 신이라는 아마테라스 오미카미天照大神 등을 다 우리말로 번역해서 친일신문『매일신보』등에 실어서 원래 조선말에 없는 괴상망측한 일본어를 일제 말기에 유행시켰습니다. 서양 근대 문명의 말이 아니라 옛날 일본 신화의 이상한 말들을요, 그런 영향을 우리가 다 받고 있는 거예요. 그런 식민지 지배자의 말을 피지배자가 써야 한다는 것, 이것은요 외국 사람이 일본에 살면서 일본어를 공부해서 일본문학을 하는 것과는 다릅니다. 우리는 억제당하고 지배당한 겁니다. 우리를 지배하고 노예화했던 자들의 언어로 문학을 한다는 것은 윤리적인 문제이기도 합니다. 아까 말씀드린 개별성과 보편성의 문제가 논리적인 문제라면, 이 윤리적이고 논리적인 문제가 동시에 쓰는 사람의 자유를 구속하고 또한 그 구속에서 좀처럼 벗어나기 힘들었다는 말입니다. 물론 굴욕적이라 생각하지 않고 그 문제를 도외시해버리면 되겠지만 그것은 문학을 하는 사람의 진정한 태도가 아니겠죠. 그 중에는 이 문제를 그다지 고민하지 않는 사람도 있긴 하겠지만 나는 견디기가 매우 힘들었습니다. 이것을 어떻게 극복할 것인가? 원수를 갚지는 못할지언정 그 영향과 주박에서는 어떻게든 벗어나야 했지요.

하지만 소설가는 소설을 써야만 하지요. 소설을 쓰지 못하는 사람은 소설가가 아니지요. 그런데 문학이란, 예술이란 언어를 포함해서 말이죠, 그림이든 음악이든 다 개별성과 동시에 보편성이 있는 겁니다. 이 두 가지 측면이 공존한다는 측면에서는 문학도 다름이 없습니다. 보편성 없는 문학이란 일본문학처럼 사소설에 꽁꽁 묶여서 바깥으로 나오지 못하는 것, 자기의 울 안을 세상천지라고 하는 것이 일본의 사소설이죠. 그래서 조선의 문학을 그 틀 안에 넣자는 거 아닙니까. 그래서 아까 말했지만 말이 갖고 있는 기능적인 문제, 말의 작용, 여기에 영향을 받지 않습니까? 실제로 일본어로 글을 쓰고 있기

때문에요. 그리고 거기에는 암만 해도 일본적인 의식이 들어 있는 겁니다, 단어 같은 데도요. 모양만 보더라도 의식이 다른 것 아닙니까, 한글과는 다르잖아요. 이런 걸 어떻게 극복해 나가느냐, 그건 말이 갖고 있는 형태, 모양입니다. 그리고 말의 뜻 '붉은색'과 '아카이^{あかい}'는 한자로 쓸 때는 붉을 적赤 자를 같이 쓰지만 한글로 쓸 때와 가나로 쓸 때는 모양도 다르죠. 하지만 의미는 대체로 같죠.

이렇게 말에는 양 측면이 있는 겁니다. 특히 19~20세기에 들어오면 일본어에는 전통적인 말이 거의 사라집니다. 우리는 옛날 『홍길동전』에 있는 말이 지금도 어느 정도 통하죠. 내가 일본의 고전을 잘 모르기는 하지만 일본의 고전은 현대문학과 잘 통하지 않아요. 그래서 어렵고 이상해요. 우리말은 근대화되었지만 이전의 말과 기본적으로는 통하는 데가 있어요.

그러니까 지금의 현재 20세기의 일본어라는 건 벌써 보편화되어 있는 겁니다. 특히 과학, 학술 용어라는 건 일본의 번역어를 발음 그대로 옮겨 놓은 거야. 거의 다 한자로 번역되어 있기 때문에 영어 스펠링과 일본어 모양만 다르지, 내용은 다 같은 거죠. 특히 과학 용어는 일본어의 큰 공헌이죠. 우리들도 혜택을 많이 받고 있지 않습니까? 그런데 과학 용어는 그대로 번역이 통하지만, 예술은 그렇지 못하다는 거예요. 문학어에는 여러 가지 뉘앙스가 있지 않습니까? 그러니까 번역하는 데도 여러 가지 변형이 있는데 이것을 어떻게 하느냐 하는 것이 중요하죠. 여기서 내가 중요하게 생각하는 것이 허구입니다. 허구는 번역할 수 있는 말로라도 통합니다. 하나의 이미지, 생각, 상상으로 머릿속에 떠올릴 수 있기 때문이죠. 글자의 모양 그대

로 떠올리는 게 아닙니다. 일본말로 너무 신변잡설적인 사소설을 쓰면 그런 풍습을 모르는 사람에게는 안 통하는 경우도 있겠죠. 하지만 인간이 가지고 있는 보편성, 특히 20세기에는 민족이 달라도 여러 가지 공통점이 있습니다, 표현이 달라도요. 그것이 보편성이고 세계문학이지, 말하자면. 테마가 달라도 도스토옙스키 같은 사람은 이미 19세기 말에, 지금 세계문학도 초월하지 못하는 그런 보편성을 가지고 있지 않습니까? 그가 그렇게 우주적인 세계적인 것을 쓴 건 아니잖아요. 『카라마조프 형제』 같은 일가족의 문제에는 그런 보편성이 들어있는 겁니다. 인간이 가지고 있는 여러 가지를, 픽션 그러니까 허구로써 하나의 소설 세계를 구축한다, 그러니까 허구라는 것은 말을 초월할 수 있는 겁니다. 허구라는 내용이, 이미지라는 것 자체가 말이죠. 일일이 글을 하나하나 다 보면서 다 이미지화하는 건 아니지 않습니까? 정확하지 못하지만, 글을 떠난 후에도 소설 세계라던가 그런 걸 이미지화할 수 있는 거예요. 사람이 어떻게 행동했다던가, 어떻게 사람을 죽였다던가 말이죠. '고토바오못테言葉を持って, 말을 가지고 말을 초월' 하는 게 아니라 '고토바니욧데言葉によって, 말에 의거해서 말을 초월' 하는 것이죠. 일본어에 의거하면서 일본어의 틀을 내가 초월한 건 일본어의 형태에 의거하면서도 그것을 초월하는 허구 세계를 만들어 놓는다는 것이죠. 허구 세계란 건 일본어가 아니라도 충분히 이해할 수 있는 세계, 그건 번역의 세계죠. 그러니까 『화산도』가 일본어가 아니라 우리말로 번역되어도 이해할 수 있는 것이죠.

그리고 또 하나는 맨 처음에 '니혼고데 조센오 가케루카日本語で朝鮮を書けるか, 일본어로 조선을 쓸 수 있느냐?' 하는 게 나에게 하나의 명제였습니다.

'일본어로 조선을 어떻게 쓰느냐?' 이게 어려운 일이지만 나는 쓸 수 있다는 그런 결론을 내놓았습니다. 불충분하지만 지금까지 써 왔고요. 그러니까 말이 가지고 있는 기능적인 면을 이용하면서, 학술어와는 다른 문학용어랑 살고 있는 겁니다. 그러니까 학술용어는 그냥 옮겨 놓으면 되지만, 문학용어란 말 자체의 힘이 있지. 허구 세계는 말을 어떻게 사용하는가 하는 것이고 그때 말은 초월의 세계입니다. 거기서 작가의 자유도 얻고, 일본어가 갖고 있는 구속, 속박, 주박에서 벗어날 수 있습니다. 자유도 있고 작품이라는 하나의 세계를 구성할 수도 있다는 것이죠.

이재봉　　그 비슷한 말씀을 김시종 선생님도 하고 계시죠. 더듬거리는 일본어를 사용하면서 일본어에 익숙하게 되지 않는 것, 어린 시절부터 몸에 붙은 일본어를 비틀고 더듬거리게 하여 낯설고 익숙하지 않게 만들어버림으로써 새로운 의미를 만들어 내는 것, 그러기 위해서는 자신의 삶 속에 있는 일본어를 언제나 똑바로 응시해야 한다는 역설적인 말씀 말입니다. 선생님께서 방금 하신 말씀도 김시종 선생의 그런 역설과 상통하지 않습니까?

김석범　　그 친구에게는 일본말에 대한 원수 갚음이 있습니다. 옛날에 너무 일본어에 익숙해 있었지. 식민지시대에는 완전히 일본 사람이라 할 정도였지. 황국신민 교육만을 받았으니까.

이재봉　　예, 스스로 황국소년이었다고 말씀하시기도 하니까요.

김석범　　그러니까 그 친구는 해방 이전 자기가 일본어의 세계밖에 몰랐던 황국소년이었다는 사실이 4·3 와중에 일본으로 오면서 자기 반성적인 성찰을 보이면서 그런 통찰을 하게 된 거지.

이재봉　이런 문제들은 어찌 보면 결국은 선생님께서 조금 전에 말씀하셨던 '일본어로 조선을 쓸 수 있는가?' 하는 문제와 연결되는 것 같습니다. 이 문제는 해방 직후부터 『조선문예』 등에서 논쟁적으로 다루어져 온 문제이기도 하고요. 여기 대한 천착이 재일조선인문학의 중요한 줄기를 이루고 있지 않은가 하는 것이 제 생각이기도 합니다. 김석범 선생님께서는 이런 고민의 뿌리를 어디에서 찾고 계시는지요? 김사량에 대한 글도 여러 편 남기셨던데, 혹시 이런 점과 관련이 있는지요?

김석범　음, 김사량이라……. 김사량을 특히 의식하지는 않았어요. 그 사람은 여기 2~3년 정도밖에 있지 않았고. 김사량을 재일조선인 작가라고 할 수 있을지 모르겠습니다만, 줄곧 일본어로 썼죠. 일본어를 잘 쓰기는 김사량에게 미칠 사람이 별로 없을 겁니다. 김달수金達壽도 김사량에는 엄두도 내지 못해요. 하지만 해방 후의 작품은 좋지 못해요.

이재봉　그렇죠. 해방 이후에 6·25 때 종군작가 때의 작품은 참 보기 민망할 정도거든요.

김석범　거 참 이상해.

김용규　이데올로기 틀 속으로 들어가 버리니까 그렇겠죠.

김석범　그러니까 일본말로 쓴 것이 김사량 작품에서 가장 빛난다고 할 수 있죠.

이재봉　제가 그 말씀을 드린 이유가, 아까 그 김사량이 가장 능했던 표현이 일본어를 비틀어버리는 것, 일본어 발음이나 문법을 의식적으로 틀리게 쓰는 것 등이었거든요. 식민지 말기 일본어 사용만을

강요받던 시기에 일본어를 비틀고 왜곡시키면서 또다른 의미를 만들어 내는 데 탁월함을 보였죠. 예를 들어 아주 민중적인 인물을 등장시켜 그들을 통해서 일본어를 희화화하곤 했죠. 선생님 소설에 등장하는 '바보형 인물'들도 그런 일본어를 구사하고 있거든요. 이런 부분들은 요즘의 표현들로 하면 '균열 내기' '틈새 만들기' 등으로 표현할 수도 있을 것 같습니다만.

김석범　　그러니까 내가 우리말을 먼저 떠올리면서 그것을 번역하는 게 아니잖아요. 일본어로 생각하고 그대로 바로 쓰죠. 주로는 일본말로 바로 쓰는데, 예를 들어 『화산도』와 재일을 무대로 한 경우는 다르지 않겠습니까. 『화산도』 같은 경우에는 내 자신이 스스로 민망하다 할까, 제주도의 시골 할머니가 어디 거 일본말로 그리 잘 구사할까요? 그런 걸 생각하면 소설 쓰고 싶지 않아요. 이런 점 때문에 항상 소설에서 그런 게 나옵니다. 일종의 투쟁이죠. 일본어와 조선어 사이의 투쟁이죠. 그렇게 하지 않으면 글을 쓰지 못하게 되지 않습니까? 그러니까 어디까지나 그저 일본말로만 나가는 것은 아닙니다. 그러니까 중간에 자꾸 우리말이, 더군다나 저기 『화산도』의 무장한 서북 출신자들의 말 등은 그대로 쓰지 못하는 거죠. 선택하지 못하는 겁니다. 자꾸 글보다 말로, 일본말로 쓰고 있지만, 실은 이렇게 말하는 것이 아니라 우리말로 하고 있는 거예요. 글을 쓸 때 그런 속삭임이 자꾸 들려요. 그러니까 성가시지.

다같이　　아아, 그렇군요.

김석범　　고민이긴 한데, 이제는 고민이 뭐 다 그러지 않습니다. 습관이 되어 있어서요, 고민만 하다 보면 글을 쓰지 못하게 되니까요.

맨 처음에 고민 많이 했죠. 그러니까 몇 년 만에, 7년 만인가 8년 만인가,「허몽담虛夢譚」을 쓸 적에 상당히 고민했습니다.

이재봉　　그런 고민이 '소라게' 등의 비유로, 홍길동과의 이야기 등으로 나타난 것 같습니다.

김석범　　예, 예. 그랬죠. 그런데 그거 쓰고 난 다음에 겨우 어떻게 좀 일본어로 조선을 쓸 수 있겠다고 느꼈죠. 일본 사람이 아닌 우리가 일본말로 쓰는 여러 가지 모순이 있는데, 그걸 뼈저리게 느끼는 분도 있고 그러지 않는 분도 있지 않습니까. 나는 고통스럽게 썼고, 그렇게 써내지 못했다면 글 쓰는 사람으로서의 작가적인 자유 자체를 느끼지 못했겠죠. 그런 경우에는 작품보다 작가 본인 자체가 결국 노예적인 사상의 잔재를 극복하지 못했다는 것이 되겠죠.

다시 해방공간을 반성해야

김용규　　시간이 많이 지나서 이제 마지막 질문으로 넘어가야 할 것 같습니다. 현재는 상황이 많이 바뀌고 있습니다. 우경화도 되고 있고, 갈등도 깊어지고 있고요, 이런 점들을 고려하면서 2~3세대에게 전해주거나 당부하고 싶은 말씀 좀 부탁드립니다.

서민정　　현재의 상황에 대한 분석도 좋고요.

김석범　　내가 내일 모래 저쪽으로 갈 사람인데 말이지…….

다같이　　(웃음) 그러니까 말씀 더 해 주셔야지요.

김석범　　그러니까 그 얘기 정도지. 주제니 뭐니, 앞으로 어떻게 했으면 좋겠는지 그건 몰라요. 그런데 재일동포 문제도 있지만, 우선은 꿈같은 얘기인데 하여튼 통일해야만 되죠. 그것이 내일모레 실현하는 게 어려울 것 같아도 말이죠, 집요하게 그 생각을, 염원을 가져야 된다는 겁니다. 그리고 다 가꾸는 거 아닙니까. 그걸 가지면서 내 생각으로서는, 하나는 구체적인 방도나 정책이라 할 수도 있겠는데요, 해방공간의 역사를 또 한 번 재검토하는 겁니다. 어디에 분열과 분단의 원인이 있나를 다시 살펴봐야 해요. 4·3 문제만 하더라도 이 사건이 해방 후의 한국 현대사에서 자리를 제대로 잡고 있지 못하잖아요. 이런 것들은 1948년에 수립된 대한민국의 잘못된 출발과도 관계가 되어 있어요. 앞에서 여러 가지 이야기를 했으니까 반복하지는 않겠습니다만, 대한민국의 수립이 잘못된 것이라고 해도 지금 와서 되돌리거나 바로잡을 수 있는 것은 아니잖아요. 하지만 그런 사실로 재확인해서 넘어서야 한다는 것입니다. 2010년경인가 김동춘 교수가 여기 왔을 때, 이런 얘기 해 본 적 있어요. 그 뒤 6·25에 대한 큰 책 내지 않았습니까? 그것이 일본에서도 번역이 되었는데 끝까지 다 읽지는 못했습니다만. 어쨌건 그 당시의 역사부터 철저하게 반성하는 데서 다시 출발해야 한다는 것입니다.

서민정　알겠습니다. 선생님이 보시기에 재일조선인 2세대나 3세대에 대해서 선생님께서는 어떻게 생각하시는지.

김석범　2~3세대에 어떻게 말하기보다는요, 그들은 이건 우리 조국이, 남북이 어떻게 하느냐에 따라 달라지겠죠. 민주화가 말이죠, 북은 안되니까 그만두더라도 말이죠, 남한이 민주화를 철저히 하면 달라지겠죠. 그러지 못하면 재일조선인은 차차 일본 사람이 다 되어 버릴 수 있어요. 그래서 남한의 철저한 민주화가 중요해요. 그리고 또 통일이 중요하겠죠. 통일되면 또 달라지지 않겠습니까? 그러면 세계의 디아스포라에서 유례가 없는 특수한 예가 되겠죠.

이재봉 특수하면서도 사실은 식민지라든지 근대 국민국가의 모순 등을 가장 잘 보여주면서 그 모순에 대한 해결책을 가장 잘 드러낼 수 있는 존재가 재일조선인이지 않을까 싶습니다.

김석범 그렇게 되면 세계 역사에서 내가 하나의 모범이 되는 거야.

이재봉 그렇죠. 아까 말씀하셨던 보편성 문제도 이와 관계된 것이겠죠.

김용규 긴 시간 동안 선생님께서 많은 말씀을 해 주셨고, 너무 또 열정적으로 말씀해 주셔서 고맙습니다.

김석범 열정적이라기보다는 생각나는 말을 너무 두서없이 하지 않았나 모르겠네요. 너무 원통해서요, 우리 늙은 사람은 결국 앞길이 막힐 때마다 옛날 생각이 납니다.

김용규 아닙니다. 고맙습니다. 선생님 건강이 걱정될 정도로 긴 시간 동안 열정적이고 격정적으로 말씀해 주셨습니다. 다시 한번 감사 드립니다. 늘 건강하시기를 바라겠고요, 또 만나 뵐 기회를 진심으로 기다리겠습니다.

제 2 장

서경식과의 대담

조국, 모국, 고국 그리고

새로운 아이덴티티

서경식 徐京植

1951년 일본 교토(京都)에서 재일조선인 2세로 태어나 와세다대학(早稻田大學) 문학부 프랑스문학과를 졸업했다. 2000년부터 도쿄게자이대학(東京經濟大學)에서 현대법학부 교수로 재직하면서 인권론과 예술론을 강의하고 도서관장을 역임했으며 2021년 정년퇴직했다. 『子どもの涙－ある在日朝鮮人の読書遍歴(소년의 눈물)』(柏書房, 1995)로 일본에세이스트클럽상, 『プリーモ・レーヴィへの旅(시대의 증언자 쁘리모 레비를 찾아서)』(朝日新聞社, 1999)으로 마르코폴로상을 받았고, 2012년에는 민주주의와 소수자 인권 신장에 기여한 공로로 후광 김대중학술상을 수상했다. 한국과 일본에서 동료와 후학들이 그의 퇴임을 기념하는 문집과 대담집인 『서경식 다시 읽기』 1(연립서가, 2022), 『서경식 다시 읽기』 2(연립서가, 2023)를 펴냈다. 그밖에 지은 책으로 『半難民の位置から 戦後責任論争と在日朝鮮人』(影書房, 2002, 국내 번역서로는 임성모 역, 『난민과 국민 사이』, 돌베개, 2006), 『ディアスポラ紀行－追放された者のまなざし』(岩波新書, 2005, 국내 번역서로는 김혜신 역, 『디아스포라 기행』, 돌베개, 2006·2023), 『植民地主義の暴力－「ことばの檻」から』(高文研, 2010, 국내 번역서로는 권혁태 역, 『언어의 감옥에서』, 돌베개, 2011), 『나의 일본미술순례』 1(최재혁 역, 연립서가, 2022) 등이 있다.

재일조선인 2세 서경식은 '디아스포라'라는 말 자체가 생소하였던 한국사회에, '디아스포라'의 존재에 대해 '디아스포라'의 시각으로 그의 특유의 필체에 담아 풀어내었다. 『나의 서양미술 순례』에서 서경식은 서양에서 돌아다니다 마주치는 사람들이 '당신 일본인이요?'라고 물으면 늘 어눌한 한국말로 '나는 조선인이요'라고, '북조선이요? 남조선이요?'라고 물으면 '남쪽이요' 대답하며 자신의 정체성에 대해 그렇게 선을 긋는 것이 아이러니했다고 했다. 그렇게 그는 쉽게 단정짓지도, 편한 방식으로 규정하지도 않으면서 그 불안한 경계에 서 있기를 주저하지 않았다. 그리고 디아스포라 지식인으로 자신이 누구이며, 자신의 존재에 대해 번민하는 삶을 살아왔다. 그러한 서경식의 여정은 그의 말대로 '작은 사람들'의 시각을 섬세하게 쫓아갔고, 그들의 편에 서고자 했다. 그리고 그러한 그의 삶과 사유는 『소년의 눈물』, 『난민과 국민 사이』, 『디아스포라 기행』, 『시의 힘』 등 수많은 저서와 글들에서 확인할 수 있다.

우리는 서경식 선생님께 재일조선인 2세로서 산다는 것의 의미를 묻고자 했다. 주로 조국, 세대, 언어의 측면에서 그의 시각이 궁금했다. 우리의 인터뷰는 그의 깊은 사유에 다가가서 그가 감지하고, 의식하고 있는 세대 간의 섬세한 차이를 듣고자 했다. 또한 디아스포라에 대해 일반화하고 전형화시키는 현재의 디아스포라 연구자들의 연구 태도에 대해 그의 목소리로 확인하고 싶기도 했다. 그리고 내심 그의 혜안을 빌리고 싶다는 욕심도 있었다. 1차 대담과 2차 대담에서 그의 인식의 차이가 느껴지기도 했고, 한편으로는 일관된 부분도 있었다. 그러나 그런 중에도 그는 '희망'의 끈을 놓치지 않았다. 다음은 대담 중에 들려준 그의 소망의 한 부분이다. "일본인이 읽을 때 조금 불편하다든지, '내가 이 사람이 하는 얘기를 제대로 완벽히 이해하고 있는지에 대해 조금 자신감이 없다'든지 하는 그런 글을 쓰고 싶어요. 그래서 이렇게 글 쓰는 사람이 많아지면 많아질수록 세계의 많은 언어 표현 중에 디아스포라적인 영역이 많아지게 되겠지요." 그의 말 한마디, 호흡 하나에도 담겨 있던 그 묵직한 울림이 전해지기를 바란다.

1차 대담

일시	2014년 7월 30일
장소	도쿄게자이대학교 3 연구센터
	서경식 교수 연구실
대담자	서경식, 김용규, 서민정, 이재봉

개인사, 조국, 세대에 대한 인식

이재봉　선생님, 안녕하십니까. 먼저 선생님의 개인사에 대해서 말씀을 해 주셨으면 합니다. 덧붙여서 일본에서 자이니치在日로 살아간다는 것이 어떤 것인지, 그리고 몇 년 전부터 아베 신조나 하시모토 도루와 같은 정치인들이 등장하면서 나타난 변화들은 또 어떤 것이 있는지 등에 대한 말씀을 먼저 부탁드리겠습니다.

서경식　첫 번째 질문이시죠. 질문하신 내용과 조금 관련될 것 같은데요. 지지난해 오사카에 있는 코리아 NPO 센터에서 강연을 했었습니다. 당시 오사카에서는 헤이트스피치가 한창 있을 때였습니다. 코리아 NPO 센터 행사를 주관하는 분들은 대부분 40, 50대 중반 정도였고, 강연을 들으러 온 사람들 중에는 젊은 세대도 있었어요. 사실 저는 그때까지 그런 자리에는 잘 안 나갔었어요. 그런 자리에서 잘 불러주지 않기도 했고요. 자이니치 조선인들의 일본 내에서의 인권 문제와 민족 문제 그리고 조선반도의 정치 문제와 대한민국의 민주화 문제, 이 둘은 별개의 문제가 아닌데도 따로따로 봐 왔지요. 제가 그 초청을 받아들여 기꺼이 참석한 것은 이런 위기의 시대에, 일본에서 있었던 차별을 넘어서 인류적인 위기이기도 하니까, 제가 그냥 보고만 있어서는 안 되겠다는 초조감이 있었기 때문입니다. 강연에서 젊은 분들의 경우는 국적이 일본인 경우가 당연히 많았어요. 그리고 소위 '더블'이죠. 부모님 어느 한쪽이 일본인인 경우도 많았어요. 그러니까 혈통적으로 순수 조선인이라 할 수 없는 그런 분들이 위기감을 느끼고 제 얘기를 진지하게 들어줬습니다. 그래서 일본사회의 상황 변화에 따라 1세대, 2세대, 3세대, 4세대까지 거쳐 온 재일조선인의 역사에 대해서 다시 공부해야 하고 잘 알아야 한다는 분위기가 새로 생기고 있다고 느꼈어요.

저는 1960년대에 고등학교를 다니고, 1970년대에 대학교를 다닌 세대입니다. 아시다시피 일본에는 조총련계 그리고 민단계가 있는데 저는 민단계였어요. 그런데 1970년대 당시 한국은 군사정권 시절이었기 때문에 저는 민단계이면서도 민주화계 즉 반反 박정희의 입장에 서 있었다고 할 수 있어요. 그러다 보니 소수자 중에도 소수자, 그런 위치였지요. 그리고 두 형이 모두 감옥살이를 시작했다는 사실, 이런 일들로 재일조선인사회 안에서도 아주 고립된 처지에 있었습니다.

그즈음 제 주변에서는 박종석朴鐘碩 씨의 히타치 취직재판을 비롯한 재일조선인의 인권운동이 시작되었어요. 그래서 재일조선인 중에 어떤 사람들은, '우리는 앞으로 일본사회의 소수자로 일본에서 계속 살 것이다, 일본사회가 앞으로 점점 더 개방되고 다문화사회가 될 것이니 일본에서 다문화사회의 소수 민족으로 시민적인 자각을 가지고 지금까지처럼 소위 민족주의에 구애받지 않고 살아야 한다'는 분위기가 나오기 시작했어요. 그것을 '공생론'이라 하고, 그런 말을 하기 시작한 사람들이 많이 있었습니다. 그런 분위기가 나오게 된 배경을 말씀드리면, 물론 이건 저의 개인적인 시각인데, 이분들 중에는 조총련계에 오랫동안 계신 분들이 있었어요. 조선 학교나 조총련 조직의 폐쇄성이라든가 그런 걸 많이 느끼셨겠지요. 그러다 보니 오히려 그 바깥에 있는 일본사회가 다문화되어 가고 있고, 앞으로도 계속해서 다문화될 것이라는 구도로 보셨어요. 그리고 그분들이 그러한 관점의 글을 쓰면 일본사회에서 환영을 받았고요.

그런데 제 입장에서는 조금 더 지켜봐야 하지 않은가, 그러한 시각은 너무 단순화한 것은 아닌가라고 생각했어요. 왜냐하면 저는 일본에 대해서도 어떤 시각이 있었지만, 동시에 한국에서 형들이 감옥살이를 하고 있었고 민주화 투쟁이 벌어지는 그런 상황도 알고 있었기 때문에, 우리는 조금 더 다각적이고 다양한 측면을 봐야 우리가 나아갈 길이 보이는 것이라고 생각했습니다. 그래서 마이너리티냐, 국민이냐 하는 이분법적으로 얘기해서는 안 된다고 생각했어요. 또한 우리가 일본사회에서 소수자로서 제대로 인간답게 살기 위해서도 식민지 지배의 청산을 포함해서 제대로 된 올바른 역사 인식과 같은 것이 반드시 필요하다고 생각했어요. 그렇지 않으면 앞으로 일본에 산다고 하더라도 영원히 인간적으로 살기는 어려울 수 있다고 생각했어요. 그러니까 우리는 조국이라는 땅과 일본 땅, 이렇게 떨어져 살고 있고 앞으로 2세, 3세, 4세가 조국 땅을 전혀 모르고 말 한마디도 못하더라도 결국엔 그 구조 속에 갇혀 있기 때문에, 그 구조 전체를 봐야 한다는 것이 제가 그때부터 생각한 일입니다. 그래서 그 당시 어떤 분들은 서경식은 재일조선인의 인권 문제에 대해서는 별로 관심도 없을 뿐만 아니라 외면하고 있고, 한국의 민주화와 같은 문제만 얘기하고 있다고 생각한 분들도 계셨죠. 물론 지금도 그렇게 생각하는 분들이 있어요.

그런데 코리아 NPO센터에서 저에게 강연을 요청했을 때, 제 입장에서는 '서경식이 제대로 이야기해 줄 수 있을까, 그것이 어떤 이야기가 될까' 하는 걱정 때문에 저를 안 불러 주는 걸로 알고 있었는데, 한번 와서 이야기해 달라고 하니까 저는 기뻤죠. 그래서 가서 얘기했어요. 브레히트의 시처럼, 재일조선인 아랫세대에게 저의 메시지로 얘기했어요. 하시모토 도루橋下徹 시장이 있고, 오사카 시민 대부분이 혐한론, 차별의식 속에 빠져있는 그 상황에서, '나는 조선 민족이다, 나는 조선인이다, 아니면 국적은 일본이지만 내 아버지가 조선인이고, 어머니가 조선인이다'라고 하면서 사는 것 자체가 아주 훌륭한 저항운동이고, 그것이 말하자면 비폭력 저항, 비폭력 불복종운동이라고 볼 수 있는 그러한 움직임이라고 얘기했어요.

여기서 그 이야기와 관련해서 말씀드리면 1960년대에는 그런 것은 상상하기 어려웠어요. 제 윗세대의 선생님, 예를 들어서 지금 70세가 넘은 세대는 앞으로 한 세대, 두 세대를 거치면 재일조선인은 전부 다 절멸할 것이고, 모두가 붕괴돼 버릴 것이니, 어찌됐든 버텨야 한다는 인식이 있었어요. 물론 그 초조함은 이유가 있어요. 그런 정책 아래서 오랫동안 고통을 겪었고, 겨우 해방되었는데도 일본 국내에서는 그런 정책이 계속해서 유지되고 있었다고 생각하면요. 그런데 지금 생각하면 그 생각이 조금 도식적이었죠. 왜냐하면 그때는 '일본으로부터 우리를 지키자, 언어를 지키자, 문화를 지키자'는 식으로 생각을 했었는데, 그것도 올바른 일이긴 하지만, 지금도 올바른 일이긴 합니다. 그렇지만 저는 '오히려 그렇게 일본에서의 일상 속에서, 일본인들과의 일상적인 관계 속에서, 스스로 소외감을 느끼면서 자신이 누구인지 숨기고 있으면 직접 차별은 안 당하겠지만 그래도 거기서 내가 이래도 되는가 하는 문제의식, 이런 문제의식을 새로 갖게 되는 세대가 있을 것이다. 이것을 민족 의식이라고 해도 될지 모르겠지만, 그래도 우리가 조선인인 이유가, 핏줄에 있는 것이라기보다는 그런 인식에 있다. 세상의 이러한 관계 속에서 항상 조선인이라는 것이 만들어진다. 식민지 지배가 계속되고 있는 한 조선인은 없어질 수는 없다'고 생각했습니다. 이런 생각은 오래전부터 하고 있던 것인데, 요즘 다시 그걸 확인하고 있는 그런 느낌입니다.

예를 들면 제가 학교에서 가르치는 학생들 중에 일본인인 줄 알고 있던 여학생이 있었어요. 그런데 한 학기 전부 다 끝나고 나서 개인적으로 나를 찾아와서 사실은 자신의 어머니가 한국 사람이라고 했습니다. 아버지는 일본 사람이고요. 자신은 어디 사람인지 모르지만 그냥 국적은 일본이고 일본 사람으로 살고 있다고요. 그런데 제 수업을 들으니까 어머니가 너무나 불쌍했다고 합니다. 왜냐하면 어머니가 일본에 와서 아버지나 주변 사람들과 사이가 안 좋았고, 일을 하면서 어떤 시대 문제나 문화의 차이 때문에 어렵게 고통스럽게 살고 있었다 합니다. 그런데 딸인 자신 스스로도 그 어머니를 차별했었다는 거예요. 그리고 그 어머니 때문에 자기 자신도 우울에 빠져 있었지만, 지금까지 그 이유에 대해서 몰랐었는데 선생님의 강의를 들으면서 조금씩 알게 되었다고 했어요. 또 졸업 여행으로 한국에 갔었는데 거기서 이모를 만났대요. 그때까지는 전혀 몰랐던 이모를 만났는데, 그 학생은 한국말을 한마디도 못하고 이모는 일본말을 한마디도 못하니까 서로 손만 잡고 그냥 울었다는 거예요. 그런데 무엇인가 녹아가는 느낌이 들었었다면서 저에게 고맙다는 인사를 했어요.

그런데 그 학생은 그 얘기를 주변 일본인들에게는 아직 못하고 일본인으로 살고 있다고 해요. 점심 때 아니면 회사일이 끝나고 주변 동료들하고 밥을 먹거나 차를 마시는 경우가 있는데, 동료들이 너무나 견디기 힘든 얘기를 많이 한다고 느낀대요. 그런 식으로 새로운 민족 의식이랄까, 아이덴티티가 생긴다는 거지요. 너무 크게 기대하면 이 세대들에게 부담을 주게 되니까, 이 세대들이 곳곳에서 그런 비슷한 상황들을 만나게 될 테고, 그런 상황에 대해서 우리가 제대로 역사적인 사실을 가르쳐 주면서 합리적인 대화를 하면 조금 더 나은 방향으로 이끌어갈 수 있다고 생각해요. 그런데 아쉽게도 그런 것을 재일조선인들 사이에서도 하기 쉽지 않아요. 하지만 그렇게 생각하면 재일조선인 1세대, 2세대, 3세대, 4세대라는 문제를 너무 기계적으로 나누어서 이를테면 '1세대는 조선에서 태어났고 조선말을 할 수 있어. 그런데 2세대, 3세대는 그것이 붕괴될 것이다. 그렇게 되면 일본인이 될 수밖에 없다'는 기계적인 사고는 식민지 지배에 대한 비판이 될 수가 없어요. 저는 그렇게 생각합니다.

한마디 더 덧붙인다면, 전주에서 강연을 했는데요. 청중들의 질문

중에 두세 분이 서경식은 귀화 안 했으니까 훌륭하다는 얘기가 있었어요. '귀화도 안 하고, 버티고, 잘 싸우고 계시다'라고. 참 고마운 얘기긴 하지만 이런 이야기하고는 조금 다르지요. 그리고 귀화 안 하는 것이 훌륭해서도 아니고, 한국 사람으로서의 혈통을 지키려는 그런 의식도 아니지요. 특히 한국 국내에서도, 특히 진보적인 분들 사이에서도 한마디로 하면 그런 혈통주의, 그리고 국민주의적인 사고가 있는 것 같아요. 그런데 그렇게 생각하면, '버티지' 않는 혹은 '버티지' 못했던 사람은 실격자 혹은 좌절자가 되겠지요. 그런데 말씀드렸듯이 많이 좌절해요. 혼자 있는 소수자로 어떻게 끝까지 버텨내겠어요? 그런데 어떤 기회 혹은 어떤 계기로 다시 깨닫고, 새로운 자기 자신의 아이덴티티를 찾아 나가는 가능성도 있을 것이다, 저는 그렇게 생각합니다.

이재봉　덧붙여서, 사실 자이니치문학 활동이나 이런 것들을 보면, 한국에서도 자이니치, 주로 재일동포, 재일교포 이런 호칭을 썼습니다만, '이 사람들은 결국은 일본인이 될 거다'와 같은 얘기들을 많이 했었어요. 그리고 일본 내에서도 자이니치문학을 연구하는 사람들, 예를 들어 가와무라 미나토川村湊라든지, 그런 사람들을 보면 상당히 많이 이해하는 듯하지만, 그 속에는 아주 일본적인 사고방식이 깔려 있는 것이라고 저는 느끼거든요. 그게 뭐냐 하면 재일조선인문학은 전후 일본문학의 한 형태고, 역사적인 장르다, 역사적인 장르라는 것은 곧 사라진다라는 말이죠. 이런 시각들을 보여주거든요. 제가 다른 글에서 그런 부분들을 비판을 하긴 했는데, 그런 식으로 보면, 문제는 해결되지 않고, 아까 선생님이 말씀하신 것처럼 그 사람이 죽으면 그 사실이 없어지느냐 하는 문제와 그대로 연결이 되는 것 같습니다. 그래서 저는 1세대, 2세대, 3세대, 4세대 이런 구분이 중요한 것이 아니라 그 속에 담겨있던 문제의식들이 어떤 식으로 변해 오는가를 살펴보는 것이 더 중요하다고 생각해요. 지금 보면 3세대, 4세대가 갖고 있는 디아스포라 문제의식은 1, 2세대가 갖고 있는 것과는 또 다르거든요. 이런 식으로 계속될 것이기 때문에 근대 국민국가라든지 이런 체제가 존속하는 한, 이와 그 외 다른 문제들이 디아스포라적인 문제의식과 연결돼서 계속 나오지 않을까요? 그런 각도에서 우리가 디아스포라문학이나 자이니치와 같은 이런 문제를 봐야 하지 않을까 생각하고 있습니다. 이런 부분과 연관지어 선생님이 말씀하신 새로운 문제의식, 새로운 아이덴티티는 앞으로 어떻게 되어 나갈 거라고 예상하고 있으신지요?

서경식　　대답이 될 수 있을지 모르겠지만, 저는 이런 생각을 합니다. 라스 카사스Las Casas가 선교를 갔던 중남미에 5세기에 걸쳐서 식민지 지배를 받아온 사람들이 있어요. 이 사람들은 500년 전에 국민국가가 있었던 것은 아닙니다. 그래서 어떤 국가를 대표해서 지금 문학을 하고 있는 것은 아닙니다. 그런데 이 사람들의 500년에 걸친 역사를 보면 서양에서 건너온 사람들이 문학자가 되어서, 그들의 문학에 아주 큰 영향을 미치고 있어요. 서양, 스페인하고는 다른 하나의 문화권을 만들었어요. 그 문화권을 우리는 이중적으로 봐야 하는데 이것을 백인 문화가 정복하고 난 후에 생긴 것이라고 봐야 하는 측면하고, 그렇게 되면서도 이 문화가 서양인들의 정신 문화에 대한 대립물로 기능하는 측면도 봐야 해요. 신학도 그렇죠. 해방신학과 같은 신학이 주류 신학과는 다른 것을 지향했지요. 문제는 그것의 정의를 내릴 때 백인 문화의 큰 틀 속에 들어가는 백인 문화의 팽창 과정으로 보는지, 아니면 이것이 타자와의 끊임없는 대화와 충돌 속에서 표현되어 가는 과정으로 보는지, 그에 따라서 변하고 있어요.

재일조선인문학에 대해서 얘기하면요. 재일조선인문학 중에서도 일본 이름을 쓰고 일본인인 양하는 사람도 있어요. 물론 김석범 선생님처럼 아주 원칙적인 사람도 있어요. 그런데 이 사이에 경계선이 있는 것이 아니고, 이 사람들 사이에 차이들이 있으면서도 일본문학의 하나의 대안적인, 아니면 대립적인 활동으로 봐야 해요. 그런데 가와무라 미나토 상은 모르겠지만, 대다수의 일본인들은 그것을 일본문학이나 일본어의 성장 과정으로만 봐요. 그것은 아니지요. 자신들도 변형하고 있다, 변형해야 한다고 보아야 이 부분의 가치도 보이지요. 자신들의 팽창, 성장 과정으로만 보는 것이 바로 식민지주의적인 시선이지요. 그렇게 생각하니까 앞으로 어떻게 될지는 제가 잘 모르긴 하지만, 흥미로워요.

제가 여기서 개인적인 얘기를 한마디 덧붙이면요. 저를 문학자로 봐주시는지 모르지만, 재일조선인문학이라는 장르 속에 제가 들어가기가 힘들 것 같아요. 특히 여기서는 디아스포라문학하는 재일조선인 서경식이라고 봐주시는데, 일본에서는 재일조선인문학을 운운하는 사람들은 나에 대해서 한마디도 안 해요. 그러니까 재일조선인문학이라는 장르에 대한 그 사람들 나름의 선입견이랄까? 그런 것이 있어요. 이를테면 재일조선인문학에는 아주 가부장주의적인 아버지가 나타나는 등 어떤 '전형'이 있죠. 그러니까 그런 사람들 입장에서는 무슨 서양 미술이나 그런 얘기하는 사람이 있으면, 이 사람을 어떻게 다뤄야 될지, 당혹해 하는 것이 아닌가 하는 느낌도 듭니다.

문학의 장르라는 게, 문학하는 사람들 속에서 나오는 것도 물론 있지만, 오히려 문학이라는 권력을 갖고 있는 사람들이 자의적으로 정의를 내리는 면이 있다고 생각해요. 그런 문제에 대해서 제가 개인적으로 불만을 내는 것은 사실 소용없고, 문학의 힘으로 제가 쓰는 글이 그래도 흥미롭다는 것으로 극복할 수밖에 없다고 생각합니다.

조금 다른 이야기를 하자면, 지난번 학술대회에 참석했던 김숙희 Suki Kim가 지금 이북에 있는 것 알아요?

서민정　　그러신가요? 북한을 자주 방문하신다는 말씀은 들었습니다.

서경식　　김숙희 자신을 보면 별로 진보적인 사람도 아니고, 대한민국의 보편적인 사람의 딸이에요. 그런데 그런 행동은 디아스포라니까 할 수 있지요. 대다수의 대중들과 다르게 하는 것, 사람들이 하지 않으려 하는 것을 감히 하는 것. 미국에서 무엇을 보고 어떻게 하는지는 모르지만, 저는 재미있게 보고 있어요. '아, 김숙희 그렇게 하고 있구나'라고요. 미국이 이렇게 북한을 적대시하고 있을 때, 북한을 자주 다녀오는 것이 김숙희다. 재미있어요. 사상적으로 동의해서 하는 것도 아니고요.

서민정　　김숙희 선생님 말씀에 따르면 자신이 기자로 혹은 관찰자로 가는데, 가끔 자신도 당혹스러운 것이 그저 관찰자인데 가끔은 눈물이 흐른다거나 하는 일들이 있다고 하셨어요.

서경식　　그런 사람하고 이야기하는 것이 마음에 편해요. 지난번 학술대회 때 조선족 선생님이 계셨어요. 그 선생님과 이야기하는 것도 재미있었어요. 그분은 조금 가부장이라든가 하는 점에서 옛날 느낌이 있어요.

그리고 비슷하게 저는 작품 자체는 사실은 크게 평가는 안 하는데, 유미리도 일본에 있으면서 북한에 가서 르포를 썼죠. 일본에서 북한으로 다녀오는 것이 얼마나 힘든 일입니까? 그 연장선상에서 후쿠시마 문제도 작품으로 썼죠. 그러니까 여기에 있는 나로서는 조금 복잡하긴 했어요. 작품 자체에 대해서 평가해야 하는데 그것은 여기서는 일단 두고, 그런 행동 양식 자체가 디아스포라적이고 흥미있다고 봅니다.

이재봉 양영희 감독도 그런 측면이 있습니다. 이 얘기만 하면 끝이 없을 것 같아서 조금 다른 주제로 넘어가겠습니다. 나중에 아마 계속 연결이 될 것 같습니다만, 조국에 대한 질문입니다. 디아스포라 하더라도 지역에 따라서 다른 것 같습니다. 예를 들어서 얼마 전에 저희가 우즈베키스탄의 고려인들을 만나고 왔었습니다. 거기에 있는 김병화 농장의 표어에 '여기서 나는 새로운 조국을 발견했다'는 말이 있었는데, 스탈린에 의해 중앙아시아로 옮겨간 사람들이 거기가 새로운 조국이라고 생각하고 있더라구요. 그리고 중국에 있는 조선족들이 갖고 있는 생각들도 다르고요. 그래서 저희가 막연하게 생각했던 것들이 다른 부분들이 많이 있는데, 일본에 계시는 분들은 식민지 지배와 직접적으로 관계가 되어 있기 때문에 다른 지역하고 또 다른 여러 가지 생각들을 보여주는 것 같습니다. 선생님께서는 남북한 포함해서 '조국'에 대해서 어떤 생각을 가지고 계시는지 말씀 부탁드립니다.

서경식　그 문제에 대해서는 이미 1990년대에 정리해서 논문도 쓰긴 했는데, 간단하게 다시 말씀드리겠습니다. '조국'이란, 조상의 출신지 그러니까 저에게는 대한민국뿐만 아니라 남북 다 포함한 조선반도예요. 그리고 '모국'은, '어머니'를 포함하고 있는 단어이기는 하지만 실제로는 그와 상관없이 국적으로 되어 있는 국가, 저의 경우는 일본이 아니라 대한민국이지요. 마지막으로 '고국'은 자신이 태어난 땅으로 저의 고국은 일본이 되지요. 이렇게 조국, 모국, 고국 셋은 저한테는 분열되어 있어요. 이런 내용으로 지난 1990년대에 논문을 쓴 적이 있어요.

그런데 지금 말씀해 주신 맥락에 따라서 조금 더 얘기하면요. 우리는 선조의 땅인 조국, 그리고 국적을 두는 모국을 잃어버린, 박탈돼 버린 식민지 역사가 있기 때문에, 우리에게 조국은 그때 그 나라, 식민지 지배당했을 때의 그 나라가 조국의 모습이에요. 그 이미지 그대로 유지하기가 당연히 힘들고 어렵죠. 특히 세대가 바뀌면 더 그렇겠죠.

그런데 조국이라는 말은 아시다시피 조금 더 마음속에 있는, 관념적이랄까, 이념적이랄까 하는 그런 의미를 담고 있지요. 가장 기억에 남는 것은 노동자 계급에게는 조국은 없다는 말이예요. 제가 젊었을 때 좋은 말이라고 생각했어요. 왜냐하면 조국을 잃어버린 우리에게는 아무에게도 조국이 없는 세상이 제일 좋은 세상이니까요. 그렇게 생각했을 때도 있었어요. 에드워드 사이드가 국가에 대해서도 얘기했는데요. '어느 한정된 땅, 국경에 둘러싸인 지역 그런 것이 아니라 우리가 인간답게 살 수 있는 그런 곳, 인간답게 살려고 하는 투쟁 과정 자체가 우리에게 조국이다'라고 이야기했어요. 그러니까 조국이라는 것은 이렇게 두 가지로 사용돼요.

물론 국수주의자에게 조국은 또 다른 의미가 있을 수 있겠죠. 앞에 설명한 두 가지 개념이 혼동되는 것이 혼란의 원인인데 후자에 대해서 얘기하면, 아까 얘기했던 귀화 안 해서 반갑다든지 하는 그런 이야기라기보다, 저는 문제적인 발언일 수도 있지만, 일본이라는 나라가 어디보다 우리가 인간답게 살 수 있는 사회였으면 귀화를 거부하지 않는 경우가 많지 않았을 것 같아요.

그런데 '인간답게 산다'는 것이 다수자에게 아부하고, 다수자에게 맞춰서, 다수자처럼 사는 것이 아니고, 우리가 왜 이렇게 이 땅에 왔는지, 어떻게 지금까지 살아왔는지에 대한 맥락, 그러한 역사에 대해서 본인도 제대로 인식하고 주변 사람도 인식해 주는 세상이라는 뜻이라고 생각합니다. 그것이 아주 중요한 부분이에요. 그러니까 조국이라는 것이 그렇게 고정된 개념은 아니라는 겁니다. 그래서 어떤 분한테는 많이 비판받을 수도 있고, 서경식에게 실망했다 하는 사람이 나올지도 모르겠어요. 그런데 역사적 과정을 보면 우리에게는 일단 식민지 지배를 받아온 역사가 끝나지 않고 지금도 계속되고 있고, 나라가 분단되어 있는 상황에서는 이 문제를 해결하는 것, 완전히 해결이 안 되더라도 해결하려는 과정 자체가 조국에서 산다, 조국을 의식하고 산다는 뜻이라는 것이 제 생각입니다.

그래서 이것도 대답이 안 되겠지만, 일본의 재일조선인에 대해서 얘기하면, 아까 얘기했듯이 자신의 아이덴티티 문제로 많이 고민하고 있는 젊은 세대에게 너희들의 조국은 여기라고 하더라도, 그것이 소위 문화중심주의라든가, 언어중심주의라든가 하는 그런 접근은 별로 도움이 되지 않을 거예요. 오히려 너희들이 평소 일본사회에서 느끼고 있는 어려움이 어디서 유래하고, 어느 방향으로 가면 나아갈 수 있는지에 대해 이야기해 줄 수 있는 것. 그것이 새로운 의미의 '조국'이라고 할 수 있겠죠. 그리고 이 조국은 일본에 있어도, 조선반도에 있어도, 우즈베키스탄에 있어도 괜찮다고 생각합니다.

이를테면 우즈베키스탄에 있는 분들과 일본에 있는 우리가 같은 역사적인 유래 때문에 이렇게 갈라져 버리게 된 것이니까, 서로 만나서 당신은 그런 이유로 거기로 갔고, 우리는 이러이러해서 여기로 왔다는 사실을 공유하는 것, 그래서 서로가 자유롭게 만나는 그런 공간이야말로 조국이라고 생각합니다.

선생님께서 지금 하신 말씀이 아주 재미있는 얘기인데요. 그러니까 중앙아시아에 이송당했는데 그것이 스탈린의 강제이송정책의 산물이고 그래서 우리 동포들이 고생을 많이 겪었지요. 그 고생을 겪으면서 그래도 살아남으려는 사람들은 귀향할 소망이 없어도 살아야 하니까 여기야말로 우리의 조국이라는 사고로 살았다는 그런 역사적인 산물이겠지요. 그 조국은 조선에 있었던 것도 아니고 또 연해주에 있던 것도 아니고 우즈베키스탄 땅에 있는 것도 아니지요. 그 사람들의 희망 속에, 마음속에 있는 것이지요. 갈 때는 사회주의니까 러시아인, 우즈베키스탄인, 조선인 할 것 없이 우리가 감히 살 수 있는 나라가 될 거라는 이상은 부분적으로라도 공유했겠죠. 조국이라고 부를 만한 어느 정도의 이상도 거기에 있었을 것이니까요. 그렇게 생각합니다.

서민정   선생님 말씀에 생각나는 게, 우즈베키스탄의 고려인 마을, '시온고'라는 마을이 원래 우즈베키스탄에 있던 지명인 줄 알았거든요. 그런데 가서 얘기들을 들어보니 그것이 아니고, 연해주에 있던 지명이었어요. 연해주에 있던 지명을 이분들이 그쪽으로 옮겨가면서 여기가 우리의 '시온고'라고, 그들이 붙인 이름이었어요.

서경식   여담 하나 드려도 됩니까? 스베틀라나 알렉시예비치^{벨라루}^{스 저널리스트, 작가}라는 여성 작가가 일본에 왔고 제가 작품도 보고 대담도 했어요. 그 작가의 국적이 지금은 벨라루스입니다. 그런데 그 작가의 어머니는 벨라루스인이고 아버지는 우크라이나인이에요. 그리고 지금은 소련이 붕괴되어 벨라루스 국적으로 되어 있는데, 그 작가는 '소련은 적어도 민족적인 구별이 없는, 아니면 없어야 하는 그런 국가였다. 그래서 그런 입장에서 볼 때, 지금 러시아는 너무 한탄스러운 상황이다'라고 말했어요. 그러니까 러시아에 스탈린의 재현이라고 할 수 있는 푸틴이 나타났는데, 푸틴이 스탈린보다도 더 노골적인 차별 정책으로 운용하고 있는 나라가 러시아라는 것이에요. 그 작가가 벨라루스 대표로 얘기하는 것도 아니고 우크라이나 대표로서 얘기하는 것도 아니에요. 없어진 소련, 소련에 대해서도 스탈린주의적인 사회주의자로 얘기하는 것이 아니라, 거기서 살아온 일반 시민 나름의 윤리관이라고 할까, 문화에 대해서 얘기를 해요. 인류의 역사에 그런 국가, 러시아 혁명에서 소련 붕괴까지 70년의 역사를 가진 국가가 있었다는 것이지요. 그런데 그 국가가 무너지면서 민족분쟁이 생기고, 서로를 죽이고 안 좋은 일도 많이 일어났죠. 그런데 그 전만해도 자신들은 민족 차별에 대해서 이건 말이 안 되는 일이라는 최소한의 상식을 갖춘 사람들이었다는 것이 알렉시예비치의 얘기예요. 인간에 대해서 그렇게 낙관적으로 얘기하는 것이 아니지만 더 실감이 나지요. 그렇게 생각하니까, 그 사람에게 조국이 어디냐고 물으면 조금 당혹해 하면서, 없어진 나라 소련이라고, 그렇게 얘기할 것 같아요.

비추어 생각해보면 조선도 마찬가지겠지요. 나라가 식민 지배를 받았고, 남과 북으로 분단되었고, 지금은 아주 안 좋은 최악의 상황에 돌입해 있는데, 자 어떨까요? 이런 상황에서 너의 조국은 남이냐, 북이냐는 질문이야말로 아주 야만적이고 비문명적인 질문입니다.

김용규　정영환 교수를 만나 인터뷰를 했었습니다. 그 전에 정영환 교수가 한겨레신문과 인터뷰한 기사를 봤는데, '조선이 북한이 아닌 것은 아니다' 이런 표현을 썼더라구요. 보통 1세대나 2세대가 쓰지 않는 표현이거든요. 그래서 이런저런 얘기도 많이 나눴는데, 세대가 바뀔수록 의식들이 변해 가는 것 같아요. 예를 들어 김석범 선생님 같은 분에게 조국은 아주 분명한 실체가 있거든요. 세대가 바뀌면서 문제의식이 자꾸 바뀌어 가는 그런 느낌을 계속 받습니다.

선생님께서는 2세대이시고, 앞에 1세대도 있고, 3세대, 4세대로 이어지는데, 여러 자이니치 사람들을 만나보고 나니까 특히 3세대 쪽에서 선생님께 영향을 받은 사람들이 상당히 많더라구요. 대표적으로 정영환 교수님이 그렇게 얘기했고, 지난번 최덕효 선생도 그렇게 얘기를 했고, 이번에 오사카 쪽에 가서 만난 사람들이 또 선생님에 대한 얘기를 하시고요. 그래서 선생님께서 가진 문제의식이나 이런 부분들이 아래 세대에 이렇게 이어지고 있구나 하는 생각을 많이 했습니다. 선생님께서는 1세대를 어떻게 바라보시고, 2세대를 어떻게 바라보시고, 다음으로 3세대는 어떠한 지, 앞으로 3세대들이나 그 이후의 세대들이 어떤 인식으로 살아갔으면 하는지 그런 말씀을 들려주십시오.

서경식　1세대는 우선 문학자로서는 김석범 선생님, 역사학자로는 박경식朴慶植 선생님 이런 훌륭한 분들이 계세요. 이분들을 제가 직접 만나서 배울 기회는 별로 없었는데, 아주 어려운 상황 속에서 어떻게 버텨 오셨는지는 상상할 수가 있었죠. 그래서 지금은 일본사회의 상황이 어렵긴 하지만, 저는 1930년대 후기는 어땠을까, 해방 직후는 어땠을까, 조선반도에서 전쟁이 벌어졌을 때 일본에 있던 조선인들은 어떻게 버텼을까라고 생각하는 버릇이 있습니다. 그렇게 생각하면서 한편으로는 그것이 많지 않은 개인들의 노력으로 그렇게 해왔다는 거지요. 대학이라든가, 제도적으로 그런 걸 유지하고 연구나 문학이나 예술이든 그렇게 하는 기관 자체가 아주 부족하지요. 일본의 조선대학교 정도 있는데, 조선대도 어려운 상황이지요. 어떤 기관 없이 그런 교육이나 전통을 계승하는 것이 얼마나 어려운지 한편으로 느끼고 있습니다.

1990년대에 재일조선인들이 지식인들과 함께 '한겨레 연구회'라는 연구회를 만들어 한 몇 년 동안 연구하면서, 우리 손으로 교과서, 우리의 아랫세대를 위한 교과서를 한번 만들고자 했어요. 교과서는 물론 한국 것도 있고 조선 학교에서 쓰는 것도 있지만, 재일조선인인 우리가 스스로 만드는 것을 고민했어요. 책 한 권을 내기는 했어요. 어렵긴 하지요. 돈도 없고, 기관도 없이 하는 것이니까요. 지금 말씀드리고 있는 사람들도 의학부나 그런 이과계와는 다르지만 문화계에서는 아마도 처음 사립대학교 정규직이 되신 분이시지요. 그러니까 일본의 학문계에 들어가기가 그렇게 힘들었다는 것이지요. 지금 조금씩 늘어가고 있기는 하지만 그래도 그런 것이 몇 세대 걸쳐서 쌓인 유산의 산물이라고 할 정도예요. 그래서 우리는 어려운 상황에 있다고 할 수 있어요. 그러니까 아랫세대, 다음 세대가 너무나 지식이 없다든지, 너무나 역사에 대해서 무지하다든지 하는 것은 사실이긴 하지만 그래도 이유가 있지요. 한 마디로 하면 계속되고 있는 식민주의적인 관계 때문입니다. 그래서 제가 앞으로 몇 년 동안 일할 수 있을지 모르지만, 저 자신도 우연히 대학교수도 되고, 책도 내고 하는데, 우연히 그런 기회를 잡게 된 우리 세대가 그런 자산을 어떻게 아랫세대로 전달할지를, 진지하게 고민해야 한다고 생각합니다. 여러분들이 호의적으로 말씀해 주셨는데, 그래도 나는 일본의 학교에서 근무하면서 항상 기다리고 있어요. 재일조선인의 후배 세대가 나에게 다가오지 않는가. 지난 십 년 동안 몇 사람밖에 없어요. 내가 욕심이 많아서 그런 말을 하는지 모르겠어요. 그런데 책으로 내고 하는데, 한편으로는 이 사람들에게는 나 같은 사람하고 잘못 만나면, 뭐랄까 신랄하게 비판받을지도 모른다는 그런 두려움이 있을지도 모른겠다고 생각하고, 지난 십 년 정도 가능한 한 부드럽게 알기 쉽게 이야기했어요. 그랬더니 서경식도 나약해졌다든지, 늙었다든지 하는 그런 말도 듣게 됐는데, 앞으로도 얼마나 일할 수 있게 될지 모르지만 가급적 후배 세대에 필요한 기관, 우리가 없어져도 유지할 수 있는 그런 기구를 만들었으면 하는 생각을 합니다.

그런데 항상 그런 일들을 하는 데는 장애가 있지요. 첫 번째는 일본에서 계속되고 있는 식민주의. 그리고 이와 관련하여 경제적 지원의 부족이 있습니다. 두 번째가 남북 분단. 이 조직이 남인가 북인가 하는 문제가 항상 걸려요. 그래서 이것이 정치적인 민족의 분단 문제를 해결하면서 해야 하는, 정치적인 문제와 별개일 수 없는 그런 문제입니다. 이것도 대답이 되었을지 모르겠습니다.

김용규　자연스럽게 분단 상황까지 이야기가 된 것 같습니다. 앞으로 상황이 어떻게 될지, 통일이 어떻게 될지, 함석헌 선생의 말처럼 또 도둑처럼 올지, 아니면 오지 않을지, 여러 가지 상황이 어떻게 되든 현재 이 상황이 극복이 되어야 선생님 방금 말씀하신 그런 문제들이 해결될 수 있을 것입니다.

언어에 대한 인식

이재봉　다른 선생님들께도 계속 질문을 드렸던 것인데, 언어의 문제, 일본어와 조선어의 관계에 대한 문제입니다. 아까 선생님께서 학생 이야기를 하시면서, '더블'이라는 이야기도 했습니다만, 김학영 선생의 소설을 예전에 읽고 논문을 쓰면서 느꼈던 게 '디아스포라, 자이니치 이 사람들이 본질적으로 말더듬이일 수밖에 없다'는 것을 강하게 느꼈거든요. 결국은 '말더듬이라는 것 자체가, 김학영도 작품에서 이게 자기만의 문제가 아니고 디아스포라의 보편적인 문제라고 인식을 했겠다'고 느꼈는데, 선생님께서는 한국어도 잘 하시지만,

일본어와 한국어의 관계를 어떻게 바라보고 계시는지, 선생님도 문학을 하고 계시니까 특히 언어에 민감하실 수밖에 없으실 텐데 그런 부분들을 말씀해 주십시오.

서경식　민감한 문제네요. 제가 아주 어렸을 때, 스무 살 정도의 형이 한국에 갔고 유창하게 우리말을 쓰기 시작했어요. 그때는 몰랐었는데 형 둘의 우리말은 거의 완벽하다고 오해했어요. 그런데 아마 근본적인 한계, 그러니까 나이 스무 살이 되면서 아무리 집중적으로 열심히 공부하고, 이십 년 가까이 한국에서 감옥 생활을 하더라도 한국어가 완벽할 수는 없다는 것을 알게 되었지요. 그래서 저는 한국어를 완벽하게 사용하고 싶다는 소망을 가지면서도, 그렇게 되는 것은 거의 불가능에 가까운 것이라고 동시에 느끼고 있어요. 디아스포라적인 것인지 제 개인적인 것인지 모르겠지만, 제 본심입니다. 그래서 완벽하지는 않지만 제 생각을 그래도 충실히 표현할 수 있는 언어가 일본어입니다. 이것이 사실입니다. 이 사실에 대해서 한때는 오랫동안 좌절감 같은 것을 느끼면서, '나는 마지막까지 해방될 수 없는 식민지 시민이다'라고 진짜로 진지하게 느꼈었어요. 고등학생 때 제 시가 시집에 실렸는데, 후기에 앞으로 다시는 시를 안 쓸 거라고 했었어요. 왜냐하면 일본어로 표현하는 것에 반해, 나는 한국어로 표현할 수 없는 사람이라는 것을 잘 알고 있었기 때문이에요. 그때 벌써 그렇게 느꼈어요. 그로부터 반세기 가까운 세월이 흘렀지요. 반세기 후에 한국어, 우리말로 여러분하고 대화 나누고 있는 자체가 꿈같은 얘기입니다. 그래도 얼마나 미흡한 지에 대해서 뼈아프게 느끼고 있어요. 이만큼 얘기하고 싶은데 이렇게밖에 표현하지 못하고 있어요. 그런데 그 과정을 돌이켜 보면, 내가 어떤 면에서는 하나의 실격자, 지금 말로 하면 디아스포라적인 언어 사용자라는 자각이 고등학생 때부터 시작됐고, 디아스포라적인 언어 사용자로서의 문학의 길을 걸어왔다고 할 수도 있지요.

조금 전에 김학영 작가의 얘기가 나왔는데, 작가는 모두에게 뭐랄까 자신의 모범이랄까, 문체가 있지요. 도스토옙스키와 같은 러시아 문학가의 작품의 일본어 번역, 그런 것이겠지요. 저 같은 경우는 가만히 생각해 보면 다케우치 요시미가 루쉰 선생님을 번역한 일본어의 어조가 나도 모르는 사이에 나에게 스며든 것 같아요. 한 문장, 한 문장이 간결하고, 여백이 있고 신랄하고 날카로운 것이지요. 그 이유에 대해서 다베다 요코와 대담도 했는데, 다케우치 요시미의 중국어의 번역이라는 게 분명히 본인의 문체예요. 말하자면 일본말로 번역이 이대로 완성된 것이 아닙니다. 그러니까 가와바타 야스나리식의 아름다운 일본말이 아니거든요. 부자연스러운 번역체이죠.

서경식　　원래 루쉰 선생님의 문체 자체가 많이 어려운데, 그걸 일본말로 옮기려고 하니까. 이 문장에 외부가 있는 것처럼 느껴지는 것 같아요. 제가 지금 이렇게 얘기하고 있는데, 여기서 얘기하려는 실제는 더 넓은 범위에 있을 거라는 게 느껴지는 거지요. 그런데 저는 이것을 오히려 좋아하는데 제가 좋아하는 이유를 생각해 보면요. '그런 문체로 그런 글을 쓰고 싶다. 내가 지금 일본말로 쓰고 있고, 아마도 평생 일본말로 쓸 텐데, '이 사람의 일본말은 이 사람이 하고 싶은 말 중에 일부다, 이 사람에게는 외부가 있다'는 것을 독자가 느낄 수 있는, 느끼게 하는 그런 글을 쓰고 싶다. 그러니까 그것이 바로 디아스포라적인 글이 아닌가. 그리고 우리 조선인뿐만 아니라 유태인의 문학이라든가 그런 것도 다 그런 것이 있겠지'라고 생각해요. 모르겠습니다. 일본에서 저의 글을 일본어로 잘 되어 있다고 칭찬해주는 사람도 있는데 그것이 반드시 고마운 일이 아니라, 지금 말씀드렸듯이 일본인이 읽을 때 조금 불편하다든지, '내가 이 사람이 하는 얘기를 제대로 완벽히 이해하고 있는지에 대해 조금 자신감이 없다'든지 하는 그런 글을 쓰고 싶어요. 그래서 이렇게 글 쓰는 사람이 많아지면 많아질수록 세계의 많은 언어 표현 중에 디아스포라적인 영역이 많아지게 되겠지요. 그것이 문학 연구자들이 문학에 대해서 국민주의적인 방식으로 하면 안 된다는 예들로 생각하게 될뿐만 아니라, 언어 표현 자체가 그렇게 되어가는 것도 재미있을 것 같아요.

이재봉　지난번 국제학술대회에 참석하신 허련순 선생님이, 자기가 쓰고 있는 조선족의 이 말이 남한의 말이 아니라는 데에 대해서 상당한 불편함을 느끼고 있었어요.

김용규　그래서 한국말을 다시 배우려고 했다는 말을 듣고, 그럴 이유가 없다고 이야기를 했었습니다. 지난번에 정영환 선생님을 만났을 때도, 정영환 선생님이 은연중에 "내가 이런 말을 하는 게 부자연스럽지는 않나요?"라고 하더라구요. "오히려 부자연스러워야 되는 것 아닙니까?"라고 저는 그렇게 얘기를 했는데, 선생님께서 말씀하신 것처럼 부자연스러움을 드러내는 것, 정말로 그래야 되는 것이 아닌가 하는 그런 생각이 듭니다.

서민정　사실 허련순 선생님의 경우는, 그 국가가 가진 이데올로기가 우리보다 조금 더 경직된 사회에서 아주 규칙적인 말을 해야 된다고 교육을 받았기 때문에 다른 나라 말을 배울 때도 그 기준이 적용되어서, 한국 사람도 굉장히 경직되어 있긴 합니다만, 그런 저희들보다 더 경직된 모습을 본 것 같아요.

그래서 선생님께서 얘기하셨던 것처럼 언어 규정이나 규범을 기준으로 디아스포라적인 언어를 보게 되면 아주 문제가 많은 언어가 되지요. 그런데 '부자연스러움' 자체가 자연스러운 것이라는 시각으로 보게 되면 아주 유연하게 언어를 볼 수 있을 것 같습니다.

2015년의 시각에서 미래 전망

김용규　마무리 질문을 드리겠습니다. 지금 한국도 그렇고, 일본도 그렇고, 중국도 그렇고, 북한도 그렇고요. 아시아 지역 전체의 강한 우경화, 거기에다 브렉시트, 트럼프 등 그런 우경화의 바람들이 세계적으로 불고 있는 것 같습니다. 저희가 볼 때, 사실 이게 과연 정말 바람직한 것인지, 다시 예전처럼 아주 극단의 대결, 또 많은 문제들이 곪아 터질 그런 시대가 다시 오지 않을까 하는 두려움, 이런 것들이 어느 정도 드는 것도 사실입니다.

그런데 아까 선생님이 말씀하셨던 것 중에 디아스포라와 새로운 문제의식들을 발견해간다고 했을 때, 이와 같은 상황을 풀기 위한 열쇠, 키워드 같은 것들이 디아스포라적인 문제의식 쪽에서 어느 정도 발견될 수 있지 않을까 하는 것이 저의 생각이기도 하지만, 저는 잘 모르겠습니다. 선생님 생각하실 때, 이런 문제의식이 앞으로 어떤 것

이었으면 좋겠는지, 또 이런 상황들이 어떤 식으로 극복이 되었으면 좋겠는지 등에 대해 말씀을 해 주셨으면 합니다. 다시 말씀드리자면, 세계적인 이런 흐름들을 디아스포라적인 문제의식을 통해 어느 정도 풀어낼 수 있는가, 어느 정도 방향성을 제시해줄 수 있지는 않은가 하는 그런 질문입니다.

서경식　예, 어렵네요. 저는 그 점에 대해서는 솔직히 비관적입니다. 비관적이라는 것은 마지막까지 이겨낼 수 없다는 뜻이 아니라, 당분간 고난의 시기가 이어질 거라고 생각합니다. 왜냐면 디아스포라는 것의 정의상 하나의 특징은 국가 권력이 없다는 것이죠. 국가가 행사하는 권력에 국가 권력이 없는 사람들이 저항해야 하는 그런 관계에 있어요. 국가 권력이 없는 사람들이 국가에 저항하기 위해서는 보편적인 인권, 초-국가, 국제적인 인권기구라든지, 국경을 넘는 연대 같은 것이 필요하고, 그런 것으로 겨우 버텨왔는데, 그것 자체가 미국의 트럼프의 유엔에 대한 태도라든가 그런 걸 보니까 지금 위태롭습니다.

　물론 과거 수십 년 전에는 없었던 여성 해방의 힘과 같은 것을 보면 내가 비관만 하고 있으면 안 되는 것을 알고 있기는 합니다. 디아스포라적인 것이라는 것, 저항의 힘이라는 것이 한편으로는, 1960년대까지 민족해방운동의 세계적인 조류와 관계가 있었어요. 라틴아메리카 해방운동이라든가, 해방신학이라든가, 아프리카 해방운동과 같은 것들이죠. 그런데 거기가 지금 많이 어려워졌죠. 그러면서 디아스포라는 앞으로 제가 살고 있는 동안 또 어려운 상황 속에 처할 것이라고 생각합니다. 저항도 이때까지 있어 온 이념이라든가 정열이라든가 그런 것이 흔들리고 있으니까 아주 폭발적인, 찰나적인, 무계획적인 그런 움직임으로 나오고, 아주 안 좋은 경우에는 테러로 나오기도 하고요. 그러니까 테러는 테러대로 안 좋은 일이긴 하지만, 아무 방법이 없으면 그렇게 나타나는 것도 어쩌면 자연스러운 현상일 수도 있지요. 저는 20년 전에 일본에서 차별이 계속되고, 위안부 할머니에 대한 보상도, 사과도 없는 채 지나가면 언제든 조선인들의 일본인에 대한 테러가 생겨도 이상할 것이 없다는 얘기를 한 적이 있어요. 테러를 하라는 것이 아니지요. 그런데 박유하 선생은 제가 그런 식으로 얘기한다고, '서경식은 테러 지시자'라고도 했습니다. 이렇게 방치하면 그렇게 된다는 것이지요. 지금 그런 상황에 왔다고 봅니다. 그러니까 그런 식의 혼란 상태가 지금 미국을 보면, 미국에서 흑인이나 소수 민족들이 미국의 우파에 대해서 도저히 못 참고 폭력적으로 대응하고 있지요. 그런 것이 내일이라도 우리 동아시아에도 밀려올 수 있지요. 그렇게 생각합니다.

물론 저 자신도 그런 사태를 피하고 싶어요. 그런데 그런 사태를 피하기 위해서는 이 사람들의 분노를 억제하는 것이 아니라 분노하지 않게 하는 구조에 대해서 효과적인 글로든, 행동으로든 일을 해야 하는데, 제대로 안 보이는 것이 사실이에요. 디아스포라적인 사고라는 게 한 마디로 하면 국가에 거리를 두고 국가에 대항해서 하는 사고조. 그러니까 디아스포라적인 사고가 가장 필요한 사람들이 국민주의자들입니다. 그러니까 국가에 속하고 일본의 다수자, 미국의 다수자가 디아스포라적인 사고를 가져야지 대화도 이루어지고 하지요. 그러나 그것은 간단치 않아요. 그런데 적어도 지식인, 글 쓰는 사람, 예술 하는 사람은 잘 견디고 그 방향으로 다수자를 교육해야 합니다. 소수자가 "소수자여, 싸워라"라고 하면 아까 말한 악몽이 이뤄지기 쉬워요. 저는 그렇게 생각하고 저 나름대로 노력하고 있는데도 어려운 것이 사실이에요. 아까 젊은 사람이 "그러면 절망적이냐, 희망이 없냐"라고 하면, 저로서는 많이 미안한 생각이 들어요. 그래도 재미있는 것은, 재일조선인을 볼 때 그래도 아직까지 40만 가까운 사람들이 귀화하지 않고 일본에 살고 있어요. 그것이 현실주의적인 것이랄까, 안이하게 살려면 귀화하면 되는데, 그래도 40만이 남아 있다는 것이지요. 많은지 적은지는 입장에 따라서 다를 수 있는데, 저는 놀라운 일이라고 봅니다. 조국이 분단되어 있고, 이렇게 계속 70여 년 동안 차별을 당하면서도 40만 넘는 사람들이 그래도 조선인으로 살고 있다는 것. 그 사람들 중에 제가 볼 때에도 민족적인 지식이 하나도 없으면서도 조선인으로 살겠다는 사람이 있는 것이 놀라운 사실이에요. 오늘 처음 얘기했듯이, 인간적인 저항이라는 게 반드시 정치적인 행동이 아니어도, 그런 인간적인 저항으로 유도하는 그런 힘이 조금 더 구조적인 것이고, 구조적인 것에서 인간 개개인은, 전체가 그렇다고 할 수는 없지만, 그중 일부는 아주 인간다운 판단을 하면서 살고 있어요. 재일조선인뿐만 아니라, 온 세계에, 전 세계에 그런 사람들이 있을 것이에요. 당연히 있겠지요. 그렇게 믿고 싶어요. 이 사람들이 서로가 서로를 만나는 기회를 앞으로도 우리가 끈질기게 추구해 가야만 한다는 그런 생각입니다.

2차 대담

일시	2023년 1월 11일
장소	도쿄게자이대학교 세미나실
대담자	서경식, 김용규, 이재봉, 서민정

코로나시대 세계와 일본사회의 변화, 그리고 선생님의 근황

이재봉　정년 후 이전과는 일상이 어떻게 달라졌는지, 저술 및 강연 활동 등에 대한 질문을 드립니다. 최근의 시대를 신문 칼럼에서 선생님은 '무자비한 시대', '이상 없는 시대' 등으로 명명하고 계십니다. 이는 물론 세계 곳곳에서 일어나는 민주화운동에 대한 무자비한 탄압, 팔레스타인 지역의 무참한 현실, 러시아의 우크라이나 침공을 둘러싼 여러 가지 상황들, 아베 사망 이후 일본의 정세와 전쟁도 불사하겠다는 남북한의 긴장된 대치국면 등과도 관련되어 있습니다. 이 '무자비한 시대'에 '이상'은 '회복'될 수 있을까요? 이보다 이 무자비한 시대에 '이상'을 끝내 품고 가야 한다면, '이상'은 어떤 역할을 담당해야 할까요?

서경식　사적인 상황은 지금 말씀드린 것 외에 별로 다른 일은 없지만, 일을 거의 못 하게 됐어요. 강의, 강연은 두세 번 했을까요? 그것도 주로 예술에 대해서였어요. 일본에는 아시아, 아프리카, 라틴아메리카를 연대하는 예술가들의 모임이 있어요. 아마도 1950년대 말 1960년대 초쯤에 하리우 이치로針生一郎라는 지금은 세상을 떠난, 유명한 미술 평론가가 있었어요. 하리우 이치로가 일본 화단에 조양규 씨를 소개했지요. 하리우 이치로의 뒤를 이어받은 예술가들의 모임에서 '전쟁과 예술'이라는 주제로 강연을 했어요. 작년 7, 8월 무렵이었는데 제가 몸도 좀 안 좋았고, 걷기도 좀 불편한 상황이었어요. 우크라이나에서 전쟁이 터진 지 한 3개월이 되었는데, 그런 상황 속에서 '전쟁과 예술'이라는 주제로 이야기한 것이, 그나마 작년에 제가 했던 일이었다고 할 수 있어요.

저는 요즘은 냉소주의에 빠지면 안 된다는 생각, 그리고 그런 생각을 되풀이하고 있는 상황인데, 이것은 거꾸로 얘기하면 냉소주의의 유혹을 느끼고 있다고 할 수 있지요. 오늘 세대 이야기가 나오긴 할 텐데 1960년대, 1970년대에 일본의 민주 인사들 중에 훌륭한 분들이 계십니다. 저도 그분들을 존경하고 있고 영향도 많이 받았는데 그걸 이어받고 있는 사람들이 이제 유효 기간이 지났다고 할까요. 자기 자신들만의 좁은 공간에서 서로가 서로를 위안하고 위로하고만 있는 것입니다. 물론 그 사람들의 책임이 아니지요. 그런데 사회 전체가 그런 세대가 경험한, 지금 진행되고 있는 상황들과 대화가 안 되는 그런 상황이에요. 거기서 저에게 강연을 요청했는데, 그 사람들 입장에서는 격려받기를 기대하고 요청했을 텐데, 저는 그런 역할을 더 이상 하고 싶지가 않았어요. 그런 식으로 소비물이 되고 싶지 않다는 느낌이 들었어요. 옛날부터 일본에서, 전부는 아니지만 일부 사람들이 재일조선인이나 한국 민주파에 대해 이야기할 때, 자신들이 거기서 위로나 격려를 받고 싶다는 것이고, 상황을 잘 모르면 그것도 뭐 반드시 해야 하는 일이니까 하긴 했지만, 한 10년, 20년, 30년 지나고 나서도 계속하고 있으면 이 세대가 어떻게 될지 그것이 곧 전체적으로 축소되고 있는 그런 느낌이 들었어요. 저 자신의 노화 현상일지도 모르겠지만, 다카하시 데쓰야高橋哲哉 교수는 하나도 늙지 않고 무기력감을 거의 느낄 수가 없이, 지난 20년, 30년 동안 계속 그런 일을 하고 있어요. 그런데 그런 것에 조금 피로감을 느끼고 있는 것이 저의 지금 상황입니다.

김용규　　저도 한겨레신문 칼럼에서 선생님 글을 보면서 선생님께서 조금 우울하시구나, 그래서 한편으로는 선생님께서 보내는 신호 같다는 느낌도 들었습니다. 상황이 많이 좋지는 않은 거 같다는 것을 많이 느꼈는데, 어떤 의미에서는 냉소주의와 비관주의는 좀 다를 것 같습니다. 선생님 글에서는 그런 비관주의는 많이 느껴졌는데 냉소주의는 별로 안 느껴졌습니다.

서경식　　맞습니다. 조금 솔직하게 얘기하면요. 저는 교육자이기도 했는데, 학교에 전임이 되고 한 5, 6년 정도까지만 해도 주변 학생을 포함해서 주변에 있는 일본인들의 의식이 너무 말도 안 되니까 자꾸만 화를 내면서 그런 것들과 싸우는 그런 마음으로 있었어요. 한때는 강의실에서 학생들에게 "너 좀 바깥에 나가자. 할 말 있으면 직접 나에게 해"라는 식으로 했었어요. 그런데 어느 순간 그렇게 안 하기로 했어요. 안 하기로 한 것은 잘했다고 할 수도 있는데, 일본의 특성상 온순하고 폭력적이지도 않은 학생들이 많으니까. 인내심을 가지고 시간을 두고 다양한 측면으로 이야기를 나누면 백 명 중에 한두 명은 괜찮은 학생도 있었어요. 실제로 그런 학생이 발견되기도 했고요. 그런 게 없으면 교수 생활을 못 했겠지요. 그런데 지금은 그런 것이 없어졌어요. 내가, 그러니까 나라는 사람이 그런 교육이나 계몽을 하는 사람인지 하는 근본적인 의심이 생겼어요.

오늘은 시작부터 너무 솔직한 얘기를 하고 있네요. 저는 제 자신의 자의식으로 나는 누구인지, 문학을 하는 사람인지, 교육하는 사람인지, 아니면 활동가인지 혼란스러워요. 그리고 이렇게 여러 가지 생각하다 보면 다시 정산되어 또 백지 상태가 되기도 하고요. 정년퇴직했으니 이제 '아무것도 안 해도 괜찮다'는 것도 있어요. 이대로 죽을 때를 기다리는 것이 사람의 인생이라는 것도 느껴요. 그런데 여러분을 여러 번 만나 이제 서로 잘 알고 있기도 하고, 그런 근본적인 이야기를 다시 하는 것도 소용없으니까, 지난 못 만났던 2년 동안 무슨 생각으로 있었는지 솔직히 얘기 드리겠습니다.

그래서 하던 이야기로 돌아가면, '나는 문학을 하는 사람이었다, 문학하고 싶다. 문학을 하는 것은 여러 텍스트를 알기 쉽게 해석하고 교육하는 것이 문학자가 하는 일이 아니라, 거기서 문제를 던지고 뭔가 이해하기 어려운 이야기를 하더라도 나는 이런 사람이라는 것을 드러내는 사람이 문학자다' 그렇게 생각했어요. 그래서 인생 마지막에 그런 거 하나 써야겠다고 하는데, 제대로 못 하니까 많이 답답하네요.

서경식　아까 말씀드렸듯이 후나하시가 몸이 조금 좋지 않은데 우리는 그걸 음악으로 극복하고자 했어요. 후나하시 자신이 가장 하고 싶은 것이 노래 부르는 거니까요. 좀 있다 드리겠습니다만 CD로 만

들었어요. 브람스. 독일 낭만파니까 죽음에 대한 그런 동향, 죽음을 하나의 구제로 생각하는 철학, 양면성 같은 철학의 세계에 완전히 빠져 있어요. 저 사람이 하루에 한 다섯 시간 정도 혼자 노래를 부르고 있어요. 그런 사람이니까 이런 얘기를 해도, 뭐라고 할까. 상식적인 수준에 멈추지 않고 너무 심각하게 받아들여요. 그래서 그런 이야기에 응원은 해 주는데 때때로 너무 심하게 "그렇다면 문학해라. 못 하면 그냥 가만히 있고" 그런 식이에요. 아무튼 근본적으로 자신이 잘못했다고 생각지는 않지만 그래도 좀 문제가 있었다고 생각해요. 그래서 문학 작품 하나, 나이가 80이 되기 전에 쓰고 싶어요. 흔히 얘기하지요? 재일조선인은, 즉 디아스포라는 누구나가 이야깃거리 하나씩 가지고 있고, 누구나 소설 한 편씩 쓸 수 있는 주제를 갖고 있고요. 나도 그럴까 싶어요. 아주 사적이라 할까, 개인적인 에피소드만 쓰더라도 내가 볼 때 재미있는 것을 한 편 쓸 수가 있어요. 쓸 수 있을 것 같아요.

서경식 '디아스포라가 무엇인가'라는 질문을 받았을 때 여러 가지 학술적인 정의를 내리기 전에, 제 머릿속에 먼저 떠오르는 것은, 저의 이모부, 이모부의 모습입니다. 제 이모부는 좋은 사람이 아니에요. 얘기를 들어보면 우리 어머니도 많이 싫어하셨던 것 같아요. 그런데 이분이야말로 디아스포라라고 생각해요. 왜 그러냐면, 여러분은 상상하기 어려울 수도 있겠지만, 이분은 경상도 사람인데 일본에서 자랐어요. 동해 쪽, 일본 교토부에 마이즈루舞鶴라는 도시가 있는데요. 마이즈루의 공업전문학교를 졸업했다 하셨는데, 아마도 그건 거짓말 같아요. 왜냐하면 제 친구 중에 역사학자가 있는데, 그 친구가 일제시대 그때는 공업전문학교가 없었고, 해방 후에 생겼대요. 마이즈루에는 동원되어 와서 일하던 조선인들의 수용소라 할 만한, 그런 집단 생활터가 있었다고 해요. 그런 것이었을지도 모르겠어요. 아무튼 공업전문학교를 졸업한 그 이모부가 우리 친척 중에 가장 지식이 있는 사람이었어요. 말투에서도 어려운 말이 많이 포함되어 있기도 했고요. 그래서인지 우리 친척들이 모였을 때 혼자 "나는 지식인이다"라는 태도였어요.

그런데 이분이 해방 직후에 조선에, 그러니까 한국에 귀국했는데, 일본말밖에 못 했으니 고생을 많이 하셨어요. 그것도 역사적으로 잘 검증해야 하긴 하는데, 우리 어머니 얘기로는 이모부 자신이 조선전쟁이 터졌기 때문에 그때 UN군에 동원되었고, 지금 후지산에 자위대 훈련지가 있는데, UN군이 거기서 훈련했대요. UN군에서 한국의 병사들을 거기서 훈련을 시켰대요. 그런데 그 이모부가 일본 지리도 알고, 말도 하고, 교토에는 친척들이 있고 하니까 거기서 탈영, 도망쳤어요. 그리고 교토에 있는 우리 집으로 찾아왔어요. 그런데 한국에 딸을 하나 그냥 두고 그 사람이 그렇게 도망쳐 왔는데, 우리 집에는 그걸 숨기고 있었대요. 그리고 여기 와서 또 딸 둘을 낳았대요. 제일 큰딸은 부산진에 살았는데, 부산진에 이모부의 누나가 살고 계셨다고 해요. 그런데 그 누님이 바다와 관련된 일을 했대요. 그래서 누님의 도움으로 밀항을 하게 되었어요. 그분이 밀항을 보내는 일과 관련된 일을 했던 것 같아요. 그러니까 바로 이 이야기 전체가 디아스포라이지요. 그런데 여기 와서 어떻게 했는지 모르지만 그래도 괜찮게 살았고, 뭔가 돈벌이도 좀 했었어요. 내가 스무 살 때쯤에 그 이모부께서 "너는 앞으로 뭘 하나?"라고 해서 "나는 문필가가 되고 싶습니다"라고 했어요. 글쟁이가 되고 싶다고요. 그때 저는 '타다시'라는 일본 이름을 가지고 있었기 때문에. '다짱'이라 불렸어요. 그래서 그 이모부가 "다짱, 그러면 문학상을 사달라 그래라"라고, "사면 된다!"라고 했어요. 우리 친척 중에 돈이 있는 사람이 있으니까, 2백만 원인지 4백만 원인지 모르겠습니다만, 아쿠타가와상 하나 사면 간단한 일이라고 그래요. 농담이 아니고 이모부가 그런 식으로 세상을 살았어요. 밀항자니까 신분증도 없었던 사람이에요. 그러니 그렇게 살 수도 있다고 생각했겠지요. "문학상이라는 것은 그런 것이 아니겠지요" 했는데, "그런 것일 수도 있나, 모르겠다"라고 했어요. 그래도 서로가 1년에 두세 번씩 만나는 사이였는데, 형 둘이 감옥에 들어갔을 때부터 완전히 관계가 무너졌어요. 왜냐하면 이모부 자신의 보신 때문이었어요. 그런 걸 누구보다 조심하고, 누구보다 자기 보신을 소중히 하는 사람이었기 때문이었죠. 그런데 그때만 해도 한국도 마찬가지겠지만, 유명한 국립대학교 합격자의 명단이 일반 신문에 나와요. 요즘은 아니지요. 명단을 보면 일본 이름을 썼더라도 "아! 이 애는 우리 교포다, 동포다"라는 걸 쉽게 알 수 있어요. 가네모토金本라든가 하는 식으로요. 그런데 이 아저씨가 일본에서 낳은 딸이 소 학생일 때부터 몇 년 동안 그걸 보고 이 사람들을 추적해요. 이 사람들처럼 장가, 시집 보내고 의사가 되고, 그런 식으로 살게 만들겠다고 해서요. 너무 무서울 정도로 집념이 있어요. 레미제라블 같은 세계죠. 그래서 유명 여자대학교에 딸을 진학시키고. 조선인 남자하고 결혼시키고. 의사한테 시집보내는 게 인생 최대 목표였어요. 결국 이루어졌지요. 우리하고는 관계가 없었지만요. 그런데 이 사람이 민족 의식이 있을까요 없을까요, 어떻습니까? 민족 의식이 있어요. 그러니까 이런 세대라면 민족 의식이 사라진다든지, 민족 의식은 이런 것이라고 하는 너무 피상적인 이야기가 아니라, 이건 피카레스크 소설 같이 아주 안 좋은 사람들의 그 마음속에, 그 밑바닥에 뭐가 있는지 하는 것이 흥미롭지요. 제가 제대로 할 수 있을지 모르지만 그런 걸 담고 싶어요. 그런데 재일조선인에 대한 문학 작품들이 너무 전형적으로 보여요. 폭력적인 사람과 온화한 사람, 교양 있는 사람과 교양 없는 사람 그리고 민족 의식이 있는 사람과 일본화되어버린 사람 그런 이분법이 있어요. 그런데 그게 아니지요. 일본화돼버려도 그렇게 집념 있게 잘 사는 사람도 있고, 그것에 대한 자부심이 있는 인물상을, 그리고 그 인물상을 어느 정도로 설득력 있게 그릴 수 있는지가 문제예요. 많은 재일조선인에 대한 모습이 스테레오 타입화되고, 소품화되었지요. 다수자가 볼 때는 재미있을 수도 있겠지만 우리가 볼 때는 조금 어색한 부분이 많아요. 『파친코』라는 작품도 제가 보지는 않았지만 얘기만 들어도 그렇게 느끼니까요. 나는 인생 마지막에 하나라도 그런 작품을 쓰고 싶어요.

김용규　　이모부와 관계가 있는 구상을 염두에 두고는 있는 겁니까? 아니면 별도로 문학을 생각해 볼 때, 어떤 플랜을 가지고 스테레오 타입한 것들을 깰 수 있는 뭔가를 생각하시는지요.

서경식　　그렇게 하고 싶은데요. 제가 하나의 모델로 생각하는 것이 프리모 레비의 「아르곤」이에요. 프리모 레비는 알려진 바와 같이 이탈리아의 유대인이고 화학자이기 때문에 우리가 생각할 때의 재일조선인 디아스포라와는 많이 달라요. 그런데 「아르곤」도 19세기 말에 그 지역의 유태인들의 초상입니다. 나탈리아 긴츠부르그가 「아르곤」을 보고 초상화의 갤러리 같다고 했어요. 「아르곤」에 한 사람 한 사람의 자세한 이야기는 안 나와요. 그런데 그 친척 중에 기인들, 이상한 사람들이 계속 초상화의 갤러리처럼 나와요. 그것이 너무 흥미로워요. 왜냐하면 말 자체가, 이탈리아의 피에몬테 사투리하고 유태인의 말이 섞여서 그 지역의 유태인들이 쓰던 말들이 많이 나와요. 이를테면 나폴레옹 보나파르트의 이름을 그 말로 바르바브라민이라고 그러는데, 그 이름을 가지고 있는 자신의 삼촌인가, 숙부 이야기가 나와요. 왜 나폴레옹이냐 하면 나폴레옹이 유태인을 해방시켜 줬기 때문이지요. 그러니까 나폴레옹이 그 땅의 유태인들에게는 구세주라는 그런 뜻이 이름에 흔적으로 나와요. 그런 사람들이 많이 등장해요. 그런데 그 인물에 대해서 가벼운 가치 평가는 안 해요. 좋은 사람이었다, 나쁜 사람이었다 그런 이야기는 안 한다는 것이지요. 그런데 너무 생생하게 표현해요. 그 친척 중에 나이든 이모인지 고모인지 하는 인물이 있는데 너무 실용적인 사람이예요. 예를 들면 요일마다 가톨릭교회를 가거나 유태인교회를 가는 등 그런 식으로 살고 있던 사람도 나와요. 유대교니까 유대인이라는 우리가 갖고 있는 그런 사고의 틀부터가 조금 현실적이 아니라는 것이지요. 그런데 그런 설명은 안 하고 그런 사람들의 초상화를 그렸어요. 내용이 너무 재밌어요. 나도 그렇게 할 수는 없을까. 건달이나 깡패나 뭐 그런 사람을 그려서 말이지요.

김용규 파란만장한 삶, 굉장히 좋은 전략일 수도 있겠다고 생각합니다. 개인적으로 스테레오 타입한 것을 하나하나 쫓다 보면 굉장히 정형화돼 버리지만, 그런 인물들을 다양한 파노라마처럼 다루다 보면, 우리가 흔히 이야기하는 정형화되는 것조차도 중요한 인물 유형이 될 수도 있을 것 같거든요.

서경식　　그렇습니다. 제삼자가 재일조선인을 작품으로 조형할 때도 아까 얘기했듯이 너무 인공적이라 할까. 표상적, 혹은 피상적이라고 느껴지는데 우리에게도 자신의 작품을 그렇게 맞춰서 상품화시키려는 그런 욕심이 있는 것은 아닌가 하는 의심이 들어요. 문학에도, 예술에도 시장이라고 하는 게 있겠지만, 작가는 사실 그걸 벗어나야지 문학일 수 있다고 생각합니다.

김용규　　최근에 세계문학을 공부하다 보면, 상품화된 보편성을 추구하는 세계문학이나 유행들이 많아져 가는 느낌입니다. 이 사람 저 사람 모든 사람에게 통용될 수 있는 보편성, 그러다 보니까 로컬이나 개인이 가진 고민이나 고통 같은 것들이 다 소비돼 버리는 것에 대한 지적들이 굉장히 많습니다. 선생님 말씀하신 것처럼 『파친코』나 최근 미국에서 나오는 일종의 아시안-아메리칸, 코리안-아메리칸문학들이 구체적인 삶의 경험들과 연결되지 않는 경우에는 아주 작위적이라는 느낌을 받거든요. 저도 『파친코』를 넷플릭스 같은 걸 통해서 봤기 때문에, 아직 그 작품의 어떤 구체적인 형상화는 모르겠는데 정형화되고 상투적인 것이 마치 재일조선인들의 삶인 것처럼 돼 버리니까 오히려 선생님께서 그런 다양한 모습들을 깊이 있게 보여주시는 것도 굉장히 흥미로울 것 같습니다. 상투성을 깰 수도 있고요.

서경식　　할 수 있을지 모르겠네요.

이재봉　제가 일전에 『파친코』를 가지고 쓴 논문 심사를 한 적이 있습니다. 논문을 읽다 보니 앞뒤가 안 맞고, 논리적이지 않는 거예요. 내가 잘못 읽고 있나 싶어서, 한국어로 번역돼 있으니까 『파친코』를 다시 읽어 봤습니다. 왜 이게 한국에서 그런 열풍을 일으키는지 이해가 안 되더라고요. 김 선생님이 이야기한 것처럼 결국 상품화시키고 "재일조선인들은 몰랐던 사람들이다"를 책보다 넷플릭스를 통한 영화로 알게 되는 것이지요. 대표적으로 주요 배역을 맡았던 윤여정 배우가 인터뷰에서 자이니치라는 말을 처음 알았다고 그랬거든요. 이민진의 원작을 봐도 이런 식으로 작가 자신이, 제가 느끼기에는 '재일조선인의 모든 것을 내가 다 알고 있다'는 과잉으로 대리하는 느낌을 강하게 받았기 때문에 '아, 이거는 문제가 있다'고 생각했습니다. 그래서 뭔가 비판이 필요한데 아직 한국에서도 비판하는 것을 한 번도 못 봤거든요. 그래서 '그러면 내가 해야 하나?' 하는 생각도 했지요. 그런 것과 비슷한 것 같아요. 그런 측면에서 보면 선생님이 방금 말씀하신 부분들이 정말로 생생하게 그려질 수 있을 것 같은데요.

김용규　조금 전에 이재봉 선생님이 동아시아의 문제, 즉 한국, 일본, 중국에 관해 이야기했는데요. 선생님의 책을 읽다보면 식민주의나 그에 관련된 부분들이 아직까지 동아시아에서 청산되지 않았다는 얘기들이 많이 나옵니다. 식민주의가 어떤 식으로든 동아시아에서 청산되지 않은 것이 일본이 지금까지도 제대로 된 반성하지 않는 것과 연결되어 있겠지요. 지금 한국도 어떤 형태로든 민족주의가 강력해지고 있습니다. 정영환 선생님이나 최덕효 선생님을 만나 얘기를 들어보면, 이런 점에 대해 선생님께서 아주 소중한 비판을 해준 지점이 있더군요. 특히 우경화하는 현실 속에서 재일조선인 문제나 일본 지성계 내의 변화에 대해 예리하게 비판해준 부분은 아주 소중할 것 같습니다. 재일조선인의 위치, 제3의 길, 탈민족을 넘는 민족에 대한 새로운 사고, 일본 내에서 마이너리티로 살아가는 의미 등 선생님께서 짚어주신 부분은 다음 세대들에게 큰 도움이 된 것 같습니다. 제가 볼 때도 선생님께서 개입하여 비판한 부분들, 특히 1970, 1980년대 이후 일본의 리버럴 지식인들과 연대하고 결별한 지점들, 우경화의 현실에 침묵하고 마이너리티에 대해 점점 외면해가는 일본의 리버럴 지식인의 변화를 날카롭게 비판하고 있는 부분은 매우 중요하다고 봅니다. 선생님께서 '나는 형님들과 다른 길을 갔다'고 말하시지만 그것을 넘어 선생님의 시각이 일본 지성사의 역사에 들어가 있는 지점이 있는 것 같습니다. 저는 이 부분이 다음 세대들에게 아주 많은 영향을 주었다고 봅니다.

서경식　예, 그래요. 그렇다면 다행입니다. 그 식민주의 비판이 저의 중요한 기준이라고 생각하고 있습니다. 세대론에 대해서 말하자면, 세대가 교체되면서 당연히 여러 가지 변화가 있을 겁니다. 돌이켜 보면 제가 젊었을 때부터 재일조선인을 포함해서, 우리는 지금 이렇게 살고 있지만, 시간이 조금 더 흐르면 제1세대는 사라질 거고, 2세대는 일본에 동화될 거라는 생각이 있었지요. 한국 국내에서도 그런 식으로 보고 계신 분들이 많으셨고요.

그런데 현실은 그렇게 되지 않았죠. 그것은 '조국'이라는 실체가 있기는 하지만 그에 대한 애착심이나 그런 것 때문이 아니라, 반식민지주의 때문으로 보입니다. 저는 식민주의가 있는 한, 우리는 근본적으로 바꿀 수가 없다고 생각하고 있어요. 한국에서 살아본 적도 없고, 우리 말도 모르고, 우리 문화도 모르는 사람이 무슨 민족 의식이냐 하는데, 근본적으로는 식민주의가 있는 한 민족주의일 수가 있어요. 민족 의식이 있을 수 있어요. 너무 단순화된 얘기지마는 저는 그것이 진실이라고 봐요. 저 자신의 인생을 돌이켜 봐도, 다만 그것은 단순한 얘기가 아니예요. 저의 형인 서준식은 감옥 생활하면서 "자연스럽게 어깨가 움직이기 시작하고, 어깨춤을 출, 혹은 춤을 춰 줄 정도 민족적인 의식, 그 '리듬'을 내면화해야 우리는 한국 사람이 됐다고 할 수가 있어"라는 이야기를 해요. 그런데 저는 도저히 그런 수준까지는 못 갔었기 때문에 이런 자기 변명적인 얘기를 하고 있다고 보일 수도 있지요. 그런데 저는, '문제는 식민주의다'라고 생각해요. 그렇다면 그런 식민주의가 어떻게 하면, 그리고 언제 극복될 수가 있는가 하면, 그것은 너무 어려운 문제이지요. 그리고 지금 단계로는 그 전망이 또 멀어진 상황인데, 나라의, 혹은 민족의 분단도, 비민주적인 상황도 일본에 있는 이런 여러 가지 차별도, 다 그런 근원에서 흘러 나오는 거라는 기억만 잘 가지고 있으면, 저는 얼마든지 조선인이 될 수가 있다고 생각해요. 세대론이라는 게 물론 중요하지요. 중요하지만 함정이나 우연성이 있어요. 시간이 지나면 지날수록 자연스럽게 어쩔 수 없이 여러 가지 변화가 있고, 교체가 될 거라는 것이지요. 변화는 하지만 없어지지는 않아요. 1세대 조선인처럼 우리가 그런 실제 체험이 없고, 고향의 풍토에 대해서 아는 바가 없는 그런 상황 속에서 조선인이 민족 의식을 갖게 되는 경우가 있다는 것을 입증해

온 것이 우리의 역사가 아닌가 싶어요. 그런데 이것을 미국의 상황으로 옮겨서 이민 1세, 2세, 3세와 연결시키고 도식화하는 논의는 경계해야 한다, 조심스러워야 한다고 생각해요. 미국에서도 그렇게 단순하지는 않겠지만, 미국이 아니라 일본이라는 나라에서, 일본의 식민지 지배의 결과로 여기에 살고 있고 또 일본이라는 나라가 식민 지배를 청산하고 있지 않는 상황에서 살고 있다는 것이 우리의 특수성이니까요. 거기서의 세대교체는 있지만 세대교체가 근본적인 변화는 아니라는 것이죠. 그리고 세대교체를 형식화해서 편의주의적으로 보는 것도 마찬가지입니다. 일본인 지식인도 그렇지만 오히려 재일조선인 중에서도 재일조선인의 탈정치화를 주장하는 것이 있어요. 이양지 씨가 나오기 시작할 때에 그 그룹의 주장도 그런 것이었어요. 제가 볼 때 그런 것을 외칠 이유가 있었어요. 특히 민족 단체들이 너무 경직화되어 있고 대응을 못 했었죠. 그래도 지금 하고 있는 식으로 이야기가 됐으면 어떻게 됐을지 모르겠지만, 아무튼 그런 아쉬움이 있어요.

'조국'에 대하여

김용규　선생님, 2세대 재일조선인 지식인으로서의 선생님이 갖고 계신 조국에 대한 표상이나 감각에 대해 여쭙고자 합니다. 1세대가 조국에서 태어났거나 조국에 대해 직접적인 경험을 갖고 있고, 특히 물리적, 정신적 실체로 느끼고 있다면, 2세대는 그렇지 않을 것 같습니다. 앞서 지적했듯이, 2세대부터 조국은 집단적이기도 하지만 일본사회의 미시적인 일상생활 속에서 '조국'이라는 것을 깨닫게 될 것 같습니다. 물론 이 두 부분을 쉽게 나눌 수는 없을 듯합니다.

우선 선생님께서 '조국'이라는 것을 언제 어떤 계기로 처음 인식하게 되었는지가 궁금합니다. 학교에서의 경험인지, 사회에서의 경험인지, 아니면 부모님의 말씀을 통해서인지 궁금합니다. 그 얘기가 듣고 싶습니다. 재일조선인 2세대인 선생님께서는 조국은 직접적 경험이 아니라 저 멀리서 들려오는 소문처럼 추상적, 정신적 관념이 아니었을까요? 한국의 민주화를 꿈꾸었던 두 분 형님도 1세대들이 조국에 대해 느꼈던 것과는 다른 시각을 갖고 있었을 것으로 봅니다. 1세대에게는 가난과 식민과 분단의 굴레를 갖고 있는 곳이지만 분명히 일상의 구체적인 감각들이 살아있었다고 봅니다. 그런 경험이 없었던 선생님께서는 조국이 어떤 모습으로 존재하고 있었을까요? 1세대보다는 조국에 대한 느낌이 훨씬 단순해질 것 같기도 하지만 그 단순함이 현실 속에서는 더 복잡하게 작용할 가능성도 커 보입니다. 선생님의 생각을 듣고 싶습니다.

서경식 그 이야기와 관련해서 조금 더 하면요. 저는 가끔 재일조선인답지 않다는 그런 평을 들을 때가 있어요. "미술이나 음악에 대해 이야기하고, 유럽 여행을 가고, 와인을 좋아하고. 그런 당신이 과연 진짜 조선인인가?"라는 것이지요. 그러니까 재일조선인이라는 스테레오타입에도 '서경식'이라는 사람이 맞지 않기도 하고, 또 '정치범의 가족인데 그런 식으로 살아도 되냐'는 그런 것이지요. 그러니까 '나'라는 사람에 대해 정의 내릴 때, 나는 재일조선인이 아니라는 것도 아니고,

내가 재일조선인이라고 하는 어떤 틀에 맞춰진 것도 아니예요. 그래서 흩어진 자기 분열적인 상황이 어떻게, 어디서 생겼는지를 생각하는 것이 재미있어요. 그리고 그러한 생각이 필요하다고 생각해요.

그런데 한편으로는 내가 이런 것을 외면하고 다른 시선에 맞춰서 살아야 한다고 느낄 때도 있어요. 또 주변에서도 그렇게 생각하는 사람이 있어요. 그런데 이게 너무 미묘해요. 여기서 일을 하고 있을 때도 "선생님은 예술에 조예가 깊으시네요"라는 말을 들으면 이 사람이 진짜로 하는 말인지, 조롱하고 있는 것인지, 그리고 이 사람은 어떤 선입견으로 그런 말을 하고 있는지, 아니면 재일조선인이면 예술에 조예가 깊으면 안 되는 것인가 하는, 그 사람이 가지고 있는 스테레오 타입을 다시 묻고 있다는 것이죠. 표상 문화적으로 생각하면 그런 스테레오 타입이 어디서, 어떻게 만들어졌는지를, 그러니까 그렇게 살고 있는 이유가 무엇인지를 다시 물어야 한다고 봅니다.

일본에서 전쟁 직후에 〈니안짱にあんちゃん〉이라는 영화가 있었어요. '니안짱'은 야스모토安本 상이라고 하는 집안의 둘째 오빠예요. 야스모토安本는 일본 이름인데, '안安 씨'지요. 규슈의 탄광촌에 사는 야스모토 상이라는 재일조선인의 이야기인데, 원작은 소 학생인가 중학생인가 가난한 여학생의 일기인데 베스트셀러였어요. 그것을 영화로 만든 것이 큰 히트를 쳤지요. 어떤 세대의 일본인들은 평화주의라 할까, 민주적이라고 할까요? 아무튼 그런 우익 쪽이 아닌 일본인들에게 "재일조선인이라는 것은 그런 거다"라는 것이 있어요. 그런데 그것이 반드시 나쁜 일이라고 할 수도 없고, 모두가 그런 것은 아니라는 것이지요. 그리고 또 하나는 사이타마현 가와구치시라는 도시

에서 재일조선인이 많이 살고 있었어요. 거기서 북한으로의 귀국운동이 왕성했을 때 유명한 작품인데, 베스트셀러가 되고, 마찬가지로 영화가 되었어요. 요시나가 사유리吉永小百合라는 지금도 살아있는 미인 여배우가 주인공을 했지요. 이런 식으로 몇 작품이 그렇게 스테레오 타입으로 만들어져 왔어요. 거기에 안 맞추면 "왜 당신은 조선인인데 왜 이북에 안 가?"라든가 "왜 미술관에 가나?" 그렇게 되어 버리는 것이지요.

그러니까 이게 반드시 조선인에 대해서만은 아니지마는 인간에게 일반화시키고 이야기하는, 스테레오 타입이라는 게 어떻게 만들어졌는지 하는 이야기와 관련되는데요. '나'라는 존재가, 형도 그렇지만 형은 어떻게 보면 나하고 역방향으로 갔다고 할 수도 있는데요. 그래도 '나'라는 존재가 그런 세대, 스테레오 타입화된 재일조선인 상에 안 맞춘, 혹은 안 맞는 재일조선인으로 살았다고 할 수 있어요. 1970년대도 그런 시대가 왔다고 할 수 있을지도 모르겠어요. 형에 대해서 얘기하면, 그때 재일조선인이 한국에 귀국해서 한국에서 소위 민주화운동에 참여하는 것은 상상도 못 했어요. 한국에 계신 분들도 그렇고, 일본에서도 한국이라는 그런 나라에 왜 가느냐고 했지요. 지금 생각하면 별로 신기한 일은 아니잖아요? 한국에서도 이렇게 사람들이 살고 있는데 말이지요. 그런데 여기서 거리가 있기 때문이기도 하지만, '천국하고 지옥이 있는데, 간다면 천국에 가야지 왜 지옥에 갔어?'라는 느낌인 거지요. 그리고 '그러니 그건 본인 책임이다'는 얘기가 있을 정도로 이해가 없었어요. 서민정 교수도 이에 대해서 이야기 한 적이 있지요. 저의 미술 순례도 미술을 통해서 제가 제 자신

을 지켜보고 성찰하는 이야기니까 그렇게 된 것인데, 재일조선인답지가 않다고 하는 그런 평을 많이 받아왔고, 지금도 받아요.

김용규　이 부분이 오늘 이야기에서 상당히 중요할 것 같습니다. 이회성 선생의 『금단의 땅』이 국내에 번역되었을 때 열심히 읽은 기억이 납니다. 1980년대 민주화가 먼저냐 통일이 먼저냐를 두고 한국에서 첨예한 논쟁이 있었는데, 이회성 선생의 소설을 통해 볼 때 일본에서도 이와 관련된 논쟁이나 문제의식이 있었던 것 같다는 것을 알고 놀랐습니다. 당시 한국에서 통일 문제를 중심에 두고 북한과의 관계를 우선시하는 민족해방 계열NL이 있었는가 하면, 한국의 민주화, 특히 급진적 노동운동을 중심에 두는 민중민주 계열PD이 있었습니다. 이회성 선생의 소설은 한국의 민주화를 중심에 두고 있다는 생각이 들었고 재일조선인사회 내부에서도 이런 논쟁이 있었구나 하는 생각을 했습니다. 재일조선인의 입장에서 한국의 민주화운동에 기여해야겠다는 생각에는 조국을 바라보는 어떤 상이 내포되어 있는 것 같습니다. 혹시 선생님의 형님들이 그런 상을 가졌는지가 궁금하기도 했습니다. 다른 한편에서 선생님은 형님들과는 다른 길을 걸어오신 것 같은데, 그 길의 의미가 무엇인지가 궁금합니다. 미술도 하고 음악도 하고 다양한 예술 영역을 통해 발언하다 보니 오해도 많이 받았겠지만, 제가 볼 때, 예술을 통해 더 풍성한 뭔가를 트랜스코딩transcoding하고 계시는 것은 아닌가, 어떻게 보면, 선생님은 소수파와 디아스포라의 고통의 문제들을 어떻게 발언할 것인가, 그리고 이것들을 어떻게 연결하고 치유할 것인가 하는 작업을 이어왔다고 생각됩니다. 오늘날의 관점에서 보면, 이런 노력이 고통스러우면서도 굉장히 풍성한 것을 열어주는 것 같거든요. 선생님이 선택하신 디아스포라적 삶을 확장하며 새로운 보편성으로 끌어올리려는 노력과 형님들이 추구해간 방식을 선생님께서는 어떻게 생각하시는지요?

서경식　지금 이회성 선생 이야기가 나왔죠. 이회성 선생에 대해서 조금 얘기하면 답이 될 수 있을지 모르겠지만 말씀드리지요. 김석범, 김시종 이 두 분은 말하자면 재일조선인 중의 거인이에요. 내가 그분들로부터 영향을 받았는지, 또 그분들을 어떻게 생각하는지에 대한 질문도 있었지요? 그 아랫세대가 이회성 선생이지요. 이회성 선생의 행동도 뭐라 할까. 자연스럽게 그렇게 할 수밖에 없었는데, 비합법 정치 활동처럼 자신의 문학에 대해서 이야기 하시지요. 그런데 어떤 때부터는 그런 자신에 대한 뭐라 할까. 좋게 얘기하면 자화상인데, 제가 자주 일본말로는 히고호非合法 보케, 그러니까 비합법 '보케_{너무 익숙해서 그 상황에 마비된 상태}' 비합법적인 사고로 이회성 씨가 국내에 갈 때 '조국에 잠입한다' 그랬죠? 그런 생각이 있어요. 소설에도 나오고요. 자신의 나라인데 그렇게 생각하는, 잘못이라기보다 그렇게 생각할 수밖에 없는 상황에 우리가 있었다는 거죠. 제가 조금 아랫세대니까 한편으로는 동의하면서 또 한편으로는 비판적으로도 볼 수 있는 그런 위치에 있다고 할 수 있지요. 그런데 지금 이회성 선생을 어떻게 생각하시는지 모르지만, 저는 내가 소설로 볼 때는 「가야코노 타메니_{가야코를 위하여}」라든지 「기누타오 우쓰 온나_{다듬이질하는 여인}」 그런 초기 작품이 좋아요. 우리 형을 등장시켰다는 장편 소설이 있어요. 아무튼 유신, 박정희 독재에 들어가면서 본인이 그렇게 잠입했기 때문에 그것에 대해서 정치적으로 올발라야 한다는 과잉 의식 때문에, 오히려 겉돌고 있는 듯한 그런 느낌이 드는 작품이 있어요. 그러니까 저는 후기 작품은 조금 문제가 있다. 그것이 우리 조선인들이, 지식인들이, 문학하는 사람들이 빠지기 쉬운 함정이라고 봅니다. 거꾸로 이양지 같은 더 아랫세대의 경우를 보면, 저는 이양지도 다른 함정에 빠졌다고 생각해요. 너무 탈정치라 할까요. 정치에 대해 외면하는 것이 자연스러울 수가 없었던 것이 우리, 재일조선인입니다. 그리고 우리 재일조선인뿐만이 아니라, 조선 민족 자체가 그렇지요. 국내에서도 지금 그런 상처가 어떻게 되었는지 모르지만, NL이니 PD니 하는 상처가 아직까지 욱신욱신하고 남아 있을 수도 있고요. 아무리 이것이 정상적인 상태가 아니라고 한탄해도 소용없는 것이라고 생각해요. 우리가 왜 그렇게 됐는지를 조금 거리를 두고, 학술적인 분석을 넘어 자신을 객관화시키고, 대상화시키는 태도가 필요하다고 저는 생각하고 있습니다. 이회성 선생의 경우 초기 작품에 대해서는 팬이었는데 너무 아쉽다고 생각합니다. 그런데 그 반대쪽에 있는 사람이 그 사람이지요? 김학영. 김학영과 이회성 선생이 대조적이지요. 김학영에 대해서는 저는 물론 정치적으로는 용납할 수 없는 부분도 있는데, 그 사람이 한 묘사들, 가족의 묘사, 아버지의 묘사, 어머니의 묘사를 볼 때 마음이 안 움직일 수가 없는 그런 것도 느껴요. 이양지도 그래요. 이양지가 자기 자신의 가족에 대해서 쓴 문장을 볼 때는 잘 썼다고 생각해요. 그런데 이양지가 무리해서 『유희』를 쓰고, 국내의 가족을 이양지 나름의 스테레오 타입화해서 만들고 했을 때 '아아, 함정에 빠졌구나'라고 느꼈어요. 우리가 그런 한계성을 넘어서기 위해서는 아직까지는 힘이 모자라다고 할 수가 있고 상황이 어렵다고 할 수가 있지요. 그런 것을 제가 어떻게 이겨내고 극복할 수 있는지 스스로에게 묻고 있는데, 제가 그것을 이겨낼 수 있다고 하면 너무 오만하다고 생각합니다. 저는 우연히, 실제 현장에서 거리를 두게 됐어요. 여기 일본이 내 현장이기는 하지만, 형이 독재하고 싸우고 감옥에 있을 때 저는 거리를 두고 있었죠. 거리를 두고 어디로 갔었냐 하면, 유럽으로 가서 방황하고 미국으로 가서 방황했죠. 그것이 나의 현장이었다고 하면 너무 오만하지만요. 그리고 한마디만 하면 그렇게 했기 때문에 좀 더 알게 된 것, 보이기 시작한 것도 있다는 것이지요. 더 이야기하면 또 오만할 수가 있는데, 유럽에 디아스포라문학 중에 그런 게 있어요. 엘리아스 카네티라든가 이런 사람들이 홀로코스트 현장에서 유대인으로 차별 받았는데, 거기에서 어떤 저항을 했다기보다는 영국이나 모로코 같은 곳을 방황하면서, 그 사람이야말로 볼 수 있고 자각할 수 있는 그런 증명을 그려냈다고 할 수 있지요. 나중에 많이 비판받을 수도 있겠지요. 프리모 레비도 홀로코스트의 희생자이자 피해자인데 피해자의 시선으로만 쓴 것도 아니고, 희생자의 시선으로 큰 소리로 규탄만 한 것도 아니었어요. 규탄은 당연히 해야죠. 그런데 그런 규탄에는 한계가 있고 힘이 없어요. 아까 얘기했듯이 자신의 선조 세대의 디아스포라성, 그리고 다른 민족, 다른 처지에 서게 된 사람들에게 디아스포라성에 대한 논리를 이야기할 수 있어야 하는데, 그것을 한마디로 이야기하면 예술의 힘이라고 저는 봅니다. 소위 다른 희생자들의 주문하고는 다른 것이 있다고 봅니다. 제가 그런 역할을 다 할 수 있다고 볼 수는 없지만, 제가 그런 역할을 알게 모르게 지니게 됐으니까, NL, PD에 대해서 너는 어떻게 생각하느냐고 하면 저는 답이 없어요. 잘 몰라요. 무책임한 이야기는 하고 싶지가 않거든요. 그것이 민족해방이 우선이냐, 한국의 민주화가 우선이냐 하는 것도 내가 볼 때는 너무 형식화된 것 같습니다.

김용규 그 시절의 어떤 상황적인 맥락 속에서.

서경식 그렇지요. 그 두 개가 깊이 관련돼 있는 문제인데, 그때 상황에서는 그렇게 현실화되고 대립할 수밖에 없는 상황이었다는 것이지요. 그것이 중요합니다. 그런데 인간은 때때로 그것 때문에 목숨을 잃고 남을 죽이기까지 하는 존재입니다. 나는 반드시 운이 좋았다거나 다행이었다고 할 수는 없지만 현장과 거리를 두게 된 사람으로, 거기에서 거리를 두게 된 사람의 역할, 이제는 교육자로서가 아니라 문학자로 그 역할을 하고 싶다는 소망이 있는데, 잘 모르겠습니다.

김용규 좀 전에 이재봉 선생님도 말했듯이, 디아스포라 즉 이산의 문제에서 감성의 문제가 아주 중요할 것 같습니다. 감성과 정동의 문제가 디아스포라의 연대의 중요한 기반이 될 것 같거든요. 선생님의 한겨레신문의 칼럼에서도 우크라이나를 비롯한 전 세계에서 벌어지는 전쟁이 특히 마이너리티와 디아스포라에게 가혹하다는 것을 잘 지적하고 계시지 않습니까? 이런 상황에 대한 인식이 관계성에 대한 새로운 시각을 열어준다고 생각합니다. 그런 점에서 감성이 선생님께서 지금 말씀하신 것과 강하게 연결되어 있다는 생각이 듭니다. 어떻게 보면 전 세계의 디아스포라적 삶을 직시하면서 저 고통이 내 고통과 연결되어 있다는 것을 훨씬 강하게 느끼는 것은 아닌가 하는 생각이 듭니다.

서경식 글쎄요. 저는 조금 우회적으로 많은 얘기를 드리게 되는데, 원래 저라는 사람이 그런 감성이 있었는지는 모르겠습니다. 누이동생은 저에게 오빠는 그런 감성이 없다고 항상 비판하니까요. 역시 가부장제 속에서 제가 권위적이었고 권력자였다는 것이겠지요. 그런데 그게 아니라도 세상에서 보통 상투적으로 얘기하는 것에 대한 의심, 과연 그럴까 하는 그런 의심이 좀 일찍부터 생겼었어요. 형들도 그렇고요. 일본 같은 경우는, 일본이라는 나라에 대한 애국주의라든가 천황제에 대한 그런 거에 대해서, 사람들마다 달라요. 거기에 맞추는 사람도 있고 표면적으로 반항하는 사람도 있는데, 아무튼 저런 것은 거짓말이겠지 하는 것이 일찍부터 있었어요. 형 덕분일지도 모르겠어요. 우리가 소학생 때부터 졸업식이나 그런 의식 때에 일장기 게양이라든가 기미가요를 합창할 때, 모두가 하니까 나도 하나 했어요. 안 그래도 기미가요의 가사가 불합리적이었는데, 서승 형이 "너는 부르지 마"라고 했어요. 왜 그럴까 싶긴 했는데 그냥 안 불렀어요. 모두가 기립해서 부르고 있을 때 나만 기립 안 하니까, 그때만 해도 전쟁 직후에 일본, 특히 교토가 혁신적인 지역이었는데도 그런 의식을 했다는 것이 문제이기는 하지만, 선생님들 중에는 그걸 무리해서 시키는 것이 문제라는 사람도 있었어요. 그런 식으로 제가 자랐습니다. 그렇게 살아오면서, 제가 몸을 두고 있는 공동체에서 소외감을 느끼고 싶지는 않다는 일체감을 가지고 싶다는 그런 소망이 없는 것은 아니지만, 거리가 있는 것이지요. 그때 제가 사춘기였는데 어떤 여학생을 좋아하게 됐어요. 그런데 항상 그것이 마음에 걸렸어요. 그렇다고 표면적으로 묘사해서 조선인으로서의 열등감이라고 쓰기가 쉽지 않아요. 그것이 반드시 잘못이라고 할 수는 없지만, 이 여학생은 내가 좋아하는데 어떤 관계를 만들어야 하는지 그런 답이 제대로 안 나오는 거예요. 내가 고등학교 시절에 시를 썼는데, 문예부의 그 일본인 여학생이 "서 상, 앞으로 조국에 귀국하시는 겁니까?"라고 했어요. 그때 저는 당황했어요. 이 사람이 말하는 조국이라는 말이 어떤 뜻인지, 나는 일본에 있고 싶다는 말은 아니지만, 일본인인 이 사람이 "조국에 귀국하시는 겁니까?"라고 하는 것이 어떤 뜻인지, 또 그것을 낭만화시키고 감상적으로 이야기하는 것도 좀 위화감이 들기도 하고요. 그래서 그 관계를 끊어버렸지요, 관계도 맺기 전에요. 그런데 그것이 뭐라 할까요? 아까부터 얘기했듯이 너무 피상적으로 민족 멸시, 차별이라는 감정으로만 얘기해도 그 나름의 이야기는 될 수가 있었지만, 그게 아닌 더 근본적인, 내가 왜 그런 조국이라는 개념을 시로 만들었는지도 그렇고, 또 일본인인 그 여학생이 그걸 보고 무엇을 묻고 있는지, 자신도 따라가겠다는 건지, 여기서 같이 살아달라는 건지 하는 것도 모르겠고요. 중요한 문제는 나에게 그런 용기가 없다고 할까요? 그렇게 생각하는 사람들이 용기가 없어요. 항상 제가 산수에 비유해서 얘기하잖아요. 여기 귤이 두 개 있고, 하나 더하면 얼마가 되느냐는 그런 질문이 나왔을 때 "왜 귤이지?" 하는 것을 생각하기 시작하면 산수를 못 하지요. 저는 그래요. "왜 귤이어야 하지?", "왜 사과면 안 되지?" 그렇게 돼 버리는 거죠. 무슨 질문이었나? 좋은 질문하신 거에 답을 드리려다가 이렇게 미로로 빠졌네요.

김용규　　재일조선인으로서 어릴 때부터 모든 걸 당연시할 수 없었던 것, 그리고 이렇게 늘 사회 속에 살아가면서 차이에 대한 의식, 이런 게 이후에 어떤 식으로 발전하는지요?

서경식　　알았습니다. 그때가 1960년대니까 북한, 조선민주주의인민공화국의 세력이 강했을 때예요. 일본에 있는 재일조선인 중에 천리마운동에 대한 선전 영화도 보고, 가극단이 일본 곳곳에서 연극도 하고 그 주변에 있는 동포 자녀들 중에 귀국하는 사람들도 많았어요. 그런데 저는 그것에 대해서도 조금 달랐어요. 일체감을 못 느끼고 있었어요. 그리고 그 후에 한일회담, 1965년이지요? 이제는 한국에 오가게 되고 하니까, "북이 아니다. 남이다"라고 하는 것도 나는 "그건 아니지" 그렇게 생각했었어요. 말로 풀어서 이야기하면 "통일된 나라만 우리 조국이다"로 할 수 있는데 그것이 조금 더 직관적이라 할까. 그런 것이었어요. 일본의 기미가요와 히노마루, 일장기를 다른 것으로 바꾼다고 그런 의심이 해소되는 것이 아니지요. 그런데 일본사회에서 일본 사람들하고 대면하고 있을 때는 지금 이 현장에서의 모순이니까 그것을 항상 집요하게 지적해야 하는데, 태극기라면 되는지, 물론 일장기하고 태극기는 다르지마는 거기서 국민의례 하고 있는 사람들의 그 심성은 거의 비슷한 거 아닌가 싶은 것을 일찍부터 느꼈었어요. 좋은 일인지 모르겠어요. 그런데 그런 감성을 벗어날 수 없어요. 그 감성 그대로 이렇게 나이를 먹게 되었네요.

그리고 내 후배 이양지를 직접 만나지는 못했지만, 이양지가 우리가 했던 서클에 들어왔을 때 저는 졸업을 했는데, 그때 그 서클이 모순적이었어요. 그러니까 와세다대학 한국문화연구회라 하는데, 한학동, 한국 학생동맹이라는 단체의 와세다대학 지부였어요. 이 서클은 거류 민단계인데, 거기에 제가 몸을 두면서 무조건적인 충성과 같은 것을 느낀 적은 한 번도 없었어요. 그런데 거기서도 왜인지 모르겠지만, 학생들이 국민의례 같은 걸 했어요. 그것도 나는 뭐랄까, 하나의 연희로 주변 사람들에 맞추려 했어요.

그런데 이양지 같은 사람이 소위 제3의 길이요? 탈정치화하는 얘기니까요. 탈정치 자체가 안 된다는 것이 아니라, 재일조선인의 운동이라는 게 지나치게 정치적일 수밖에 없는 상황에 있었기 때문에, 이양지 같은 세대가 나왔겠지요. 그래서 그런 정치성을 벗어나서 자신의 인간적인 능력이라는 걸 발휘할 수 있는 움직임을 시작해 줬으면 했는데, 유감스럽게도 아니었습니다. 왜냐하면 마지막에 이양지가 한일문화교육협회, 바로 한국에서의 정치적인 단체에 가서, 자신의 후지산에 대한 애착을 토로하는 그런 이야기는 아쉬웠어요. 그러니까 김석범 선생님이 이양지를 너무 많이 좋아하시고, 이양지가 재능은 그렇지요. 그런데 저는 그렇지 않습니다. 물론 내가 선배가 되니까 내 세대의 책임도 있어요. 조금 더 큰 틀로 보면 우리 재일조선인에 있어서의 하나의 비극이라 할까요? 모든 것이 극단화될 수밖에 없는 상황이요. 한국도 그렇지요. 극단화될 수밖에 없고, 정치화될 수밖에 없는, 그리고 극단화라 하면 NL도 PD도 그렇지만, 수면 밑으로 음성화되는 그런 움직임이 항상 같이 있으니까, 타인에 대해서는 그냥 있는 말 그대로 믿어도 되는지 하는 그런 의심을 가지게 되는, 그런 세계에서 살고 있지요. 재일조선인의 역사를 쓸 때도, 역사로 볼 때보다 역사의 증거로 검증해야 하는 그런 증언도 어느 정도 진실을 그대로 얘기하고 있는지 모르는 그런 세계 말입니다. 김석범 선생님도, 김시종 선생님도 아직까지 이야기 안 한 부분들이 많이 있겠지요.

이재봉　　2019년에 오사카에서 김시종 선생님을 잠시 만났거든요.

만나서 인터뷰를 하면서 그때 『삼천리』 잡지를 만든 분들, 또 몇몇 분들이 한국에 오기 위해서 전두환에게 충성을 맹세하는 부분들을 강하게 비판을 하시더라고요. 비판하시면서 이제 자기는 그런 사람들하고 멀어졌고, '그들이 했던 거짓말을 나는 다 알고 있다'는 뉘앙스의 말씀을 하시더라고요. 구체적으로 많은 말씀을 하진 않으셨지만 그런 이야기를 하시더라고요.

서경식　　불행하게 그런 상황에서 재일조선인은 또 어떨까요? 본국하고 거리가 있으면 있을수록. 저도 모르겠어요. 선생님 앞으로 우리가 어떻게 그 상황을 벗어날 수 있을까요? 물론 가장 큰 문제는 민족 분단 상황이죠. 분단 상황인데 전쟁 전 일제강점기부터, 1920년이나 더 그전부터 그런 것이 있었지요. 이를테면 항일운동에서 봐도, 항일운동 중에 밀정이 숨어있다든지 누가 전향했다든지 하면서 내내 그렇게 살아왔다고 할 수도 있어요. 그런 것에서 해방될 수 있는 날이 올까 하는 것이 내가 항상 느끼는 건데. 〈그날이 오면〉이라는 노래가, 한국에서는 '독재정치가 끝나면'이라는 뜻인데, 나에게는 그런 의미보다 더 '이런 걱정, 이런 의심 없이 사람과 사람이 서로 만나서 지낼 수 있는 날이 올까' 하는 것이죠.

이재봉　　저희가 어릴 때 1960년대, 1970년대 또 1980년대로 넘어가면서 들어보았던 재일조선인들에 대한 이야기가 제법 양면화되어 있었다는 느낌이 듭니다. 한국이 상대적으로 경제적으로 못 사니까 일본에 사는 우리 재일조선인들은 다 잘 살 것이라는 선망이 있는 반면에, 정권 쪽에서는 재일조선인들에 대해서는 언제나 불온시 해왔거든요. 언제든지 거기 가면, 예를 들어서 '이 사람들은 거의 조총련과 연결돼 있을 거다'는 식으로 언제나 라디오 연속극이나 이런 데서 '일본 교포들과 만나면 항상 간첩인지 아닌지 의심해야 된다'는 논리들이 계속되어 왔으니까요. 그런 것들이, 계속 쌓여서 지금까지도 재일조선인을 보는 일종의 고정된 시각으로 제법 작용하고 있는 것 같아요. 이게 1990년대 이후가 되어 다른 상황들을 접하면서 어느 정도 조금씩 풀리게 되고, 오히려 한국의 민주화운동, 한국에서 말하지 못하는 이야기들이 일본에 와서 가능해지는 그런 것들이 우리한테 체감되면서 풀려나가는 것 같습니다. 그렇게 보면 지금은 오히려 선생님 같은 세대나 그다음 이어지는 세대들이 저희보다 훨씬 더 자유롭게 세상을 바라보고 훨씬 더 다양하게 해석하고, 그런 점들이 오히려 거꾸로 저희한테 영향을 미치고 있다고 느껴지는 부분들이 많이 있습니다. 어저께 정영환 선생님하고 이야기하면서도 그런 부분들을 제법 느꼈습니다.

서경식　제가 우크라이나전쟁을 볼 때도 그냥 전쟁이니까, 또다시 전쟁이 터졌다는 그런 실망감이라 할까, 비관도 있지만, 바로 그 우크라이나라는 지역이 근대사에 있어서 그런 곳이었기 때문입니다. 1세기 넘게 거기서 살아온 사람들의 마음은, 우리는 서로 소통은 어렵지만 반드시 나 같은 사고로 있는 사람들이 있을 거라고 봅니다. 『절멸당한 세대』라는 책이 있어요. 미스즈쇼보みすず書房의 『젯메쓰사레타 세다이絶滅された世代』. 스탈린에 희생당한, 소련에서 비밀 지하 활동하던 혁명가들의 이야기예요. 그 혁명가들 중에서 친구 세 사람이, 함스부르크 오스트리아제국의 영토였던 루마니아인가? 국경 지대에서 자라난 친구들이 러시아제국이 세워지면서 꿈을 꿨지요. 인간 해

방에 몸을 던져요. 그런데 이 사람들이 지하 활동을 하게 되는데, 혁명으로 모든 것이 다 희생되고 스페인내전에도 참전하는데, 마지막에는 이 모두가 숙청당했어요. 그런데 이 『젯메쓰사레타 세다이』라는 책이 그렇게 큰 책은 아닌데 1960년대부터 번역되었을까요? 저는 별로 진지하게 보지 않았었어요. 거기에 예를 들어서 제르진스키인가요? KGB의 장관이었던 폴란드 출신의 소련의 관료, 제르진스키였나? 제가 그 이름이 기억이 잘 안 나지만 폴란드 출신인데, KGB에 과잉 충성해요. 너무 깨끗한 사람이에요. 너무 깨끗해서 숙청당해요. 그래서 남을 죽이기도 해요. 그런 극단화된 시대에 원래 오스트리아 합스부르크제국의 국경 지대에서 태어난 너무나 재능 있는 소수자 소년들이 마지막에는 그런 식으로 절멸당했다는 얘긴데, 너무 비관적인 이야기예요. 옛날에 봤을 때는 그렇지 않은 미래, 그렇지 않은 장래가 아무래도 우리에게 있어야 한다고 당연히 생각했었죠. 그런데 지금 보니까 그것이 계속되고 있다. 그것이 우크라이나나 오스트리아의 이야기가 아니라 바로 동시대에 평행하게 우리에게도 진행되고 있던 이야기라고 느끼기도 했어요. 예를 들어서 임화 같은 경우가 그렇지요. 임화가 1920년대 조선공산당에 참여했어요. 그것이 우리가 살고 있는 20세기 이후라는 시대의 하나의 특징이었고요. 그래서 나는 지금 우크라이나에서 벌어지고 있는 일도 일면화됐다고 할 수도 없고, 과거에 있었고 앞으로 지나갈 수 있는 일이라고 할 수도 없어요. 우리는 이런 상황 속에서 살아왔기 때문에 앞으로도 그런 상황 속에서 살아갈 거다, 그렇게 얘기는 안 하지만, 그렇게 느끼는 정도입니다. 그렇다면 우리 재일조선인으로서 아니면 한국의 여러분들에게 뭔가 도움이 되는 말을 해야 하고, 글도 써야 하는 것이 당연하죠. 그런데 그게 어렵지요.

이재봉　저희가 농담 삼아서 하는 이야기들이, 아시아 지역이 다같이 평화롭게 공존하기 위해서 먼저 해결돼야 할 조건이 있는데, 우리가 남북 분단 상황에서 벗어나야 되고, 일본이 민주화돼야 하고, 그다음에 중국이 분할돼야 하다. 이런 얘기들을 저희끼리 가끔씩 하거든요. 어느 정도 비슷해져야 이 지역들이 모두 평화롭게 살 수 있을 거라는 생각은 하는데, 과연 그런 상황이 올지. 저희가 느낀 것과 선생님께서 느끼시는 점이 비슷하지 않을까 하는 생각이 드네요.

서경식　여기서 지금 중국 이야기도 나왔는데요. 루쉰 선생이 허무주의로 사람들에게 암흑을 확산시키는 놈이라 해서 비판을 많이 받았다고 하잖아요? 나는 거기에 동의하면서도 루쉰 선생님이 마지막까지 냉소주의에 빠지지 않았어요. 그리고 '그래도 나는 저항하겠다'는 말로 살았었지요. 루쉰 같은 사람이 왜 그렇게 있을 수가 있었나. 너무 경탄스러운 일입니다. 제가 생각할 때, 아직까지 이런 불가사의라 할까, 수수께끼가 남아 있기 때문에 좀 더 공부도 해야 하고 겸손해야 한다고 생각하는데, 모르겠습니다. 물론 너무 심하게 말하면 안 된다고 해서 조절할 때도 있는데, 디아스포라를 주제로 학교에서나, 강연할 때 낙관적인 얘기는 안 하고, 비관적인 얘기밖에 안 합니다. 그리고 "전망이 어떻게 보입니까?" 하는데 "안 보입니다"라고 대답해요. 그래도 사람들이 와서 이야기해 주기를 원하는데, 사람들이 그런 표면적인 가벼운 느낌의 이야기보다는 오히려 더 공감할 수도 있다고 생각합니다.

이재봉　문학 쪽에서 이야기하는 대체로 사회주의 비평들, 루카치라든지 이런 사람들이 나오면서, 우리나라에서 받아들여졌던 사회에 대한 낙관적인 전망이 아주 과잉되게 받아들여진 것 같아요. 그래서 지금도 가끔씩 문학 비평하는 글들을 보면 전망이 안 보이기 때문에 비판한다는 글들이 보입니다. '앞으로 전망은요'라는 표현이 거의 자동화된 것처럼 느껴지기도 합니다. 그것보다는 현상을 낙관적으로 볼 것이 아니라, 그대로 볼 때 오히려 더 잘 보일 수도 있다는 생각이 들었고, 그것도 훨씬 의미 있다는 생각이 들어요. 선생님도 비관론이라고 말씀하시지만, 비관론보다는 조금 더 제 느낌에는, 현상을 있는 그대로 보려고 하시는 게 아닌가 하는 생각이 듭니다.

'세대'에 대한 인식, 그리고 계획

김용규　1세대와 3세대 사이의 중간세대로서 1세대의 조국과 3세대의 조국은 다를 것 같습니다. 미국의 한인 디아스포라에서 보자면 1세대는 주로 조국에 대한 경험이 강하고 언어의 한계 때문에 현지에 적응하는 것보다 과거의 한국에 대한 경험에 더 매달리는 경향이 있는 데 반해, 2세대는 아버지 세대에 대한 반감과 현지에 쉽게 적응하고 동화되는 경향이 있었고, 역설적으로 3세대에서 조국에 대한 표상과 지식을 강조하는 현상이 생겨난다고 합니다. 그러다 보니 3세대들은 조국에 대한 상투적인 이미지를 갖고 있는 경우가 많아 보입니다. 재일조선인의 경우는 미국의 한인 디아스포라와는 현실적인 처지와 상황이 다른 것 같습니다. 일본이라는 현실의 여건 속에서 조국으로부터 거리 두기가 현실적으로 불가능하기 때문입니다. 그렇지만 1세대나 다음 세대들과는 달라 보입니다. 선생님 생각은 어떠신지요? 혹시 1세대의 지식인들, 예를 들면 김석범 선생이나 김시종 선생과 같은 분들에 의해 영향을 받았는지, 받았다면 어떤 영향을 받았는지 알고 싶고, 다음 세대의 지식인으로서 그분들의 활동에 대해 어떻게 평가하는지 궁금합니다. 직접적으로 여쭤자면, 선생님께서 1세대의 지식인들의 활동을 객관화해본다면, 선생님께서는 어떤 입장과 태도를 갖고 있는지가 궁금합니다.

서경식　질문지에 '재일조선인 2세로 산다는 것의 의미를 묻는 것입니다'라는 말이 나와요. 재일조선인 2세로서 사는 것의 의미라는 게 무슨 의미예요. 사는 것의 의미. 사는 당사자는 당연히 의미를 묻게 되는데, 질문자의 의도로서 의미를 묻는다는 것은 무엇인지요?

김용규　제가 이 질문지의 앞부분을 쓰면서 선생님을 재일조선인 2세의 무엇인가를 보여줄 수 있는 그런 존재로 보고, 2세대로서 어떻게 살아왔는지를 알고자 했습니다. 아까 선생님께서 세대교체에 대해 '변화하되, 교체되는 것은 아니다'라고 하신 지적에 저도 공감하고. 그런데 1세대, 아까 우리가 이야기했던 훨씬 선배인 작가 세대들과 다르고, 또 아래 세대들과도 다른 2세대의 무엇인가가 있는 것 같다는 말이지요. 중간세대로서 다른 세대를 본다는 것 자체는 좀 이상하지만, 그 중간에 있다는 게 어떤 의미일까. 양쪽 세대를 다 볼 수 있는 그런 가능성이 있지 않을까. 그런 뜻으로 이 질문을 했습니다.

서경식　알겠습니다. 재일조선인 2세라는 존재가, 그들은 고향에 대한 직접적인 경험이 없고 주로 일본사회와의 관계성 속에서 자기 의식을 만들어 온 세대라 할 수 있죠. 그런데 제가 제삼자로서, 일본 인도 그렇지만 한국에서도 재일조선인의 의식이라고 할 때, 조선에 조총련이라든지 민족, 민단이라든지 그런 민족 단체에 소속하고 있고, 민족 단체를 거쳐서 이 사람들의 의식을 분석하는 것에는 한계가 있다고 봐요. 왜냐하면 일본사회와의 관계성에서 생기는 의식이니까요. 그런데 일본사회에 전적으로 빠져있는 사람들은 그것을 객관시할 수가 없어요. 그런 한계라기보다도 뭐랄까. 아주 중복되어 있는, 복잡한 그런 상황에 있다는 것이죠. 제 개인적인 생각으로는, 재일조선인 2세의 입장에서 '재일조선인들이 일본 사람들과의 관계를 통해 어떻게 민족 의식을 만들어 내었는가'를 볼 때는 이 사람이 일본사회를 어떻게 보고 있는가를 보는 것이 중요해요. 나라는 사람이 일본사회를 묘사할 때, 소위 재일조선인이 아닌 일본인이든 미국인이든 그런 사람들이 일본사회를 묘사할 때와 어떤 차이가 있는지, 어떤 미묘한 차이를 느끼고 보고 있는지, 그걸 보는 것이 중요하다고 봅니다. 따라서 재일조선인의 의식을 분석한다, 연구한다고 할 때, 재일조선 인만을 대상으로 하고 분석하는 것이 아니라, 이 사람들의 시선으로 세계나 사회를 다시 보는 것이 중요한 것이죠. 예를 들어 저 자신의 이야기라 참 죄송하지만, 제가 『나의 서양 미술 순례』라는 책을 썼습니다. 그 책에서 저는 서양 미술에 대한 이야기를 하면서 저 자신의 이야기도 하고 있어요. 그 책에서 나는 '재일조선인이라는 나'입니다. 그리고 '형이 감옥에 있는 나'이고요. 그런데 일본에서는 내가 그런 이야기를 하고 싶다고 해도 들어주는 사람이 별로 없었어요. 조선 미술이나 이중섭에 대한 그런 이야기가 듣고 싶다고들 해요. 그런데 그것만 보면 안 되죠. 이 사람이 서양을, 서양 르네상스를 우리와는 다른 어떤 시점으로 보고 있는 것인가를 보게 되면, 이 사람의 독창성이라고 할까, 특징을 볼 수가 있다고 저는 봅니다. 앞으로 재일조선인에 대한 연구도 그런 식으로 나아가야 한다고 생각합니다. 거꾸로 이야기하자면, 재일조선인이라는 존재를 연구 대상으로만 보는 것이 아니라는 것이지요. 재일조선인이 어떻게 세상을 보고 있는지를 자신에 비추어 생각하는 것이 필요하다는 것이지요. 저는 그렇게 생각하고 있습니다. 미국과 서양이 그런 경향성이 있는지 모르겠지만, 재일조선인에 대한 연구도 그렇게 돼야 한다고 봅니다. 이것도 아까 이야기가 나왔듯이, 내가 우연히 한국 상황과 거리를 두게 된 이유입니다. 일본 사람하고 당연히 거리가 있는 처지여서 그렇게 되는 것이겠지만요. 최근에 제가 「일본 근대 미술 순례」라는 글을 쓰기 시작했어요.

서경식　　그런데 일본에서 근대 미술의 거인이라고 할 만한, 중요한 인물로 알려져 있는 기시다 류세岸田劉生나 아오키 시게루青木繁 같은 사람들에 대해서 쓰려고 할 때는 의외로 어려워요. 제가 한국의 독자들을 의식해서 한국 독자에게 전달될 수 있는 말, 그들의 인식으로 써야 하기 때문이죠. 그런데 "이렇게 천재라 할 수 있는 훌륭한 화가가 있다. 그런 작품을 남겼다"라고만 하고 지나갈 수가 없어요. 이런 화가들은 거의 1920년대에 활약을 했어요. 1920년대 관동대지진 직후 일본에서는 '다이쇼 데모크라시'가 있었고 곧 일본이 군국주의에 몰락하는 상황이 오죠. 그 짧은 시간에 아주 유능한 작가들이 많이 나왔어요. 그들의 거의 대부분은 결핵으로 불행하게 죽은 경우가 많

아요. 이런 사람들을 내가 묘사할 때, 일본인 평론가들이 교과서적으로 그리고 있는 것과는 다른, 나 나름대로의 시점으로 어떻게 그려야 할지를 고민하기 시작했어요. 제대로 잘했다고 할 수는 없지만, 보람이 있는 고민을 하게 되었죠. 저는 오래전부터 그것을 한 번은 써야 한다고 생각했었어요. 왜냐하면 서양 미술에 대해서, 음악에 대해서도 이야기했고 한국에서는 『나의 조선 미술 순례』라는 책도 냈기 때문이에요. 이제 남은 분야는 일본입니다. 일본에 대해서 내가 이야기하려고 할 때 조심하고 고민해야 하는 부분이 너무 많다고 생각했어요. 지금 그것에 도전하는 중인데 재미있어요. 아오키 시게루라는 화가가 있고요. 일본인이라면 모르는 사람이 없을 정도로 유명한 화가입니다. 〈우미노 사치海の幸〉라는 작품은 바닷가에서 어부들이 나체로 상어를 등에 지고 서 있는 큰 군상화인데, 일본의 도쿄 중심에 있는 브릿지스톤 미술관Bridgestone Museum of Art의 소장물입니다. 일본인이라면 누구나 그 그림을 보고 무조건 "훌륭한 그림입니다"라고 해요. 저도 그렇게 교육을 받았는데, '과연 그러한가'라는 시점으로 보면 다른 것이 많이 보여요. 1910년 러일전쟁 때의 작품인 그 그림에서 나체 어부들의 행진이 어디에 도달할 건가 하면, 그것의 마지막에는 전쟁, 군국주의에 빠져요. 일본 전체가요. 그런데 아오키 시게루는 광기라 할 수 있는, 정신 이상자라 할 수 있을 정도의 인물이에요. 일본 근대 화가 중에 그런 인물이 많은데, 너무 이상한 사람이에요. 폭력적이고 자기중심적이고요. 제가 추측하건대 그렇게 된 이유는 구루메라는 지역에서 메이지明治유신 직후에 유신파와 막부 간 내란이 생겼어요. 일본은 온갖 그런 것이 있었는데, 거기서 사무라이의 자손이라 하더라도 몰락해서 가난하게 살던 사람들은 원망을 안고 살았죠. 근대에 들어오면 이 사람들은 자신의 능력으로 사회적인 상승에 도전할 수밖에 없었고, 사무라이니까 장사에는 재주가 없었어요. 그런데 이 사람의 경우는 그림으로 그런 상승에 도전한 셈이죠. 조선의 경우에는 관청의 화가 집단이 해체되어 없었지만, 일본은 남아 있었기 때문에 근대화가 되고 제국미술원전람회 그리고 문부성미술전람회라는 공모전이 만들어졌어요. 국가가 정한 전시회에서 상을 받는 것이 사회적 상승의 길이었어요. 그래서 당시 작가들은 '나는 죽어도 반드시 상을 받겠다'는 식으로 열심히 해요. 거기에서는 다른 사람과 다른 자신의 독자성을 드러내야만 했기 때문에 많은 사람이 건강도 상하고 자존심도 상했죠. 아오키가 그런 사람이었어요. 나체 어부들의 행진에서 그런 것들이 나에게는 보여요. 그런데 행진하는 사람 중에 여성이 한 명 나와요. 그 여성이 후쿠다 다네福田たね라는 모델입니다. 후쿠다 다네도 그 당시 여성으로 화가를 지망한 사람이었는데, 아오키의 애인이 되죠. 후쿠다 다네의 집이 부유해서 아오키가 많은 지원을 받았는데, 마지막에는 후쿠다 다네를 버려요. 아이까지도요. 완전히 자기중심적인 사람인 것이죠. 그런데 그것이 일본 근대사회에서의 하나의 모델입니다. 그런데 제가 볼 때는 오히려 후쿠다 다네가 더 근대적이에요. 후쿠다 다네는 당시 일본에서 여성의 인권을 주장한 신부인新婦人들 중 한 명이었어요. 세토우치 자쿠초瀬戸内寂聴라는 소설가가 후쿠다 다네에 대해서 이야기한 것도 있고요. 아오키가 그렇게 살면서 거의 자멸하여 20대 후반에 죽고 말았는데, 후쿠다 다네는 83세까지 살았어요. 정리하자면, 대체로 그의 작품에는 일본이

라는 나라의 근대가 보여요. 아오키가 천재였다고만 이야기하고 끝내면 단순한 일인데, 저는 아오키의 작품을 보면 그런 것을 느낍니다. 어느 정도까지가 맞는지는 모르지만, 말하자면 제가 디아스포라, 재일조선인이라서 그렇게 느끼는 것이지요.

김용규   기존의 다른 평론들에서는 그렇게 쓰지는 않았던 모양입니다. 군국주의 같은 것들이 보인다는 식으로는 읽어내지 않았나 보지요?

서경식   모르겠어요, 제가 공부가 모자라서, 모든 것을 다 본 건 아니지만, 그런 식으로 한 10명 정도의 화가에 대해서 지금 평선을 쓰고 있어요. 그런 것들도 제 생각인데, '서경식이 일본의 근대화에 대해서 이야기하고 있다'고만 하고 지나갈 것이 아니라, 이 사람이 어떻게 보고 있는지, 이 사람이 보는 시점에서는 어떤 특징이 드러나고 있는지를 논의하는 것이 중요하죠. 재일조선인이라는 존재에 대해서도 이런 식으로 생각해주면 좋겠어요. 그리고 디아스포라에 대한 이야기를 해볼까 하는데요. 아티존미술관에서 아오키의 전시회가 있었을 때, 모리무라 야스마사森村泰昌라는 현대 미술가가 그와 관련한 자신의 작품을 전시했어요. 아오키에게서 영감을 얻었다고 하는 모리무라에 대해서 말씀드리자면, 세계적으로 유명한 현대 미술가예요. 나이가 저랑 비슷하죠. 좀 미묘한 부분인데, 본인은 공표하지 않았지만 모리무라 야스마사는 재일조선인이에요. 오사카에서 대학교수를 하던 유명한 여성 미술 평론가인 오기와라 히로코萩原弘子가 저에게 단언했어요. 이건 다른 이야기인데, 그래서 모리무라는 무슨 말을 하더라도 비판은 안 받겠구나 하는 것이 있죠. 하고 싶은 이야기를 다 할 수 있으니까요. 재일조선인이라는 것이 사실인지는 모르겠어요. 모리무라에 대해 공표된 이력에 따르면, 그는 오사카시 이쿠노구 출생입니다. 그래서인지 제가 볼 때 모리무라의 시점, 시선이 달라요. 아오키에 대해서 모리무라가 진행한 전시에서도 "아오키 씨, 당신은 운이 나빴습니다. 그래도 일찍 죽은 것은 다행이었어요. 길게 살았으면 전쟁을 보게 되었을 겁니다"라는 이야기를 하는 영상이 작품으로 나와 있어요. 보시면 아는데, 모리무라는 인간의, 소위 '아이덴티티'를 묻는 작품을 만듭니다. 그의 작품에는 모리무라가 무슨 여성의 모습으로 나오는 그런 것도 있고, 예를 들어서 반 고흐라든가 하는 인물로 분장해서 나오는 작품도 만들고요. 그러니까, 인간에게 있어서 자신의 아이덴티티라는 것이 무엇인지를 묻는 그런 작품을 하는 것이 모리무라 야스마사입니다. 그의 그런 작품들이 일본에서 일본인들에게 인기가 있어요. 내가 볼 때 모리무라가 재일조선인인지는 몰라요. 본인에게 "당신 재일조선인이야?" 하면 모리무라가 어떤 대답을 할지, 그리고 그 대답을 그대로 믿어도 될지 모르겠지만 일단 상황이나 증거가 가리키는 것은 모리무라가 우리의 민족일 수도 있다는 것입니다. 가와마타 다다시川俣正라고 아십니까? 가와마타 다다시라는 현대 미술가는 나와 비슷한 세대이고, 일본에서 가장 유명한 미술가 중 한 명이에요. 지금 파리에서 대학교수를 하고 있습니다. 한국에서도 대구미술관에서 큰 전시를 했고요.

서민정　　그 때 대구의 상징인 '사과'와 관련하여 사과 궤짝으로 전시를 했다고 합니다. 그리고 부산에서도 자갈치시장의 물건으로 전시했었습니다.

서경식　　그런데 가와마타가 일본에서 유명한 작가라고 하면서도 그의 전시를 기획하는 사람들이 모르는 것이 있어요. 가와마타의 이력에는 공백기가 있어요. 고등학교 때까지 어디서 무엇을 했는지를 몰라요. 그런 그가 부산 비엔날레에서 탄광촌이라는 전시를 했었어요. 일본에서의 탄광촌 노동자들을 재구성하고 전시했죠. 그런데 가와마타가 북해도 탄광촌 출신이에요. 북해도 탄광촌에서 조선인이 노동자로 살고 있었다는 것은 있을 수 있는 일이지요. 가와마타에게 아무도 물어보지 않았고, 과학적인 근거가 있는 말도 아니지만 농담식으로 이야기 하자면, 가와마타의 얼굴을 보면 "아! 우리 동포 얼굴!" 하는 것이 있어요. 미술계에는 그런 경우가 많아요. 미술계는 자신의 힘, 능력으로 어느 정도 성공할 수 있는 사회에요. 가와마타가 재일조선인인지에 대한 다른 증거는 없지만, 소위 디아스포라적인 시선과 아이디어가 현대미술에서 실현되고 있고, 그것을 모르면서 다수자가 받아들이고 있어요. 다수자에게는 어느 정도 해방감도 부여할 수 있는 그런 미술이 되어 있는 경우가 있다는 것이죠. 그런데 서양 같은 경우는 그렇게 자신의 중심이나 기원을 숨길 필요가 없으니까 이런 얘기까지는 하지 않죠. 이런 이야기들은 너무나 일본적인 상황이라 볼 수가 있는데, 그래도 재미있어요. 그것이 바로 우리의 재일조선인이 처한 상황이에요.

서경식　　모리무라가 진짜 조선인인지 아닌지 묻는 것보다 모리무라의 작품 활동을 보면서 이 사람이 혹시 조선인 출신이 아닐까 하는, 그런 시선으로 보는 것이 중요하다는 거죠. 그리고 여기서 디아스포라 전시회를 했을 때, 제가 다카야마 노보루高山登 선생님에 대해서 이야기를 했어요. 현재 다카야마 노보루 선생님은 세상을 떠나신 상태고, 어제 신문에 나왔어요. 다카야마 노보루 선생님은 저희 동포이십니다. 다카야마 노보루라는 일본 이름으로 활동하시면서 '모노파'라는 일본 미술의 한 유파의 지도자적인 위치에 계셨고, 도쿄대학에서 정년퇴직하셨는데 저의 선생이십니다. 그런데 제가 여기로 모셔서 작품을 전시하셨어요. 큰 작품이었기 때문에 실물이 아닌 사진으로 하셨어요. 그런데 이분은 원래 조총련계의 조선 국적이셨어요. 조선적을 가지고 계신데, 도쿄예대를 졸업하고 미술가로 세상에 데뷔했을 때, 파리에서 서양 청년 비엔날레인가, 젊은 예술가를 초청하는 그런 행사가 있었고 초청을 받았어요. 그런데 조선적이어서 여권이 없었고, 그래서 못 갈 처지에 놓이셨었다고 해요. 그래서 당시에 고민을 하시다가 일본 국적으로 바꾸셨다고 제게 직접 이야기를 하셨죠. 세대 문제도 당연히 있지만, 그보다도 외부적으로 가해지는 정치적인 압력이 더 중요한 것이죠. 살아있는 식민주의죠. 선생님이 여기서 2003년에 전시해주신 것을 계기로 자연스럽게 자신의 출신을 이야기하시고, 도쿄대학 정년퇴직 하실 때 동일본 대지진을 주제로, 그리고 군함을 주제로 한 큰 설치 미술을 하셨는데, 그때 자신의 출신에 대한 이야기를 했었어요. 그 후 미학교육 대학에서 가르치시다 세상을 떠나셨다는 이야기를 어제 들었어요. 실례가 되지만 제가 볼 때 아직까지 재일조선인이나 디아스포라에 대한 연구라는 것이, 다수자의 시선으로 외면적, 피상적으로 알기 쉬운 형상만 쫓아다니는 것처럼 보입니다. 당사자인 우리 재일조선인도 그 흐름에 맞춰서 자신을 상품화시킬 것이 아니라, 자신의 내면에서 "그것이 아니다"라고 한다면 그것을 표현할 수 있는 힘을 길러야 한다고 생각하고 있습니다.

김용규 그리고 미소 냉전이 약화되고 1980년대 말 동구권이 몰락하면서 일본과 한반도, 그리고 한반도의 두 국가들 간의 국제적 관계들이 변화하고 1990년대부터 재일조선인들 사이에 더 이상 1세대의 조국에 대한 지향과는 다른 방향의 인식들이 등장하기 시작합니다. 인구통계적으로 일본에서 태어난 세대들이 다수가 되고 조국에 대한 인식도 크게 달라지고 있는 것 같습니다. 좋든 싫든 일본을 조국으로 받아들이는 세대들이 늘어납니다. 어떤 글을 보니 1980년대 동안, 재일조선인들 사이에서 남북 분단의 점차적인 약화, 재일조선인 인구 구성비의 변화, 재일조선인도 일본에서 계속 살아갈 수 있다는 전망 등으로 '제3의 길'과 자이니치론在日論에 대한 주장들이 등장합니다. 이런 주장들은 조국에 대한 관심으로부터 거리를 두고 일본 내의 재일조선인의 장기적인 삶에 대한 의식변화를 보여주는 것 같습니다. 이런 문제들이 재일조선인의 세대론적인 문제와 연결되어 있다고 보이는 부분도 있습니다. 선생님께서는 이런 변화들에 나름의 비판을 해온 것으로 알고 있습니다. 그런 비판 속에서 2세대 재일조선인 지식인으로서의 선생님의 고민이 엿보이는데 선생님의 생각이 어떤지 궁금합니다.

서경식 '세대별 감정구조'라고 할 때, 감정구조라는 게 어떤 뜻인지요?

김용규 영국에서 문화이론을 주도한 레이먼드 윌리엄스Raymond Williams가 말한 용어입니다. 그는 웨일즈의 노동계급의 자식으로서 캠브리지에서 영문학을 전공한 이론가이며 누구보다도 영국의 시골의 삶과 노동계급의 감정변화에 민감했습니다. 그는 감정이 변화하되 일정한 패턴과 체계성을 갖고 변한다고 생각했습니다. 감정구조라는 용어에서도 느낄 수 있듯이 감정의 가변성과 구조의 안정성을 결합하여 인간의 삶과 감정이 나름 구조적 변동성을 갖고 있다는 것을 보여주고자 했습니다. 이 용어를 언급한 것은 감정구조가 세대들의 삶의 경험이 다르기 때문에 각 세대가 같은 것을 바라보는 듯하지만 미묘하게 다르게 보고 있다는 것 때문입니다. 한국사회에서 세대의 문제는 아주 중요한 문제입니다. 사회가 너무 빨리 바뀌고 있기 때문입니다. 제가 대학에서 거의 30년 가까이 강의를 하고 있는데 그동안 학생들을 보면서 아주 급격한 변화로 인해 뭔가 감성적 차이 같은 것을 강하게 느끼고 있습니다. 다양한 세대들 속에 어떤 본질적인 문제가 지속하더라도 그것이 취하는 형태들은 계속 달라져 가고 있지 않나 하는 생각을 해봅니다. 그런 의미에서 감정구조라는 얘기를 했습니다.

서경식　　재일조선인 1세대가 식민주의 내전과 분단이라는 역사적 경험을 통해 자신의 위치를 인식하신 것은 사실이라고 봅니다. 2세대 이후로는 그 인식이 모자란다고 할까요, 혹은 인식할 기회가 많지 않았다는 것 역시 사실입니다. 여기서 '디아스포라의 집단적인 계통 발생'이라는 것이, 경험이 집단적이기 때문에 발생한다. 그런데 개별 발생이 되면 집단화가 어렵다'는 것은 사실이지만 식민주의와 냉전, 분단 같은 상황은 계속되고 있죠. 나를 포함해서 우리에게 주어진 과제라면, 그런 것들을 직접 실감하기 어려워진 상황 속에서도 계속되고 있는 그런 모순이 우리에게 어떤 영향을 미치고 있는지를 생각해야 하는 것이 아닌가 생각합니다.

김용규　　1세대들은 조국이나 민족에 대한 애착이 있는 것 같습니다. 김석범 선생님 글이나 이런 걸 보면 계속 민족 얘기를 하시더라고요. 그래서 일본사회 안에서의 이야기가 선생님과 같은 그 다음 세대의 글과는 많이 다른 것 같아요. 일본사회에 대한 비판도 별로없고요. 물론 없다고 단정할 수는 없지만, 문학에 대한 이야기, 언어에 대한 이야기 같은 것들은 많은데 말입니다. 1세대는 민족이라는 개념에서 절대 벗어날 수 없다는 의식이 굉장히 강한데, 2세대나 3세대는 일본에서 태어나서 일본사회의 일상생활 속에서 살아가면서 1세대들과는 완전히 다른 감각을 가지고 있는 것 같습니다. '난 일본사회를 정확하게 비판할 자격이 있다'는 느낌이 들더라고요. 그런 차원에서 훨씬 더 많은 차별들과 부딪혔을 것이라는 점이죠. 식민주의가 청산되지 않았다는 것 뿐 아니라 식민주의가 일상 속에서 훨씬 더 미세하게 작동하고 있지 않은가, 그리고 그에 대한 비판도 훨씬 더 정교해져야 하지 않는가 하는 생각이 듭니다. 그런 관점에서 한 번 묻고 싶은 것은 일본사회에 대한 선생님의 비판에도 그런 감각이 들어 있지 않나 하는 것입니다

서경식　　그러네요, 심각한 문제네요. 저는 50년 넘게 그런 이야기를 해왔습니다. "식민주의야말로 문제다. 이것이 본질적인 문제다." 소위 세대교체 때문이라고 할 수 있을지는 모르겠습니다. 세대교체가 되면서 이런 이야기들을 이해해주지 않는 상황이 있을 때, 한편으로는 제가 하는 말과 표현이 모자라서인가 하는 자기반성도 해봅니다. 제가 가르친 학생들 중에도 자신의 민족성에 대해 드러내지 못하고 일본 사람처럼 살면서 자신을 99% 일본 사람이라고 생각하는 이

들이 있었죠. 그런데 아주 작은, 사소한 일 때문에 자신이 일본인이 아니라는 것을 느끼는 경우가 있어요. 예를 들어서 올림픽 경기 때, 헤이트스피치 같은 것을 주변에서 일본인들이 할 때, 그렇다고 동의하고 있는 자신이 뭔가 거짓말을 하고 있는 것처럼 느낀다고 학생들이 말을 해요. 너무나 미세한 차이지만 그런 것이 있어요. 민족 의식이라고까지는 할 수 없어도, 하나의 좋은 걸음이 될 수는 있습니다. 그 의식을 부정하지 않고 왜 그렇게 느끼는지 그 느낌에 대한 이유를 물어야 되지요. 느끼면 안 되는 것이 아니라, 그런 말을 할 수 있으면 거기서 또 민족 의식으로 자기 자신을 양성하는 사람들도 나올 것이라고 저는 생각합니다.

그런데 어려운 일입니다. 이런 것이 반드시 세대 문제만은 아니지요. 다른 사회도 마찬가지겠지만, 일본사회의 문제예요. 대학교에서 연구하려고 하는 박사 과정의 학생 중에도 머리도 좋고 공부도 잘하는데 자신의 민족적인 본성에 대해서는 숨기고 있는 사람이 있습니다. 제가 그런 것을 한번 이야기해보자고 했는데 안 나오더군요. 나오면 무슨 비판을 받을까봐 두려워하는 건지도 모르겠어요. 분명 개인의 자유이지만, 그런 식으로 학문을 연구할 수 있을지 의심이 들어요. 그런 사람들이 있어요. 우리가 예상하는 것보다도 많이 있을 거예요. 학계는 아까 언급한 미술계와 비슷하죠. 연구하는 사람들이나 미술하는 사람 중에는 스스로 이런 이질감을 느끼고 있는 사람들이 있어요. 하지만 이런 사람들이 나중에 그게 아니었다고 자각할 순간이 과연 없을까요? 저는 그런 순간이 있을 것이다, 그리고 있어야 한다고 생각합니다.

서경식   그래서 아까부터 이야기하고 있는 뿌리와 관련된 것인데요. 세대의 인식을 세대의 변화로만 이야기해버리는 것은 너무 위험하다고 생각합니다. 제가 이곳으로 와서 70년을 살아왔습니다. 그런데 1960년대 이후에 조금 더 열린 사회가 되었다면, 그리고 70년 넘게 계속되고 있는 민족 학교에 대한 탄압이 아니었다면, 한국이라는 조선반도의 분단 상황이 그렇게 심하지 않았다면, 또 형처럼 유학 갔다가 투옥당하는 그런 우려스러운 경우가 하나도 없이 자유롭게 오갈 수 있었다면, 세대 이외의 요소인 그런 상황이었다면 재일조선인의 의식도 달랐을 거예요. 저는 오히려 이렇게까지 자유롭지 못한 상황 속에서도 "저는 조선인입니다"라고 하는 젊은이들이 있는 것이 신기할 정도입니다. 그래서 그런 세대들의 인식이 어떻게 변화해왔는지를 물을 때, 저는 그렇게 제대로 안 보이는 그 미세한 부분에 모순이 모순 상황으로 남아 있는 한, 아무리 어려워도 그런 것이 남아 있을 거라고 저는 믿고 싶다는 것이죠.

김용규   저희가 바라보는 세대 문제를 교정할 수 있는 중요한 지적 같습니다.

서민정   앞에서 나온 이야기지만, 동아시아 특히 한국과 일본 간의 관계에서, 좀 더 좁히면 한국에 있는 사람들 — 예를 들면 자이니치가 되건, 한국 내에 있건 — 에게서 식민주의 문제나 냉전의 문제와 같은 것들은 아직까지 여전히 함축되어 있다고 생각합니다. 그래서 연구자들은 그것이 세대가 달라지면서 변화하는 모습이든, 유지되는 모습이든 그 자체를 잘 끄집어내어야 되는 것이지, 이것을 스테레오화 해버린다거나, 또는 이걸 너무 쉽게 설명해서 역사 속에 묻어버

린다거나 하는 오류를 범할 수 있겠구나 하는 생각이 듭니다.

　처음에 저희가 선생님을 뵙고 이 과제를 하게 된 계기도 이전의 디아스포라에 대한 연구들이 그런 경향성을 더러 보였기 때문인데요. 저희는 그런 문제의식을 가지고 이렇게 대담을 진행하고 자료들을 모두 남겨놓고 싶습니다. 어쨌거나 이 문제가 여전히 진행형이라고 본다면, 우리는 이제 그런 카테고리화되는 것들을 좀 더 다층적으로 다양한 시선에서 처리할 수 있어야 하겠고, 이것이 결국은 연구자의 몫인 것 같습니다.

서경식　제가 담당하는 분야를 훨씬 넘어서는 문제인데요. 지난 한 20년 가까운 기간 동안 한국에 오가면서 느낀 것은, 부산대학교를 제외하고 많은 경우 너무 정형화된 시선으로 아주 짧은 시간 사이에 "재일조선인이라는 게 무엇입니까?"라는 질문을 하고, 그에 대해 제가 그 자리에서 숙고하지 않고 말한 것을 그대로 받아들여 형식화해 버리는 것 같아요. 저는 그게 미국의 영향인가 싶기도 해요. 입증은 못 하지만 그런 의심은 하고 있습니다. 푸틴 같은 사람이 사라지지도 않고 나오는 이유는 그것이 쉬운 문제가 아니기 때문입니다. 1세기가 지나 계속되어 왔는데, "벌써 우리가 극복했다"라는 식의 교과서적인 문제는 사실은 하나도 해소되지 않은 것이죠. 우리의 사고의 틀이라고 할까요? 일본도 마찬가지지만 한 페이지씩 넘어가며 "이 시대는 지나갔다. 다음은 이런 시대다"라는 식의 사고가 당연한 것처럼 느끼는 것은 우리가 그런 교육을 받아왔기 때문이라고 봅니다. 물론 세대 간에는 차이가 있죠. 그 차이에서 무엇이 근본적으로 변했고, 무엇이 근본적으로 이루어지고 있는지. 그것이 우리가 물어야 하는 중요한 문제라고 생각합니다.

서경식　회복될 수 있냐고 한다면 이상이 있었다는 이야기가 되죠. 이미 있어 온 것을 회복하는지 묻는 문제지요. 그런데 이상적인 시대라 할 것이 있었냐고 묻는다면 없었다고 하는 게 맞다고 봅니다. 그렇지만 환상이라고 할 이상이 있었기 때문에 견뎌내고 살아온 시대를 적어도 우리는 알고 있다는 것이지요. 앞으로의 세대에 그런 이상이 없다면 어떤 시대가 될지 걱정스러운데요.

서민정　그러니까 그것을 조금 변경하면 이상을 꿈꿀 수 있는, 이상이 있을 것이라고 생각할 수 있었던 게 이전의 상황이었다면, 지금은 그조차도 꿈꿀 수가 없게 되었죠. 확인을 했기 때문인지는 모르겠으나, 그런 게 좀 차이가 있는 것 같아요. 어차피 이상은 없었다고 생각하는 것이죠.

서경식　이상의 반대는 냉소주의입니다. 또 에른스트 톨러Ernst Toller라는 독일의 표현주의 극작가가 있죠. 에른스트 톨러가 나치한테 추방당했는데, 추방당한 뒤에도 계속 평화운동을 하다가, 스페인 내전에서 프랑코가 승리하자, 에른스트 톨러가 절망해서 뉴욕에서 자살을 하고 말았어요. 그때 뉴욕의 호텔에서 조사를 했는데, 그가 이상이 없는 사람은 살아갈 자격이 없다는 것을 이야기했대요. 그 이상이라는 게 바로 그거예요. 저도 요즘 그런 것을 느끼는데요. 한국에서도 보셨나요? 제가 그 글을 썼을 때, 일본에서 코멘트를 쓰는 사람이 아주 우익적인 입장에서 차별적인 이야기를 하는 것보다 오히려 "너처럼 그런 이야기를 하더라도 소용없다. 살고 싶으면 그런 이야기는 하지 마라. 당신과 같은 생각을 했으니까 프리모 레비도 자살하고 말았다"라고 해요. 그런데 이 사람이 프리모 레비 이야기를 하는 것을 보니까 무지한 사람이 아니에요. 아마 연세도 있고 책도 읽는 사람인 것 같은데요. 냉소주의입니다. 그것이 우리가 가장 경계해야 하는 것이고, 상대하기 어려운 적이라고 봅니다. 그렇다고 해서 미화된 이야기만 떠든다고 해도 오히려 소득이 없고 힘이 없죠. 아무튼, 저도 앞으로 얼마의 힘과 시간이 남아 있는지 모르지만 그런 일을 위해 최선을 다할 생각입니다.

제 3 장

최덕효와의 대담

초국적 역사 연구에서

마이너리티의 시각

최덕효 崔德孝

1975년 도쿄에서 태어나 일본 릿쿄대학을 졸업하고 코넬대학 역사학과에서 박사학위를 취득한 후 케임브리지대학에서 박사 후 연구원을, 포니정재단 펠로우십 프로그램으로 고려대학교 민족문화연구원에서 연구교수를 지냈다. 현재는 영국 셰필드대학 동아시아학부 조교수로 있다. 해방 후 한반도와 일본의 관계를 새로운 시각에서 연구하고 있으며, 재일조선인 문제를 다룬 박사학위논문 "Crucible of the Post-Empire : Decolonization, Race and Cold War Politics in U.S.-Japan-Korea Relations, 1945~1952"으로 International Convention of Asia Scholars(ICAS) 최우수인문학박사논문상을 수상했다. 주요논문으로 "The Empire Strikes Back from Within : Colonial Liberation and the Korean Minority Question at the Birth of Postwar Japan, 1945~1947"(*American Historical Review* 126, no.2, 2021.6), 「배반당한 '해방'—미군 점령하 '재일조선인 문제'와 냉전, 1945~1948」, "Fighting the Korean War in Pacifist Japan : Korean and Japanese Leftist Solidarity and American Cold War Containment"(*Critical Asian Studies*, 2017) 등이 있다.

재일조선인 3세 최덕효는 영국 셰필드대학 교수로 재직 중인 역사학자로서 일본, 미국, 한국, 영국을 이동하면서 이런 디아스포라적인 이동과 재일조선인으로서의 소수자적 시각을 결합하여 재일조선인 역사를 새롭게 읽는다. 머지않아 그의 작업이 우리에게 많이 소개되겠지만 그의 몇 편의 글들은 재일조선인의 역사를 단순히 재일조선인이라는 특수성이나 주변적 상황에만 초점을 두지 않는다. 오히려 그것은 재일조선인을 둘러싼 초국적 맥락을 인종, 민족, 젠더를 교차적으로 읽는 넓은 시각을 통해 재일조선인의 역사를 주변에서 중심으로 이동시킨다. 그의 시각 속에서 재일조선인 역사의 특수성은 보다 높은 차원의 보편성으로 나아간다. 이 때의 보편성은 특수한 처지와 상황을 일반화로 포섭하는 보편성이 아니라 디아스포라적 시각의 이동과 확장을 통해 보이지 않던 특수성의 차원들이 드러나면서 확장되는 보편성을 의미한다.

우리는 그가 이런 시각을 어떻게 체득하게 되었는지 묻고 싶었다. 그리고 무엇보다 이런 시각이 재일조선인 3세의 삶과 어떻게 연결되어 있는지가 궁금했다. 재일조선인 1세대가 식민주의와 냉전과 분단의 역사적, 집단적 경험을 통해 자신의 위치를 인식했고 주로 디아스포라에 대한 집단적 인식을 갖고 있다면, 2세대들은 그런 경험을 갖고 있되 일본사회 내부에서 보다 미시적이고 개인적 차원에서 경험했을 것으로 추측된다. 자신의 이산의 경험을 포스트식민주의라는 시각으로 일반화한 에드워드 사이드처럼 2세대 서경식의 글은 재일조선인의 역사와 삶을 디아스포라와 소수자의 시각을 통해 새롭게 읽을 뿐만 아니라 그것을 전 세계의 고통받는 디아스포라의 삶과 연결한다. 3세대 역사학자는 그런 경향을 계승하면서도 재일조선인의 역사를 이론적으로 넓고 깊게 읽고자 하는 특징을 보인다. 이런 시각이 더 의미있는 것은 3세대 재일조선인들의 삶에 대한 일본사회의 귀화와 동화의 압박이 1, 2세대보다 더 심한 상황이고 실제로도 그런 경향이 강화되고 있는 현실을 배경으로 하기 때문이다. 최덕효는 대담에서 현실적 상황의 추세가 그렇다고 하더라도 디아스포라를 낳은 사회구조가 존재하는 한, 재일조선인의 역사의식은 사라지지 않을 것이라고 힘주어 말한다.

재일조선인 3세 역사학자, 최덕효 선생님에게 듣다

김용규　최덕효 선생님은 할아버지, 아버지 세대를 모두 다 보고 자랐을 것이고 그러면서 3세대가 갖고 있는 공감과 차이를 느끼고 있을 것 같습니다. 우리가 김석범 선생님을 뵈었을 때 그분의 사고의 중심에는 항상 조국이 자리하고 있었습니다. 그분께는 조국이 자신의 구체적이고 경험적인 현실처럼 존재하더군요. 그분이 민족통일을 얘기하실 때는 그분의 내면에서 솟아나는 구체적 실감으로 다가왔습니다. 2세대라고 할 수 있는 서경식 선생님을 뵈니 김석범 선생님과는 경험이 조금 다른 듯했습니다. 서경식 선생님께는 조국이라는 것이 약간 덜 구체적인 경향이 있었고 선생님께서도 개인사적 아픔이 있어서 그런 것인지 몰라도 일본사회에 대한 냉정한 비판에 비해 한국사회에 대한 비판과 지적은 적은 편이었습니다. 서경식 선생님께 한국은 관념을 넘어 어떤 구체적인 현실로 존재하는 것일까 하는 점이 궁금했습니다. 그런 점들을 감안할 때, 3세대는 어쩌면 민족과 조국에 대한 생각이 더 추상적이지 않을까 생각하게 됩니다. 3세대는 대부분 일본사회 안에서 자랐고 그 문화권에서 성장하면서 자신의 생각을 구축해왔을 것입니다. 1세대는 식민주의에 대한 집단적인 경험, 한국전쟁, 냉전, 남북한 정권, 한국의 민주화 등을 통해 구체

적인 집단적인 경험을 공유하고 있는 듯합니다. 그래서 그 현실에 늘 참여해야 한다는 열망과 그렇지 못한 좌절감이 공존하는 것 같거든요. 2세대, 3세대들은 조국의 정치적 현실에 대한 경험보다 조국이라는 것을 일본사회 내에서 부딪혔던 경험과 차별을 통해 우회적으로 자각하게 되지 않았을까 생각해봅니다. 2세대는 그나마 1세대들의 존재를 통해 조국에 대한 경험들을 더 많이 들을 수 있었던 데 반해, 3세대들은 일본사회 안에 깊이 편입된 채 그 사회에서의 차별 때문에 조국과 민족을 발견하다 보니 조국을 마치 기호와 상징처럼 느끼지는 않을까 하는 생각을 해봅니다. 추측이지만 세대에 따라 생각의 차이를 읽는다는 것이 어떤 의미가 있을지 의문이 들기도 하지만 조국, 세대, 언어, 문화와 같은 질문들을 통해 세대별로 어떤 생각을 갖고 있는지, 그리고 어떤 차별성과 공통점을 갖고 있는지를 물어볼 필요가 있을 듯합니다. 저희들의 질문에 자유롭게 이야기해주시면 됩니다.

조국에 대한 인식과 경험

김용규　첫 번째는 조국이라는 것이 최 선생님께 어떤 식으로 이해되고 인식되고 있는지, 나의 생각은 조국의 구체적인 현실에 어느 정도 기반을 두고 있는지, 조국에 대한 경험은 어떻게 나에게 다가왔는지, 언제 어떤 계기로 조국이라는 것을 처음 인식하게 되었는지가 궁금합니다. 부모님이나 조부모님의 이야기도 좋을 듯합니다. 조국이라는 것을 언제 어떻게 누구를 통해 깨닫게 되었는지, 아니면 일본이라는 일상생활 속에서 느끼게 되었는지 궁금합니다.

최덕효   저는 재일조선인 3세지만 약간 특별한 케이스라 할 수 있을 것 같습니다. 왜냐하면 3세들에게도 그 내부를 보면 차이가 아주 많습니다. 예를 들어, 계속 조선 학교를 다녔던 친구들하고 비교해보면, 저는 정체성에 대한 접근도 달랐고, 조국에 대한 이해도 달랐던 것 같습니다. 저의 경우 초중고와 대학교를 일본 학교에서 다녔습니다. 20살까지는 일본어를 쓰고 일본 사람으로 살았습니다. 그렇지만 조선 학교 다녔던 아이들은 한국 이름, 즉 본명을 갖고 있었고 학교에서도 조선의 언어와 역사를 배웠기에 저와는 경험이 아주 다릅니다. 같은 3세라 해도 차이가 크지요. 물론 재일조선인 3세, 4세의 대부분은 일본 학교를 다니고 있고, 아마도 일본 학교에 다니는 젊은 재일조선인의 공통점이라면 민족과 조국의 문제를 깊이 고민할 수 있는 기회를 가지지 못하면서 살고 있다는 것입니다. 복잡한 문제니까 피하면서 살아가는 사람들이 대부분이라 생각합니다. 제 경우는 18살 때 운전면허를 따러 운전학원을 갔었습니다. 운전면허증은 공식적인 신분증이라서 본명을 써야합니다. 제가 그때까지 제 본명을 써본 적이 없었습니다. 국적은 한국이지만 일상생활에서 저희 가족도 그렇고 저도 일본 이름을 쓰고 있었지요. 그런데 공식적인 신분증을 만들려고 했을 때 뭐라 할까요, 충격이라기보다는 이게 뭔가 하는 생각이 들더군요. 그때부터 저는 다른 일본 친구들과는 다르구나 하는 생각을 갖게 되었습니다. 그렇다고 하더라도 이 문제를 깊이 생각하지는 않았고, 대학교에 가서 캐나다 어학연수를 위해 처음으로 해외로 나갔을 때, 여권에 제 본명을 쓰면서 명확하게 느끼게 되었습니다. 캐나다에서 최덕효라는 이름으로 처음 생활을 해봤습니다. 그때 느꼈던 것이 해방감이랄까 뭔가 아주 신선한 느낌을 받았습니다. 일본에서는 한국 사람으로서 살면 어려운 문제가 많으니까요. 캐나다에서 느낀 해방감을 그대로 일본으로 가져가서 이제 한국 사람으로 살아야겠다고 생각했지만 사실 그러지는 못했습니다. 대학교 2학년 때 서경식 선생님 수업에 들어가서 선생님을 만나게 되었지요. 제 고민도 이야기하고 또 역사를 배우고 저의 가정 배경을 알게 되고 그걸 계기로 저는 조선과 조선인을 생각하게 되었습니다. 만약 서경식 선생님과의 만남이나 캐나다에서 한국 사람으로 살아본 경험이 없었더라면 저도 제 동생들처럼 지금껏 일본 이름을 쓰고 일본 회사에 다니며 살았을 겁니다.

김용규 형제들은 여전히 일본 이름을 쓰고 있군요.

최덕효 남동생은 일본 국적으로 바꿨습니다.

김용규 할아버지나 아버지는 어떠세요?

최덕효 저희 부모님은 한국 국적이세요. 아버지는 일본 국적으로 바꾸려고 했지만 예전에 큰 교통사고를 낸 적이 있어서, 그런 것이 기록에 남아있으면 국적 전환이 어려울 것 같아서 안했다고 하시더군요. 저에게도 너는 일본에서 태어났으니까 일본인으로 사는 게 좋겠다고 말씀하셨습니다.

김용규 일본 안에서 일본 이름을 쓰고 초·중·고등학교를 다니면 차이나 차별을 크게 느끼지는 못했을 것 같군요.

최덕효 그렇죠. 집에서도 일본 음식을 먹었고요. 가끔 할머니가 김치를 만들어 보내주셨지만 그게 일본 음식이 아니라는 생각은 별로 없었습니다. 집안에서 가르쳐주는 사람도 없었고요.

김용규　중요한 계기는 캐나다로 어학연수를 간 것과 서경식 선생님을 만난 것이군요. 어학연수 갈 때 비자 발급을 받아야 하지 않나요?

최덕효　3개월 체류하면 비자는 필요 없었습니다. 조국과의 만남은 부정적인 느낌으로 시작되었습니다. 다른 일본 친구들과 다르구나 하는 걸 운전면허증을 받았을 때 느꼈고, 좀 더 깊이 파고 들어가게 된 계기는 캐나다에 가서 처음으로 한국인으로서의 나의 아이덴티티를 오픈한 것입니다. 그 전까지는 드러내지 않고 살았지요.

김용규　서경식 선생님은 어떤 점에서 생각의 큰 전환을 주었습니까?

최덕효　서경식 선생님을 통해 역사를 배웠습니다. 다른 재일조선인 친구들도 소개해 주셨고, 그 친구들을 만나면서 비슷한 고민을 같이 이야기하면서 새로운 것을 많이 배우게 되었습니다.

김용규　그때가 몇 살 무렵입니까?

최덕효　스무 살 무렵입니다. 그때부터 제 인생은 완전히 바뀌었습니다. 그해 1996년 여름부터 1년 6개월 동안 교환 학생으로 연세대학교에서 한국어를 배웠고, IMF, 김대중 대통령 당선 등 한국의 역동적인 역사적 시기에 한국에 있었습니다.

직접 만난 한국

김용규　그 당시 한국에서 지낼 때 한국은 어떻게 다가왔습니까? 1990년대 한국에 왔으면 젊은 세대들의 역동적인 모습이나 시대를 고민하는 모습을 많이 봤을 것 같군요.

최덕효　한국에 가기 전에 기대를 많이 했습니다. 제 존재에 대해 알게 됐으니까요. 그 전까지는 차별을 받아도 무관심하게 지냈는데 이제 자신의 존재를 깨닫게 되면서 이렇게까지 차별 받지 않아도 됐을 텐데 하는 억울한 마음도 생기더군요. 이제 나는 일본사회에서 무기력한 존재가 아니구나 하는 생각을 갖게 되면서 한국에 대해서도 기대를 많이 했습니다. 한국에 가면 조국이 나를 따뜻하게 맞이해줄 것이다, 그리고 언어를 배우면 진정한 한국 사람이 될 수 있다고 믿기도 했습니다. 사실 한국 생활은 또 하나의 외국 생활이었습니다. 아무리 제 조국이라 생각하고 있었지만 다른 문화고 다른 언어를 배우는 곳이니까요. 제게는 언어 문제가 제일 힘들었습니다. 언어만 배우면 진짜 한국 사람이 될 수 있겠다. 그렇게 믿었습니다. 그런데 언어는 배우면 배울수록 끝이 없는 것 같았습니다. 어느 정도의 수준에 이르러서도 발음이 이상하게 들렸고 표현의 한계도 있는 것 같았습니다. 민족이라는 게 공통된 언어를 사용하면 동등한 자격을 가질 수 있다는 생각 자체가 틀렸을지 모른다는 생각이 들더군요. 머리로 생각하는 게 아니라 몸으로 생활하면서 많이 느꼈습니다. 그리고 그 당시 한 가지는 한국에서 재일조선인에 대한 인식이 많이 부족하다는 것도 느꼈습니다.

김용규　부족할 뿐 아니라 실망한 부분도 있었을 겁니다. 일본에서 와는 다른 차별, 즉 한국에서도 보이지 않는 차별과 차이와 같은 것들이 언어를 통해서 나타났을 겁니다. 혹시 그 외에 삶의 경험에서 느낀 것이 무엇입니까?

최덕효　일본 사람으로 취급하는 것이 제일 힘들었습니다. 일본에서 그동안 저를 일본 사람으로 알고 있었는데 갑자기 나는 조선 사람이라고 말했을 때 제 주위의 일본 친구들이 보여줬던 반응은 그래도 너는 일본 문화를 가지고 있으니까 일본 사람이다, 우리와 똑같다와 같은 식이었습니다. 물론 저는 그런 반응이 마음에 들지 않았습니다. 일본 사람한테 일본 사람 취급을 받았는데, 한국에서도 한국 사람으로 취급받기보다는 일본 사람으로 취급하더군요. 그 점이 좀 힘들었습니다.

김성환　표현이 궁금한데요. 지금 질문이 조국에 관련된 것인데, 한국이라는 것을 다른 언어로 표현하면 선생님에게 조국이라고 할 수 있나요.

최덕효　제가 한국이라고 할 때는 남한과 남한사회를 생각하고 있습니다. 일본어를 할 때는 한국인이라는 단어를 별로 안 씁니다. 조센징, 조선 민족이라는 말을 쓰지요. 조국이라는 말도 별로 안 씁니다. 유학 가기 전에는 썼지만 지금 제게 조국이라는 말은 추상적으로 다가옵니다.

과거 한국의 민주항쟁의 역사를 배울 때는 동포들과 같이 싸우고 있다는 공동의식이랄까요. 그런 걸 느낌으로써 조선 사람으로 살 수 있을 것 같은 의식이 강했습니다. 조국이라는 것이 실재하는 뭔가가 아니라 장으로서, 저도 그 안에 들어가서 같이 활동하거나 싸우면서 조선 민족이 된다는 그런 의식을 갖고 살았던 시기도 있었습니다. 제가 일본을 떠나서 외국에서 산 지 9년이 됐습니다. 그러다보니 조국이라는 것이 무엇인지 생각 안하고 산지도 꽤 됐습니다. 옛날에는 그런 의식이 강했지요. 싸우고 있는 민중을 찾고 싶었고 저도 그 안에 들어가서, 비록 언어는 제대로 못하지만 같이 느끼는 일체감 같은 것을 찾던 시기가 있었습니다. 아직도 여전히 그런 희망은 남아 있습니다.

김성환　　조금 다른 얘기이지만, 제 집사람 고향이 고치현高知県입니다. 19 94년에 한국에 와서 지금까지 20년 넘게 살고 있습니다. 한국인이 거의 다 됐지요. 일본에 대해 우리가 생각하는 애국심이랄까요. 그런 것은 거의 없습니다. 예를 들면 올림픽하면 응원해야 할 나라로서 일본이라는 의식이 별로 없습니다. 1980년대 중고등학교 다닐 때 교육 분위기가 그랬나 봅니다. 일장기도 없고, 기미가요도 없이 그냥 스포츠로만 축구나 올림픽을 봐 왔고 애국 경험이 전혀 없이 자란 세대였다고 합니다. 오히려 고치에 대한 의식은 달라요. 물론 일본에 대한 의식도 있지만 조국, 일본 이런 것보다는 자신이 자란 고향 고치에 대한 의식이 훨씬 더 강한 것 같습니다. 선생님께도 똑같은 질문을 드리자면, 조국으로서의 한국에 대한 생각은 어떤지 그리고 선생님이 태어나고 자란 도시에 대한 느낌은 어떤지 궁금합니다.

최덕효　　저는 도쿄에서 태어나고 계속 살았습니다. 도쿄 중심가는 아니고 신주쿠에서 전철 타고 한 30분 정도 가면 있는 곳입니다.

김성환　　선생님의 입장에서 조국이라고 부를 수 있는 것이 자신의 경험의 바깥에 있는 것이었는지요.

최덕효　저한테는 그게 애매한 것 같아요. 예전에 한반도의 통일 이런 것들만 얘기했을 때는 뭔가 확실하다고 생각했는데, 한국에 가서 여러 경험을 하고 나니까 오히려 한국에 사는 사람들도 다양한 생각을 갖고 있고 모두 다 민족을 위해 싸우고 있는 것도 아니고요.

장場으로서의 조국

김용규　그게 솔직한 말 같습니다. 관념이 아니라 장으로 존재한다는 것 말입니다. 김석범 선생님께는 조국이 구체적인 현실로 존재하는 느낌이 들었습니다. '통일해야 한다' 혹은 '조선 민족은 어떻게 해야 한다'와 같은 당위적인 말씀이 많았습니다. 2세대 서경식 선생님도 조국이라는 단어의 사용에 대해 다소 부담스러워 하는 것이 느껴지더군요. 아마 최 선생님은 더 그럴 것 같습니다. 최 선생님은 역사학자이기 때문에 관념이 아니라 장場으로서의 조국이라는 지적은 의미 있는 것이라 생각합니다.

최덕효　지금까지도 여러 가지 문제들이 남아있지 않습니까? 남북 분단의 문제도 있고 식민지 잔재 때문에 남한사회에는 여전히 국가보안법 문제도 있고 말입니다. 일본 제국주의의 잔재를 청산하려고 계속 싸워왔던 역사인데 그게 한반도 문제와 한일 관계의 문제뿐 아니라 재일조선인 및 한민족 전체의 식민주의 문제도 계속되고 있는 것이기 때문에 그것을 제거하기 위해 함께 싸우고 해결하자는 주장은 꼭 필요한 것 같습니다. 그걸 조국이라고 말해야 할지는 모르겠지만 우리라는 공동체 개념은 분명 존재하는 것 같습니다.

김용규　김석범, 김시종 같은 제1세대의 경우 조국, 우리 동포, 우리 민족과 같은 것들이 끊임없이 강조되더군요. 서경식 선생님의 경우만 하더라도 1세대와는 조국에 대한 인식이 다를 것 같습니다. 상대적으로 일본이나 일본인에 대한 신뢰감 같은 것은 어떨까요. 최 선생님께서는 조국의 문제가 애국심과 같은 것이 아니라 장으로서의 조국으로 다가오기 때문에 일본의 진보적 지식인들에 대한 신뢰감 같은 것도 다를 것 같습니다. 특히 조국을 겨냥한 운동이 아니더라도 일본 내의 마이너리티운동을 한다는 것에 대해 긍정적일 것 같거든요.

최덕효　물론 저는 일본 지식인들과 함께 마이너리티운동을 같이 하는 데는 거부감은 없습니다. 조선 민족의 문제를 해결하려고 운동할 때 일본 사람도 참여할 수 있다고 생각합니다. 하지만 제 솔직한 심정으로는 일본에도 문제가 많습니다. 그들에게 일본 내에서 해결할 문제도 많은데 한반도 문제, 조선 민족 문제는 중요한 이슈가 아닐 것입니다. 일본 사람들은 일본 문제를 자기 문제로서 우선적으로 해결하려고 노력해야 할 것입니다.

김용규　2세대, 3세대는 기본적으로 조국으로부터 일정한 거리감을 갖고 있고, 자신의 위치를 일반화시키려고 하며, 민족이라는 개념보다는 오히려 마이너리티 개념을 통해 오키나와와 연대한다던지 국제적인 시각을 갖고 계신 것 같습니다. 조국과의 관계라는 점에서 보면, 민족의 문제를 나 자신과 연결된 특수한 문제로 인식하는 데서 거리를 유지하면서 이런 문제를 보편화하려는 경향이 눈에 띕니다. 최 선생님도 비슷한 생각을 갖고 계신지요.

최덕효　일본에 있었을 때는 저와 한반도의 관계, 또 저와 일본의 관계에 대한 생각이 너무 강했습니다. 떠난 지 오래되다 보니 이제 생각도 시야도 넓어지고 있습니다만 일본에 있었을 때는 식민지 시기부터 계속되어 온, 즉 그때 형성되어 지금도 계속되는 문제를 고민하는 것이 저에게 우선적인 과제였습니다. 그렇게 하면서 다른 마이너리티 문제와 연대하고 운동하는 사람들과도 협력했습니다만 저한테는 재일조선인과 한반도의 문제에 대한 의식이 무엇보다 강했습니다.

차별과 언어의 문제

김용규　선생님이 일본에 있을 때 생각한 조국과 직접 경험한 조국 사이에는 차이가 있었을 것 같군요. 혹시 역으로 한국에서 언어 문제와 관련하여 차별을 느꼈을 것도 같습니다. 혹시 더 말할 것은 없는지요.

최덕효　한국 사람에게 차별 받았다고 말하고 싶지는 않습니다. 조금 소외감을 느꼈던 것은 사실입니다. 재일조선인들이 가지고 있는 문제를 재일조선인의 문제로만 인식하는 것은 문제라고 생각합니다. 재일조선인 문제도 우리 민족과 관련된 역사적인 문제임에도 불구하고 따로 분리하여 생각하는 데는 불만스러웠습니다. 왜냐하면 저는 일본에 살면서도 한반도와 일본사회의 문제를 적극적으로 연결해야 한다는 의식이 강했는데 한국에서는 재일조선인에 대한 관심이 별로 없어보였거든요.

김용규　그 무렵은 한국사회도 독재에 맞선 민주화운동이라든지 한국사회 내부의 오랜 문제들의 해결이 너무 첨예해서 여력이 없었을 것입니다. 다른 곳에 관심 갖지 못할 정도로 내부 문제가 많았고 한국사회의 최고 쟁점이 독재 유산을 어떻게 청산할 것인가를 고민하던 때였습니다. 다른 부분들을 많이 놓치고 있었을 겁니다.

최덕효　얘기하면서 느끼는 것이지만 일본에 오래 사니까 옛날에 생생하게 가지고 있던 감각들이 많이 없어졌다는 느낌을 갖습니다.

김성환　아무래도 그러겠지요. 이양지 씨가 서울대로 유학 왔다가 돌아가면서 비슷한 느낌을 받았던 모양이더군요. 한국 사람들과 똑같이 하면 한국인이 될 줄 알았는데 오히려 계속 고립되고 차이를 느끼고 되고 결국 일본에 돌아가서 얼마 뒤에 안타깝게도 생을 마감했지요. 일반화할 수 없지만 조국에 와서 하나가 되기 위해 부단히 노력을 하고, 언어도 배우고 국악이나 한국의 전통문화도 열심히 배우지만 그 이면에서 차이와 고립을 경험했던 것이 아닌지 느끼게 됩니다.

최덕효　자신이 태어나서 자란 사회에서 소외당하면 당할수록 조국에 대한 환상도 커집니다. 그런데 막상 직접 와서 보니까 뭔가 다르다는 느낌을 받았습니다. 제가 한국에서 어학당에 다닐 때 오스트레일리아에서 온 교포 2세가 있었습니다. 그 친구는 저에게 한국이 싫다고 하는 겁니다. 이 사회에서 안 태어나길 잘 했다라고 말하며 돌아갔습니다. 그리고 유럽에서 온 입양아도 있었지요.

한국에 가기 전에는 역사책에서 배울 때 주로 민주화운동이나, 혹은 서경식 선생님의 형님인 서승, 서준식 선생님의 이야기를 읽으면서 같은 2세들이 그 당시에 했던 것처럼 나도 한국에 가서 학생운동을 하면 조선인이 될 수 있겠구나 하는 약간 극단적인 환상을 갖고 있었습니다. 제 개인적인 경험이기도 하지만 일본사회에서는 재일조선인으로 살면서 인간으로서 굳건하게 살지 못한다는 우울함 같은 것이 있지 않습니까? 그런 경험 때문에 한국에 대한 더 큰 환상이나 기대를 갖게 되는 것 같습니다. 물론 모두 포기하고 일본 현실 속에서 일본 사람으로 사는 사람들도 많지만요.

1세대와 2세대에 대해

김용규　최 선생님의 가족에 대해 좀 물어보고 싶군요. 할아버지는 돌아가셨습니까?

최덕효　네, 돌아가셨습니다. 할머니는 2002년 제가 한국 사람으로 살게 된 후에 돌아가셨습니다.

김용규　할아버지는 한국에서 사실 때 어디에서 사셨나요?

최덕효　마산 근처에서 사셨다고 들었습니다. 외조부모님 쪽은 경상남도인데 어디인지는 정확히 잘 모릅니다.

김용규　조부모님 때 일본에 오셨군요. 아버지는 일본에서 태어나셨겠군요.

최덕효   네, 시즈오카현靜岡県이라는 곳에서 태어났습니다.

김용규   아버지나 할아버지께서 한국에 대한 얘기를 종종 하셨나요?

최덕효   아버지는 정치적인 것을 매우 싫어합니다. 몇 년 전에 은퇴하셨지만 밑바닥 일을 하시면서 고생을 많이 했습니다. 조센징으로서 차별 당하고 직업 때문에 당당하게 살 수 없는 그런 경험을 많이 했기 때문에 자식에 대해선 기대를 많이 하셨지요. 좋은 대학에 보내고 일본사회에서 성공시키려고 노력하셨습니다. 제가 어렸을 때 큰 아버지는 조총련과 관계가 있어서 저나 큰아버지의 아들을 조총련 활동가들이 운영하는 조그만 사무실에서 가르치는 우리말 프로그램에 데려가기도 했습니다. 아버지는 그런 데는 별로 관심이 없었습니다. 북한에 대해서도 일본미디어가 보도하는 그대로 받아들이셨지요. 같이 사는 가족이라 해도 사회적으로나 정치적으로 시각이 너무 달랐지만 워낙 고생하셨기에 그분의 경험을 이해합니다.

김용규   아버지와 서로 대화하는 것이 쉽지 않았겠군요.

최덕효   일상적인 대화는 괜찮았지만 정치적인 얘기는 싫어하셨고 제가 갖고 있는 문제를 얘기할 수는 없었습니다. 한다고 해도 이해하지 못했을 겁니다.

김용규   그러면 아버지는 일본사회에서는 조총련, 민단 이런 조직에 대해선 전혀 신경 쓰지 않으셨고 생활과 관련된 일만 신경 쓰셨겠군요.

최덕효   네, 그렇습니다.

김용규   전에 책에서 미국에서 교포 1세대, 2세대 3세대를 세대별로 분석한 걸 봤습니다. 미국과 일본은 상황이 많이 다를 수 있다는 점을 전제로 하면서 1세대는 이민 가서 힘들게 적응하며 살다보니 고국에 대해서 좋은 기억도 있고 싫은 기억도 많다고 합니다. 그러면서 2세대들에게 미국에서의 적응을 강조하면서 미국에 동화해서 미국인처럼 살 것을 조언하는 경향이 있다고 합니다. 그런데 막상 2세대로서 미국에서 살아보니까 피부색이 다르고 자신은 모르지만 고국에 대해 아는 것이 자식들에게도 장차 도움이 될 것이라고 생각해 고국을 알아야 한다는 생각을 갖는답니다. 그러므로 2세대가 한국어와 한국 문화에 대한 경험이 부족한 반면 3세대는 한국의 어학원이나 한국 문화에 적극적인 관심을 갖는다고 합니다. 그러니까 1세대는 조국에 대해 구체적인 경험이 있다면 2세대는 그런 경험이 부족하고 한국에 대해서도 별로 생각하지 않는 경향이 있다고 합니다. 이와 달리 3세대는 조국에 대한 관심도 생각도 많은 데 반해 직접적인 경험이 없다보니 조국에 대해 추상적으로 느낀다고 합니다. 도식화된 설명이고 일반화하기는 어렵지만 세대별 경험을 추정하는 데 도움을 줄 듯합니다. 최 선생님은 3세대로서 1세대, 2세대에 대해 어떤 생각을 갖고 계신지 궁금합니다.

최덕효 1세대와 2세대들이 경험한 것은 이해하고 있습니다. 좀 전에 아버지에 대해 부정적으로 얘기했지만 똑같은 구조 속에 살면서 똑같은 아픔을 다른 차원에서 느끼면서 뿌리가 같다고 생각합니다. 아버지가 경험한 것도 재일조선인 3세가 경험하고 있는 것과 공통된 것이 많습니다. 3세 중에서도 저 같이 한국에 유학도 하고 한반도 문제에 대해서도 고민해야 한다고 생각하는 사람도 있는가 하면 제 동생들처럼 일본 사람으로 사는 사람도 많습니다. 그렇다고 하더라도 그 뿌리는 같다고 생각합니다. 왜 이런 말을 하냐면 제가 대학원생 때 조선장학회의 장학금 받는 학생들끼리 모임이 있었습니다. 한 달에 한 번씩 모여서 민족 문제에 대해 서로 이야기하는 모임이었지요. 그런데 거기서 어떤 여학생이 가만히 있다가 갑자기 이야기를 하는 겁니다. "왜 너희들은 그렇게 민족에 구애를 받느냐"라며 불만스럽게 이야기를 하더군요. 그러면 "너는 왜 이 자리에 있느냐, 민족에 대해 고민하니까 지금 이렇게 모여 있는 것이 아니냐"라고 대답했더니, "아니다. 난 조선장학회에서 오라 해서 왔을 뿐이다"라며 불만을 터트리더군요. 외견상 저 같이 민족만 얘기하는 남자와 "왜 민족에 구애받고 사느냐"라며 반대하던 그 여학생이 완전히 다른 사고를 하는 것처럼 보이지만 사실 똑같은 아픔과 경험에서 나왔다고 생각합니다. 민족 문제라는 것이 고민해봤자 해결되는 것도 아니고 뭐가 뭔지 알기 어렵잖습니까. 저는 어렵더라도 계속 부딪힐 필요가 있다고 생각하며 살아온 거죠. 사실 부딪히며 산다는 것도 어렵고 힘들지요. 그러다보니 왜 민족을 고민해야 하는가 하는 그런 반응이 나왔다고 생각합니다. 다른 것 같지만 똑같은 뿌리에서 다른 형태로 표출된 것입니다.

김용규　표출의 방식은 달라도 기본적인 것들은 공유되고 있다는 말이군요.

김용규 1980년대 후반부터 일본사회에서도 세대가 달라지면서 남북한의 민족 문제나 통일운동에 관한 관심이 조금 줄고 일본의 경제성장과 더불어 한국도 대안이 아니고 일본도 아니라는 제3의 길에 대한 얘기들이 나왔던 것 같습니다. 이런 변화 속에서 재일조선인의 정체성에 대한 고민도 많아진 것 같습니다. 하지만 그런 변화 속에서 민족 문제에 대한 고민도 감지되는데요. 서경식 선생님도 민족 문제를 가볍게 보는 것을 우려하면서 민족 문제가 그렇게 간단하게 생각할 문제는 아니라고 지적하시더군요. 이런 변화 속에서 최 선생님께서 재일조선인의 역사를 공부하게 된 계기가 무엇인지 궁금합니다.

최덕효 서준식 선생의 옥중소감을 읽었는데 한반도에서 벌어지는 역사, 혹은 한반도의 역사가 본류이고 재일조선인의 역사는 지류인데, 지류가 본류에 합류하여 같이 싸워야 한다는 것과 비슷한 표현이 있었던 것 같습니다. 그게 마음에 걸리더군요. 우리가 일상생활 속에서 겪고 있는 문제, 특히 인간답게 사는 문제가 바로 식민지의 일상, 식민주의에 뿌리를 둔 문제라고 한다면 오히려 우리야말로 일상 속에서 일제 잔재와 맞서 싸우고 있는 것이 아닌가? 이렇게 생각하면서 본류와 지류라는 것을 거꾸로 뒤집어서 우리 재일조선인의 역사야말로 일제의 식민주의가 계속되고 있음을 보여주는 중요한 계기가 될 거라고 생각한 적이 있습니다. 그러면서 재일조선인의 역사와 한반도의 역사를 어떻게 통합하여 얘기할 수 있을까, 그리고 한반도의 역사가 본류고 재일조선인의 역사는 주변에 있는 다른 역사가 아니라 이 둘을 역사적으로 동시에 볼 수는 없을까? 이런 문제의식 하에서 이 두 역사를 재일조선인의 시각 속에 통합함으로써 더 분명하게 보여줄 수 있는 한반도와 한민족의 역사 혹은 재일조선인의 역사를 고민하기 시작했습니다. 일단은 이 두 역사를 연결하고 싶은 마음이 컸기 때문에 한국현대사를 전공했고, 특히 이승만 시기를 선택했는데, 그냥 이승만 시기를 공부한 게 아니라, 가령 이승만 시기의 반공체계가 남한사회에서 억압적인 '대한청년단', '반공청년단' 등과 같은 조직을 만들었고, 그 체계가 남한 안에서 끝나는 게 아니라 재일조선인에게도 영향을 미치거든요. 재일조선인을 민단을 통해 끌어들인 '대한재일청년단' 같은 것이 결성됩니다. 이런 조직을 통해 사람들을 억압적으로 통제하려고 했는데, 제 관심은 이와 같이 국경을 넘어선 이런 체제의 존재를 이해하는 데 있었습니다. 그래서 석사논문을 이승만 시기를 선택하여 한국 역사학계에서 하듯이 일국사 내지 민족사가 아니라 트랜스내셔널한 시각에서 재일조선인의 역사와 한반도의 역사를 연결할 수 있는 방식을 모색했습니다.

김용규　　그런 트랜스내셔널한 시각이 당시 재일조선인의 젊은 세대나 역사학자들 사이에서 일반적이었나요?

최덕효　　재일조선인 역사를 공부하는 사람들에게 재일조선인사라는 틀이 생긴 겁니다. 세밀하게 분석하려다 보니까 큰 시각으로 보는 것이 점점 약해지거나 사라지는 거지요. 재일조선인사를 연구하면서 거시적 시각을 갖고 보는 것과 일본 역사에서 빠져있는 것을 얘기할 수 있으면 좋은데, 세밀하게 가다보니 그것을 보지 못하는 경향이 있었습니다. 물론 재일조선인운동을 했던 박경식 씨, 고바야시 씨

등 1세대, 2세대 학자들은 재일조선인운동사가 한반도의 사회운동과 서로 주고받는 영향 관계나 연관성을 얘기하고자 했었지만 젊은 세대들은 세밀한 부분에 집중하다 보니 한반도의 역사, 일본의 역사처럼 큰 역사와 연결하면서 사고할 수 있는 연구가 제가 보기에 별로 나오지 않았습니다. 저는 그런 연구가 하고 싶었고 그때 미국에서 공부할 기회가 생겼지요.

김용규　어떤 의미에서 일본의 재일조선인사회에는 원하든 원치 않든 북한을 지지하는 총련이 있고 남한을 지지하는 민단이 있으며 재일조선인사회 내에서 한반도 분단이 재생산되는 측면이 큰데, 젊은 세대들은 그 사이에서 양쪽 사회로부터 거리를 두는 의식이 생겨나고, 그런 의식 속에서 1980년대, 1990년대 지나오면서 어느 한편에 얽매여서 생각할 필요 없이 재일조선인을 중심에 두고 사고할 필요성이 연구자들 사이에서 조금씩 자연스럽게 나오지 않았겠나 하는 짐작을 해봅니다. 따라서 한반도와의 관계보다도 자신들의 경험을 보다 더 보편화하는 방향으로 나아가는 움직임이 1990년대에 나오는 것 같습니다. 최 선생님도 그런 흐름 안에서 자신의 위치를 잡아가는 것이 아닌가 하는 생각을 가져봅니다.

최덕효　제가 재일조선인의 역사를 다룰 때 일본에서만 이야기하면 안 보이는 게 많다고 생각합니다. 지금도 그렇지만 재일조선인의 정체성을 이야기할 때 그것이 일본에서만 형성되었다고 말할 수 없겠지요. 당연히 한반도와의 관계 속에서 재일조선인의 정체성을 이야기해야 하고 같이 봐야한다고 생각합니다. 해방 직후에 재일조선인이라는 인식이 과연 있었던 것인가 하는 문제도 논의해봐야 할 과제이고, 김석범 선생님이 이야기했던 것도 1세대들은 잠깐 일본에 있다가 돌아가려고 했던 사람들이 많았습니다. 그런 사람들이 많았지만 1920년대 초반이나 그 전부터 계속 일본에 살던 사람들은 그렇지 않았을 수도 있습니다.

김용규　일본에서 태어난 사람의 입장에서는 일본이 살아가야 할 사회겠지요.

최덕효　네. 어떤 면에서는 어쩔 수 없는 겁니다.

김용규　한국에도 전혀 기반이 없는 것이니까요. 20년을 여기서 살았으면, 돌아가도 살 곳이 없으니 여기서 살아가야지 하고 생각할 것 같습니다. 일본사회에서 태어난 세대들은 기본적으로 일본사회 속에서 살아가면서 생각을 할 수밖에 없을 듯합니다.

최덕효　몸은 일본에 있을 수밖에 없지만 정치 활동은 한반도와 연대해서 하겠다는 생각을 갖고 역사를 공부하려는 흐름도 있었다고 생각합니다.

김용규　미국에서 공부한 것이 지금 얘기하는 것보다는 선생님 자신의 시각을 더욱 확장하는 데 도움을 준 것 같군요. 미국의 냉전 구도 속에서 일본이 스스로를 희생자로 인식하는 의식을 형성하게 되는데 그런 과정 속에서 재일조선인들은 또 다른 방식으로 식민화 및 인종화의 과정을 겪으면서 역사적으로 이중, 삼중으로 억압당하는 지점들이 있는데 최 선생님은 이를 학위논문으로 쓴 것 같더군요. 학위논문의 앞부분을 읽으면서 이 복잡한 관계망을 볼 수 있는 것은 재일조선인의 위치가 아니라면 도저히 불가능하겠구나 하는 생각이 들었습니다. 기본적으로 일본은 자신을 희생자화하면서 그 반대급

부로 제국주의적 만행에 대한 망각과 가해자로서의 기억을 지우려는 시도들을 진행했는데, 이를 직접 겪을 수밖에 없는 민족이 재일조선인이라고 생각합니다. 일본사회에서 재일조선인들은 일본인 자신의 피해자화 과정 속에서 또 다른 차별을 당하는 부분이 있었기 때문에 이런 구조를 드러내주는 작업이 아주 중요하다고 생각합니다. 선생님의 작업에는 앞 세대들의 시각과는 다른 역사의식 같은 것이 있더군요, 선생님이 이런 문제들과 시각들을 구체적으로 갖게 된 계기나 과정이 무엇인지 궁금합니다.

최덕효　존 다우어John Dower의 책 『패배를 껴안고Embracing Defeat』가 큰 영향을 주었습니다. 그 책은 퓰리처상도 받고 전미도서상도 받는 등 많은 상을 받았습니다. 미국의 일본 점령사에서 가장 높은 수준의 저작이라 할 수 있습니다. 그냥 글 잘 썼다는 차원이 아니라 여태까지는 미국이 일본을 점령하여 민주화시켰고 평화주의 국가로 만들었다는 주장이 주를 이루었고 일본인 행위자들은 잘 드러나지 않았습니다. 다우어는 일본인이 쓴 편지를 소개하면서 일본인의 목소리를 많이 담고 일본인이 행위자가 되어 미국의 점령에 적응하였고, 가끔은 점령정책을 전유하면서 전후 일본과 전후 민주화를 형성해갔다는 이야기를 하는 겁니다. 그래서 일본 역사학자들이 이 책을 좋아하고 미국에서도 긍정적인 평가를 받았습니다. 그렇지만 거기에 포스트식민의 문제나 제국 이후의 프레임은 빠져 있습니다. 전후 일본이 전쟁하던 미국과 손잡고 전후 민주화를 일구어갔다는 식의 얘기입니다. 거기에는 제국의 유산이나 재일조선인과 같은 식민지적 유산과 같은 문제들이 전후 일본의 형성과정에서 얼마나 중요한 역할을 했는가 하는 문제들은 전적으로 빠져있습니다. 간단한 예는 사람들이 많이 얘기한 것이지만 전후 일본의 민주주의가 만들어질 때 그때까지 선거권이 없었던 여성들에게 선거권이 확장되었는 데 반해 오히려 그 무렵 재일조선인이나 대만인 남성에게 있었던 선거권은 박탈되고 정지됩니다. 법률을 그렇게 만들었지요. 한편으로는 선거권을 보편화하는 등 여성까지 포함하여 민주화를 확장하면서도 그 이면에서는 구식민지 출신자들, 대만인이나 조선인 남성의 선거권을 정지시키는 겁니다. 1952년까지 재일조선인, 재일대만인들은 일본 국적을 가지고 있었다고 되어 있습니다. 하지만 그 이면에는 국적까지 박탈하면서 재일조선인들을 주변화하는 과정이 맞물려있습니다. 민주화 과정과 차별화 과정이 동시적이었습니다. 이에 대해서 재일조선인의 역사를 연구하는 사람들은 모두 알고 있습니다. 제가 하고자 한 것은 거기에 멈춘 것이 아닙니다. 예를 들면, 다우어의 틀에 따르면 일본인들은 평화적으로 패배를 받아들였다고 하지만, 인종 문제를 생각하면 그렇게만 생각하기는 쉽지 않습니다. 전쟁 중에 일본은 자신들이 아시아에서 제일 우등한 인종이니까 다른 열등한 민족과 인종들을 이끌어 가면서 아시아를 백인의 식민주의에서 해방시켜야 한다는 이데올로기를 만들었고, 일본 국민들도 그렇게 믿고 살아왔거든요. 전쟁에서 갑자기 패배하면서 재일조선인이나 재일대만인들이 우리가 너희 일본 사람들보다 우등하다고 주장하고, 특히 이들이 승전국의 일원으로 나타날 경우 일본인들은 자신들이 보복당하지 않을까, 아니면 자신들이 깔보았던 중국인이나 조선인들보다 더 열등한 처지나 나락으로 떨어지지 않을까 하는 불안감을 갖게 됩니다. 이는 전후 일본사회에서 단순히 불안함으로만 남았던 게 아니라 제가 보기에는 폭력으로도 표출되기도 했습니다. 이런 문제를 논문에 반영하고자 했는데, 폭력 문제를 하나씩 찾아내 분석하면서, 그냥 길거리에서 일본인과 조선인이 만나서 싸우는 문제가 아니라 그 배경에 있는 그 불안한 감정이 인종 문제와 남성성^masculinity과 어떻게 연결되어 있는지를 보고자 했습니다. 일본이 무장 해제 당하고 평화헌법을 만들게 되면서 실추된 남성성을 어딘가에서 재주장해야 되잖습니까? 미군 병사들이 일본 여성들을 유혹하는 것을 그냥 가만히 보고만 있었던 것이 아니라 이 불만을 다른 곳에서 표출해야 했거든요. 이는 남성성의 상실이 갖는 복잡한 문제입니다. 그런 감정은 그대로 잠재되어 있었던 것이 아니라 오히려 재일조선인이나 재일대만인들에 대한 폭력으로 표출되었던 겁니다. 제가 보여주려고 했던 것은 미일 관계로만 보면 안 보이는 현실, 다시 말해, 미국과 일본과 구식민지 출신자들 즉 재일조선인의 삼각 관계로 보면 보이는 사회현상이었습니다.

개인적으로 보면 일본인 학자들이 이런 문제들에 접근하기란 쉽지 않습니다. 일본 학자들은 볼 필요가 없거나 볼 수 없었지만 조선이나 대만 출신 지식인들은 볼 수밖에 없는 문제입니다. 제 논문에서는 기본적으로. 일본사회가 우리가 흔히 얘기하는 평화체제로 넘어가고 무장 해제되면서 남성성이 상처받았다고 하는데, 어떻게 보면 남성성이 억압되는 한편 그것이 다른 인종에게로 폭력적으로 전이되는 지점들을 흥미롭게 잡아냈다고 할 수 있습니다.

미국에서도 이와 관련된 연구는 없었습니다. 다우어의 책 출간 이후 비슷한 문제의식으로 두세 권의 책이 더 출간되었지만 계속해서 미일 관계, 미군정, 그것과 일본인의 관계에 대한 것이었고 일본인들이 느꼈던 인종 경험racial experience이나 백인들과 접촉하면서 느낀 열등감 같은 것이 주를 이루었습니다. 하지만 그런 열등감이나 남성성을 부정당한 경험이 그대로 유지되었던 것이 아니라 포스트식민적 상황에서 해방을 실천하고자 하는 조선인들과 만났을 때는 폭력으로 나타났다는 것이 문제입니다. 우리가 백인한테 패했지 너희들에게 패한 것이 아니라는 식으로 말입니다. 역설적이게도 미국에게 느낀 열등감이 재일조선인이나 대만인들에게는 인종적이고 성적인 우월감으로 변합니다. 저는 바로 이런 폭력과 일본 현대사 간의 관계를 전후 현대사 인식의 중요한 원점으로 생각합니다.

김성환　　다른 얘기지만 양석일梁石日의『피와 뼈』를 보면 의도했건 아니건 어떻게 보면 역전 관계, 예컨대 돈 많은 조선인 남자가 자기 자식을 낳기 위해 일본인 전쟁 미망인을 취하는 장면이 나옵니다. 미국 남북전쟁 이후에 돈 많은 흑인이 백인 하인을 두는 그런 인상적인 역전 관계처럼 말이죠. 이 장면을 보고 선생님이 말한 공포감을 역전시켜서 조선인이 잠시나마 우월 관계를 누려보려고 하는 양석일 개인의 욕망이 숨어있지 않을까 하는 생각을 한 적이 있습니다. 강의할 때 가끔 영화를 보긴 하는데, 대학 1학년생이 보기엔 너무 폭력적이긴 합니다만 학생들과 이야기해보면. 거기에 늘 아버지 이야기가 나오고, 아버지의 지배 관계와 그것의 변화에 관심을 가더군요. 방금 선생님 말씀 들으면서 그런 것들이 1세대 혹은 2세대들에게 심리적인 보상을 바라는 기제가 있지 않았나 하는 생각이 들었습니다.

최덕효　그런 면이 있긴 있었죠. 예를 들면, 일본의 재일조선인들이 건방진 모습으로 행동하거나 아웃사이더처럼 행동하기도 했었습니다. 다만 일본 정부가 그것을 이용하려고도 했습니다. 정말 유명한 얘기는 암시장 문제에 관한 것인데 거기서 먹을 것을 사야 살아남을 수 있었을 터이니 아무래도 제일조선인이 많이 연관되어 있었습니다. 그걸 가지고 일본 정치인들은 암시장을 지배하는 것이 조선인과 대만인이라는 식으로 선전하면 일본인들이 그냥 그렇게 받아들이게 되고, 자신들이 먹고 살 수 없는 것은 잘난척하는 조선인과 대만인 때문이라고 인식하는 것입니다. 일본 사람들이 맥아더에게 보낸 편지를 보면 조선인들에 대한 얘기가 많이 나옵니다. 그걸 보면 정부나 정치가들이 말하는 "사회 문제는 바로 조선인 문제다"라는 식으로 받아들이면서 편지를 씁니다.

김용규　일본사회의 부패가 조선인이나 대만인과 같은 마이너리티와 관련이 있다는 인식을 조장할 수 있겠군요.

최덕효　일본 인종주의의 뿌리는 물론 식민시대에 있습니다. 하지만 이것이 재편되면서 1945년이라는 시점 이후에도 뿌리 깊게 남아있다고 생각합니다. 지금 남아있는 재특회在特会, 재일 특권을 용납하지 않는 시민모임 문제도 새로운 현상이지만 뿌리는 거기에 있다고 봅니다. 좀 전에 말씀하신 미국 역사도 잘 말씀해주셨는데, 제가 사실 미국에서 이를 어떻게 해석해야 하나 하는 해석과 번역 문제로 고민하고 있을 때 많은 영감을 얻었던 것이 미국 남북전쟁 직후에 남부에서 일어났던 린치lynching 문제였습니다. 흑인에 대한 린치 문제 말입니다. 물론 일본에는 린치까지는 없었지만 그래도 린치를 분석한 배경을 보면 흑인들이 노예에서 해방되어 값싼 노동자로 등장하여 백인 노동자들과 경쟁하게 되지 않습니까? 거기서 백인 노동자들이 느꼈던 공포감이 폭력으로 나타나기도 하고, 노예 신분에서 해방되면서 흑인들이 길거리에서 무례하게 굴거나 양보하지 않고 백인들과 부딪히면서 백인들의 분노를 사게 되고 그런 분노의 표출이 바로 린치의 배경이라는 연구가 있거든요. 그런 연구에서 많이 배웠습니다. 사실 해방직후에 일본인과 재일조선인 간의 관계를 보면, 물론 노동 관계에서는 다르지만 길거리에서 만나는 양식에 주목할 필요가 있습니다. 재일조선인들이 자치대나 치안대 같은 것을 만들기도 했거든요. 한반도에서처럼 치안대를 만들어 일본 경찰의 권위를 부정하기도 했습니다. 조선인의 문제는 조선인들끼리 알아서 해결하겠으니 일본 경찰은 나서지 마라는 주장이었지요. 예를 들면 일본인과 재일조선인이 싸우면, 치안대가 나서서 일본인을 겁주기도 했습니다. 이런 일과 마주치면서 일상생활에서 일본 사람들이 느꼈던 불안감이 자신들의 주권이나 지배체제가 어떻게 될지에 대한 불안감으로 이어지기도 했습니다.

김용규　　그런 자치대는 언제 해체가 됩니까?

최덕효　　그게 바로 1946년 여름까지는 해체됩니다. 일본은 미군정에 조선인들이 경찰의 말을 안 듣는다는 식으로 부정적인 얘기만 했거든요. 그래서 미군정에서 해체시켰습니다.

김용규　　아까 양석일 얘기를 해서 덧붙이고 싶은데 저는 〈피와 뼈〉최양일 감독, 2004를 영화로 봤습니다. 영화가 굉장히 폭력적으로 느껴지더군요. 그런 폭력성이 재일조선인의 모습을 부정적으로 인식하게 만드는 데 기여했다고 평가하는 사람도 많습니다. 역설적인 이야기지만 미국에서도 미국 흑인들이 사회적으로 불안감을 느끼게 만들기도 했지만 흑인남성들은 백인들에 의해 심한 차별을 받으면서 가정으로 돌아가서 굉장히 폭력적으로 변해갑니다. 사회에서 당했던 인종차별을 여성과 자식에게 그대로 되풀이하는 겁니다. 미국사회는 평화로운 일상처럼 보일지 몰라도 마이너리티의 집은 차별적 사회의 축소판입니다. 〈피와 뼈〉라는 영화도 그렇게 보이더군요. 일본사회에서 받는 차별의 폭력성을 가정 안에서 재생산하는 겁니다.

최덕효　약자에게는 단순한 폭력도 큰 폭력이 됩니다. 이런 문제를 사회구조적으로 얘기해야 하는데 가정의 폭력으로 환원하거든요. 어떤 한국 여성학자가 재일조선인 집안의 가정폭력 문제를 재일조선인이 경상도 남자가 많아서 폭력적이라고 그렇게 얘기해버리면 안 되는 거지 않습니까? 차별들이 사회에서 재생산되면서 가정 내에서 여성과 자식들에게 더 큰 폭력으로 행사되는 거잖아요.

김성환　양석일은 아주 솔직하게 자기고백을 한 거라는 생각도 듭니다. 자칫 잘못하게 되면 재일조선인에 대한 이미지가 굉장히 나빠질 수 있음에도 불구하고 아주 용감하게 자기고백을 한 게 아닌가 하는 생각도 해봅니다.

최덕효　네, 맞습니다. 문제는 일본사회이고 일본사회가 재일조선인을 야만적이고 폭력적으로 만들고 있다고 봐야지요. 더 큰 그림을 봐야 하는데, 어떤 면에서는 재일조선인 남자가 폭력적이라는 것은 거꾸로 보면 일본사회가 얼마나 억압적이며 조선인들에게 얼마나 차별적이었는지를 보여주는 거죠. 프란츠 파농이 식민지에서의 폭력 문제를 말한 것이 바로 이런 시각에서였습니다.

김용규　사회적 폭력은 마이너리티에게는 훨씬 더 미시적인 차원의 폭력으로 작동하는 것 같습니다. 일본사회는 그런 폭력을 간단하게 재인조선인의 폭력 문제로 한정지으려고 하겠지요. 오히려 그런 시도를 통해서 재일조선인은 가부장제적이고, 폭력 문제를 기본적으로 안고 살아가는 사람들이라는 이미지로 고착화되는 부분도 있을 것 같다는 생각도 듭니다.

최덕효　이 문제는 포스트식민사회 문제로도 인식해볼 수 있을 거 같습니다. 일본의 전후가 아니라 포스트식민사회로 말입니다.

재일조선인 역사학자의 위치

김용규　최 선생님이 다루고 있는 제국의 망각이나 일본사회의 자기 희생자화에 대한 이야기, 그리고 재일조선인과 관련된 차별적 인종화의 문제는 일본 지식인이 할 수 없는, 그런 면에서 재일조선인 역사학자만이 접근할 수 있는 독특한 위치라는 생각이 듭니다. 이런 시각을 갖게 된 연유가 궁금합니다. 재일조선인 역사학자의 위치에 대해 좀 더 설명을 부탁드립니다.

최덕효　제 연구는 재일조선인 문제를 통해 일본 역사를 다시 쓰겠다는 의도를 갖고 있기 때문에 일본이 그 중심에 있지만 사실 재일조선인 문제와 한반도의 관계 역시 큰 과제로서 다루려고 했습니다. 하나는 최근 한국전쟁 중에 일어난 민간인 학살 얘기나 사람들이 한국전쟁을 어떻게 경험했는가 하는 점입니다. 물론 북한 사람들에게 학살당하거나 폭력을 당한 사람도 있고, 남한에서 군, 경찰, 청년단이나 미군에 의해 폭력을 경험한 사람들도 있습니다. 하지만 최근 많이 출간되는 한국전쟁의 사회사와 정치사에서 제가 느끼는 것은 그것을 한반도의 문제로만, 물론 한국전쟁은 한반도에서 일어났기 때문에 한반도의 문제지만 저는 재일조선인도 거기에 뭐라고 해야 하나, 어떤 면에서는 비슷한 운명을 겪은 사람들도 있거든요. 한국전쟁 때 북한을 지지하면서 일본 내에서 반전운동을 한 사람들도 있습니다. 반전운동이라는 게 왜 미국이 우리 민족의 내정, 내부 문제에 관여하느냐, 당시 일본에서도 미군이 주둔하고 있었으니까 그들의 개입에 반대하는 반전운동도 있었습니다. 우리는 미군의 개입을 막아야한다는 식으로 일본공산당과 재일조선인들이 같이 싸우려고도 했던 거죠. 싸우다가 미군정에 의해 체포되어 군사재판에 넘겨지기도 하고, 군사재판에서 예를 들면 5년 중노동 형이나 남한으로의 강제 송환과 같은 판결을 받은 사람도 있었습니다. 실제로 5년 형을 선고받았지만 몇 개월 지나 남한으로 보내지는 경우도 있었거든요. 일본에서 북한을 지지하면서 남한 반대, 미국 개입 반대를 주장했던 사람이 남한으로 보내지면 그 다음에 어떻게 되었겠습니까? 그 사람들의 운명이 뻔하지 않았겠습니까? 아마 한국전쟁 직후 각지에서 일어났던 정치범 사형 문제와 연결될 수도 있을 것 같습니다. 그래서 일본에서 싸웠던 재일조선인들의 운명도 어떤 면에서는 남한에서 일어났던 비극적인 운명과 같이 했던 게 아닌가 하는 점을 보려고 했습니다.

김용규 그동안 빠져있던 부분인 것 같습니다. 하위주체[subaltern] 처럼 보이지 않는 인간의 운명을 드러내려는 포스트식민의 시각과도 통하는 부분이 있겠군요.

최덕효　한반도의 역사와 재일조선인의 역사를 직접적으로 연결시켜보았으면 합니다. 한국전쟁의 재평가에 대한 얘기들이 나오고 냉전 시기에 남한에서 좌파들의 억압과 처형이 어쩔 수 없었다는 평가도 있지만, 나중에 통일이 되면 진실화해를 위해 그들이 재판도 받지 못한 채 처형당한 것은 문제였다는 식으로 재평가가 이루어진다면 그 피해자들 속에 재일조선인 피해자들, 즉 강제 송환되어 좌파로 처형당한 재인조선인도 있을지 모릅니다. 그렇게 되면 앞으로 한반도와 재일조선인의 진실화해의 문제가 나타날 수도 있다고 봅니다. 그렇게 함으로써 역사들을 연결시키면서 미래의 진실화해 문제나 한일 관계 문제와 같은 그런 문제를 드러내줄 수 있는 연구를 해보고 싶습니다.

김용규　전후 냉전과 포스트식민의 문제, 특히 미국과 일본과 남한 정부가 긴밀한 관계를 유지하면서 반공의 네트워크를 형성하였고 그 속에서 국가에 의한 억압과 폭력 때문에 생긴 사건들이 많이 있었지요. 우리가 단순히 민족사의 관점에서만 봐왔는데 선생님의 시각은 재일조선인과 한반도의 문제를 초국가적이고 통문화적인 시각에서 바라봐야 할 필요성을 제기해준 것 같습니다. 이런 시각은 한국의 학자들한테도 많이 소개될 필요가 있을 것 같고 호소력도 있을 듯합니다. 오래전에 샌디에이고 소재 캘리포니아대학에서 박사 후 연구생으로 있을 때 일본인 유학생이 제 룸메이트였는데 사회학을 전공하던 친구였습니다. 우연히 에드워드 사이드^{Edward Said}의 『문화와 제국주의*Culture and Imperialism*』를 읽다가 미국이 "일본을 때린다bashing Japan"와 관련된 구절이 나오는데 사이드가 미국의 일본 때리기에 대해 언급할 것이 아니라 미국과 일본에 의해 당한 한국을 언급하는 것이 진정한 탈식민이 아니냐고 말했던 적이 있었지요. 당시 에드워드 사이드는 마사오 미요시Masao Miyoshi 선생 같은 저명한 일본인 학자들과 친구 관계를 유지하고 있었는데 주로 그런 분들을 통해 동아시아의 사정을 이해하고 있었던 겁니다. 일본을 미국에 의해 당하고 있는 제국과 식민의 관계로 읽는 것은 문제가 있다고 비판하니까 당시 룸메이트는 그러면 너희들이 글을 쓰고 알려야 한다고 하더군요. 그 지적에 마음이 상했던 기억이 있습니다. 사실 우리의 문화적 실력이 채 성장하지 못하다 보니 역사에서 국제적인 인식이 뒤집어져 있는 경우가 종종 있지 않습니까? 마사오 미요시 선생은 중요한 학자지만 일본과 미국의 역학 관계만 보는 측면이 있었거든요. 사이드도 거기에선 미국의 제국주의적 성향을 비판하는 차원에서만 보고 있거든요. 이들보다 더 철저하게 탐구해야 할 우리의 포스트식민적 문제가 있다고 생각합니다.

최덕효　국제적인 역사 인식에서 한국과 한반도가 완전히 빠져있는 경우가 너무나 많습니다.

제3 세대와 언어의 문제

김용규　잘못하다가는 우리의 문제가 완전히 누락되거나 다른 민족에 의해 설명되어 버릴 것입니다. 최 선생님의 작업이 중요한 의미를 가질 수 있는 것은 이 부분과 연관될 수 있을 듯합니다. 최 선생님의 연구가 많이 알려지면 좋겠습니다. 이제 마지막으로 언어와 관련된 질문을 드려볼까 합니다. 우리 인터뷰 팀에 있는 서민정 선생님이 함께 오지는 못했지만 제가 대신해서 언어 문제와 관련해서 질문드려볼까 합니다. 재일조선인 3세로서 선생님께서는 모국어와 관련해서 언어 문제를 어떻게 생각하는지 궁금합니다. 일본어, 한국어, 영어를 모두 사용하는 상황에서 모국어와 언어의 문제를 어떻게 인식하는지요. 1세대, 2세대, 3세대와 연관 지을 필요는 없지만, 선생님 본인이 생각할 때 구체적으로 민족 의식이나 언어 공동체의 문제를 어떻게 인식하는지 궁금합니다.

최덕효　김석범 선생님의 글에서 언어는 그냥 전달수단이 아니라 언어가 사상까지 닿아야 한다는 표현을 읽었던 것이 기억납니다. 일본어를 모어로 사용하는 존재는 일본식 사고방식밖에 갖지 못한다는 것은 언어를 본질주의적으로 사고하는 것이라 문제라고 생각하는데, 그래도 역시 언어는 국민국가가 형성되면서 국어로 발전되었으니까 어떤 언어로 말하느냐에 따라 느끼고 사고하는 방식이 어느 정도 결정된다고 생각합니다. 사실 저도 일본 교육을 받았으니 일본어가 제일 편하고 일본어를 쓰는 한, 소위 말하는 일본식 사고방식이나 일본식 감성과 같은 것에서 벗어날 수 없을 듯합니다. 하지만 그렇게 생각하더라도 모국어로서의 한국말을 배우면서 일본어의 세계라는 틀 바깥으로 나가려고 계속 노력했던 것 같습니다. 한국말을 배우고 한국말을 몸에 체득하려고 노력했고 어느 정도 성공하기도 했습니다. 미국으로 유학 가서 억울했던 게 일본어가 편하다고 느껴지는 순간이었습니다. 제가 체득했다고 생각하던 한국말은 나오지 않고, 일본어로 자연스럽게 표현할 수 있고, 또 그게 편하다고 느꼈을 때는 뭔가 불편함을 느껴졌습니다. 제 신체 감각으로서는 일본어가 제일 편하고 그건 어쩔 수 없다고 생각하면서도 재일조선인이 조선 사람으로서 한반도와의 관계를 유지하면서 재일조선인으로 살아가야한다고 생각한다면, 언어는 반드시 배워야 한다고 생각했습니다. 그래서 일본어가 편한 것은 어쩔 수 없지만 일본어가 편한 것에 대해서 불편함을 느껴야 한다고 생각합니다. 저는 언어를 민족의 자격으로 생각하지 않습니다만 그래도 재일조선인이라는 존재를 한반도와의 관계 속에서 구축하려고 하면 언어를 고민해야 하고 항상 일본어를 상대화하려는 노력, 즉 일본어가 모어라는 것에 대해 불편함을 느끼면서 그런 불편함을 안고 살아가야 한다고 생각합니다. 제가 영어를 하고 한국말도 유지하고 있습니다만 마음속에서 크게 작용하는 것은 여전히 일본어와 일본식 표현입니다. 일본 소설을 읽고 일본 교육을 받았으니까 일본어의 어떤 단어를 보면 우러나는 감정 같은 것이 어쩔 수 없이 생깁니다.

김용규　　그건 어쩔 수 없는 일이라고 생각합니다. 그것은 뿌리 뽑아야 될 일이 아니라 어쩔 수 없는 것이라 생각합니다. 어릴 때부터 생활해오면서 신체와 감각에 새겨진 언어를 어떻게 할 수 있겠습니

까? 일본 안에 살면서 사실 역설적이지만 한국어나 한국 문화를 배워야 하는 것도 신체 속에 들어와 있는 이질감 같은 것으로 느껴질 수 있고, 역으로 한국어를 체득하려다 보면 일본어가 또한 이질감으로 다가오지 않을까요.

최덕효　표현이 흥미롭군요. 신체 속의 이질감!

김용규　어떤 의미에서 이런 이질감은 일본사회에서 재일조선인 2세, 3세대가 느끼는 이질감과 연결되어 있지 않을까 생각합니다.

최덕효　그 이질감이 중요한 것 같습니다. 재일조선인으로 살아간다는 것은 항상 그 이질감을 느끼면서 사는 것이라 생각합니다. 지금 영국에서 일본 역사를 가르치고 있습니다. 일본에서 왔으니깐 사람들이 일본에서 살고 싶다는 식으로, 혹은 제가 일본 사람을 대표하는 represent 식으로 말하는 것은 아주 못마땅합니다. 일본 사람도 아니고, 물론 일본에서 태어나고 자라서 일본에 대해서 잘 알고 얘기 할 수 있는 것도 많습니다만 그래도 왜, 제가 일본을 대표하면서 일본에 대해 얘기해야 하는가를 항상 의식하고 있습니다.

마이너리티의 시각

김용규　그런 의식이 역사를 다르게 보고 해석할 수 있는 유리한 지점을 제공해주지 않습니까? 일본 사람들이 일본 사람으로서 가지고 있는 관점을 알면서도 또 다른 관점에서도 접근할 수 있는 시각을 갖고 있기 때문에 오히려 더 유리한 지점을 갖고 있지 않을까요.

최덕효 미국에서 공부할 때 많이 느꼈습니다. 미국에서 교포 분들을 종종 만났는데 굳이 말할 필요도 없이 그냥 느낄 수 있는 부분이 있었습니다. 이민 1세와 2세의 가정은 비슷한 점이 많으니까요. 재미교포들 중에서 2세대는 부모님이 너는 하버드 가야 한다, 로스쿨 가야 한다, 의사가 되어야 한다는 식으로 마이너리티의 모델이 되어야 한다는 식의 압박을 심하게 받으며 자라거든요. 1세대들은 이민 와서 같이할 커뮤니티가 없으니까 자기 자식만 바라보는 거죠. 거기서 오는 부담감이 2세, 3세들에게는 상당히 전가됩니다.

김용규 오늘 대화에서도 그렇지만 20세 때 최 선생님의 경우 내가 경계에 있다는 생각이 조금 들었을 것 같고, 지금은 오히려 그런 의식이 좀 더 명확해졌을 것 같다는 생각을 해봅니다. 학문적으로도 그렇고 계속 이주하여 이렇게 영국에 와 있다 보면 자신의 존재에 대해 더 의식적이게 될 것 같거든요. 방금 얘기했듯이 일본 역사를 가르치고 있고, 또 그 속에서 일본 역사를 우월하다고 말하기 힘들거나 말하기 거북스러운 부분도 있을 것 같습니다. 늘 뭔가 경계 내에 있기보다는 경계선 위에 서 있다는 생각이나 의식들이 그런 행위를 막을 것 같습니다. 역설적으로 보면 아주 불행한 건데 이제 오늘날 이런 초국가적인 상황에서는 그런 의식이 긍정적으로 기능할 수도 있을 듯합니다. 최 선생님과 같이 재일조선인 3세의 역사학자에게는 그런 시각을 강화시키는 것도 하나의 장점이 될 수도 있을 듯합니다. 이제 일본이나 한반도 그리고 여러 국제적 상황을 교차적으로 인식하는 경계의 지식인이 불가피하게 요구된다고 봅니다. 일본계 영국인 작가인 가즈오 이시구로Kazuo Ishiguro라는 작가가 있는데, 내가 볼 때는 그 사람도 일종의 경계인이라는 생각이 듭니다. 경계들을 넘나들면서 작업을 하는데 내가 읽은 소설들을 통해서 보면 경계의 허구성을 잘 드러내는 작가이고 아주 인기 있는 작가로 평가받고 있습니다. 하지만 그 경계를 트리우마나 고통 없이 좀 쉽게 넘나드는 것 같은 인상을 받습니다. 재일조선인의 입장에서는 경계 위에 있다고 하지만 그렇게 쉽게 경계를 넘나들 수는 없을 듯합니다. 사실 경계에 선다는 것은 칼날 위에 서는 것과 같은 것일 것 같습니다. 최 선생님은 어떤 학자, 어떤 지식인이 되고 싶은지를 들으면서 우리 인터뷰를 마무리할까 합니다.

최덕효　경계의 칼날 위에 서 있다는 표현은 아주 좋은 것 같습니다.

김용규　그걸 우리는 늘 긴장하고 있다고 표현하기도 하겠지요.

최덕효　칼의 에지이지 않습니까? 컷팅 에지cutting edge처럼 거기에서 새로운 방향이 나올 수도 있고, 에지이니까 거기에 자신이 베일 수도 있고 제가 보기에는 다치는 사람이 더 많을 것 같습니다. 저도 이렇게 스무 살 때부터 인생이 바뀌면서 일본, 한국, 미국, 영국을 왔다 갔다 하면서 불안정한 것도 있고 혜택을 받은 것도 있습니다. 물론 제 자신의 노력도 있긴 했지만 저 같은 경우는 특별히 혜택을 많이 받은 경우라고 생각합니다. 대부분은 에지 위에서 살면서 다치고, 다쳐서 일어설 수 없거나 포기하거나 상처받거나 하는 그런 사람들이 많다고 생각합니다. 저는 에지에서 기회를 얻은 편에 속하니까 거기서 할 수 있는 일을 해야 한다고 생각합니다. 지금도 고민하고 있는 것은 아직도 소망하는 바가 있는데 그걸 포기한 채 그냥 일본에서 일자리가 있으면 일본에 들어가서 편하게 글 쓰고 발표하면서 지내도 되지 않을까, 아니면 좀 더 분발해서 영어로 글을 쓸 수 있게 됐으니까 영어권에서 재일조선인에 관한 좋은 연구나 책을 쓰며 지내는 것도 좋지 않을까 하는 것입니다. 얼마 전에 록산 게이Roxane Gay라는 흑인 여성 레즈비언이 쓴 에세이가 있어 읽어보았는데 그 사람이 소설도 쓰고 에세이도 쓰는, 현재 유명해지고 있는 작가입니다. 그 사람이 쓴 「흑인의 꿈의 대가Price of Black Ambition」라는 글을 보면 흑인 공동체, 흑인으로서 여성, 더욱이 레즈비언의 경계, 소수자로서의 경계를 가로지르며 살아왔더군요. 고등학교 다닐 때도 내가 제일 잘해야 한다는 그런 의식 속에서 계속 자라왔다고 합니다. 아이비리그 대학에 갔더니 어떤 백인 남성이 너는 소수인종 우대정책affirmative action 때문에 여기 온 게 아니냐며 깔보며 얘기했답니다. 그래서 억울하니깐 더 열심히 해서 자신의 야망을 실현해야겠다는 생각을 더 간절하게 품게 되고 지금까지 버텨왔으니 멈출 수 없는 거지요. 인간으로서 살아가면서 그런 야망에 따르는 것이 행복한 길인지는 잘 모르겠어요. 하지만 그런 마음을 이해하게 되고 저도 그런 야망을 느낄 때가 종종 있습니다. 영어권에서 재일조선인으로서 제대로 된 글을 쓰고 싶다는 야망 말입니다.

김용규　　　김석범 선생님을 뵈었을 때 들었던 이야기 중에 인상적인 것은 그분의 문제의식 속에는 일본어에 대한 재일조선인 작가의 역할에 대한 얘기였습니다. 일본어를 사용할 수밖에 없다면 일본어를 비틀고 변형시키는 것이 자신의 작가적 역할의 일부라고 말씀하시더군요. 일본어를 일본인들이 인식할 수 없는 한계 너머로 밀어붙여 확장한다는 김석범 선생님의 생각은 재일조선인 작가의 세계적이고 보편적인 인식을 엿보게 합니다. 아프리카에서도 비슷한 논쟁이 있었던 것은 잘 알려진 사실이지요. 영어를 사용하여 제국을 되받아 쓰자는 주장과 영어에 의한 식민주의를 극복하기 위해 토착어로 창작을 하자는 주장이 대립을 이루었지요. 치누아 아체베^{Chinua Achebe}와 같은 아프리카 작가들은 전자를 강조하며 영어로는 감당할 수 없는 영역을 담아내는 한편 영어에 긴장감을 불어넣어 영어를 변형시킨다는 의식이 있었습니다. 제가 볼 때, 김석범 선생님과 같은 분들의 주장은 아체베의 주장과도 닿아있으며 오늘날 비서구 작가들의 보편적인 문제의식을 보여줍니다. 그래서 재일조선인 작가의 고민을 특수한 문제로 볼 것이 아니라 조금 더 보편적인 상황으로 인식할 필요가 있다고 생각합니다. 김석범 선생님이 가지고 있는 문제는 민족과 민족, 제국과 식민 사이에서 언어의 굴레와 해방을 고민하면서 자기 글쓰기를 할 수밖에 없는 재일조선인의 입장에 대한 자의식 같은 것이었습니다. 이런 문제의식들이 잘 알려져 있지 않는데 영어로도 많이 소개되면 좋을 것 같습니다.

최덕효　　김시종 선생님도 그렇습니다. 김 선생님은 이를 일본어에 대한 복수라고 말씀하셨지요.

김용규　　『화산도』라는 소설은 일본에서 나오기 어렵다고 봅니다. 일본의 사소설 전통 안에서 제주4·3이라는 사건을 다루기란 쉽지 않을 듯합니다. 일본에서는 이런 역사적인 큰 사건을 다룰 수 있는 소설을 쓰기 어려운데 김석범 선생님 자신이 그것을 했다고 하시더군요. 특히 자신의 문학은 일본문학이 아니라 일본어문학이라 규정하면서 자신의 문학을 일본문학, 한국문학과 같은 특정 범주에 넣으려고 하는 것을 거부하더군요. 이런 주장은 상당히 의미 있는 주장이라 생각합니다. 어딘가에 넣어서 환원적으로 바라보기보다는 그 자체로서 인식할 필요가 있다는 거죠. 이렇게 볼 때, 재일조선인의 문제는 단순하게 지엽적이고 지역적인 문제가 아니고 하나의 보편적인 흐름으로 인식할 필요가 생깁니다. 이런 부분들을 소개하고 알리는 것이 중요하다고 생각합니다.

최덕효　　그렇게 될 수 있으면, 저도 마음이 편할 것 같습니다.

일본사회와 재일조선인

김용규　　이건 다른 이야기지만 세대가 내려갈수록 어려운 점도 많아지는 듯합니다. 재일조선인 세대들이 내려갈수록 일본사회 속으로 거의 동화되어 사라지지 않을까 하는 우려도 있는 것 같습니다. 세대론적으로 보면, 3세대까지는 얘기해도 4세대, 5세대에 대해선 잘 이야기하지 않잖아요. 1세대는 조국에 대한 강한 의식이 있고, 2세대, 3세대도 자신의 문제에 대한 자의식이 있는 데 반해, 세대가 내려갈수록 그런 의식의 흔적이 희미해져 가면 결국에는 소멸되는 것이 아닐까 하는 고민이 있는 것 같습니다. 어떤 의미에서 오늘 인터뷰하면서 저는 그런 우려와는 또 다른 가능성을 엿보았습니다.

최덕효　　제가 보기에는 4세대, 5세대도 똑같은 문제로 고민하고 그것을 해결하고 싶어서 한국에 유학가거나 할 것이고 그런 사람들이 계속해서 나타날 것 같습니다. 일본사회 내에서 재일조선인의 문제가 부정적인 문제로 남아있는 한, 세대와 상관없이 다음 세대들도 앞선 세대들과 비슷한 의식을 갖고 살려고 할 것입니다.

이효석　질문이라기보다도 계속 이어지는 내용이라서 물어봅니다. 우리가 왜 이런 주제나 역사에 대해 관심 갖게 되고, 한국에서는 한국 역사가 본류이고 재일조선인의 역사는 지류라고 본다는 그런 생각보다는 재일조선인의 경우 식민의 역사가 아직까지 계속해서 상당히 강하게 느껴지는, 그래서 역사의식을 강하게 갖는 것이 아닐까 하는 생각을 해봅니다. 그래서 지류가 아니라 어떤 의미에서는 식민의 역사가 계속되고 있다는 본류가 아닌가 하는 역사의식 같은 것이 있지 않나 생각해봅니다.

최덕효　그때는 그랬고 그런 측면이 있지요.

이효석　지금은 다른 표현, 다른 생각을 하고 계실 수도 있겠습니다만 재일조선인에게 계속되고 있는 식민의 역사나 식민의 영향이 과연 끝나는 지점이 어딜까? 혹은 끝난다는 것이 가능한 일인가? 아까 말했듯이 4세대, 5세대까지 가면 흩어지지는 않을까? 문제가 남아 있는 한 4세대, 5세대까지도 계속될 것 같다고 하셨는데, 그렇다면 식민의 영향이든 식민의 역사의식 속에서든 이 문제는 어느 시점까지 이어질까, 바람직하다 바람직하지 않다는 표현을 떠나서 선생님이 생각하는 전망은 어떻습니까?

최덕효　아마 구조적인 문제가 해결되면, 재일조선인의 문제는 문제로서 아마 없어질지도 모르겠습니다. 그렇다면 재일조선인들이 자기 정체성을 숨길 필요도 없어지겠죠. 자연스럽게 자신을 보여줄 수 있고, 자연스럽게 나는 일본에서 태어났지만, 조선 사람이다 혹은 코리안 재패니즈^{Korean Japanese}다, 이렇게 말할 수 있게 될 것 같습니다. 구조적인 문제 때문에 그리고 거기에 부딪히면서 재일조선인임을 깨닫게 된다는 생각이 있는데, 저의 경우도 그런 경험이 대부분이지만, 그런 구조적인 문제가 없어지면 아마 또 다른 식으로 자기표현을 할 수 있지 않을까 생각합니다. 아직은 자연스럽게 "나는 조선 사람이다, 코리안 재패니즈다"라는 말을 쓰기가 힘들거든요. 왜냐하면 일본 시민권이 아니라 한국 여권을 갖고 있고, 물론 문화적으로는 일본어를 쓰니까 재패니즈^{Japanese}라는 범주에 들어가지만, 저는 재패니즈로 규정되는 것을 항상 거부하거든요. 아마 일본사회에서 그런 구조적인, 우리를 인간답게 살지 못하게 하는 구조적 규정 자체가 없어지면 달라지겠지요. 그땐 저도 코리안 재패니즈라고 말할 수 있지 않을까요.

이효석   "코리안 재패니즈다"에서 코리안이라는 말도 크게 의식하지 않고, 물론 한국계 일본인인데 그냥 자연스럽게 일본인이다, 미국인이다 라는 것이 단순히 국적을 말하는 것으로, 어떤 민족적 기원에 대한 자의식이 필요 없는 상태가 되면 정말로 이제 식민의 역사나 그 영향이 끝나는 지점일까 하는 생각을 해봅니다.

최덕효   그렇지만 가정 안에 남아있는 뭔가 작은 것이라도 있다면, 그리고 할아버지나 아버지 세대에서 전해져온 옛날이야기라든지, 너의 할아버지의 할아버지가 한반도에서 왔다는 얘기라든지, 그런 게 남아있으면, 자연스럽게 나의 뿌리는 한반도에 있구나, 그래서 나는 코리안 재패니즈, 즉 한국계 일본인이라고 생각하겠죠. 그런 한국계라는 자기 정체성의 표현은 계속 유지될 것 같습니다.

이효석 　제가 말하는 게 정체성의 기원의 문제이기도 하지만 우리가 억압으로 느끼고 있는 것들이 내면화되어 있어 가정에 돌아가서는 어떤 왜곡된 형태로 나타나기도 하고, 여러 가지 폭력적인 모습으로 나타난다는 것에 대해 얘기하기도 했는데, 그런 차원이 사라지는 지점이 언제쯤일까 하는 생각을 잠시 해봤습니다.

최덕효 　옛날에는 그것이 가능하겠지 하고 생각했는데 지금 일본의 상황을 보면 오히려 더 심해지고 있기에 그런 미래가 쉽게 다가오지 않을 거라 생각합니다. 제가 2주 전에 잠깐 일본에 일이 있어 다녀왔습니다. 그 전에도 몇 번 왔다 갔다 했지만 친구들의 얘기에 따르면 지금 한일 관계가 전후 최악의 상황이라고 하더군요. 중일 관계도 마찬가지고요. 그리고 재일조선인을 혐오하는 재특회의 과거 유튜브를 보고 정말 놀랐습니다. 그렇게까지 뻔뻔하게 말할 수 있는가? 그걸 보면서 저는 밝은 미래 같은 것은 예상도 할 수 없을 것 같더군요. 문제는 물론 한국인의 극우나 재특회 소속 사람들이 하고 있는 것에 대부분의 일본 사람들은 별로 관심이 없거나 그냥 가벼운 인종주의 정도로 간주하는 경향이 있다는 겁니다. 재특회에서 탈퇴해 반대하는 시민도 나오기도 했습니다. 하지만 일본 시민들은 인종주의가 좋은 것이 아니라는 피상적인 수준에서 이야기하는 것 같습니다. 훨씬 더 뿌리 깊은 부분을 봐야 합니다. 예를 들면 재일조선인이 자기 이름을 본명으로 내걸고 생활할 수 있는가, 조선인으로서 자기가 뭘 하려고 할 때 느끼는 두려움 같은 것은 어디서 생겨나는 것인가 등등, 그런 미묘하고 민감한 이야기까지 말하면서 문제를 생각해야 하는데 지금은 그런 문제를 이야기할 수 있는 토대가 사라지고 있습니다.

이효석　　오히려 상황이 더욱 악화되고 있다는 얘기지요.

최덕효　　차별은 안 된다는 그런 단순한 인종주의에 대한 반대로는 현실을 제대로 읽을 수 없다는 것입니다. 겉으로 보면 일본 시민들도 일어나서 인종주의에 반대하니까 좋지 않은가 하는 사람도 있겠지만 상황은 훨씬 더 복잡하고 다루기도 몹시 힘든 상황입니다.

김용규　　실제로 밑바닥은 완전히 다른 정서를 갖고 있을지 모른다는 거지요.

최덕효　　더 민감한 문제에 대해서 우리가 이야기할 수 없는 상황에 있지 않나 그렇게 생각하는 겁니다. 문제는 단순하지 않은데 단순화시켜서 이야기하려고 하는 거지요.

김용규　　실제로 1930년대에 나치즘이 등장할 때도 비슷했지요. 일부 나치주의자들만 주장하는 것처럼 보였지만 나중에는 반대하던 사람들까지 거기에 휩쓸려 들어가 같이 폭력적으로 행동했으니까 말입니다. 그래서 분위기가 무서운 겁니다.

최덕효　　조선인이 돌아가라, 조선인들이 억지 부린다, 조선인들이 제대로 법을 지켜라 등등 떠들다 보면 관심이 없던 일본 사람들이 재일조선인에 대해 관심가질지도 모르지요. 하지만 그것을 긍정적인 방향으로 발전시키기란 쉽지 않을 것 같습니다. 현재는 더 깊은 인식이 필요해보입니다.

김용규　　서경식 선생님도 지금 일본사회의 우경화를 심각하게 우려하시더군요. 일본사회가 급격하게 우경화하고 재특회와 같은 단체들이 과격하게 활동하는 것도 문제지만 더 큰 문제는 정치조직, 시민사회 같은 곳에서 보이는 인종주의보다 우경화 속에 잠재된 인종

차별주의가 일본사회에 굉장히 만연해지고 있다는 사실입니다. 이 것이 더 위험한 것 같습니다.

이효석   시간이 흐르면 해결될 수 있는 문제는 아닌 것 같군요. 세 대가 지나간다고 해서 해결될 문제가 아니라, 근본적으로 사회와 그 사회를 구성하고 있는 사람들의 인식과 인식 구조, 나아가서 사회 구조가 변해야만 해결될 수 있는 문제겠습니다. 그림은 시간이 흐르 면 서서히 그 색이 바래지만 이 문제는 정말 쉽지 않은 문제일 듯합 니다.

최덕효   1990년 중반에 대학을 다니면서 사회가 악화되고 있다, 악화되고 있다고 그렇게 이야기했습니다. 그게 20년 전인데 지금도 나아진 게 전혀 없거든요. 오히려 그 당시에는 상상도 못 했던 일들 이 지금 일어나고 있습니다. 일본에서 살고 있지 않으니까 실제 피부 로 느낄 수 없고 느끼기도 힘듭니다만 친구들과 이야기하다 보면, 언 론의 자유조차 위태로워지고 있는 것을 느낍니다.

김용규   그렇군요. 이제 시간이 많이 흘러서 인터뷰를 마쳐야 할 것 같습니다. 정말 이렇게 소중한 시간을 내주어 감사드리고, 특히 재일조선인 3세로서의 자신의 고민을 솔직하게 얘기해주어 감사드 립니다. 무엇보다 역사학자로서의 선생님의 시각과 재일조선인의 변하는 위치를 잘 종합하면서 역사를 보고 계신다는 생각이 들었습 니다. 앞으로 선생님의 연구가 재일조선인, 나아가서 한반도의 역사 에 중요한 기여를 할 수 있기를 기대하겠습니다. 감사합니다.

월경越境하는 '재일在日' _도쿄에서 셰필드까지[*]

1월에 셰필드대학 근처 아이리시 펍에서 재일조선인 연구자 윤혜영尹慧瑛 씨를 만나 뵈었다. 약 1년 만의 재회이다. 해외 연구차 영국에 체재중이라는 윤혜영 씨는 잉글랜드 북부에서 연구조사를 할 때 일부러 셰필드까지 들러 주었다. 독특한 분위기를 풍기는 아이리시 펍에서 한손에 기네스를 들고 서로 지금까지의 소식을 묻고 있는 사이, 나는 일본이라는 '현장'에서 재일조선인으로 살아온 과거가 떠올라 매우 반가웠다.

2006년 대학원 진학을 위해 미국으로 건너간 후, 나는 글자 그대로의 의미에서 보면 더 이상 '재일'이 아니었다. 2013년에 코넬대학에서 박사학위를 취득하고 영국으로 옮겨 케임브리지대학에서 3년을 보내고, 그 후 한국으로 건너가 연세대학교와 고려대학교에서 교편을 잡으면서 서울에서 2년을 보냈다. 그리고 2018년 여름에 다시 영국으로 건너와 셰필드대학 교원으로 지내고 있다. 일본에서 태평양을 건너 미국으로, 거기서부터 대서양을 건너 영국으로, 그리고 유라시아 대륙을 사이에 두고 동아시아로 돌아왔다가 다시 왔던 길을 되돌아가듯이 영국으로……

아마도 이런 나의 월경 경험을 높이 산 것이리라. 윤혜영 씨와의

---

[*]   崔德孝,「東京からシェフィールドまで」,『抗路』7, 抗路舍, 2020. 7. 20.

재회를 통해 그녀의 아버지이자 『항로航路』의 편집을 맡고 계시는 윤건차尹健次 씨에게 '도쿄에서 셰필드까지' 이어지는 나의 내력 '이야기'를 써보지 않겠냐는 권유를 받았다. 윤건차 씨와는 대학생 때 조선장학회 세미나에서 한 번 뵌 적이 있는데, 조심스러워 하는 다른 장 학생들을 아랑곳하지 않고 집요하게 재일 아이덴티티에 대해 질문을 쏟아 붓는 나에게 '씩씩한 재일 학생이 있네'라고 말을 걸어 줬던 기억이 있다. 그로부터 20년 이상의 세월이 지났지만, 이 '씩씩함'과 재일조선인이라는 사실에 대한 집착만큼은 지금도 ─ 그리고 어디에 살고 있어도 ─ 변함없다고 자부하고 있다.

나는 현재 셰필드대학 동아시아학부에서 조선근현대사와 조선반도 국제 관계를 가르치고 있다. 20살까지 '동화조선인'으로 살아온 재일 3세인 내가 영국·유럽 학생을 상대로 '본국'의 역사와 통일 문제를 가르치고 있다는 사실에 이상한 생각이 들 때도 있다. 특히 조선어를 전공하는 신입생들의 열정과 기대에 찬 모습을 보고 있으면, 나의 학창시절이 떠오르면서 친근감과 함께 그 시절의 씁쓸한 감정이 되살아난다.

우리 대학에서는 조선어를 전공하는 학생 모두가 2년차에 한국으로 유학을 가고, 제휴 학교에서 1년 동안 철저하게 어학을 공부하도록 되어 있다. 나는 한국 유학을 앞둔 1학년 학생들에게 조선의 식민지 시절 역사를 가르치고 있는데, 학생들이 역사를 배우면서 한국유학 생활에 기대감을 가질 수 있도록 하기 위해 시행착오를 반복하고 있다. 작년은 '3·1독립운동 100주년'이기도 해서, 수업 시간에 한국에서 개최되는 기념행사 등을 소개하면서 「독립선언서」의 영역을 윤

독했다. 학생들이 이 먼 옛날의 역사적 사건과 난해한 1차 자료 텍스트에 흥미를 갖게 만드는 데에는, 한국 래퍼 비와이가 3·1운동 100주년 기념으로 작사·작곡한 〈나의 땅〉이라는, 크게 유행하고 있는 K-POP적인 뮤직비디오가 매우 유용했다. 이곳 학생들도 다른 곳과 마찬가지로 대부분이 K-POP을 시작으로 '코리안 스터디' 세계에 발을 들여놓으면서 조선어를 열심히 공부하고 있다. 때로는 K-POP의 'K'적인 것에 일종의 환상을 품고, 한국에서 펼쳐질 유학 생활에 대한 기대로 과도하게 가슴이 부풀어 있는 학생도 있다.

시대도 상황도 전혀 다르지만 옛날의 내 모습을 보는 듯하여 씁쓸한 기분이 든다. 대학교 2학년 때 재일조선인 작가 서경식 씨와의 만남을 계기로 조선인으로 살아갈 결심을 하고, 3학년 여름부터 릿쿄立教대학 교환 학생으로 연세대학교에서 1년 반 동안 유학했다. 그때까지 20년간 '일본인'으로 살아온 것에 대한 혼란과 후회, 그리고 이 과거를 깨끗하게 쓸어버리고 싶은 충동에서였을까, '조국 유학'이 나의 실존적인 고민을 모두 해결해 줄 것이라는 '환상'을 품고 한국 유학에 대한 기대로 가슴이 부풀어 조선어를 필사적으로 공부했던 기억이 난다. 우리 학생들처럼 한국의 팝 문화를 시작으로 사뿐히 '조선'이라는 세계의 문턱을 넘는다는 것은 당시의 나에게 당치도 않은 일이었다. 거기에는 나의 존재 양식이 걸려 있었고, '민족분단'과 '남북통일'에 대해 고민했을 때 비로소 '재일'이 '조선인'일 수 있다고 스스로를 타일렀다. 지금 생각하면 상당히 융통성이 없는 민족관으로 무장하고 '조국 유학'에 임했구나, 하며 쓴웃음을 짓고 싶어지지만, 연구자가 된 지금도 어깨에 힘주지 않고 '조선'과 마주할 수 있었던 적

은 한 번도 없다. 나는 해외에서 얄팍한 코스모폴리탄으로 살 생각은
없다. '출신' 이상의 존재인 조선, 그리고 모국어인 일본어에 대한 긴
장감을 잃어버린다면 나는 더 이상 '재일조선인'이 아닐 것이다.

미국 유학

내가 일본을 떠나 그 후 쭉 해외에서 생활하게 된 계기는 코넬대
학 대학원으로 유학을 온 것이다. 당시 도쿄대학 대학원에서 재일조
선인 역사를 연구하면서, 그것을 일본의 전후사와 조선분단의 역사
뿐만이 아니라, 동아시아 냉전의 문제나 20세기 세계사의 전개와 어
떻게 유기적으로 연결할 수 있을까, 즉 재일조선인의 경험에서부터
어떻게 '보다 넓은 세계'를 역으로 비춰낼 수 있을까에 대해 고민하
고 있었다. 그때까지는 주로 대對일본·대對조선반도라는 구도에서
재일조선인의 역사와 현재를 생각하고 있었지만, 한 미국 대학의 학
술 세미나에 참가했던 것을 계기로, 영어권 학문의 제일선에서 재일
조선인 역사의 중요성에 대해 문제제기해 보고 싶다는 생각이 들었
다. 이러한 야망의 지원을 받아 30살의 늦은 나이에 유학을 결심할
수 있었던 것 같다. 다행히도 코넬대학에서 장학금을 받아 유학 생활
을 할 수 있었다.

나는 지금 캘리포니아대학 출판국에서 출판하는 원고를 준비하
고 있는데, 이 연구의 기반이 된 것이 코넬대학 역사연구과에 제출한
박사논문이다. 나의 박사논문은 미국의 일본사 연구자 존 다우어가
『패배를 끌어안고』에서 그린 전후사의 이미지와 정면에서 격투를 벌
일 목적으로 쓰였다. 다우어의 작품은 영어권 일본 점령사 연구의 최

고 도달점이라는 평가를 받고 있지만, 아시아와의 관계를 망각한 전후 일본의 '국민 이야기'를 재생산하고 말았다는 큰 문제점이 있다. 나의 박사논문에서는 전후 일본의 형성을 동아시아에 있어서 탈식민지화와 냉전의 교차라는 큰 역사과정에 자리매김하면서, 특히 조선의 해방과 미소美蘇 점령하에서 이루어진 남북북단, 그리고 소위 '재일조선인 문제'가 어떻게 점령하의 일본 정치와 사회를 형성했는지를 분석했다. 다우어에 대한 도전이라는 야심적인 의욕이 높은 평가를 받았는지, 세계적인 아시아 연구 국제학회로 알려진 국제아시아학회International Convention of Asia Scholars로부터 문학 분야 최우수 박사논문상을 받았다.

미국 유학 생활 경험은 연구적인 측면뿐만이 아니라, 내가 조선반도와 일본이라는 '현장'에서 떨어져 있으면서도 재일조선인으로 살아가는 것의 의미를 생각하게 만드는 소중한 기회가 되었다. 코넬대학 외에 미시간대학과 시카고대학에서도 조사차 2년 정도 지낼 기회가 있었는데, 다양한 배경을 가진 학생이나 연구자들과의 만남, 특히 인종·종교·성적 마이너리티로 살아가는 사람들과의 만남을 통해, 내가 일본에서 경험한 것을 상대화하면서 보다 큰 지평에서 다시 포착할 수 있게 되었다. 그 중에서도 코넬에서 얻은 평생의 친구 크리스는 여러 가지를 생각하게 해 주었다.

크리스는 미시간대학 대학원에서 철학을 연구하고, 그 후 코넬대학 로스쿨에서 법률을 공부하고 있었는데, 일본의 전후사상과 재일조선인 작가에 대해 연구하기 위해 마흔이 넘은 나이에 동아시아연구과로 다시 들어온 대학원생이었다. 원래 한국의 '어딘가'에서 태어난 그는 아기였을 때 아이오와주의 어느 백인 가정에 입양되었다고 한다. 친부모는 불명不明으로, 한국에서 온 또 한 명의 양자와 함께 같은 백인 가정에서 자랐다고 한다.

크리스와는 연구 테마가 겹치는 것 이상으로, 연구의 문제의식과 '나는 누구인가'라는 실존적인 물음이 분리되기 어렵게 이어져 있다는 점에서 말이 잘 통했다. 2년 동안 함께 하우스셰어를 하면서, 종종 캘리포니아산 니혼슈日本酒를 함께 마시며 밤늦게까지 토론에 열중했다. 지금도 선명하게 기억나는 것이 '코리안'이라는 아이덴티티의 근거에 대해 나눈 대화이다. 내가 20살 때 조선인으로 살아갈 결의를 했을 때 그 '존재증명'이 된 것은 무엇인가, 라고 크리스가 물었다. 20살 때 나에게 아이덴티티의 근거가 된 것은 할머니의 존재였다. 조선어가 섞인 일본어, 그리고 항상 한쪽 무릎을 세우고 앉는 모습은 역사 영상이나 사진에서 보는 조선 여성의 모습과 겹치면서 나의 뿌리를 느끼게 해 주었다.

내 이야기를 듣자 크리스는 즉시 '난 그런 게 전혀 없어'라고 말했다. 친부모는 불명이고 자신의 얼굴은 별로 한국인처럼 보이지 않기 때문에, 어쩌면 자신은 한국에 있는 미군 병사와 한국인 여성 사이에서 태어난 아이일지도 모른다고, 농담인지 진담인지 알 수 없는 표정으로 이야기했다. 자신의 뿌리에 관한 확실한 근거가 전혀 없다는 말이다. 크리스의 이야기를 듣고 내가 느낀 것은 '존재증명'의 깊숙한 곳에 자리 잡은 불안이다. 젊은 세대의 재일조선인이 자신의 민족성에 대한 증거로 '나에게는 조선인의 피가 흐르고 있다'는 표현을 사용할 때가 있다. 이것은 물론 '민족 = 혈관'이라는 본질주의적인 민족관을 주장하고 싶어서가 아니다. '문화'적으로 일본인화될 수밖에 없었던 와중에도 애써 '민족'이려고 하는 그 근거로, 매달리듯 붙잡는 것이 '조선인의 피'라는 논리인 것이다. 하지만 크리스에게는 그것조차도 존재증명의 근거가 되지 않는다. 그는 그런 존재의 불안감 같은 것과 사상적인 격투를 벌이다가 최종적으로 재일조선인 연구에 도달했다고 생각한다. 그리고 어떤 의미에서, 두 사람의 '코리안 디아스포라'가 만날 수 있었다.

나도 미국 유학 시절에 일종의 '불안'이 엄습했던 적이 있다. 내 안의 조선어에 배신당한 것 같은 감각 때문에 고민했을 때의 일이다. 한국 유학시절에 조선어를 익히고, 그 후 일본에서 생활하면서도 조선어를 일상적으로 사용했기 때문에, 조선어가 나의 자연스러운 언어감각의 일부가 되었다고 느꼈다. 즉 나의 조선어가 '신체화'된 언어로 내 안의 '일본어적' 감각을 상대화하고, 그 외부 감각으로서 공존하고 있다고 느꼈던 것이다. 하지만 미국에서 생활하면서 영어를 습득하느라 고전하는 사이, 어느새 조선어가 몸에서 스윽 빠져나가고 내 안에 모국어인 일본어가 비죽비죽 존재감을 과시하기 시작했다. 나와 조선어 사이의 거리감에 발버둥치는 가운데, 일본어로 이야기하면서 솔직히 '아아, 편하다'고 느끼는 나 자신을 깨닫자 그 사실이 공연히 분했다. '일본어가 모국어니까'라고 갑자기 태도를 바꿀 수는 없었다. 이 '갑자기 태도를 바꿀 수 없는' 감각, 즉 일본어라는 모국어에 안주하지 않는 것이, 설사 내가 일본과 조선반도라는 '현장' 밖에 있어도 근본적인 부분에서 계속 '재일조선인'으로 살아가는 것이라고 생각한다.

케임브리지

약 7년에 이르는 미국 유학 생활을 마치고 나서, 케임브리지대학 아시아중동학부에서 조교助敎로 3년을 보냈다. 전후 동아시아 국제 관계를 테마로 한 프로젝트에 참가하여 연구를 진행함과 동시에, 일본사 등의 수업을 담당하면서 교육에도 관여했다. 역시 케임브리지라는 생각이 들 만큼 우수한 학생들은 열심히 공부했고, 개인별 학생 지도tutorial는 지도한 보람이 있었다. 엘리트 의식을 가감 없이 드러내는 건방진 학생도 있었는데, 어떤 의미에서 '옥스브리지'의 교육 시스템 자체가 그런 학생을 생산하려고 하는 것이기 때문에 어쩔 수 없는 일이었다.

나는 아시아 중동학부에 소속됨과 동시에 코퍼스 크리스티칼리지 Corpus Christi College에도 적을 두고 있었다. 컬리지 관계 행사 중에서 특히 다이닝 홀에서 열리는 포멀 디너는 옥스브리지의 '명물'이기도 해서 때때로 얼굴을 내밀어 보았다. 정장 위에 검은 가운을 걸치고 '하이테이블'이라고 불리는 한 단 높은 테이블에서 컬리지 교원들과 만찬을 함께 하는 것인데, 그 격식 있는 분위기는 끝까지 익숙해지지 않았다. 애초에 엘리트주의의 관례 자체가 촌스러운 재일조선인으로 사는 나에게는 어울리지 않았다. 영어부터가 옥스브리지 특유의 악센트와 화법이 있는 듯, 가끔 학생이 지극히 뽐내는 듯한 말투를 선보일 때면 온몸이 근질거리는 느낌이 들었다.

그 점에서 매우 인상적이었던 것이 같은 프로젝트에서 함께 일을 했던 중국계 미국인 동료이다. 미국에서 나고 자란 그녀는 하버드대학에서 석사과정을 마친 후 옥스퍼드대학에서 박사학위를 취득했다. 미국에서 나고 자랐기 때문에 그녀와는 당연히 '미국 영어'로 편하게 대화할 수 있을 거라고 기대했는데, 그녀의 말투는 완벽하게 옥스브리지화되어 있었다. 그녀와 완전히 대조적이었던 것이 내 상사이기도 했던 유대계 미국인 일본사 연구자이다. 그는 프린스턴대학에서 박사학위를 취득하고 케임브리지에서 수업을 한 지 10년째인 베테랑 교원이었는데, 뉴저지 악센트를 그대로 드러내며 젠체하지 않는 담백한 분위기가 있어서 마음이 잘 맞았다.

아시아중동학부에는 구미歐美 외에도 다양한 배경을 가진 교원이 많았는데, 나는 특히 젊은 아라비아어·코란 연구자나 히브리 문헌학 연구자와 친해질 수 있었다. 코란 연구자 샤디는 원래 레바논 출신으로, 하버드대학에서 박사학위를 취득하고 예일대학에서 3년 동안 가르친 후 나와 같은 해에 케임브리지로 옮기게 되었다. 그는 일본 애니메이션을 매우 좋아해서, 취미로 일본어를 공부하고 있다고 했다. 레바논의 고향집에 갈 때마다 부모님이 전통적인 맞선을 권해서 지긋지긋하다고 종종 한탄했지만, 장난기가 있었던 그는 나에게 코리안 가정도 보수적이라 귀찮게 할 테니 너도 큰일이라고 놀리곤 했다. 요리도 잘 했던 그는 때때로 집으로 초대해 식사를 대접해 주었다. 백인사회에서 느끼는 생활의 괴로움을 서로 솔직하게 이야기할 수 있는 몇 안 되는 친구였지만, 얼마 후 하버드로 스카우트되어 가 버렸다.

히브리 문헌학을 연구하는 유대계 샤이와는 사무실이 붙어 있었다. 그는 네덜란드 암스테르담에서 자라 이스라엘 텔아비브대학교에서 박사학위를 취득했다고 한다. 내가 2년차 때 케임브리지로 옮겨 왔는데, 그와 나는 마치 서로 경쟁하듯이 항상 밤늦게까지 사무실에 있었다. 2년차에 티칭과 취직활동 등으로 매우 바빠진 나는 밤 9시를 넘겨 사무실을 나가는 식의 날들이 이어지고 있었다. 돌아갈 때 그의 사무실 앞을 지나가면 열린 문 사이로 그가 책상에 앉아 있는 모습이 보였다. 같은 층에 남아 있었던 것은 우리 둘뿐이었기 때문에, 귀가할 때는 서로 말을 걸거나 종종 서서 이야기를 했다. 그는 자주 '나라 자랑' 차원에서 암스테르담의 아름다움에 대해 열정적으로 이야기하며 그리워했는데, 네덜란드에 대해서는 복잡한 감정을 갖고 있는 듯했다. 제2차 세계대전 중 유대인에 대한 네덜란드의 박해에 대해 조부모가 자주 이야기를 했다고 한다. 아마 그는 '네덜란드로 돌아간다'는 식의 말은 하지 않을 거라고 생각했다. 나도 그렇다. '도쿄로 돌아간다'는 식으로는 말해도 '일본으로 돌아간다'고는 절대 말하지 않는다.

서울

케임브리지대학에서 임기를 마친 후, 2016년 8월에 서울로 이주했다. 실은 그 3개월 전까지 임기 후 다음 행선지가 전혀 정해지지 않은 상태였다. 아니 정확히는 예정된 자리가 있어서 이미 정해져 있던 자리를 사퇴한 상태였다. 그 해 4월에 도쿄의 한 대학교에서 제안을 받을 수 있을 것으로 생각했던 자리가 없어졌고, 이것을 믿고 있던 나는 일본의 다른 대학교에서 온 제안을 거절한 상태였다. 도쿄에 돌아가면 해외에서 이룬 나의 연구 성과와 경험을 일본의 '현장'에 직접 연결시켜 살려보려고 잔뜩 벼르고 있었던 만큼 실망도 이만저

만이 아니었다. 해외 연구차 케임브리지에 와 있던 어느 일본인 연구자의 도움을 받아 연세대학교 비상근 강사직을 소개 받았다.

이렇게 실의에 빠진 가운데, 전혀 예상하지 않았던 형태로 케임브리지에서 서울로 이주한 것이었는데, 지금 생각하면 정말 행운이었다. 20년 만에 맞이한 두 번째 한국 생활은 첫 번째와 마찬가지로 내 인생의 둘도 없이 소중한 경험이 되었다. 무엇보다 그때까지 관념적으로 마음에 그렸던 '본국에 대한 정치참여'를 실현할 수 있었다. 내가 있었던 2016년 여름부터 2018년 여름까지의 시기는 박근혜 대통령의 퇴진을 요구하는 '촛불집회'와 대통령 탄핵결정, 정권 교체, 연이어 개최된 남북수뇌회담, 그리고 전 세계를 떠들썩하게 했던 첫 북미정상회담 등, 실로 역사적인 격동기였다. 나는 소위 '촛불혁명'에 참여함으로써 역사를 만들어내는 '현장'을 체험하고, 태어나서 처음으로 '참정권'을 손에 넣어 대통령을 뽑았다.

매주 토요일 저녁에 열렸던 촛불 집회에 나는 한 번도 빠지지 않고 매번 참가했다. 촛불집회는 2016년 10월 말부터 본격적으로 확대되어, 이후 헌법재판소가 박 대통령의 파면을 선고한 2017년 3월 10일 직후까지 전국 각지에서 정기적으로 이어졌는데, 서울 광화문 광장만 해도 참가자가 100만 명을 넘길 때가 있었다. 기온이 영하를 대폭 밑도는 살을 에는 듯한 추위에도 불구하고, 사람들은 한 손에 종이컵에 꽂은 촛불을 들고 광화문 광장에 모여 차가운 아스팔트 위에 주저앉아 하나된 목소리로 박근혜 대통령의 퇴진을 외쳤다. 그리고 집회 마지막에는 대통령 관저인 청와대를 향해 행진을 실시했다. '박근혜는!' 하고 누군가가 선창하면 주위에서 '퇴진하라!'고 목소리를 모았다. 이것을 반복하면서, 그리고 '하야~, 하야 하야~'라고 퇴진을 요구하는 경쾌한 노래에 맞춰 즐겁게 행진하는 것이다. '데모 행진' 하면 연상되는 노호怒號나 오싹한 분위기와는 완전히 동떨어진, 일종의 '축제' 같이 질서 있는 일체감이 있었고, 한국사회를 내 손으로 바꾸고 싶다는 절실한 마음이 있었다.

촛불집회에 관한 수많은 추억 중에서 결코 잊을 수 없는 것이 대통령 탄핵이 결정된 날의 일이다. 2017년 3월 10일, 헌법재판소가 탄핵소추가부를 선언하는 모습이 전국으로 생중계되었다. 활동가 친구와 함께 헌법재판소 앞에서 열린 집회에 참가한 나는 노상에 설치된 스크린에 흐르는 생중계를 마른침을 삼키며 지켜보면서 선언문 낭독에 귀를 기울였다. 좀처럼 탄핵소추사유 인정이 이루어지지 않았다. 기각되는 게 아닐까 하고 주위 사람들도 조금 불안한 모습이었다. 주문 낭독이 20분 정도 이어지고, 드디어 '대통령 박근혜를 파면한다'고 선언이 내려지자 엄청난 환호성이 울려 퍼졌다. 모두 펄쩍펄쩍 뛰며 서로 얼싸안고 기쁨을 음미하고, 너무 기쁜 나머지 눈물을 흘리는 이도 있었다. '이겼다! 촛불의 승리다!'라는 환호성과 함께 '우리가 해냈다! 우리가 이겼다!'라고 기뻐하는 목소리가 들려왔다. 나도 친구도 서로 얼싸안고 기뻐하면서 눈물이 흐르기 시작했다. 이 순간, 나는 한국에서 처음으로 '우리'의 일원이 될 수 있었던 것 같았다.

한국에서 생활하면서, 나는 이 '우리'라는 말에 항상 애를 먹었다. 한국인이 자주 쓰는 '우리나라', '우리 민족'이라는 말이, 지금도 그렇지만 신체 감각적으로 내 것처럼 입에서 나오지 않는다. 하지만 그 순간의 '우리'는 달랐고, 지금도 촛불혁명에 대해 이야기할 때는 이 감각이 되살아난다. 수업에서 한국의 촛불혁명에 대해 소개하면 'We did it!'이라고 표현하는 나를 깨닫는다. 촛불혁명의 기억과 그곳에서 체감할 수 있었던 '본국'의 '우리' 의식은 평생의 재산이다.

한국 생활의 또 한 가지 재산은 연세대학교 언더우드 인터내셔널 컬리지UIC와 고려대학교에서 한국 학생을 가르친 경험이다. UIC는 연세대학교 안에 있는 미국형 리버럴 아트 컬리지로, 모든 수업을 영어로 가르치는 소수교육을 실시하고 있다. 내가 담당한 강좌는 주로 일본사, 조선사, 냉전사, 그리고 한일 역사 문제에 관한 것으로, 학생의 대부분이 소위 '귀국자녀'인 한국인 학생이나 해외에서 온 한국인 이민 2세 유학생이었다. 우크라이나에서 자란 어느 한국인 학생은 영어와 한국어 외에 우크라이나어와 러시아어도 할 수 있었다. 그녀는 2014년 우크라이나 위기 때, 현지에서 국내피난민 참상을 목격하고 국제인권변호사가 되기로 결심했는데, 내 수업을 통해 특히 조선전쟁 당시의 민간인 학살 문제에 관심을 갖게 되었다고 이야기했다. 매번 수업 후에 질문을 하러 와서 토론했던 기억이 있다. 졸업 후에 몇 번 연락을 주었는데, 지금은 연구자를 목표로 캐나다대학 석사과정에서 조선현대사 연구를 하고 있다고 한다. 우수한 제자가 영어권의 비판적 코리안 스터디 대열에 참가하여 교육 연구자로서 보람을 느낀다.

어느 날 수업에서 학생에게 'Korean American'과 'Korean Japanese'라는 두 개의 개념 비교에 대해 질문을 받았을 때, 나는 재일조선인의 법적지위에 대해 설명하면서 나 자신은 'Korean Japanese'가 아니라 'Korean'인 'Japanese Speaker'라고 이야기한 적이 있다. 모국어가 일본어이니 '문화적'으로 '일본인'과 다르지 않지 않냐고 묻는 학생에게, 확실히 나는 '일본어인'이긴 하지만 '모국어인 일본어로 말하니 편하다고 느끼는 것에 마음이 불편하다'는 것이 내가 존재하는 방식이라고 대답했다. 그리고 이 '불편한 마음'이라는 감각을 상실하면 나는 '문화적'으로 완전한 '일본인'이 되어 버리기 때문에 이 감각을 항상 소중히 하고 있다고 말했다. 내 아이덴티티의 근간에 관련된 부분으로, 열정이 담긴 이야기였기 때문일 것이다. 수업이 끝나자 금세 세 명 정도의 학생이 다가와 나를 둘러싸고 이런저런 질문을 했다. 니콜라라는 프랑스 출신 백인 유학생은 '그런 식으로 살면 좀 힘들지 않습니까?'라고 진지한 얼굴로 묻는다. 그와의 대화는 지금도 선명하게 떠오르는데, 의외였던 것은 프랑스 이민 2세의 예를 들어 이렇게 말한 것이다. '프랑스에도 동화되지 않은 이민이 많이 있는데, 그것이 커다란 사회 문제가 되고 있습니다. 폭동도 있었고.'

이민에 대한 그의 전형적인 백인중심주의적 시선에는 도저히 공감할 수 없지만, 어떤 의미에서 나라는 개인의 내면을 토로한 것에 불과한 이야기를 듣고 진지하게 반응해 준 것에 솔직히 고마운 마음이 들었다. 또 나의 개인적인 이야기를 보다 넓은 문맥에서, 프랑스 이민 이야기와 결부시켜 생각해 준 것도 기뻤다. 나와 정반대의 시각이긴 했지만, 적어도 '대화'를 시작할 수 있었던 것이다. 그는 이민자와 같은 마이너리티는 메이저리티의 사회에 '동화'되어야 하고, 나처럼 출신에 얽매여 '힘들게' 살 필요가 있냐고 물었다. 그가 프랑스의 식민주의 역사와 이민 '문제'의 관계에 대해 어디까지 이해하고 있는지, 그리고 프랑스사회에 뿌리 깊게 만연해 있는 인종차별주의에 대해 어떻게 생각하고 있는지, 나는 굳이 묻지 않았다. 그저 소수에게 '동화'를 강요하는 폭력성에 대해, 특히 그것이 제국주의시대의 논리의 연장에 있을 때, '동화'를 거부하는 것 자체가 어떤 의미에서 역사의 부정과 마주하는 삶의 방식이라는 것을, 재일조선인 역사의 관점에서 조금이라도 전하고 싶었다.

그가 어디까지 이해했는지는 자신이 없다. 하지만 적어도 내 수업에 대해서는 기억하고 있었던 것 같다. 작년 3월 런던 스쿨 오브 이코노믹스LSE의 동아시아포럼에 초대받아 강연을 했을 때 반가운 얼굴과 조우했다. 그가 들으러 와 준 것이다. UIC에서 유학을 마친 후에 LSE 석사과정에 들어가, 지금은 국제 관계론을 공부하고 있다고 한다. 최근의 한일 관계에 관한 나의 강연을 들으면서 내 수업에서 배운 것이 떠올랐다고 이야기해 주었다. 어느 날 나와 나눴던 '대화'는 기억하고 있을까. 언젠가 나처럼 사는 이민 자손과 만나 내 이야기를 떠올리고, 이민의 모습이 조금이라도 다른 형태로 보이게 되길 바란다.

셰필드

2018년 7월 다시 영국으로 돌아왔다. 한국에서 그대로 연구·교육을 계속하고 싶어져서 마침 임기가 정해진 자리를 얻었을 때, 셰필드 대학 전임교원으로 채용되었다. 한국에서 충실한 생활을 보내고 있었던 만큼, 그리고 무엇보다 한국의 학생들을 가르치면서 이전과는 비교할 수 없을 정도로 보람을 느끼고 있었던 만큼, 떠나는 것은 매우 아쉬운 일이었다.

2년 만에 백인 메이저리티사회에 돌아오니 몸과 마음이 자연스럽게 긴장된다. 서울 생활에서도 '한국인처럼' 행동하는 것에 항상 긴장감이 있긴 했지만, 그것과는 전혀 다른 종류의 긴장감이다. 일본에서 조선인으로 살면서 느꼈던 것에 가까운데, 여기에는 항상 무언가의 시선에 노출되어 있는 듯한, 마음을 놓을 수 없는 감각이 있다. 게다가 최근 배외주의 풍조가 세계적으로 확산되는 가운데, 그 선두를 달리는 듯이 영국사회의 일부는 반反이민감정을 드러내고 있다. 현재 진행 중인 코로나 바이러스 팬데믹에서는 주로 아시아계가 그 표적이 되어, 5월 중순 한 신문보도에 의하면, 아시아계에 대한 증오 범죄가 20% 증가했다고 한다. 셰필드에서도 마스크를 착용하고 거리를 걷고 있던 중국인 여학생이 괴롭힘을 당하는 사건이 보도되었다.

백인 메이저리티사회에서 생활하고 있으면 소모되는 경우도 많은데, 대학 캠퍼스에서 이루어지는 학생과의 교류는 나의 활력이 되고 있다. 동아시아 학부 학생의 대부분이 영국 유럽 출신 백인 학생인데, 우리 반에는 아프리카계나 아시아계, 이슬람권 출신 학생도 소수 있었다. '동아시아'라는 전혀 다른 문화권에 관심을 갖고 배우려고 하는 것도 그렇고, 어떤 의미에서는 순수하고 열려 있는 학생들이다.

나는 4학년 반에서 조선반도를 둘러싼 국제 관계를 가르치고 있는데, 학기말 마지막 수업에서는 재일조선인에 대해 토론하는 특별 세션을 만들었다. 시험문제와는 관계없으니 관심 있으면 오라고 자유참가를 독려하자, 평소의 절반 정도인 7, 8명이 출석했다. 재일 3세의 다양한 경험이나 아이덴티티 고민, 국적 문제, 일본사회에서의 차별, 일본인과의 '국제' 결혼 등을 소개한 15분 정도의 다큐멘터리를 보여준 후, '혹시 여러분이 재일코리안 3세였다면 어떤 식으로 살까요?'라는 질문을 해 보았다. 나에 대한 이야기도 조금 했다. 그러자 예상하지 않았던 반응이 나왔다. 학생들이 자신의 출신에 대해 이야기하기 시작하고, 거기서부터 재일 3세의 삶의 방식에 대해 생각한 것이다. 어떤 학생은 가족이 웨일즈 출신인데 웨일즈어를 하지 못한다, 하지만 자신은 웨일즈인이라는 아이덴티티를 강하게 갖고 있다고 이야기했다. 아이리시로서 재일의 고민을 잘 이해할 수 있다는 학생은 '이전에 영국에는 '개·흑인·아이리시 거절'이라는 차별적 간판이 있기도 했다'며 열성적으로 이야기했다. 일본인 아버지와 재일조선인 어머니를 가진 소녀의 이야기에 공감했다는 학생은 자신의 아버지는 영국인이고 어머니는 필리핀인이라고 이야기했다. 다큐멘터리에 등장한 소녀가 어릴 적부터 식탁에 올라와 있는 김치 같은 것을 먹고 '코리아'를 느낀 것처럼, 자신도 어머니가 만드는 요리를 통해 어머니의 고향을 느껴 왔고, 그것이 자신의 아이덴티티를 이루는 중요한 요소가 되었다고 털어났다.

셰필드대학에서 수업한 지 2년째인데, 이런 광경은 처음이었다. 재일조선인의 경험에 촉발되어 각자의 '이야기'를 해 주었던 것이다. 솔직히 한국에서 가르쳤을 때와 달리, 나는 '영국인' 학생이 재일에 대해 어디까지 흥미를 가질 수 있을까 자신이 없었고, 학생들의 반응도 그다지 기대하지 않은 상황이었다. 한국인 학생을 상대로 재일 이야기를 했을 때는 많은 기대를 했고, '이쪽' 입장으로 끌어들이려고 노력도 했다. "너희들의 할아버지 할머니가 식민지 시절에 일본에서 생활했을 수도 있고, 내 조부모님처럼 어떤 이유로 돌아가지 못하고 우연히 '재일'이 되었을지도 모른다." 한국 학생과의 사이에는 재일의 역사를 '남의 일'로서가 아니라 자신들의 역사의 일부로, 자신에게도 일어날 수 있었던 이야기로 생각하게 하는 '회로'가 존재했다.

영국에서 백인 메이저리티 학생을 상대로 코리안 스터디를 가르치게 되면서 그들을 '이쪽'으로 어떻게 끌어들일 수 있을지 처음에는 전혀 확신이 없었다. 복잡하게 뒤얽힌 조선반도의 역사와 현재를 어떻게든 이해하게 하는 것도 쉽지 않은데, 거기서 더 나아가 '재일'의 세계로……. 하지만 그때 학생들은 '재일'의 경험을 자기의 경우에 비추어 생각한 것이다. 나는 그때의 광경을 통해 재일조선인 이야기가 '자장磁場'이 되어 다른 배경을 가진 학생과 이어질 수 있다는 것을 느꼈다. 그리고 '재일'의 이야기에서, 거기에 새겨진 조선반도의 세계사적 비극 — 식민주의·냉전·분단체제 — 를 역으로 비춰냄으로써 학생을 코리안 스터디의 핵심으로 이끌어갈 수 있지 않을까 한다. 또 그것이 재일조선인으로서 해외에서 '조선'을 이야기하고 표현하는 것의 의의이기도 할 것이다.

정영환과의 대담

재일조선인 역사와

닻으로서의 조선적

정영환 鄭榮桓

1980년 지바(千葉)에서 재일조선인 3세로 태어났다. 메이지가쿠인대학(明治学院大学) 법학부를 졸업하고 히토츠바시대학원(一橋大学院) 사회학연구과에서 박사학위를 받았다. 리츠메이칸대학(立命館大学) 코리아 연구센터 전임 연구원, 메이지가쿠인대학 교양교육센터 전임강사, 준교수를 거쳐 현재 교수로 근무하고 있다. 전문 연구 분야는 조선근대사 및 재일조선인사이다. 주요 저서로는 『朝鮮独立への隘路-在日朝鮮人の解放五年史』(法政大学出版局, 2013, 국내 번역본으로 임경화 역, 『해방 공간의 재일조선인사』, 푸른역사, 2019), 『忘却のための'和解'『帝国の慰安婦』と日本の責任』(世織書房, 2016, 국내 번역본으로 임경화 역, 『누구를 위한 화해인가-『제국의 위안부』의 반역사성』, 푸른역사, 2016), 『歴史のなかの朝鮮籍』(以文社, 2022) 등이 있다.

재일조선인 3세 정영환은 『누구를 위한 '화해'인가』라는 책을 내면서 한국사회에 알려지게 되었다. 박유하의 『제국의 위안부』가 일본에서 어떻게 받아들여지고 있는지 구체적 맥락을 듣고 싶었다. 한 권의 책이 기능하는 방식은 맥락에 따라 달라진다. 한국과 일본은 오랫동안 제국과 식민의 관계 속에 있었고, 이 관계의 유산은 아직도 청산되지 않고 있다. 특히 이런 관계와 관련된 민감한 책일 경우 그 생산과 소비의 관계는 양국의 식민적 차이colonial difference 때문에 아주 다른 양상을 띠게 된다. 식민적 차이 때문에 일본의 보수적 견해가 한국에서는 진보적 견해가 되기도 하고, 한국의 자유주의적인 시각이 일본의 보수 우파들에 의해 이용되기도 한다. 『제국의 위안부』를 둘러싼 논쟁과 시비는 책의 생산과 소비의 어긋남을 잘 보여주었고 식민과 제국의 관계가 여전히 존재한다는 것을 보여주었다. 정영환의 작업은 책의 내용만이 아니라 그것이 물적 제도를 통해 기능하기 때문에 그 책이 어떻게 생산되고 소비되고 있는지 그 맥락의 차이를 섬세하게 보여준다.

　우리 인터뷰는 이런 저간의 사정뿐만 아니라 재일조선인 3세대의 고민을 듣고자 했다. 정영환은 역사 논쟁에 직접 뛰어든 역사 연구자로서 그의 개입이 재일조선인 3세대의 고민과 어떻게 연결되어 있는지 알고 싶었다. 정영환에게 그의 역사 연구를 재일조선인 3세로서 산다는 것의 의미와 연관지어 묻고자 했다. 재일조선인 1세대가 식민주의와 냉전과 분단의 역사적, 집단적 경험을 통해 자신의 위치를 인식했고 주로 디아스포라에 대한 집단적 인식을 갖고 있다면, 2세대들은 그런 경험을 갖고 있되 일본사회 내부에서 보다 미시적이고 개인적 차원에서 경험을 했을 것으로 추측된다. 즉 1세대에서는 주로 디아스포라의 집단적 생성이 두드러져 보인다면, 2세대에서는 디아스포라의 개인적 생성이 두드러져 보인다. 3세대는 그런 경향이 한 번 더 굴절이 될 것 같다. 3세대의 문제는 일본사회로의 동화의 정도가 1, 2세대보다 심하면서도 그 내부의 미세한 차별은 더 절실하게 느끼는 것은 아닌지 궁금하다. 그에게 재일조선인 연구자이자 3세대의 한 사례로서 그런 경험을 묻고 싶었다.

일시	2016년 8월 26일
장소	메이지가쿠인대학 시로카네 교사
	정영환 교수 연구실
대담자	정영환, 김용규, 이재봉, 서민정

지바千葉에 살기까지

김용규　인터뷰에 응해주셔서 고맙습니다. 선생님의 최근 저작이 보도도 많이 되어서 저희들도 눈여겨봤습니다. 저희들이 '디아스포라에서 만나다'라는 프로젝트를 하면서 서경식 선생님과, 독일의 디아스포라분들과도 만나 대담을 한 적이 있는데 전반적으로 범위가 넓어 보여서 이번에는 재일조선인에 초점을 맞추어서 작업을 진행하고자 합니다. 제1세대로는 김석범 선생님, 제2세대는 서경식 선생님, 제3세대는 정영환 선생님과 최덕효 선생님을 모시고 인터뷰를 진행하고 있습니다. 재미있고 의미 있는 기획이 되리라 생각하고 있습니다.

정영환　김석범 선생님과 서경식 선생님과 같은 분들과 제가 나란히 선다는 게 뭐랄까 좀 부끄럽기도 합니다.

김용규　앞으로 그런 위치에 서리라 믿습니다. 이제 본격적으로 시작해 볼까요. 서두 부분은 제가 조금 정리를 했는데 저희들의 취지를 한번 읽어보겠습니다. 정영환 선생님은 최근에『누구를 위한 화해인가』라는 책을 내면서 한국사회에도 많이 알려지게 된 것 같습니다. 저도『한겨레신문』을 통해서 보게 되었고요. 박유하朴裕河 선생의『제국의 위안부』가 일본에서 어떻게 받아들여지고 있는지 구체적인 맥락을 잘 몰랐는데, 이 책을 통해서 그 내막을 잘 알게 되었습니다. 저도 박유하 선생의 책을 보면서 느꼈지만, 한 권의 책은 단지 내용으로만 유통되는 것이 아니라, 그 책이 특정하게 기능하는 방식이 맥락에 따라 달라진다는 것을 보았습니다. 그래서 일본과 한국의, 보이지는 않지만 국경과 경계 사이에 존재하는 어떤 식민지적 차이 속에서 맥락이 많이 다르다는 생각이 들거든요. 한국의 지식인들이 박유하 선생의 책을 보는 것하고, 일본 안에서 박유하 선생의 책이 유통되는 방식은 다를 수 있다는 것을 전제한다면, 그래서 여러 가지 문제점이 있지만, 책은 내용만이 아니라 하나의 제도를 통해 기능하기 때문에 이 책이 어떻게 생산되고 소비되고 있는가, 이런 것들이 맥락에 따라 참 다를 것 같습니다. 선생님의 책은 일본 내 맥락에 대해 굉장히 잘 알려주고 있습니다. 그래서 저희 인터뷰는 이런 내용뿐만 아니라 재일조선인 3세대인 선생님 자신에 대한 이야기도 같이 들을 수 있었으면 합니다.『누구를 위한 화해인가』를 내면서 선생님은 어떤 형태로든 일본사회의 위안부 문제에 개입하게 된 것 같습니다. 그것은 좋으나 싫으나 어쩔 수 없이 재일조선인 3세대라는 나름의 위치하고도 관계가 있을 것 같습니다, 제 생각에는요. 저희들이 읽어 본 자료를 바탕으로, 선생님 작업이 지니고 있는 일본 내에서의 의미와, 일본에서 재일조선인 3세로 산다는 것의 의미를 관련지어서 물어보고 싶습니다. 재일조선인 1세대가 식민주의와 냉전과 분단의 역사적·집단적 경험을 통해 자신의 위치를 인식하고, 디아스포라에 대한 집단적 인식을 갖고 있다면, 2세대는 그런 경험을 갖고 있되 일본사회 내부에서 보다 미시적이고 개인적 여러 차원에서의 경험이었던 것 같습니다. 그래서 1세대는 주로 디아스포라의 집단적 생성, 계통발생이 두드러진다면, 2세대에서는 디아스포라의 개인적 생성, 개체발생 즉 한 분 한 분의 경험이 두드러졌습니다. 그리고 1세대들은 역사적인 경험이 비슷한데 비해, 2세대로 내려가면서는 개인의 경험이 달라지고 3세대는 이런 경향이 다시 한번 더 굴절되는 측면이 있는 것 같습니다. 그래서 3세대의 문제는 일본사회로의 동화의 정도가 1, 2세대보다 심하면서도 그 내부의 미세한 차별은 더 절실하게 느끼는 것이 아닌지 모르겠습니다. 저희들이 대부분 연구자들에게 거의 동일한 질문을 드리고 있는데, 주로 조국, 세대, 세대 간의 느낌, 언어, 문화 등의 차원들입니다. 이런 점들을 한 사람씩 돌아가면서 질문하겠습니다. 편하게 말씀해 주세요.

이재봉　우선 개인사에 대해서 질문하겠습니다. 할아버지께서 일본으로 오신 걸로 알고 있는데, 할아버지 고향이 경남 고성이지요? 할아버지께서 일본으로 오시게 된 경로, 언제 어떤 경로로 오시게 되었는지, 혹시 또 거기에 구체적인 이유가 있었는지 말씀해 주십시오. 물론 식민지시대의 삶 자체가 이미 뿌리 뽑힌 삶이기 때문에 고향을 떠나는 것 자체가 폭력적인 강제성을 띨 수밖에 없는 것이지만, 개인적·구체적 상황을 알고 싶어서 질문을 드립니다. 두 번째로 이와 관련해서 해방 이후에 많은 조선인들이 귀국을 선택하죠. 그때 귀국을 못 한 이유가 있을 거라는 생각이 또 듭니다. 물론 현실적·제도적 차원에서 보면, 당시 GHQ연합군 최고사령부에서 가지고 갈 수 있는 재산을 제한했다는 점, 일본에서 구축해 놓은 생활 기반의 문제, 고향이 이미 해체되어 버렸다는 점 등도 작용했겠지만, 귀국하지 못한 요인들에 대해 조부모님이라든지, 부모님께 들은 말씀이 있습니까?

정영환 제가 아직 못 가봤습니다만, 할아버님 본적은 경상남도 고성군 구만면 용와리라고 알고 있습니다. 고등학교 시기에 외국인 등록을 하는데요, 그때 본적지를 기재해야 합니다. 그 당시에 보니까 본적지가 경상남도 고성군 구만면 용와리로 되어 있었기 때문에 그것만 알고 있었습니다. 실제로 존재하는 공간이라는 현실감은 그리 들지 않았습니다. 할아버님께서 2013년에 돌아가셨습니다만, 1921년에 태어나신 걸로 알고 있습니다. 1931년에 형님과 같이 일하러 오셨답니다. 강제동원이나 그런 건 아니고, 매우 가난하게 사셨다고 들었습니다. 그런데 실은 서류에는 용와리로 되어 있지만 다른 곳에 사셨던 것 같습니다. 일본에서는 여러 가지 일을 하시다가 가족들도 다 일본에 오게 되었고요. 결혼은 해방 직후에 하셨습니다. 함께 온 누님도 계셨는데, 형제 중에서 몇몇 분들은 해방 직후에 조선으로 돌아가셨답니다. 할아버님은 그냥 남으셨습니다. 그러니까 가족들 중에서 몇몇 분들은 귀국하시고, 할아버님은 그냥 남으셨는데, 왜 남으셨는지 특별한 이유를 말씀하시지는 않으셨어요. 먼저 돌아간 친척이나 형제들에게서 조선은 편하게 살 수 있는 형편이 아니라는 소식만은 들었던 것 같아서, 안정될 때까지 기다렸다고 할까, 그러다가 일본에 남으셨답니다. 어머님 측, 외할머니는 2세입니다. 일본에서 태어나셨고, 외할아버지 본적지는 경상북도 안동군 대곡동입니다. 일본에서 사시다가 1930년대에 외할아버지는 일본에 오셨어요. 그런데 전시체제하의 지원병 제도가 있지 않았습니까? 외할아버지는 거기에 지원을 하셨답니다. 그래서 평양에서 입영을 해서 남방, 동남아 쪽으로 가셨다가 말라리아에 걸려서 돌아가셨다는 이야기도 들었습니다.

김용규　할아버지와 아버지가 지금까지 살아온 과정은요? 어떤 일을 하셨는지…….

정영환　할아버님께서는 고물상, 고철장사를 하셨습니다. 시모노세키下關로 들어오고 서쪽에서 동쪽으로 자리를 옮기신 후에 도쿄에서 사시다가 공습을 피하기 위해서 지바千葉로 이사를 하셨습니다. 그래서 해방 후에는 지바에 사셨어요. 아버님도 그렇고 큰아버지들도 다 지바에서 태어났습니다. 할아버지께서는 지바에서 고철장사를 돌아가실 때까지 하셨습니다. 큰아버지, 아버지 형제가 일곱 분 계십니다만, 장남 되시는 큰아버지가 불고기, 일본식 야키니쿠 장사를 하고, 아버지는 고철장사를 도우셨는데 제가 초등학교 들어갈 무렵에 아버지께서 큰아버지한테 배워서 불고기 장사를 시작했어요. 그러니까 저희 집도 일본식 불고기 장사, 야키니쿠 장사를 했습니다. 아버님은 제가 고등학교 2학년 때 돌아가셔서 이런 연구나 역사에 대해서 관심을 가지게 된 후에는 이야기를 나누지 못했기 때문에, 자세한 이야기는 친척들에게 들은 것밖에 몰라요. 어머니는 원래 군마群馬에 사셨는데 지바로 시집을 오셨습니다. 아버지는 일본에서 태어나서 주로 일본 학교에 다니셨고 조선반도에는 한 번도 들어가 본 적이 없기 때문에 우리말도 못 하셨습니다. 아버지는 일본 학교를 다녔지만 친척들 중에는 조선 학교를 다닌 분도 많습니다. 그래서 큰 범위에서는 총련계의 공동체에 속했다고 볼 수 있을 것입니다. 제 어머님은 조선 학교를 다니셨기 때문에 일단 우리말 정도는 배워야 한다는, 그런 생각이 있어서 저도 지바의 조선 학교에 입학을 하게 되었습니다.

『제국의 위안부』와 『누구를 위한 화해인가』, 그리고 책임

김용규   최근 가장 뜨거운 논쟁이 된 게 이 책인 것 같습니다. 『누구를 위한 화해인가』라는 책인데, 첫 번째 질문은 『누구를 위한 화해인가』를 왜 선생님께서 쓰게 되었는지, 아마도 일본 내에서 조선인으로서의 선생님의 위치와 관련되어 있을 것 같은데, 어떤 사정으로 이 책을 써야겠다고 생각하게 되었는지 말씀해 주세요.

정영환   제가 위안부 문제를 처음 알게 된 것은 고등학교 시기였습니다. 한국에 계신 윤명숙[1] 선생님을 비롯해서 여러 선배 연구자들의 이야기를 들으면 김학순金學順 할머니의 증언을 통해서 위안부 문제에 관심을 갖게 되었다는 분들이 많다고 생각합니다. 그런데 내 경우는 당시에는 김학순 할머니의 존재도 솔직히 몰랐어요. 위안부라는 존재가 어떤 존재였는지에 대해서 제대로 몰랐어요. 고등학교 3학

---

1   히토츠바시대학에서 『日本の軍隊慰安所制度及び朝鮮人軍隊慰安婦の形成に關する研究』(2000)로 박사학위 취득. 이후 관련 연구를 꾸준히 이어오고 있다.

년 때에 한 여성 선생님이 남학생만 모아서 위안부 문제에 대해 강의를 하셨어요. 그런데 어떻게 설명을 하면 좋을지 망설이고 있는 듯한 모양이어서, 사실 강의를 들어도 가장 핵심적인 문제랄까, 결국 어떤 일을 당했는지 그것에 대해서는 잘 설명이 되지 않았고 그래서 실상을 잘 몰랐습니다.

그런데 대학에 입학한 후에 일본의 역사수정주의적인 담론을 접하게 됩니다. 대학시절에는 고바야시 요시노리小林よしのり[2]의 『전쟁론』이 많이 유행했습니다. 그래서 역사 문제를 알고자 하거나, 자신이 재일조선인이라고 밝히는 경우 항상 이 역사수정주의 담론을 의식해야 했습니다. 일본사회에서는 '위안부는 매춘부다' 혹은 '우리 할아버지의 명예를 더럽히지 마라'는 식의 담론이 기본적으로 깔려 있었지요. 그래서 이런 수정주의 담론을 통해서 위안부 문제를 알게 되었던 것입니다. 또 2000년대에는 『혐한류嫌韓流』[3]란 책도 나왔는데, 이 책은 특히 재일조선인에 대한 편견에 기반한 민족차별적인 시각에 기반한 주장을 전개한 책이었습니다. 그랬기 때문에 역사를 배울 때는 항상 이런 담론을 의식하지 않을 수 없었습니다.

2000년대 들어와서 제가 가장 영향을 받은 분은 서경식 선생님이었습니다. 저는 1990년대, 2000년대 대학 시절을 보냈는데요, 그 당

---

2 우익적 성향의 일본 만화가이면서 평론가. 『전쟁론』은 1990년대 중후반 일본의 역사수정주의적 경향을 타고 전쟁의 필연성과 군대 보유의 당위성을 주장한 만화이다.

3 일본의 작가 야마노 샤린(山野車輪)의 만화책. 2005년부터 2009년에 걸쳐 4권으로 출간되었고, 독도, 한일합방, 역사교과서 문제 등을 일본 극우주의의 왜곡된 주장으로 그렸다. www.ko.wikipedia.org/wiki/만화_혐한류

시 2세대 지식인분들의 재일조선인에 관한 담론은 기본적으로 탈민족, 탈조국, 탈국가 이런 시각에 입각한 것이 대다수였어요. 저는 조선 학교를 다녔고, 조국과 민족의 문제, 특히 사회주의 문제에 대해서 여러 가지 고민도 하고 있었습니다. 그런데 2세대 연구자들이 쓴 책은 저의 이런 고민에 전혀 대답해주지 않았고 솔직히 현실감을 느끼지 못했습니다. 내가 궁금해 하고 있는 문제에 대해서 대답을 안 해주고, 이런 조국과 민족을 둘러싼 물음 자체가 이미 유효기간이 지났다는 식의 책들이 많았어요. 그런데 서경식 선생님은 단순한 탈민족이 아닌 새로운 방식으로 민족을 말하는 지식인이었어요. 대학에 들어가서 처음으로 서경식이라는 이름을 알았고, 『分断を生きる―在日を越えて분단을 살다―재일을 넘어』影書房, 1997라는 책을 처음으로 읽었을 때 깊은 감명을 받았습니다. 하나사키 고헤이花崎皐平, 문경수文京洙, 가토 노리히로加藤典洋씨와 같은 분들과의 논쟁도 자극적이었어요. 특히 1990년대 김학순 할머니의 증언에 응답하기 위해서 일본 지식인들이 일본의 국가 책임 문제를 생각하기 시작했을 무렵의 리버럴 지식인들의 논리에 대한 비판에 깊이 공감했습니다. 일본 국민으로서의 정치적인 책임에 관한 문제제기에 대해 우에노 치즈코上野千鶴子와 같은 리버럴 지식인들이 그런 담론 자체가 내셔널리즘이다, 국민으로서의 책임이라는 그런 담론 자체가 내셔널리즘의 틀에 포섭이 되어 있다는 식의 반론을 하였는데, 서경식 선생님은 그런 논리에 대해 재일조선인의 역사적인 경험을 토대로 해서 철저하게 그리고 설득력 있는 비판을 하셨죠. 이런 논쟁에 접하면서 저는 고바야시 요시노리류의 우파만이 아니고, 리버럴 지식인들의 담론에도 심각한 문제가 있음을 알게 되었습니다. 그래서 서경식 선생님들이 창간하신 잡지 『NPO 전야NPO 前夜』의 운동에 저도 참여를 하게 되었습니다. 세미나에 참가하고 운영위원으로서 원고나 서평을 쓸 기회를 얻었습니다. 그런 『NPO 전야』의 활동을 통해서 저는 서경식 선생님과 더 가깝게 지내게 되었습니다. 그래서 2006년에는 『和解のために화해를 위해서』平凡社라는 박유하 교수 책이 일본에서 나왔는데, 이 책에 서경식 선생님이 비판을 하셨고, 저는 일본 리버럴 지식인층의 담론에 호응을 하는 한국측 지식인이 존재함을 알게 되었습니다. 저는 그래서 이 『제국의 위안부』사태도 박유하 교수 개인의 문제라기보다는 일본의 전쟁책임, 식민 지배책임에 대한 일본 지식사회의 독특한 반응의 연장선상에 있는 현상이라고 보고 있습니다.

김용규 아주 풍부한 내용들이 있는 것 같습니다. 특히 자유주의 쪽과 재일조선인 중에서는 서경식 선생님이나, 정영환 선생님도 그렇고요, 지금 시점에서 박유하 선생의 책이 일본에 들어오고 나서는 『누구를 위한 화해인가』의 취지도 그렇지만 어떻게 보면 리버럴이 극우파는 아닌데, 극우파와 리버럴이 묘하게 가까워지는 것 같습니다. 박유하 선생이 주로 보면 일본의 포스트모던, 가라타니 고진柄谷行人 등의 해체론적 시각들을 많이 가지고 있는 사람인 것 같습니다. 옛날에 만났을 때 그랬어요. 해체론자나 포스트구조주의 이런 쪽에 영향을 많이 받았던 사람들이 이쪽 담론을 해체하고, 한국의 민족주의, 일본의 극우주의 양쪽을 해체시킨다는 미명 하에, 이런 해석들이 나오는 면도 많이 있는 것 같거든요. 정영환 선생님이나 서경식 선생님 같은 분은 책임이라는 문제들을 강조하고 있는데, 제가 볼 때는 그 부분들이 그동안 굉장히 이해가 안 됐던 부분들이었던 것 같아요. 한국에서도 그렇고요, 책임조차도 해체시켜 버리는 경향이 상당히 강했지요. 그래도 『누구를 위한 화해인가』에서는 책임의 문제들을 본격적으로 다루면서, 일본 지식인들에게도 새로운 메시지를 던지는 것 같다는 생각이 듭니다. 왜 재일조선인이 이런 문제들을 제기하는지, 혹시 일본사회 자체에서 이런 문제들을 제기하고 있지는 않은가요? 정영환 선생님이나 서경식 선생님과 비슷한 사람들, 한국에서는 묘하게도 가토 노리히로가 많이 언급됐거든요. 전후 책임론에 대한 그의 책이 창작과비평사에서 출판되었고, 따라서 '그 사람은 책임에 대해 이야기했다'는 분위기가 형성되었기 때문인데요, 일본 안에서는 위안부 문제든 이런 문제들에 대해서 책임론을 제기한 사람이 없는지, 왜 재일조선인이 이야기를 해야 했는지 이런 점들이 궁금합니다.

정영환　재일조선인들만이 이런 문제에 고민을 했던 건 아니고, 일본 분들도 당연히 많이 참여를 하셨죠. 특히 일본의 경우는 국민기금'여성을 위한 아시아 평화 국민기금', 1995년 설치에 대한 찬반논쟁이 뜨겁게 이루어졌습니다. 거기에 참여하신 분들이 이미 1990년대에 문제제기를 하셨습니다. 물론 재일조선인인 김부자金富子선생님, 양징자梁澄子 선생님도 중요한 역할을 하셨는데 동시에 오고시 아이코大越愛子 선생님을 비롯한 많은 일본인들도 문제제기를 하셨습니다. 전후책임에 관해서는 다카하시 테츠야高橋哲也 선생님과 가토 노리히로 선생님의 논쟁이 있었지요. 그래서 재일조선인만이 이런 이야기를 하고 있는 것은 아니라고 생각합니다. 한편 재일조선인 지식인들 중에서도 『제국의 위안부』에 대해 호의적인 분도 계십니다. 재일조선인만이 박유하 교수의 주장을 비판하는 것은 아닙니다. 그런데 동시에 재일조선인들 중에서 『제국의 위안부』 비판이 나오는 필연성도 있다고 봅니다. 식민주의를 극복하지 않은 일본사회에 살면서 동시의 분단의 아픔도 겪어야 하기 때문에. 한국과 일본 지식인들이 탈민족 담론을 통해서 공감하는 상황에 천박함을 느낄 수밖에 없었습니다. 저의 경우도 1990년대의 탈민족, 탈조국, 탈 국민 등의 담론으로 간단하게 자기규정을 하지 못하는 상황에 있었어요. 그런 공통성_{물론 완전히 동일한 것은 아니지만}이 저랑 서경식 선생님에도 있었다고 생각하고 있습니다. 서경식 선생님도 자기 형님들이 한국에서 감옥에 갇혀 있어 일본 지식인들의 포스트모던, 탈정치 담론과 전혀 다른 현실을 살고 계셨지요. 서경식 선생님은 언제나 자신의 형님들을 생각하면서도 그 세계에 들어가지 못하는 거잖습니까. 그러니까 민족이나 조국이나 분단 문제를 생각 안 하면 안 되는 상황 속에서 간단하게 탈민족이나 그런 걸 말하지 못하는 상황에 계셨고, 그렇기 때문에 1990년대 이후에 서경식 선생님의 담론은 어느 면에서는 시대의 유행에 흘러가지 않은 힘을 갖고 있었습니다. 매력이 있었습니다. 어떤 사람들은 그런 서경식 선생님의 글을 낡은 것이라고 보았던 것 같은데, 내가 보기에는 아니에요. 저는 총련계 동포사회에 살면서 조선 학교를 다니고 대학에 다닐 때도 총련계 대학 단체에 참여를 했습니다. 물론 제 나름에 생각이 있어서 그렇게 했던 것입니다. 특히 분단과 통일의 문제를 생각하지 않을 수 없는 그런 상황에 있었습니다. 그래서 『제국의 위안부』 사태에 대해서도 민감한 반응을 보이게 되었던 것이지요. 그런 필연성은 확실하게 있는 것 같습니다.

위안부, 리버럴리즘, 래디컬리즘, 보수 우파

이재봉　필연성 혹은 개연성으로 어떤 점을 핵심적으로 비판하고 싶으셨는지요? 최근 한국에서는 페미니즘 열풍이 불고 있는데, 우에노 치즈코의 저작도 많이 번역되고 있습니다. 그런데 이전에 서경식 선생님이나 오카 마리岡真理 선생님 등이 우에노 치즈코의 논리를 모든 특수한 것들을 보편화시킴으로써 오히려 무화시켜버리는 논리를 강하게 비판하신 걸로 알고 있는데요, 우에노 치즈코 등의 논리는 여전히 변함이 없는 것 같습니다. 이런 점들을 바라보는 정영환 선생님의 생각은 어떠신지요?

정영환　먼저, 보수파 지식인에 대해서 이야기를 하는 것과는 좀 다른 어려움이 있습니다. 일본도 여전히 남성우위사회이기 때문에, 우에노 선생도 많은 비판과 공격을 받습니다. 그런 비판이나 공격, 매도는 당연히 차별적인 것이지요. 그러나 담론 수준에서 볼 때, 우에노 선생님의 경우 기본적으로 문제를 개인화하는 경향이 있는 것 같습니다. 그래서 아이덴티티, 이 특정 아이덴티티를 거부하고, 여성은 이러이러하게 살아야 한다든지 일본인이니까 이렇다든지 이런 식으로 외부에서 부여받는 아이덴티티 강요에 대해서 거부하고 개인화해서 그런 개인으로서 특히 국가, 탈국가적인 시점에서 페미니즘을 이야기하는 경향이 있습니다. 때문에 우에노 선생님은 어느 면에서는 한국인과 일본인, 한국인 여성과 일본인 여성이라는 맥락을 누락시킨 채 여성으로서의 공통점을 강조를 하는, 여성이라는 아이덴티티를 전략적으로 선택을 하고 있는 것 같습니다. 그런 점이 아마

문제가 되는데, 그러니까 원래 우에노 선생님의 『내셔널리즘과 젠더 ナショナリズムとジェンダー』青土社, 1998, 이 책에서는 그 김학순 할머니를 포함해서 위안부 피해자분들의 전후보상재판에 대해서는 매우 호의적으로 지지하고 응원하는 입장을 표명했습니다. 그건 그 할머니, 그러니까 여성 피해자들이 개인으로서 일본에 오고, 변호사나 운동 단체 도움을 받고 국가에 대해서 소송을 걸었기 때문입니다. 우에노 선생님의 생각에는 바람직하고 응원을 할 만한 주장이였던 것 같습니다. 그런데 제가 보기에 국민기금이 나왔을 때, 약간의 차이랄까, 입장의 변화가 생겼습니다. 그리고 2000, 2001년에 있었던 여성 국제 전범 법정에는 적극적인 참여를 않으셨습니다. 특히 2011년에 한국 헌법재판소의 위헌 결정의 결과 한국 정부가 위안부 문제에 대해서 일본 정부에 재협상을 요구하는 것 자체가 기본권 침해라는 이야기를 해서 한일 간의 외교문제로 비화되니까, 우에노 선생님은 기본적으로 국가가 개개인의 피해자를 대변한다는 것 자체에 대한 거부감을 느끼신 것 같습니다. 국가나 지원단체가 대변을 한다는 것 자체에 하나의 왜곡이 들어갈 수밖에 없다는 그런 구도로 이 문제를 보고 있는 것 같아요. 그러니까 그 『제국의 위안부』에 대해서도, 『제국의 위안부』의 핵심적인 주장의 하나는 정대협한국정신대문제대책협의회 비판이지요. 지원단체가 제멋대로 할머니들의 소리를 대변하고 있다는 식의 비판. 이런 논리가 일종의 여성주의와 포스트모던 사상과 결합을 하게 되지요. '당사자들의 주체성을 지원단체나 혹은 국가가 어떻게 그것을 대행하거나 대변할 수 있는지? 그건 불가능한 것이 아닌가?' 이런 식의 담론이 있었기 때문에, '정대협의 말 자체에 하나의 왜곡이 있

고, 정대협이 올바르게 대변을 못하고 있다' 혹은 '정대협, 지원단체가 대변을 할 수 있다는 것 자체가 오류다' 이런 식의 비판이 받아들여지게 되는 것입니다. 특히 일본 지식사회에서는 통하기 쉬운 거에요. 아마 한국에서도 그럴 겁니다. 박유하 교수의 『제국의 위안부』를 하나하나 검토해 보면 사실 관계 오류나 해석의 오류도 그렇지만 표현이나 레토릭, 혹은 서사에 1990년대에 일본이나 한국에서 유행하던 레토릭이 가득 차 있음을 알 수 있습니다. 그래서 제 대학 동료들도 포함해서 지식인들은 『제국의 위안부』는 읽기 쉬웠다는 말을 하세요. 한편 활동가나 지원단체 관계자분들은 너무 읽기가 힘들어서 무슨 말을 하고 싶은지 잘 몰랐다고 이야기합니다. 저는 읽기 힘들었다는 분들의 감각이 정상이라고 생각합니다. 많은 지식인들이 그냥 쉽게 읽을 수 있었다고 말하는 것은, 우리가 20여 년간 접해왔던 담론들이 여기에 많이 녹아 있기 때문에 그 속에서 자신의 모습을 발견하는 거죠. 『제국의 위안부』란 책을 수용하는 지적인 배경이 그래서 문제인 겁니다. 우에노 선생하고는 3월 28일에 일본 도쿄대학에서 심포지엄이 있어서 직접 토론도 했습니다. 그래서 제가 생각하는 『제국의 위안부』의 문제점에 대해서 하나하나씩 거론을 하면서 질문을 던져 보았는데, 우에노 선생님은 '오류도 많고 나라면 그렇게 안 쓴다'라고 했지만, 큰 틀에서 보면 '별로 책임을 부정하는 것도 아니고, 일본 국가의 책임을 부정하지도 않았고, 중요한 문제를 제기하고 있는 책'이라는 식으로 평가를 하셨어요. 그런 배경에는 우에노 선생님의 견지하고 있는 담론과의 친화성이 『제국의 위안부』에 있기 때문에 그런 것이 아닌가 하고 저는 추측을 하고 있습니다. 국가가 피해자를 대변을 못한다는 주장은 어느 의미에서는 매우 래디컬한 주장이지 않습니까? 그러니까 항상 피해자들의 주체성에 대해서 생각을 해야 한다는 래디컬한 주장인데, 담론상에서는 매우 매우 래디컬한 주장을 하는데, 왜 국가 간에서 이루어지는 그런 한일 간의 타협에 대해서 일종의 엘리트주의적인 시각에서 받아들이는 거죠? 담론상의 래디컬함과 현실적인 판단에서의 보수성, 현실주의과 공존을 하고 있는 것이지요. 이 책에서 그 문제를 좀 더 풀고 싶었는데 거기까지 못 해 보았습니다, 왜 그렇게 됐는지. 그러니까 래디컬리즘에 대한 비판인 거에요, 실은 이 책 자체는. 『제국의 위안부』가 래디컬리즘이 일본을 우경화시켰다는 주제를 담고 있기 때문에요.

김용규　충분히 래디컬하지 못해서 이런 것 아닐까요? 결국은 일본에서도 그렇고 한국에서도 이제 정대협 등의 단체에서도 이제 위안부 할머니들의 목소리를 들려주기보다 자기들의 이야기를 주로 하는 것 같기도 하고요. 또 역설적이지만 박유하 선생 본인도 그 부분들을 은폐해 버리고 정말 그 사람들 목소리보다도 정영환 선생님이 말하듯이 중개인인 듯한 사람들의 소리를 들려주고 있는 것처럼 보여요. 지금 현재의 논쟁 속에서도 그렇지만 '위안부 할머니들의 발언, 그것이 가능한가?'라는 질문들을 우리가 스피박을 통해서 많이 해 보는데, '그 발언을 이제 어느 쪽에서도 제대로 듣지 않는 것은 아닐까?' 이런 생각이 드는 거죠. 그런데 묘하게도 박유하 선생님 목소리는 어떤 의미에서는 한국의 그런 목소리들을 비판했기 때문에 일본에서는 손쉽게 수용이 됐던 것 같고, 한국에서는 지금 이 문제가 제대로, 어떤 의미에서는 제대로 다뤄지지 않은 상황이죠. 어떤 의미에서 일본의 자유주의자들, 그동안 위안부 문제에 좀 더 우호적이었던 사람들도 그 목소리들을 제대로 경청하려고 하지 않거나 아니면 들을 수 있는 경로가 없지는 않았을까 하는 생각이 들거든요. 좀 더 래디컬하게 들어가서 스피박이 말하듯이 그 목소리들을 어떤 식으로 '말할 수 있는가?'라는 질문을 해 보죠. 설령 그들이 말할 수 없다고 하더라도 말할 수 있는 가능성을 좀 더 열어두거나, 좀 더 듣기 위해 노력해야 하는 게 아닌가 하는 생각이 듭니다. 그런데 오히려 이 문제들이 충분히 래디컬하지 못하기 때문에 보수적인 타결이나 또는 태도 변화 등과 결합이 되는 게 아닐까? 하는 생각이 들거든요. 이 문제가 자꾸만 국가의 문제로 되는 것도 하나의 차원이긴 하겠지만, 국가의 문제로는 해결되지 않는 부분들도 있다, 그러니까 충분히 들어줘야 하는데 그 목소리는 안 들린다는 거죠. 이 두 가지 측면이 동시에 있을 때 이 문제들은 어느 정도 해소될 수 있는데, 한국사회에서는 자꾸 국가 문제로 풀려고 하는 문제점이 있는 것도 사실이거든요. 그런데 또 한편으로는 정대협도 그렇지만, 일본에서도 그렇고, 위안부 할머니들의 목소리가 정말 무엇인지 잘 들리지 않고, 거기다 그나마 들려오는 목소리조차 중간에 많이 걸러진 채 전해지는 것이니까, 이 두 가지 문제들이 공존하고 있는 게 아닐까?, 그러다 보니 손쉽게 화해를 말해버리는 게 아닌가 하는 생각이 좀 들거든요. 개인적으로는.

정영환　　음, 그러니까 스피박의 서발턴. 그러니까 말이나 증언은 결국 서발턴의 말들을 듣는 것 자체가 불가능하다, 불가능하기 때문에 일단은 그 당사자의 말은 당사자의 말로 들어놓고, 어느 정도 정치적으로 해결할 수밖에 없다는 식으로 완전히 반대로 돌아가고 있는 거죠.

김용규　스피박에 대한 오독이죠.

정영환　오독이죠, 그렇게 말하는 분들이. 직접적으로 그렇게 말하는 분은 많지 않습니다만, 사실상 그런 이야기를 하고 있는 것이죠. 법적 배상을 하라고 주장을 하고 있는 당사자들은 눈앞에 있는데, 그분들은 기억을 억압하고 있다든지, 그러니까 정신분석을 하는 것처럼 말하기도 하죠. 그런 것 자체는 난 너무 지식인의 오만이라고 느껴지는데요, 그런 식으로 나가면 안 된다고 생각을 합니다.

김용규　그런 작업으로 일이 이렇게 진행이 된 게 아닌가? 이와 관련된 논의들이 계속 나와야 할 것 같아요. 또 저도 아쉽게 생각하는 게, 박유하 선생이 또 다른 방식으로 정대협을 비판하면서 사실 위안부 할머니들의 목소리를 억압해 버렸다는 겁니다. 어떤 의미에서는 『제국의 위안부』가 가지고 있는 이런 점들도 더 많이 비판받아야 할 것 같다는 지적들이 많이 있습니다, 저도 그렇게 생각하고요. 그런 지점들이 어떤 의미에서 이론적으로는 굉장히 래디컬해질 수 있는데, 정말 현실적인 문제에서는 이걸 어떻게 풀어갈 건가 하는 난국과 직접 연결되면서 이런 문제들이 착종되어 있는 게 아닐까요? 이런 점들에 대해서 이야기를 좀 나누고 싶기도 한데……, 시간이 벌써 이렇게 흘러버렸네요.

정영환　아, 괜찮아요. 괜찮습니다.

김용규　그럼 조금 더 이야기를 해 볼까요? 위안부와 『누구를 위한 화해인가』가 어떤 맥락인가에 대해서는 어느 정도 이야기가 된 것 같습니다. 정영환 선생님이 성장한 1980~1990년대가 사실 좀 래디컬한 탈민족, 탈조국, 탈국가 등의 지적 흐름이 강했고, 다카하시 데츠야 등 많은 사람들이 포스트모던, 포스트 구조주의적인 논법으로 국가에 대한 해체적인 어떤 시각들이 상당히 유행했던 것 같습니다. 이와 관련해서 질문드리고 싶은데요, 세 번째 질문이 되는 셈이죠. 이 문제는 민족이라는 문제와도 연결되어 있는데, 정영환 선생님은 '조국'을 어떻게 인식하고 있는가요? 조금 다른 차원의 문제이긴 하지만, 선생님 작업에서도 이런 점들을 생각해 보아야 할 것 같습니다. 왜 이것이 정영환 선생님의 문제가 됐는가? 서두에서도 이야기했지만 김석범 선생님이든, 김시종 선생님이든 1세대 분들은 조국의 문제와 떼려야 뗄 수 없고, 그분들에게 조국의 통일은 가장 중요한 문제인 것 같습니다. 그런데 2세대부터는 어떻게 보면 조국은 저 멀리 있기 때문에 조금 추상적이고 관념적이면서도, 또 다른 형태로 차별을 느끼는 것 같기도 합니다. 그래서 제2세대에게 조국은 구체적 실체라기보다는 저 멀리 존재하는 추상적, 정신적, 재현적 이미지 같은 느낌도 좀 듭니다. 1세대에게 조국은 식민과 분단의 굴레를 갖고 있는 현실이라면, 2, 3세대에게 조국은 일본사회의 구체적 일상과 그에 대한 감각을 통해 좀 간접적으로 인식되거나, 아니면 관념적으로 인식이 될 수도 있는 것 같습니다. 일본 안에서도, 조총련과 민단, 민단은 또 둘로 나누어져 있고, 이런 여러 가지 상황들 속에서 성장하다 보면 조국에 대한 이미지도 약간 조금 관념화되지 않을까, 이런 느낌도 좀 듭니다.

정영환　저는 동포들이 많은 동네에서는 살지 않았습니다. 아버지가 야키니쿠 장사를 시작한 자리도 주위는 다 일본 사람들이었습니다. 학교에 가지 않으면 동포들을 만나지 못했던 것이지요. 그래서 가족을 제외하면 학교만이 유일하게 조선 사람들과의 만남의 자리였어요. 1990년대 초반부터 후반까지는 민족이라고 하기보다는 조국의 문제를 학교에서 많이 가르쳤고, 저도 그냥 수동적으로만 학교를 다닌 것이 아니라 어느 정도 적극적으로 학교 행사에 참여를 하는 편이었어요. 그러니까 조국의 문제는 학교에서 항상 제기되는 문제, 어떻게 조국에 보답할까?, '당신은 일본에 있지만, 어떻게 조국을 위해서 살 것인지?' 하는 문제들, 그러니까 조국을 위해서 산다는 것 자체가 하나의 큰 물음이었습니다. 그리고 이 물음들은 조선민주주의인민공화국에 직접 살고 있지 않았기 때문에 관념적일 수밖에 없었죠. 학교를 통해서만 알 수 있었던 조국이 고등학교 시기까지 내가 아는 조국이었고, 학교 다닐 때 공책, 학습장이나 그런 것을 사도, 모두 총련에서 만든 것이기 때문에 금강산이나 묘향산, 평양에 있는 여러 시설들이 그려져 있었죠. 조국은 저에게 그런 것이었어요.

조선민주주의인민공화국에 처음에 갔던 건 1994년이었는데 1998년에는 수학여행으로 또 갔었어요. 1주일간. 1994년에는 좀 더 길게 갔었고, 1998, 1999년에 1주일씩 갔었어요. 당시는 북에서 말하는 '고난의 행군' 시기였기 때문에, 그 조국의 인상은 가난한 나라

였습니다. 일본에서는 TV를 통해 북은 내일이라도 붕괴된다는 식의 주장을 항상 들었기에 별로 놀랍지도 않았습니다. 가난하다는 거 이미 알고 있었고, 그러니까 오히려 내가 평양에 갔을 때에 인상은 '아, 내가 정말 어느 의미에서는 잘 먹고 잘사는 사회에 살고 있구나' 하는 그런, 일본이란 나라에 대한 상대화라 할까요? 고난의 행군 시기이기 때문에 북이 완전히 병영사회이지 않습니까. 군사화된 사회이기 때문에 그런 걸 보거나, 같은 나이의 학생들이 인민군대에 들어가는 것을 보고 전쟁 중인 나라임을 실감했었죠.

아마도 한국에서 북에 가 보신 분들하고는 인상이 약간 다를 겁니다. 한국에서는 일본에서보다는 전쟁이 끝나지 않은 사회를 산다는 실감을 할 수 있을 것입니다. 그런데 일본에 살면서 그 감각을 느낄 기회는 많지는 않았습니다. 그러나 사실은 저와 같은 경우는, 일본 즉 미국 측 진영에 살고 있는 거잖습니까?

또한 저에게 '조국'은 동질성을 느낄 대상이라 하기보다는 오히려 차이를 느낄 경우가 많은 대상입니다. 다른 세계인데 한편에서는 친밀감도 있는 복잡한 심정입니다. 우리말도 통하고 총련에서 갔기 때문에 잘해주지 않습니까? 이런 조국과의 관계를 생각하면서 일본에서 내가 어떻게 살 것인가? 하는 물음이 고등학교 시기까지는 제 자신에게 조국을 둘러싼 물음이었어요. 고등학교를 졸업을 한 이후에야 그 틀에서 벗어나게 되었습니다. 특히 나는 조선대학교에 안 갔어요. 원래는 조선대학교에 가야 했습니다만, 집안 사정이 있어서 못 갔고, 그래서 후회도 있었습니다. 내가 전향을 한 건 아닌가 하는, 그런 감각이 있어서요. 고등학교를 졸업하고, 일본 대학, 여기 메이지가쿠인대학明治学院大学으로 진학했습니다. 그래서 나 자신에 대해서 뭔가 그런 것을 강요하거나 요구하는 사람은 별로 없고 그런 의식도 점점 변해갔죠.

대학에 입학한 이후는 좀 더 다른 시각에서 문제에 접근할 수 있게 되었습니다. 공화국과의 관계뿐이 아닌 한국을 포함한 조선 민족 전체의 문제, 혹은 식민 지배 책임이나 전쟁 책임 문제에 대한 관심이 생겼습니다. 여러 가지 책도 읽으면서 공부하게 되었죠. 고등학교를 졸업할 때까지는 제가 아는 한국인은 조용필이나 히로시마팀에서 뛰었던 축구선수 노정윤 정도였습니다. 특히 일본에 대한 관심이나 분노에 가까운 감정이 생기기 시작했습니다. 1990년대에 사회적인 인식을 같게 된 같은 세대 재일동포들과 이야기를 해 보면 비교적 비슷한 감각을 갖고 있습니다. 항상 '일본 문제'를 생각하게 되는 거에요. 일본은 너무 우경화되어갔고, 재일조선인은 그 표적이 되었습니다. 그래서 언제나 일본에 대해 이야기하고 생각하고 있었습니다.

위 세대의 선배들은 약간 다른 감각이었던 것 같습니다. 일본이 성숙해가면서 예전과 같은 민족차별은 없어져 간다는 낙관적인 전망을 갖고 있었지요. 1980년대는 일본도 경제적으로도 부유해졌고, 그렇게 되면서 옛날식의 민족차별은 없어져 간다는 생각을 가지고 있었다고들 하더라고요. 저에게는 상상할 수 없는 일이었죠. 완벽하게 재일조선인들을 표적으로 한 그런 차별들이 일어났기 때문에. 그래서 대학에서는 '일본 사람들이 이렇게 질문이나 주장을 해왔다면, 그것에 대해서 어떻게 반론을 할까?' 언제나 그런 것만 생각하게 되었었죠. 남북의 통일이나 분단의 문제에 대한 관심은 오히려 희박해졌습니다.

물론 2000년에 남북정상회담도 있었고 기뻐서 축제도 했지요. 그런데 윗세대 선배들과는 감각이 달라요. 윗세대 선배들은 광주항쟁이나 민주화를 멀리서 보면서도 같은 세대 대학생들에 대한 공감이 있었다고 합니다. 목숨을 걸고 민주화와 통일을 위해서 싸우고 있다는 그런 동시대성을 갖고, 편지도 보내고, 여러 가지 하고 있었는데요, 우리들 당시에는 그런 것 자체가 없었어요. 그런 의미에서 같은 제3세대라고 하더라도 대여섯 살에서 열 살 정도 많은 선배들하고도 조국에 대한 감각에 약간 차이가 있는 것 같습니다. 제가 1994년에 처음으로 평양에 갔을 때의 어떤 대화를 잘 기억하고 있습니다. 일본으로 돌아올 때 만경봉호에서 고등학교 3학년 선배들이 이야기를 하고 있는데, 그 주제가 앞으로의 진로문제였어요. 어떤 선배가 자신은 총련 일꾼 활동가가 되겠다고 했는데 다른 분이 '청년 일꾼 되는 것은 어느 의미에서는 편하지 않은가? 우리는 남조선에 가야 하지 않는가? 남조선에 가서 민주화투쟁에 참여하는 것이 가장 조국에 이바지하는 길이 아닌가?' 하는 식으로 이야기를 하고 있었어요. 이런 대화를 곁에서 들으면서 감명을 받았고 무엇보다 충격을 느꼈습니다. 저에게는 그런 감각은 없었고 고등학교에 들어가서도 그랬습니다. 남쪽으로 가서 민주화운동을 한다는 등의 상상 자체가 없었지요. 그러니까 관념적으로 조국에 대해서 생각을 하고 있는데, 그 관념의 질이 몇 살 위의 선배들과는 달랐다고 할까요? 그러니까, 나는 관념적인 조국보다 오히려 일본에서 어떻게 살아가는지를 항상 생각하고 있었다고 해야겠지요.

그런 저에게 '재일'과 조국의 문제를 통합적으로 생각할 지침을 주었던 것이 서경식 선생님 글이었어요. 그리고 조선의 문제를 제3세계적인 맥락과 접속을 해서 생각을 할 계기를 주셨습니다. 팔레스타인의 디아스포라들이 하나의 민족적인 공동체나 협의체를 만들었던 것처럼, 그 안에서 완결되지 못한 역사를 살아온 조선반도의 경우에도 이산이라는 역사, 이산 조선인들과 조선반도에 사는 조선인들의 만남이라든지 공동체 혹은 협의체 같은 전체적인 구상으로 새로운 조국이랄까, 그것을 생각하는 방식을 배웠던 것 같습니다.

저는 남에도 북에도 친척이 살아계십니다. 할아버님의 여동생 되시는 분이 북으로 귀국하셨기 때문에요. 그러나 저희들 세대의 경우는 친척이 있다는 사실은 알고 있는데 경제적 지원을 하거나 편지를 주고받는 것은 우리 부모님들이지 않습니까? 그러니까 부모님들에게는 관념으로서의 조국이 아니고, 구체적인 사람을 통한 관계가 있는 것이지요. 그것을 조국이라 할 수 있을지는 잘 모르겠습니다만 어쨌든 구체적 사람과 관련되어 있는데요, 그런 의미에서도 우리 세대는 약간 관념적인 것 같습니다. 즉 생활로서의 사람 얼굴을 통한 남북의, 조선의 사회를 인식하기가 힘든 상황인 것 같습니다.

이재봉 　최근의 입국 거부를 둘러싼 문제도 있었고, 또 조선적朝鮮籍은 현실적으로 무국적일 수밖에 없는데, 이회성 선생이 남한 국적을 취득했을 때 김석범 선생과의 사이에서 일어났던 논쟁에서도 나타나듯이, 조선적 역시 하나의 행위라고 이야기된 바 있습니다. 대체로 보면 조선적을 가진 대부분의 재일조선인들은 경계로서의 삶이라고 이야기할 수 있겠는데요, 얼마 전 『한겨레신문』 인터뷰 기사에서 보니 선생님은 '북이 아닌 것은 아니다'라고 말씀하셨더군요. 이런 이야기는 제가 거의 들어보지를 못해서요, '북이 아닌 것은 아니다'는 말의 의미를 좀 더 구체적으로 알고 싶습니다.

정영환   조선적 재일조선인의 국적 문제는 복잡합니다. 한국법상 한국 국민이라고 규정할 수도 있는데, 한국 국민등록 절차를 밟고 있지 않은 사람들이죠. 이북의 입장에서 보면 공화국 공민이고, 실제로 공화국 여권의 발급을 받는 사람도 있습니다. 단 거주국인 일본에서 이북의 여권을 인정하지 않기 때문에 사실상 무국적 상태에 있을 수밖에 없습니다. 한국 정부는 조선적자에게 여권을 발급하지 않습니다. 여행증명서만 발급을 하지요. 실체법적으로는 한국 국민 혹은 공화국 공민일 수 있는데 권리를 향유하지 못하는 사람들인 것입니다. 그래서 사실상의 무국적 상태에 있다고 말할 수 있습니다. 그래서 조선적자는 그 정체성을 대신 증명하거나 설명해줄 사람이 없는 것입니다. 한국 국민이나 일본 국민에게 왜 당신은 한국 국민이냐 혹은 일본 국민이냐, 왜 당신은 한국 또는 일본 여권을 가지고 있느냐고 물어보는 것 자체가 웃기는 일이지요. 그러나 조선적자에게는 그런 질문이 성립해 버리는 것입니다. 개인이 정체성을 항상 설명해야 하는 상황이 생기고, 따라서 저를 포함한 조선적 사람들은 '왜 조선적을 유지하는지' 하는 질문을 항상 염두에 두면서 살아야 하는 상황에 처해 있습니다.

그런데 조선적을 가진 사람들은 국적을 취득하거나 변경할 선택을 하지 않았던 사람들입니다. 해방 후 1947년에 외국인등록 제도가 일본에서 실시되었을 때 모든 조선인은 조선적이었습니다. 그 이후에 한국이나 일본의 국적을 택하지 않았던 사람들이 지금도 조선적인 것입니다. 말하자면 아무런 선택을 하지 않았던 거죠. 그런 사람들에게 왜 그런 선택을 했는지 대답을 해보라고 질문을 하는 것은 약간 희극적이기도 합니다. 저도 재일조선인사에 대해 연구를 하고 있기 때문에, 역사적으로 볼 때 조선적에 대한 취급이 어땠는지에 대한 이야기도 어느 정도 할 수 있어야 한다고 생각해서 연구도 하고 있습니다마는, 그런 질문을 하는 분들은 역사적인 사실이 아니고 개인으로서의 선택의 동기를 묻고 있는 것이지요. 선택을 하지 않았던 사람에게.

김석범 선생님의 글도 많이 읽었습니다. 조선적은 남도 북도 아닌, 통일 조선이다는 주장은 참 매력적인 주장이지요. 저도 공감합니다. 그러나 동시에 내가 한국 국적을 취득하지 않는 이유는 김석범 선생님과 같지는 않습니다. 저는 조선민주주의인민공화국의 여권을 가지고 있어요. 그러니까 한국의 여권에 대해서 변호사분들과도 상의도 많이 해 보았고 여권 신청을 해 보라는 분들도 계시는데 지금 시점에서는 신청하고 있지 않습니다. 따라서 어느 면에서는 솔직히 '나는 남도 북도 모두를 거부하고 있는 것이 아니라, 남을 거부하고 있다'고 대답할 수밖에 없을 것 같습니다. 객관적으로 보면 그런데 심각한 분단 상황이 이어지고 있고 국가보안법도 있기 때문에 현실적으로는 쉽지 않으리라고 생각합니다. 저의 입국 문제에 『한겨레신문』이나 『경향신문』에서 호의적으로 많이 다루어주었고 사설에서도 언급을 해 주셨는데, 그 논지가 '남도 북도 아닌 무국적자를 다시 한국이 버려도 되는가?' '같은 동포인데 다시 감싸 안아야 하지 않는가?' 하는 논지였고 그렇게 써 주신 논설 위원님들의 심정이 이해가 되는데 제 생각은 달라요.

한국언론의 이런 조선적에 관한 인식은 한국 법체계의 한계를 나타내고 있다고 생각합니다. '북도 아닌 무국적자'라고 규정해야 그 입국의 권리를 거론할 수 있는 것 같으면 제 입장을 더 어려워질 수밖에 없습니다. 그러나 한국에서는 그 이외의 담론이 허용되지 않는 상황이 있는 것 같습니다. 그렇기 때문에 이에 맞추어 자신의 정체성이나 자신의 신념, 신조를 한국 법체계에 맞게 어느 정도 바꾸어 이야기를 해야 한다는 것, 다시 말해 나는 남도 북도 아닌 조선적이라는 식으로 말하는 데에 대한 거부감이 있습니다. 한국 내에서 글 쓰시는 분들이 그렇게 이야기를 하는 건 잘 이해가 되지만, 일본에서 한국 언론에 말을 할 때는 그 틀을 넘어서 제가 생각하고 있는 바를 솔직히 이야기해야 하지 않을까? 하는 생각을 계속 해왔습니다. 그것이 언제나 복잡했다고나 할까, 조선적을 유지하고 있는 다른 동포들 중에는, 자신을 공화국 공민으로 규정하고 한국 국적을 취득 안 하는 사람도 있습니다. 한국을 부정하는 것은 아니고, 통일을 원하면서 자신은 공화국 국민이라고 생각하고 계신 분들도 있다는 거지요. 그리고 제 심정 속에도 그런 부분이 있습니다. 김석범 선생님의 담론에 매력을 느끼는 부분도 있고요. 그러니까 분단을 극복하고 싶다는 의미에서 사상 전향식으로 한국 국적 취득을 요구하는 그런 식의 현재 상황에 대해서 거부하고 있다고 말할 수 있습니다. 그렇기 때문에 '북이 아닌 것은 아니다'라는 표현은 '북이다'라고 말해도 좋았습니다마는 '북이다'라고 말하는 건 한편으로는 너무 단순하지 않습니까? 이걸 한국에서도 알기 쉽게 받아들일 수 있는데 '북이 아닌 것은 아니다'라는 표현이 저에게는 가장 적합한 표현인 것 같았습니다. 그러니까 북이기도 하고 남이기도 하기를 원하고 있기 때문에 '조선적이다'라고 하는 것 같은데……, 여러 가지 생각들이 이 주위를 빙빙 돌고 있어요. 그러나 한국 국적도 취득을 하고 공화국 국적도 취득을 하면 좋은 것 아니냐는 생각 등 여러 가지 생각을 하게 됩니다만, 가장 큰 문제는 국적 취득이 재일동포에게는 사상전향 제도처럼 기능하고 있는 상황인 것 같습니다. 조금 민감한 표현입니다만, 한국 국적을 취득하신 분들이라 해도 전향을 하는 것은 아닙니다. 그러나 자신의 생각을 어느 정도 개조를 하고, 조선 학교나 조총련에서의 경험을 한국사회에 맞게 어느 정도 반성을 해야 한국 법체계에서 살 수 있잖아요? 현실이 그렇지 않습니까? 북에서도 그럴 것이고. 아직 잘 정리가 안 됩니다만 그런 복잡한 심정입니다.

김용규　의미 자체가 아주 단선적인, 지시적인 의미만 갖는 게 아니라 굉장히 복잡한 함의들을 가지는 것 같습니다. 조선적이라는 말 자체가 세대에 따라 다르고요. 선생님께서 하신 말씀은 굉장히 솔직한 말인 것 같은데, 조선적을 가지신 분들이 이런 점들을 어느 정도 공감을 하는 부분인지요?

정영환　네, 그런 것 같습니다. 공화국 공민이라서, 무국적이라서, 통일을 원해서 등으로 조선적을 이야기하는 방식은 다양합니다. 그런데 자신의 삶이나 부모님의 삶을 부정당하고 싶지 않다는 생각은 공통적으로 가지고 있습니다. 그런 걸 부정해야 편하게 조국으로 들어갈 수 있다는 식의 논리와는 지금의 제도 자체에 문제가 내포되어 있는 것은 아닌가 하는 감각은 공통적으로 지니고 있다는 것이지요. 그리고 일본에 대한 비판의식 역시 있습니다. 일본이 부여한 거잖아요, 조선적이라는 것을요, 책임도 안 지고 그냥 무국적 상태로 버렸던 거니까요. 그 문제에 대한 비판의식을 강조하시는 분들도 계시고. 그러니까 이건 한국과의 문제가 아니라고 생각해서 일본에 자신의 문제를 제기하고 싶어서 귀화하지 않고 그냥 조선적으로 사는 거라고⋯⋯.

재일조선인, 특권? 문화론적 인종주의

김용규　실제로 인구 대비로 보면 조선적을 가지신 분이 급속도로 줄고 있지 않습니까. 초창기에는 월등히 숫자가 많다가 많이 줄어들었는데, 그것의 지속 여부가 전향의 문제이기도 하지만, 사실 점점 소수화되어 간다는 문제 속에서 이를 어떻게 지킬지에 대한 고민들도 있을 것 같고 또 남한사회가 사실 옛날하고는 많이 달라졌다는 상황에 대한 고려도 필요해 보입니다. 그래서 이것이 이제 신념의 문제만으로 보기에는 상당히 어렵지 않은가, 남한사회가 민주화가 안 되었으면 이런 부분들이 신념의 문제로 지속될 수도 있겠는데, 어떤 의미에서는 국적보다는 학문적인 교류 등의 분야에서도 세계적으로 훨씬 더 열려져서, 이전에는 차단되었던 선생님 같은 분의 목소리가 상당 부분 들려오고 있는 상황이니까, 조선적의 문제도 이전과는 다르게 고민해야 하는 시점에 이르지 않았나 하는 생각이 듭니다.

이건 아마도 세대 문제하고 직결될 것 같은데요, 두 가지 질문 정도를 해 볼 수 있을 것 같아요. 1990년대 이후 일본사회도 다문화사회로 상당히 진입하고 있습니다. 물론 이전에는 재일조선인이 가장 많았지만 지금은 중국인을 비롯한 다른 외국인들도 급속하게 유입되고 있습니다. 따라서 1~2세대와 달리 3세대는 이전의 조국의 문제와는 조금 결이 다른, 일본 내의 다문화적 상황과도 연결지어서 세대 문제를 바라볼 수 있을 것 같습니다. 그리고 또 한편으로는 이와같은 상황 안에서 『혐한류』에 대한 이야기, 새로운 인종차별적 이야기가 나오면서 이전과는 지형이 달라지고 있다는 느낌이 들거든요. 옛날에는 힘부로 못했는데 다문화사회로 급속히 진입하면서 일본 내부적으로 인종차별적 논법이나, 특정 대상을 겨냥하는 것도 이전과는 방식이 많이 달라진 것 같습니다. 일본인들 자신도 다문화주의를 부정할 수는 없는데, 묘하게도 굉장히 부정적인 특정한 방식으로 인종차별적인 논법들이 횡행하고 있는 것 같아요. 이런 상황에 3세대가 처해 있는 게 아닐까요? 그렇다면 이런 상황 안에서 현실들을 바라보게 될 것 같고. 그래서 1~2세대들하고는 다른 3세대 혹은 정영환 선생님 본인의 아이덴티티는 어떤 식으로 생각하고 계시는지 궁금합니다.

정영환   지금 일본의 배타주의나 인종주의의 성격에 대해서는 많은 논의가 이루어지고 있는데 제3세대로서의 감각이라고 할까, 오히려 제 자신의 경험은 그걸 새로운 현상으로 규정하려고 하는 주장들에 대해 좀 비판적입니다. 그런 주장들에 대해서 역사성을 기반으로 비판적으로 다루는 글들을 써 왔습니다. 예를 들어 시리아나 리비아 난민들이 독일에 들어가는 규모는 일본으로 유입되는 난민이나 이민 수와는 비교할 수 없을 정도로 크잖아요. 그 상황에서 난민에 대한 거부감이나 혹은 다문화란 무엇인가 하는 이야기가 나오는 것은 당연한 이야기인데 일본에서는 늘어났다고 해도 200만 명이에요. 일본에서는 법적으로는 노동 이민을 인정하지 않기 때문에 기본적으로는 유입되는 외국인들이 하위 노동으로 비공식적으로 들어가는 경우가 많습니다. 따라서 이민 노동자들이 일본 노동자들의 직업 선택을 방해하거나 하는 그런 현실적인 문제라고 하기보다는 언제나 호출당하는, 역사적으로는 식민지 시기 혹은 식민지적 인식으로 보아야 하겠지요.『혐한류』도 그렇지 않습니까? 한국인 노동자들은 대부분 저임금 노동자이죠. 따라서 일본인 실업자가 늘어나고 있다는 얘기는 거의 나오지 않습니다.『혐한류』는 '전후 역사에서 일본에서 조선인들은 특권을 지니고 있다', '압력단체로 기능을 해서 일본인도 가지지 못하는 특권을 재일조선인들은 가지고 있다', 그리고 실은 '일제 시기는 한일 관계가 가장 이상적이었던 낙원 같은 사회였다'는 식으로 주장하고 있지 않습니까? 또 '재일조선인들이 일본에 온 것은 자신들의 책임이고 오고 싶어서 왔다'는 식의 역사적인 책임을 해체하려는 담론이 대세인 것 같아요.

변화가 있다면 1991년에 출입국관리법이 개정되고 재일조선인의 특별 영주 자격이 나왔다는 것이지요. 이전의 일본의 출입국 관리 제도는 세대를 이어갈수록, 후속 세대로 내려갈수록 체류 자격이 불안정해지는 방식으로 설계되어 있었어요. 그러니까 체류 자격을 받은 사람의 아이나 손자는 그냥 있으면 부모보다도 체류 자격이 인정되지 못하는 그런 제도였습니다. 외국인이 외국인으로서 일본에 계속 산다는, 정주한다는 그런 전제가 없는 거죠. 그래서 영주허가가 외국인의 아이는 영주허가가 나오지 않는 것이죠. 그런데 1991년 특별 영주 자격 부여에서 가장 큰 변화는 특별 영주권을 획득한 사람들의 자녀 역시 특별 영주권자가 된다는 것입니다. 그러니까 외국인으로서 대를 이어서 일본에서 살아간다는 영주 자격이 처음으로 일본에 생긴 것인데, 이것은 1990년 한일각서의 결과로 법이 만들어졌고, 일본의 우파 단체, 특히 '재일 특권을 용납하지 않는 시민 모임재특회'은 이 법을 엄청나게 공격하고 있어요. 그런 의미에서 1990년대까지 재일조선인에 대한 정책은 '일본의 외국인은 일시적으로 거주하는 사람들이다'라는 원칙이 있는 거죠. 계속 살려면 귀화를 하든지 아니면 나가라는 식으로 설계되어왔던 이 제도를 근본적으로 변화시킬 수 있는 요소가 1991년의 특별 영주에는 확실히 존재합니다. 그러니까 '이 특별 영주의 바탕에 있는 사상 자체가 특권이고, 한국이나 압력단체의 폭력적인 요구에 의해 만들어진 잘못된 제도다'는 식으로 재특회는 공격을 하고 있어요. 그 사람들 나름대로 역사의 흐름을 잘 보면서 공격을 하고 있는 것으로 느껴집니다. 그런데 지금은 중국인 영주권자들이 가장 많습니다. 제가 생각하기에 재일조선인이나 재일대만인에 대한 일본의 정책을, 일본 정부가 역사적으로 파악하고 편성해서, 여전히 문제가 많기는 하지만 특별 영주 자격을 확대해 나가야 하겠죠. 그러나 일본 정부는 이것을 예외적 존재로 규정해서 국소화하려고 하는 것 같습니다. 재특회는 폭력적으로 차별적인 주장을 하고 법무성은 제도적으로 예외적이고 국소화시키는 정책을 만들고 있고요.

김용규　　이건 다른 이야기일 수도 있는데, 이게 특권의 문제에 국한되어 있습니까? 아니면 재일조선인 전체에 대한 경멸, 멸시입니까? 한국의 방송에서는 이런 특권의 문제로 잘 보지 않고 굉장히 인종차별적인 것으로 보거든요.

정영환　아, 물론 그런 점은 있습니다. 그러나 최근에는 약간 줄어들었습니다. '조선인들은 바퀴벌레다', '조선인들을 죽여라'는 식의 데모는 줄어들었습니다만, 없어지지는 않았습니다. 그러면서 재특회 대표가 도쿄 도지사 선거에 출마를 했고, 자민당사 앞에서 헤이트스피치혐오 연설도 했지만 조선인을 인종적으로 열등한 민족이라는 식으로 나가지는 않잖아요. 문화적으로 구분되는 인종주의랄까? 조선인들은 항상 일본 책임으로 돌린다든지, 일본 문화의 기원이 조선이라고 주장하고 싶어 한다든지 하는 식으로 문화론적인 본질주의라고 할까요, 이런 것들이 유행하고 있어요. 한국 사람들이란 어떤 사람들인가 하는 것을 문화론적으로 다루는 것이라고 할 수 있겠죠. 그 중에서는 역시 역사 문제, 예를 들면 일제 시기나 위안부 문제 등을 거론하는 것 자체가 한국의 특수한 민족성에서 비롯된 것이라고 주장하는 식의 담론들이 만들어지고 있어요. 그래서 일본에 있는 한국인이나 재일동포 학생들이 위안부 문제를 이야기하려고 하면, 일본인 측에서는 한국 문화에 대한 본질주의적인 관념의 구도를 가지고 있기 때문에 한국인이 그렇게 말했다는 식으로 이해를 하는 거죠. 소위 말하는 미국이나 유럽의 흑인이나 아프리카에 대한 인종주의적 차별과는 약간 다른 문화론적인 인종주의라고 할 수 있을 것 같아요. 어느 쪽이 더 심각하다고 비교를 할 수 있는 문제는 아니지만, 일본의 경우는 그런 측면이 많은 것 같습니다. 그러니까 언제나 역사가 호출되는 거죠.

그러니까 박유하 선생님의 경우도 일본의 그런 상황을 어느 정도 이해를 하기 때문에 그런 태도를 보인 게 아닌가 싶기도 해요. 한국이 강하게 나가면 그만큼 일본인들이 반발하기 때문에, 강하게 나가는 대신에 일본인들이 받아들이기 쉽게, 위안부 이미지도 성노예라고 표현하면 일본인들이 싫어하기 때문에 일본인들이 받아들일 수 있는 '제국의 위안부'라는 이미지를 만들어서 제공한 게 아닐까 싶어요. 어느 의미에서는 잘 생각을 하셨던 것 같아요. 그것 자체가 역사주의에 적합한 이미지인가에 대해서는 저는 비판적입니다만, 박 선생님이나 제가 보고 있는 일본사회의 풍경은 비슷한 것 같습니다.

제3의 길, 디아스포라, 보편적 담론의 생산

김용규　계속 되풀이되는 것 같은 느낌이 좀 들어서 답변하셔도 되고 안 하셔도 됩니다. 한때 '제3의 길'이라는 이야기들이 일본에서도 나왔는데, 그것이 꼭 좋은 것이라고만은 하기 힘들겠지만, 재일조선인의 입장에서 자신들의 담론을 이 이론을 통해서 좀 더 보편화시키려고 하는 태도는 저도 비판받아야 할 지점은 아니라고 봅니다. 디아스포라라든지 '제3의 길', 이런 것은 서경식 선생님도 별로 좋아하시지는 않는 것 같던데, 그래도 한편으로는 2세대, 3세대의 경우, 재일조선인의 경험을 특수한 경험이 아니라 전 세계 곳곳에 있는 디아스포라의 경험들과의 공통성 등도 함께 고민하면서 자신들만의 특성 등을 구축하려는 움직임도 있는 것 같습니다. 옛날 1세대들은 통일

운동, 2세대들은 남한의 민주화운동에 투신을 했지만, 이제는 시기적으로 달라진 것 같아서 어떤 의미에서는 재일조선인들이 자신의 독자적 경험을 보편화시키려는 움직임도 '제3의 길' 같은 입장들에서는 좀 보이거든요. 이런 점들을 어떻게 판단하는지? 일본 안에 있는 3세대는 더 그럴 것 같다는 생각이 들거든요. 서경식 선생님은 재일조선인이긴 하지만 좀 더 보편적 연대 등을 많이 생각하셨던 것 같아요. 선생님은 어떻게 생각하십니까?

정영환　이는 조선적 문제와도 관련이 있어 보입니다. 조선적을 어떻게 유지할 것인가에 대한 문제 설정은 일본식으로 말하면 불모라고 할까요, 생산적이지 않다고 할까요. 조선적을 어떻게 지키는지, 이 3만 명 사람들이 어떻게 조선적을 유지하는지 그 자체에는 관심이 별로 없어요. 아마 당사자분들이나 다른 분들도 그럴 것 같습니다. 조선과의 관계 혹은 일본과의 관계가 중요하고, 그러니까 재일조선인의 경험을 보편화하는 과정 중의 하나가 '조국과의 관계를 어떻게 재설정할 것인가?' 이런 고민이었다고 생각합니다. 1977년에 '제3의 길'을 둘러싼 논쟁이 발발하는데요, 이런 주장을 했던 당시의 2세대에게는 '일본에 정주하는 외국인으로서 권리운동을 적극적으로 전개했다는 그 자체가, 일본에는 일본인만 있고 국민들만이 권리를 향유할 수 있다는 국민국가의 원칙을 넘어서는 세계사적 과제'라는 보편성의 원리가 작용한 것 같습니다.

　그런데 '제3의 길'에 대한 비판은, 그것이 조선반도와 어떻게 관련되는지 하는 문제를 재설정할 필요가 있는 게 아닌가 하는 문제의식을 중심으로 이루어졌죠. 이와는 좀 다르게 1세대 분들은 좀 더 감각적으로 접근해서 '조국의 통일 문제는 외면하면서 일본의 민주화로 나가면 그냥 일본의 내셔널 마이너리티national minority가 되는 길이 아닌가?', '동화의 길이 아닌가?' 하는 식으로 비판하셨지요. 저는 그 보편화, 세계사적인 맥락이라고 할까, 항상 보편화를 의식해야 미래가 보인다는 의견에는 공감하고 있고, 국민국가를 넘어 일본의 국민화 원리를 비판한다는 1970년대의 주장에도 어느 정도 유효성이 있었다고 생각합니다. 1980년대에 지문날인을 반대한 분들도 정말 몸을 바쳐서 운동을 하셨고 그래서 그분들에게 많이 배워야 한다고 생각하고 있습니다만, 동시에 저는 그 이후의 세대이기 때문에 그런 국민국가 비판 혹은 '탈-' 하는 식의 운동이나 담론들이 어느 의미에서는 우경화해버린 측면에 대해서 반성해야 한다고 생각하고 있습니다. 거기서 힌트는, 이는 서경식 선생님 입장이기도 합니다만, 제3세계라는 전제, 난민이라는 키워드랄까, 국민이 아니고 시민, 국민이 아니고 주민, 어떤 의미에서는 선진국 원리뿐만 아니라 제3세계 민중사적인 견해, 1960년대까지 어느 정도 상식이었던 논리 등을 다시 배워서 재일조선인의 무국적 상태에 대해서도 비교사적인 접근을 해야 할 것입니다. 서경식 선생님이 팔레스타인 난민들에 대해 이야기를 하셨습니다만, 그 이외에도 국적 박탈 사태는 오히려 요즘 많이 있지 않습니까? 영국에서도 그렇고 에스토니아나 그런 곳에서도 난민이 나오고 있어서, 비교 연구도 해야 미래가 있는 것 같습니다.

지금 재일조선인들의 민족교육이 문제가 되고 있죠. 일본 정부와의 관계가 어려워져서 민족교육 자체도 난관에 봉착해 있는데요, 동포 학부모들은 다른 사례를 찾고 싶어 하고 있지요. 다른 나라에서 우리와 같은 사람들을 잘 대우해주는 사례는 없는지, 있다면 그런 사례를 들어서 일본 정부를 비판할 수 있겠죠. 동시에 외국 국적을 가지고 그 정주국에서, 그것도 서구권의 자리에서 동구권적인 입장을 지지하면서, 그러니까 냉전 상황 속에서 민족 교육을 계속해왔다는 것 자체가 특이한 상황이고 독특한 경험이지만, 그 특이성을 다른 나라에서도 찾을 수 있겠죠. 알제리에서 프랑스로 넘어온 이민자들이 이슬람 학교를 만들기 때문에 프랑스 공화주의 틀 속에서 많은 배척을 당하고 있지 않습니까. 그런 분들하고의 교류도 그렇고 실질적으로 할 수 있는 것은 거의 없습니다만, 언제나 그런 것을 상정하면서 지금의 재일조선인사를 다시 볼 필요가 있다고 생각합니다. 제3세계나 식민주의 이런 말들에 새로운 형식의 재해석이라 할까, 식민주의라는 틀을 가지고 세계사적인 공통성을 찾는 작업이 지금 오히려 필요한 것 같습니다.

김용규　　재일조선인들의 그런 지점들이 제가 볼 때는 향후에는 두드러진 특징이 될 수 있겠다고 생각됩니다. 사실 저희들이 우즈베키스탄 등 다른 곳도 가 보았지만, 그런 보편적 의식은 희박한 편이었습니다. 서경식 선생님과도 얘기했지만, 소니아 량Sonia Ryang하고 미국 버클리대학의 존 리John Lie라는 분도 재일조선인 출신으로 사회학 교수인데, 주로 민족성 담론 등에 비판적인 반응을 보이고 있습니다. 저는 이런 역할들이 향후에는 의미 있는 역할, 단순하게 남한, 북한의 관계가 아니라 더 보편적인 담론들을 형성할 때 굉장히 유효할 수 있겠다는 생각이 들더라고요.

역사로서의 재일조선인사

이재봉　　사실 일본사회에서 재일조선인이라는 존재 자체가 마이너리티이고 역사학 중에서 재일조선인사 역시 마이너리티사인데, 선생님께서 그런 재일조선인사에 관심을 가진 이유가 앞의 질문에 연관되어서 대답이 되었던 것 같습니다. 그러면 마이너리티가 지니는 이런 보편성을 확대할 수 있는 방안 등에 앞으로 선생님의 학문적 지향점이 있다는 이야기로 받아들여도 될까요?

정영환　　결국 2세대 분들은 자신의 부모님을 통해서 1세대를 알고 있는데, 우리는 손자이기 때문에 잘 모르지 않습니까? 그저 용돈 주는 할매, 할배들이잖습니까? 어느 의미에서는 2세들이 갖는 1세에 대한 반발이라 할까 그런 것도 이해는 할 수 있는데 동시에 제가 재일조선인사를 연구하면서 가장 명심해야 하는 것은 자신의 역사라고 생각하면 안 된다는 것입니다. 저는 모르는 역사를 알고 싶어서 재일조선인사를 하고 있습니다. 해방 직후의 재일조선인사는 정말 역사학 연구로서도 재미있어요. 우리가 고민하고 있는 문제들은 기본적으로 다 고민을 했던 것 같습니다. 참정권 문제도 그렇고 권리, 추방, 조국과의 관계, 젠더도 그렇고요. 지금 우리가 생각하고 있거나 관심 갖는 문제들은 다 한번은 고민을 하고 있었는데, 그런 것을 재구성해서 우리가 몰랐던 재일조선인사를 다시 쓰고 조사를 하는 것이 필요하다고 생각합니다. 동시에 우리들의 느낌이랄까요, 일본의 관념이나 조선 학교를 통해서 알고 있는, 그런 상식으로 조국을 보아서도 안 되겠죠. 당시에는 비합법적인 도항도 포함해서 조선과 일본 사이를 자주 오갔죠. 그런데 자료적으로 접근한다는 점에서 역사학은 매력적입니다. 자료를 통해서 자신의 상식을 깨는 작업을 할 수 있기 때문이죠. 어느 의미에서 자신이 가장 잘 알고 있다고 오해하고 있었던 대상들에 대해서 자료를 통해 접근할 수 있기 때문에 매력적이란 거죠.

김용규　박사학위논문 주제는 무엇이었나요?

정영환　박사학위는 히토츠바시대학一橋大学에서 했는데, 학위논문 주제는 '해방 후 재일조선인사'인데 해방 5년사에 대한 논문입니다. 1945년부터 조선전쟁 직전까지의 조선인 역사를 썼습니다. 일본에서 책이 나왔습니다. 호세이대학法政大学 출판국2013에서 『조선독립의 애로－재일조선인의 해방 5년사朝鮮独立への隘路－在日朝鮮人の解放五年史』이라는 제목으로요. 부제가 '재일조선인의 해방 5년사'입니다.[4] 거기에서 참정권 문제, 재일조선인의 해방 직후의 송환 문제, 재일본조선인연맹의 해산이나 민족교육에 대한 담합, 제주4·3사건과의 관계 이런 것들을 주제로 연구를 했습니다.

최덕효 선생님도 비슷한 주제입니다. 최덕효 씨는 저보다 다섯 살 위 선배가 되는데, 대학원 시기에 연구회를 같이 했습니다. 최덕효 씨가 우파를 연구했고 저는 좌파를 연구했습니다. 우파도 그렇고 한국 정부가 재일조선인을 어떻게 바라보았는지에 대해 연구했었습니다. 또 재일조선인 우파 계통, 한국 계통의 재일조선인 청년들이 한국전쟁에 참전하지 않았습니까. 이 사례들에 대해 최덕효 씨가 연구

4　이 책은 정영환, 임경화 역, 『해방 공간의 재일조선인사』, 푸른역사, 2019로 한국에서 출간되었다.

를 했고 저는 그 당시에 좌파들이 북을 지지하면서 평화운동을 했던 것을 연구하는 식으로 분담해서 연구를 했었습니다. 최덕효 씨는 영어로 학위논문을 쓰셨죠. 일본에서 출판되면 많은 호평을 받을 것 같습니다.

김용규　영어로 출판을 하시려고 하는 것 같은데 아직은 안 나온 것 같습니다.

정영환　제도사적이고 총체사적인 측면을 많이 다루고 있는 게 최덕효 씨고, 저는 민중사라 할까, 재일조선인의 생활사, 민중사, 운동사 측면에서 연구를 많이 했습니다.

재일조선인 3세대의 언어감각

서민정　조금 다른 질문을 드려 볼게요. 선생님에게 있어서 언어는 어떤 것일까요? 일본어와 조선어를 사용하고 있는 게 어떤 의미로 다가올지요? 대담 도입부에 말씀하셨던 것처럼 2세대와 3세대의 생각은 다를 수 있을 것 같습니다. 그 문제와 연결해서 민족 의식에서 언어는 어떤 역할을 하는지요?

정영환　서경식 선생님과는 세대도 다르고 학교 경험도 다릅니다. 서경식 선생님이나 최덕효 씨는 일본 학교를 다니셨지요. 그래서 같은 3세라 하더라도 최덕효 씨의 한국 경험이나 한국말 경험은 저와 전혀 다를 것입니다. 저는 조선 학교에 다녔고 일본의 정규적인 교육과정을 거치지 않았기 때문에 일본대학에 갈 때는 오히려 일본말을 어느 정도 잘해야 한다는 그런 생각을 했죠. 대학에 가서 일본말을 잘 못하고 한자도 잘 못 쓰면, 우리 민족학교에 대한 인상이 나빠질 것 같아서 일본말을 어느 정도 잘 할 수 있어야 한다는 그런 긴장감이 있었어요.

그와 동시에 친척을 제외하고는 처음으로 한국인, 한국 유학생을 만나게 되었죠. 그 한국 유학생 선배가 교회를 한 번 와 보라고 해서 가 본 적도 있습니다. 어느 의미에서는 현실적으로 처음 한국말을 쓰는 사람을 만난 거죠. 저는 표현할 수 있는 어휘 수가 적고 기본적으로 이북식이지 않습니까. 서점이란 말을 몰라서 그냥 책방이라고 하고요. 조선 학교 선생님들이 옛날식의 말 혹은 낡은 말을 쓰고 있었기 때문에요. 기본적으로 일본말 문제도 그렇지만 역시 한국 분들을 만나면서 다시 한국말을 배워야 하는 감각이 있어요. 서울말에 맞추어서 이야기해야 할 것 같은 위화감이랄까요 그런 어려움이 있었습니다. 이게 사투리와 서울말의 관계와 약간 다른 것은, 조선 학교의 조선말 자체는 역시 어디까지나 학교에서 이야기하는 말이라는 점입니다. 일상적인 이야기를 할 때는 학생들도 일본말을 쓰는 거죠. 그러니까 선생님에 대해서 비판하거나 할 때나 일본 TV에 대해 이야기할 때는 일본말을 쓰죠, 일본말이 편하니까요. 형식적인 이야기 같은 것은 우리말로 할 수 있는데 생활언어가 아니잖아요. 한국 분들은 당연히 생활 언어로써의 한국말을 쓰시기 때문에 어휘 수도 그렇고, 한국말 자체가 신체화되어 있잖아요. 그러니까 대화가 잘 안 되는 거예요. 서울말을 배우든가 해야 하지 않을까 생각이 들 때도 있었고, 나 자신의 말을 지키면서 대화를 하고 싶다고 생각을 해도 쉽지는 않았어요.

저는 일본어를 제1언어로 쓰는 사람으로서 한국말을 배우는 어려움보다도, 조선어를 7살부터 18살까지 배웠는데, 그렇게 배운 우리말이 한국 사람과는 그렇게 잘 통하지 않는 경험이 컸죠. 그러니까 조선말과 한국말의 차이라고 할까요. 내가 아는 건 조선말인데, 이게 평양의 말과도 조금 달라요. 이런 게 언어문제에 대해서 처음 생각을 하게 된 계기였습니다. 그러니까 서경식 선생님이 말씀하시는 재일조선인의 언어의 감옥이라는 표현하고는 약간 다른 문제예요. 그래서 하다 보니까 재미도 있고 해서 공부를 많이 했어요. 대학 시절에는 일본에 있는 한국계 서점에서 주문해서 사 읽으면서 공부했는데, 요즘은 교보문고 같은 곳도 해외카드를 쓸 수 있잖아요. 그뿐 아니라 최근에는 〈나는 꼼수다〉 같은 팟캐스트나 라디오 프로그램으로 공부할 수도 있어서 훨씬 재미있어졌습니다. 민중가요 같은 것도 고등학생 때는 이북식의 노래밖에 몰랐어요. 사랑의 노래 같은 것은 항상 수령님에 대한 사랑 이야기나 동지애였죠. 서민적인 문화도 일본에 많이 들어왔기 때문에 한국말에 많이 익숙해졌어요. 한국으로 유학 가는 친구들이나 한국에서 일하는 조선 학교 출신 선생님들도 최근에 많아졌는데 완전히 한국식으로 이야기를 하지요. 한국 사람이 보기에는 재일교포의 말이겠지만 제가 보기에는 우리 학교의 우리말보다 완전히 서울말 쪽으로 기울었다는 느낌입니다. 그러니까 어떤 말이 나에게 적합한 우리말인지에 대한 고민은 최근에 많이 합니다.

서민정 금방 말씀하셨던 그런 내용은 한편으로는 세대 간의 언어의 차이보다는 경험에 따른 언어의 차이, 공간에 따른 차이인 것 같습니다. 조선 학교에서의 경험 때문일 수도 있겠지만, 선생님은 3세대임에도 불구하고 유럽권에서 만났던 어느 디아스포라의 생각보다조국에 대한 끈끈함이 있는 것 같습니다. 그런 의식에 언어가 혹시나영향을 미쳤을까요? 아니면 선생님이 경험보다 관념적인 민족 의식,조국의식 같은 문제가 언어와 관련이 있는 것인지 고민해본 적이 있으신지요?

정영환　　　조선 학교에서 배워서 우리말을 어느 정도 알기 때문에그런 민족 의식을 가질 수는 있을 겁니다. 그런데 좀 더 자세하게 말씀드리면 대학에 들어간 이후에는 우리말을 쓸 기회가 거의 없어졌고 대학원 들어간 이후에는 더 그랬어요. 그래서 그 이후 리츠메이칸대학 코리아 연구센터立命館大学コリア研究センタ에서 1년간 일할 때, 한국과 학술 행사를 조직할 경우가 많아져서 다시 우리말을 써야 하게 되었죠. 물론 한국말을 잘 해야 하는 게 당시의 전제조건이었고요. 덕효 씨하고도 이야기해 보았는데, 덕효 씨는 그냥 묵독을 하는 게 가장 편하다는 거예요. 나는 소리 내어 읽으면 내용이 더 잘 들어오거든요. 그것 자체는 큰 차이인 것 같습니다. 그러니까 우리말을 잘해야 한다는 전제조건을 충족시켜 준 데는 민족교육의 영향이 큰 것 같고 동시에 다른 나라하고의 차이가 생기는 데는 여기가 일본이라는점이 크게 작용한 것 같습니다. 일본에서는 한반도 이야기를 할 때항상 부정적으로 하기 때문에 우리가 무관심하게 사는 것을 허용해주지 않는다고 할까요. 어느 정도 사회적인 인식을 갖고서 한반도에대한 보도나 기사 등을 보면 너무나 화가 나서 못 살 지경입니다. 그러니까 여기가 일본이라는 점도 무시할 수 없게 큰 영향을 주고 있는

것 같습니다. 그러나 그냥 반일의식으로서의 민족 의식, 막연한 부정 의식으로서의 민족 의식은 싫습니다. 그래서 저는 조선의 문화나, 재일조선인들 혹은 해외의 조선인들에게 그동안 지속되어 왔던 그런 여러 문화들을 배우고 싶습니다.

이재봉　　재일조선인들이 '언어'에 대해 민감하게 반응하는 것은 그것이 어떤 본질적인 문제와 연결되어 있기 때문이 아닌가 생각합니다. 김석범 선생님이나 김시종 선생님 등 1세대에게는 '언어'가 생존의 문제임과 동시에 극복의 대상이기도 했던 것 같고요, 이양지나 김학영 등 2세대에게는 존재의 문제와 직결되어 있었던 것 같습니다. 그런 점에서 재일조선인에게 언어는 세대별로 차이가 있긴 하지만 본질적인 사고방식 등과 관련되어 있는 것 같습니다. 그런 점에서 선생님이 쓰고 있는 우리말이라는 것도 선생님의 본질적 혹은 존재론적 특성을 가장 잘 드러내고 있는 게 아닐까 생각하는데요. 이렇게 보면 일부러 서울말을 배우려 하시기보다는 선생님의 말을 그대로 쓰시는 게 가장 선생님답지 않을까 합니다.

서민정　　아주 직접적인 것은 아닌데 경험에 대한 얘기가 나와서 드리는 말씀입니다. 예전에 우리 부산대학교 인문학 연구소에서 실제 디아스포라 분들을 초청해서 학술대회를 했었거든요. 작가 선생님들이 본인의 경험을 이야기하고 연구발표도 하고 했었는데, 그 중 연변에 계시는 소설가 허련순 선생님이 연변에서 작품 활동을 하고 생활하면서 어릴 때부터 계속 조선어를 쓴 거죠. 그럼에도 불구하고 서울말을 자연스럽게 쓰시고 본인이 너무 서울화되고 싶어 하시는 거예요.

같은 언어권이지만 한국 내에서도 그런 게 있거든요. 저는 부산 사람임에도 불구하고 서울 사람 앞에서 부산말을 편하게 하지 못하죠. 사실은 지금도 이 말이 부산말이 아니거든요. 물론 일본도 근대 당시 그런 경험을 했고, 국어화되는 과정에서 표준어가 가장 윗자리에 서고 나머지 언어들이 주변화되고 위계화되는 과정들이 지금도 지속되고 있고 한편으로는 더 심화되어가고 있다고 생각합니다. 선생님이 말씀하셨던 내용들 역시 언어학을 연구하는 제게는 디아스포라의 언어적 특징을 나타내는 훌륭한 자료 같다고 생각합니다. 그리고 민족 의식에 대해 하셨던 말씀도 근대기에 언어와 민족과의 밀접한 관련성이 강조되었죠. 물론 한국과 일본에서도 마찬가지였고요. 그런데 실제로 디아스포라 선생님들을 만나보면 언어가 영향을 주긴 하지만 절대적인 것은 아닌 것 같다는 경험담 혹은 진술은 어렵지 않게 들을 수 있습니다. 그래서 학문적 이론이나 연구들이 한편으로는 그때 당시의 시대담론을 고려해서 진행되어야 하는 게 아닌가 하는 고민이 들기도 합니다.

김용규   마지막으로, 어떤 방향으로 연구 작업을 진행하고 싶은지요?

정영환   『제국의 위안부』는 전공이라기보다는 여러 가지 사정 때문에 집필하게 되었습니다만, 원래는 재일조선인사를 연구하고 있습니다. 그리고 1945년부터 1950년까지는 연구 결과를 내놓았기 때문에, 자료적으로 조금 어려운 시기이긴 하지만 그 이후 즉 한국전쟁 시기의 역사 연구를 진행하고 싶습니다. 해방 후 재일조선인사를 연구 주제로 삼아 계속 연구를 진행하면서 동시에 실존적인 문제라고도 할 수 있는 역사 인식 문제에도 계속 관심을 가지고 싶습니다. 오늘 거기까지는 이야기가 나오지 못했습니다만, 저를 인식에 큰 영향을 미친 또 하나의 계기는 2002년의 평양선언이었습니다. 어떤 의미에서 조일평양선언은 저에게 있어서 공화국에 대한 지지의 근거가 없어진 것 같은 사건이었어요. 한국과 비교해서 '왜 조선을 당신은 지지하는가?'라는 질문에 대해 도식적인 파악이긴 합니다만 고등학생 때는 '항일세력이었다'는 식으로 대답했는데, 평양선언은 완전히 현실주의적이었습니다. 그래서 그에 대한 비판의식을 가지고 그런 식으로 해결해서는 안 된다고 계속 이야기해 왔습니다. 어쨌건 그 평양선언으로 현실주의로 돌아갔기 때문에 이번의 한일 화해, 『제국의 위안부』 사태에 대한 비판의식도 2002년 평양선언 문제와 연관되어 있는 것으로 저는 보고 있고, 여기에는 한일 관계뿐 아니라 통일 문제도 포함되어 있다고 생각하고 있습니다. 조총련 쪽 단체에서 이 문제를 제기하는 것이 참 어려웠습니다만, 아무튼 연구도 하고 검토를 해야 한다고 보면서 일단 자유주의 문제를 제기했습니다. 그리고 일본의 평화주의도 완전히 변질되었다고 봅니다. 전후 일본이 평화국가였다고 말하는 사람들이 너무 늘어났고, 이제까지 평화주의 세력은 일본은 평화국가가 아니고 평화헌법을 지켜서 진정한 평화를 이루어야 한다고 주장했죠. 그런데 최근의 자유주의자들은, 이제까지 일본은 평화국가였고 그 평화국가를 지켜야 한다는 식으로 완전히 변질시켜 버렸어요. 이런 변질은, 당시 일본과 조선민주인민공화국과의 관계에 대한 비판이 없었기 때문에, 구체적으로 말하면 경제제재나 출입국 관리의 규제, 혹은 만경봉호 입국 규제 등 각종 제재, 규제가 10여 년 동안 지속되었는데, 그에 대해 비판하는 사람이

거의 없었기 때문이었습니다. 공산당을 포함한 야당에서도 전원 일치로 찬성하고 있는 이런 것들이 약 30년 동안 어떻게 형성되었는지에 대한 동시대적인 분석도 하고 싶습니다. 그러니까 원래 했던 재일조선인사 연구를 진행하면서 동시대사 분석도 해야 하지 않을까 생각하고 있습니다.

김용규　　좋은 결과 있으시길 바랍니다. 세부적으로 이야기를 듣다 보니 저희들이 분명해지는 부분도 있고 좀 더 수정해나가야 하는 부분도 있고, 좋은 자료가 된 것 같습니다. 감사합니다.

2차 대담

일시	2023년 1월 9일
장소	메이지가쿠인대학 시로카네 교사
	세미나실
대담자	정영환, 김용규, 이재봉, 서민정

재일조선인 3세 역사학자 정영환에게 듣는다

김용규　　최근 출간된 『해방 공간의 재일조선인사』[푸른역사, 2019]를 중심으로 선생님의 최근 동향과 연구를 여쭈어보면서 시작하면 좋을 것 같습니다. 『누구를 위한 화해인가』가 위안부라는 역사적인 문제이면서도 당대적인 이슈를 중심에 두고 역사를 진단한다면, 이 책은 재일조선인의 역사를 역사적인 시각에서 보는 정영환 선생님의 역사에 대한 고민, 세대의 고민이 묻어있는 것 같더군요. 그래서 기존의 인터뷰에 최근 선생님의 저작을 중심으로 한 추가 질문을 통해 인터뷰하면 좋을 것 같습니다. 자유롭게 대답하시면 좋겠습니다.

　　2016년 8월 26일에 인터뷰를 하고 6년이 지났군요. 2018년 영국 SOAS에서 선생님을 잠시 뵈었지만 그때로부터 2023년 1월 9일 현재까지 시간이 5~6년이 지났습니다. 엊그제 같은데 시간이 훌쩍 지났군요. 사실 그 사이에 시간만 흘러간 것이 아니라 코로나로 인해 엄청난 세계사적 변화가 일어났고, 동아시아에서도 한반도, 미국, 중국, 일본의 정세변화와 국제 관계로 인해 요동치는 상황이 일어나고 있는 중입니다. 이런 상황 속에서 선생님의 최근 근황과 변화가 있다면 이를 소개하며 인터뷰를 시작하면 어떨까요?

최근 개인 근황과 변화

정영환　이런 기회를 마련해주셔서 감사합니다. 6~7년 동안 저에게도 많은 변화가 있었고, 그래서 이번 인터뷰에 임하면서 준비를 해보았는데 2016년 당시에는 제가 한국에 들어가지 못하는 상황이었습니다. 여행증명서도 안 나오는 그런 상황이었는데, 2018년 4월 오랜만에 한국에 가게 되었습니다. 제가 입국하게 된 날에 우연하게도 4월 27일에 남북정상회담이 개최되었습니다. 남북 관계와 북미 관계의 전환이 저에게도 많은 변화를 일으켰으며 2020년 2월까지 6번 한국에 들어갈 기회를 갖게 되었습니다. 개인적인 여행 말고 한국 측에서 학회나 연구회에서 저를 초청해주셨고, 2019년에 『해방 공간의 재일조선인사』푸른역사, 2019라는 책을 출간하고 책의 출간 서평회도 열어주셨는데 그런 의미에서 재일조선인사 연구를 통해 한국 학자들과 교류할 수 있었던, 저에게는 뜻깊은 2~3년이었습니다. 2016년에 『누구를 위한 화해인가』가 한국에서 출간되었을 때 그 주제는 『제국의 위안부』에 대한 비판이었고 제 주 전공과는 좀 거리가 있는 '일본군 위안부' 문제에 관한 것이었습니다. 이 분야에 관심을 갖고 계신 분들이 많았고 물론 제 나름으로 조사도 연구도 열심히 해서 썼던 책이었습니다. 하지만 제가 가장 크게 관심을 갖고 있는 주제는 재일조선인의 역사였기 때문에 2018년 이후 한국에 계신 분들과의 만남은 제가 가장 원하던 것이었습니다. 2017년까지는 한국에 못 가는 상황이 저의 의식을 나름 지배하고 있었던 것 같습니다. 지금 시점에는 가려고만 마음먹으면 언제든 갈 수 있는 상황이 되었고, 코로나 사태로 한국에 가고 안 가고는 선택의 문제라고 한다면, 2017년에는 가고 싶어도 못 가던 상황이었고 제 연구나 한국에서 공동 연구를 할 때 차질이 생기는 상황이었습니다. 2018년 이후부터는 정신적으로 많이 편해진 상황입니다. 물론 2022년 5월에 정권 교체가 이루어져서 앞으로 어떻게 될지 낙관적인 예상만은 못하겠지만 저에게는 좀 더 편하게 연구할 수 있는 기회가 생겼다고 봅니다.

김용규　이 변화 속에서 선생님의 개인적인 변화는 없습니까? 한국학계와의 관계와 공동 연구의 가능성이나 그와 관련된 한국 출입 비자 발급의 문제에 달라진 것은 없습니까?

정영환　2016년 이후 또 하나의 변화는 선생님과도 영국의 런던대학 SOAS에서 뵙게 되었습니다만 첫 인터뷰를 하던 2016년 8월 이후 2017년 2월에 북측의 여권을 신청했습니다. 한국 여권은 제가 갖지 못하는 상황이라 북측의 여권을 신청해서 그 여권을 가지고 런던에 체류하며 해외 연구를 하게 되었습니다. 애초 런던대에서 받아주긴 했지만 영국 비자가 나올지에 대해서 장담할 수 없는 상황에서 무사히 비자도 나오고 영국에 2017년 6월부터 2018년 2월까지 체류하게 되었지요. 영국이 셴겐 조약Schengen Agreement에 가입하지 않았기 때문에 유럽 대륙에 가기 위해서는 거기서 다시 비자를 받아야했는데 그 비자도 큰 차질 없이 발급받을 수 있었습니다. 그 결과 네덜란드, 스위스, 독일 등 여러 나라에 찾아갈 수 있게 되었습니다. 그 경험은 제 연구의 범위도 상당히 넓혀주었고 거기에서 찾은 자료를 가지고 새로운 논문도 쓸 수 있게 되었습니다. 저에게는 너무 좋은 시기였습니다. 2017년부터는 저에게 새로운 시기였죠.

김용규   영국에 있을 때 듣기도 했지만 북측의 여권으로는 EU 국가에 들어갈 때는 비자를 따로 받아야 하는 모양이지요? 한국 여권을 가지고 있으면 영국이든 유럽이든 비자면제 대상이기 때문에 언제든지 왔다 갔다 할 수 있거든요.

정영환   그렇죠. 갈 때마다 공항에서 취조도 받고 설명도 해야 되는 상황입니다. 출생지는 일본인데 북측 여권을 갖고 있으니 설명도 미리 준비해야 하고, 특히 그 당시 UN안보리 제재도 받고 있어서 북미 관계가 좋지 않던 시기였습니다. 특히 싱가포르가 엄한 규제를 했지요. 말레이시아 공항에서 있었던 김정남 사건이 있었기 때문에 싱가포르에 들어갈 때 6시간 정도까지 조사를 받았는데, 기본적으로 입국은 다 할 수 있었습니다.

이재봉   2018년에 제가 도쿄게자이대학에서 연구년을 보내고 있었습니다. 제 숙소가 아시다시피 무사시노미술대학 앞이라서 조선대학을 종종 지나치게 되어 있었습니다. 그때 아주 인상적으로 받아들였던 것은 조선대학교에 "자기 땅에 발을 붙이고 눈은 세계를 보라!"라는 표어가 붙은 것을 본 것입니다. 그 이전에는 이런 표어를 본 적이 없었거든요. 처음에 저는 북한도 변하려고 하는구나 하는 것을 느꼈습니다. 그 이후 조금 지나 남북정상회담이 있었고, 그런 상황들과 북한의 변화가 서로 연관이 있지 않았겠나 싶기도 합니다. 지금은 급격히 안 좋아지고 있고 그 당시에도 북미 관계가 좋지는 않았지만 남북 관계가 개선이 되면서 여러 가지 사정이 좋아지는 것은 아닐까 하는 생각을 가졌습니다.

한반도와 동아시아 정치변화

김용규　이재봉 선생의 질문처럼 최근에 선생님의 주변 변화도 있 겠지만 급변하는 동아시아의 변화를 재일조선인 역사학자로서 어떻 게 보고 있는지 궁금합니다.

정영환　상당히 혼란스러운 상황에 진입하고 있다고 생각합니다. 과거 청산 문제와 관련해서는 2015년에 한일외상합의가 있었는데, 문재인 정부가 들어서면서 합의 자체의 파기까지는 언급하고 있지 않지만 사실상 다시 한 번 위안부 문제에 관해 정리할 시기에 들어 간 것 같습니다. 결국 문 정부 시기에는 그 문제를 해결하지 못하고, 지금은 오히려 강제징용 문제를 둘러싸고 한국 측에서 여러 제안들 과 그에 대한 비판들이 나오고 있는 상황이지만 일본 측에서는 2015 년 당시와 비교해서 전혀 논의가 이루어지지 않고 있습니다. 논의가 이루어지려면 다양한 의견들이 개진돼야 하는데, 주류 일본 언론들 은 기본적으로 한국 정부가 책임을 져야 한다는 입장에는 거의 차이 가 없는 것 같습니다. 기자나 학자들 중 원래 이것은 일본의 가해 문 제로 인해 시작된 일이니 일본이나 일본 기업 측에서 책임을 다해 해결책을 제안해야 하지 않는가 하고 생각하는 이들도 있는데 이는 극소수에 해당합니다. 위안부 문제에 관해서도 주류 언론들이 비슷한 의견을 갖고 있었던 부분이 있었지만 지금은 오히려 쟁점화하지 않으려는 상황에 있는 것 같습니다. 그런 점에서 지난 7년간 이들 문제는 상당히 후퇴했고, 일본에서는 기본적으로 1965년에 한일조약 체제와 다른 제안을 하는 의견들은 공론화 자체가 되지 않고 있으며 공론화하려는 분들이 오히려 소외되고 있는 상황이라 봅니다. 비관적으로밖에 볼 수 없는 상황이고 현재 진행형이라서 정확하게 판단하기 어려운 부분이 있습니다. 작년에 아베 전 수상이 암살당하는 사건이 있지 않았습니까? 그 후 아베 전 총리의 관료들은 여러 가지 문제에 있어 약간 자유로워지고 있는 듯합니다. 그의 사후 아베라는 정치가가 큰 권력을 가지고 있었구나 하는 느낌을 받습니다. 앞으로 다른 주제에 관해서 변화가 생길 수도 있을 듯한데 강제 징용 문제에 관해서는 그럴 가능성이 크지 않아보입니다.

김용규　지금 말씀하신 부분에서 느껴지는 건 예전에는 책임이나 사죄가 논의의 중심이었다면 이제 일본사회가 그런 패러다임으로부터 벗어나고 있다는 느낌을 갖습니다. 일본 입장에서는 미국, 중국, 북한 문제를 통해 다른 패러다임으로 가는, 사죄와 책임이 아니라 과거에 자신들이 가지고 있었던 영광을 새로운 방식으로 구현해보려고 하는 패러다임으로 전환하고 있다는 생각이 듭니다.

정영환　맞습니다.

김용규　사죄와 책임은 일본의 입장에서는 수세적인, 즉 늘 반성해야 하는 입장이었다면 이제 애초에 반성하지 않는 역사적인 모델로 넘어가는 느낌이지요. 위안부 문제나 강제징용 문제들을 보면서 한국이 오히려 수세가 되는 느낌, 이건 패러다임이 달라지는 느낌이 드는데 역사학자로서 어떻게 인식하고 있습니까?

정영환　원래 이 문제에 관해서는 한일 관계의 안정화하는 외교적인 관점에서 접근하느냐, 아니면 역사적인 정의를 통해 과거사를 청산하거나 인권의 문제로서 접근을 하느냐 하는 두 가지 시각이 항상 있지 않았습니까? 외교 당국자들은 전자인 한일 관계의 안정이라는, 그리고 한미일 관계의 안정이라는 목적하에서 역사 문제를 접근한 반면 역사학자들도 그렇지만 당사자들이나 활동가들은 역사의 정의나 인권의 시각으로 접근을 했는데, 후자의 시각이 일본사회에서 많이 후퇴하고 있습니다. 2015년에 아베 수상이 전후 70년 담화를 내면서 전후 일본은 여태까지 사죄를 해왔다는 역사 인식을 반복해왔는데 이를 70년으로 이 문제를 마무리짓겠다는 메시지로 받아들이고 있는 것 같습니다. 그런 의미에서 역사학자로서는 상당히 중요한 시기라고 봅니다. 과거처럼 사회적으로 두 가지 시각이 어느 정도 공론화되던 시기가 마감되고 있는 듯합니다. 한국 내에서는 다른 시각들이 있다고 봅니다만 일본 안에서는 역사의 정의와 인권을 주장하는 목소리들이 점차 소수화되고 있는 상황이라 어떻게 이 논의를 다시 정립할 수 있을지가 관건이라 보고 있습니다.

이재봉　애초부터 한국의 역사적 입장에서 보면 계속 사과를 요구해왔지만 일본은 그렇게 응하지 않았던 것인데, 이제 일본에서는 계속 사과해왔다는 입장을 내세우는 것 같습니다. 그러나 실제로 보면 일본은 제2차 세계대전 이후 계속해서 아시아를 지우기 위한 노력을 해오지 않았습니까? 아시아를 지우면 결국 미국과 일본만 남는 거죠. 한반도나 대만, 필리핀 문제들이 일본의 시각에서 사라지다보니 이런 외면이 저류에 흐르다가 아베와 같은 극우 보수정권과 만나면서 목소리가 더 커진 느낌이거든요. 거기에서 우리가 느끼는 것은 한국과 일본이라는 관계의 문제입니다. 그런데 선생님이나 여기에서 살고 있는 재일조선인들의 입장과 이야기들은 그 속에서도 소수화되어 있는 거지요. 거기에 대해서는 어떻게 생각하는지요?

정영환   재일조선인들도 그렇지만 우리에게 하나의 쟁점은 1965년 체제의 문제이지 않습니까? 65년 체제의 문제는 두 가지 측면이 있다고 봅니다. 하나는 한일 청구권 협정 문제로서 이것이 재정적으로 해결이 되었다는 인식을 지금 현재를 살아가는 사람들이 받아들이는 것인지 아니면 그렇지 않다고 하는 것인지 하는 역사 인식의 문제가 있습니다. 또 하나는 분단의 문제가 있다고 봅니다. 이 두 가지의 주제에 관해 일본의 진보세력들은 어느 정도 비판적이고 대안적인 시각을 내어왔는데, 최근에는 정치적으로 볼 때도 1990년대에 사회당이 몰락하고 지금 일본 야당들도 기본적으로 보수파 일색이라서 이 문제에 대해서는 공론화를 하지 못하는 상황입니다. 남북 분단의 문제도 북한 핵문제라는 시각에서만 접근하기 때문에 그 범위 안에서의 해결만이 정치적인 선택지로 남는 어려움이 있습니다. 재일조선인들 중에서 특히 분단과 과거 역사청산의 문제에 관심을 가져온 사람들도 그렇고, 민족 교육에 종사하고 있는 분들도 지금 굉장히 큰 어려움을 느끼고 있습니다. 이런 상황에서 자신들의 담론을 만들어 갈 수밖에 없는데 그러려면 역사를 바꿔야 하는 거죠. 상당히 어려운 처지입니다. 제가 나중에 말씀드릴 내용이지만 "조선적朝鮮籍"에 관한 해석도 역사학자로서 이에 대한 대안적인 시각을 제시하고 싶어 책을 썼습니다.

『해방 공간의 재일조선인사』와 제3세대 재일조선인의 역사 인식

김용규 이러한 급격한 시대적 변화들 속에서 이번 인터뷰의 중요한 계기가 된 것이지만 반가운 사실은 2016년 『누구를 위한 '화해'인가?』 이후 선생님의 주저라 할 수 있는 『해방 공간의 재일조선인사』가 2019년에 한국에서 출간된 점입니다. 늦었지만 축하드립니다. 이 책은 재일조선인 역사에 대해 새로운 시각을 열어주는 저작일 뿐 아니라 재일조선인 3세가 일본, 미국, 남북한이 얽혀있는 재일조선인의 역사를 어떻게 바라보는지를 보여주는 역작이라 생각합니다. 2013년에 일본에서 출간되었지만 한국어판에서는 그 후에 발표된 논문 두 편과 한국어판 특별보론「해방전 재일조선인사」를 추가하여 묵직한 저작으로 출간되었습니다. 그동안의 재일조선인사가 특정한 정치적 시각이나 남북한 관련된 특정 정파적 시각이 크게 작용해왔다면 역사학자로서 이 책의 출간은 조금 다를 것 같다는 생각을 가져봅니다. 문제의식이 남북한과 일본의 문제에 국한되지 않고 있고, 자료들도 동아시아 혹은 세계의 다양한 자료들을 충분히 조사하고 해명하고 있는 것 같더군요.

그런 점에서 이 책의 문제의식은 이전 세대들과는 좀 다르다는 느껌을 받았습니다. 제게 인상적인 것이었던 것은 한국어판 서문의 시작에 쓰인 문구였습니다. 이 구절이 참 감동적으로 다가왔습니다.

'동포'가 읽을 만한 책을 쓰고 싶다. 내가 이 연구를 이어가면서 항상 의식해온 소망이다. 재일동포가 이 책을 손에 들었을 때 내가 그려낸 '역사'를 자신의 경험으로 실감할 수 있을 만한 그런 글을 쓰고 싶었고, 또한 써야 한다고 생각해왔다. 일본의 다수자들이 공유하는 '일본사'에서 빠진 부분을 지적하는 것으로 끝나지 않는 역사, 재일조선인 '문제'의 역사가 아니라 재일조선인이 생존을 위해 벌인 투쟁의 역사, 그들은 자신들이 직면한 난제를 해결하기 위해 어떻게 논의하고 고민하고 갈등하고 도피하고, 그리고 연대했을까. 그러한 역사를 쓰는 것이야말로 동포가 읽을 만한 것이 될 터이다. 그것이 이 책의 바탕이 된 연구에 몰두했을 때의 거짓 없는 심정이었다. 『해방 공간의 재일조선인사』, 10쪽

여기서 정영환 선생님이 말하는 '동포'가 '재일동포'로 특정되어 있지만 사실 한반도에 사는 동포들도 당연히 염두에 두었을 것이라 생각해봅니다. 하지만 자신의 발언의 수신자를 재일동포와 한반도의 동포로 한다면, 발언양식이 달라져야 합니다. 뿐만 아니라 발언의 발신자의 태도 또한 달라져야 합니다. 그러려면 그동안 분단의 상처와 기억과 이데올로기적 갈등을 겪었던 사람들에게 분열을 넘어 어느 정도 공감할 수 있는 역사를 써야한다는 강박이 있었을 것으로 짐작됩니다. 선생님은 어떤 역사를 지향하고자 했는지 그리고 어떤 글을 쓰고자 했는지 얘기를 부탁드립니다.

정영환　고맙습니다.『해방 공간의 재일조선인사』는 원래 2013년에 일본에서 냈던『조선독립으로 나아가는 애로朝鮮独立への隘路－在日朝鮮人の解放五年史』라는 책이 한국에서 번역된 것입니다. 사실『누구를 위한 화해인가』보다 3년 전에 나온 책이며 저의 박사학위논문을 수정하여 출간한 책입니다. 일본어 제목이『朝鮮独立への隘路』로 했던 것도 출판사에서 이 책을 홍보할 때 일본사로 하겠느냐 한국사로 하겠느냐 이렇게 질문하는 겁니다. 서점의 어느 코너에 넣을지를 결정해야 하기 때문이죠. 기본적으로는 재일조선인의 책은 일본사로 분류하는 경우가 많습니다. 그런데 저는 일본인들에게 자신들이 알고 있는 틀 내에서 재일조선인사를 해석할 수 없는 이물異物 같은 것으로 느껴지기를 바랐습니다. 그래서 타자성을 살리기 위해서 조선 독립운동에 관한 책인 것처럼 느껴지는 그런 제목을 붙였습니다. 그런데 한국에서 낼 때에는 오히려 재일조선인의 역사를 한국사회의 일부로 보는 시각이 있기 때문에 원래 부제였던 '재일조선인의 해방5년사'였는데 이것을 주제목으로 내세워『해방 공간의 재일조선인사』로 정했고 해방 공간이라는 개념 자체가 한국 현대사의 개념이기 때문에 그 틀 내에서 좀 해석해달라는 바람이 있었습니다. 그렇지만 기본적으로 이 책에 나오는 무대들은 거의 다 일본입니다. 우리 민족의 근현대사 자체가 항상 이산離散 즉 디아스포라의 역사라고 말해도 좋을 듯한데, 특히 저희 같은 재일조선인 3세과 달리 1, 2세대 분들은 허가를 받든 안 받든 국경을 넘어서 조선반도와 일본 사이를 왕래하고 정치적으로도 일본의 진보 단체에 소속하면서 동시에 한국에 있는 민족 단체에 소속하는 복잡한 상황을 당연시하는 경향이 있었기

때문에 그분들의 활동 범위와 상상력을 역사적으로 어떻게 재구성할 수 있을까 하는 문제가 저에게 가장 큰 과제였습니다. 이것을 한국사 / 일본사로 나누고 싶지 않았고 지금 현재는 사라진 활동들과 상상력을 다시 한 번 부각시키는 역사 서술이 어떻게 가능한가를 추구해보았습니다. 이 책은 기본적으로 그렇게 복잡하지 않은데, 일본 내에서 재일조선인들이 자신의 교육이나 생활권 문제에 관해 어떤 요구를 하면서 교섭했는지, 일본사적인 측면 뿐 아니라 그 당시 독립과 통일 문제에 관련해서 이 분들이 구체적으로 조선에 있는 정치단체들과 어떤 인연을 가지며 논의를 진행해갔는지를 특히 한반도의 정치적인 흐름과 접속시켜 서술하는 방식을 찾고자 했습니다. 제가 생각하기에 이런 방식은 어느 의미에서는 낡은 방식일 수 있습니다. 재일조선인 강덕상姜德相 선생님을 비롯한 1세대 역사학자들은 항상 조선의 근현대사 속의 재일조선인이라는 시각에서 연구를 해왔습니다. 박경식朴慶植 선생님도 그렇고. 1세대 지식인들 중에는 역사학자들이 많았습니다. 그런데 1980년대 이후에 재일조선인 중에서도 새로운 세대가 지문날인 반대투쟁처럼 새로운 문제의식을 가지고 투쟁하면서 연구자들도 사회학이나 인류학과 같은 새로운 방법론을 갖고서 그 시대의 민족 의식과 일체감을 느끼지 못하는 젊은 세대의 정체성을 어떻게 기술할 것인지를 많이 고민했다고 생각합니다. 그 결과 재일조선인의 젊은 세대의 정체성에 대해서 조국 지향적인 정체성도 아니면서 일본에 동화주의적인 것도 아닌 문제의식들을 모색하는 흐름이 생겨났다고 봅니다. 제가 대학을 다니던 시기에 그런 새로운 연구들이 큰 흐름을 형성했는데 그것들을 배우기 시작하면서 조국 지향도 아니고 동화 지향도 아닌 새로운 지향의 역사의식 같은 것이 논의되기 시작했습니다. 그때 '자이니치在日'란 말이 유행했는데 저 같은 경우 그런 지향이 하나의 당위성처럼 거론되던 시기에 오히려 조국이나 민족에 관심을 가지게 되었던 겁니다. 그런 의미에서 손자가 할아버지, 할머니 세대에 호감을 갖는 것처럼 돌이켜볼 때 직전 세대들의 연구에 대해서는 그 문제의식과 그것의 반복에 위화감 같은 것을 느끼면서 다시 한 번 역사학으로 회귀하려고 했던 부분이 없지 않았다고 생각합니다. 민족주의나 민족의 개념을 곧장 상대화하기보다는 오히려 해방 직후의 상황 속에서 민족이란 개념은 젊은 세대에게 1세대의 민족 의식이나 마찬가지였기 때문에 자연스러운 것으로 상상을 해버리는데, 실은 황민화 교육을 받고 일제 시기를 겪으며 해방을 맞은 사람들에게 있어서 민족은 오히려 3, 4세대의 민족 개념과 일맥 통하는 부분이 있지 않은가 하는 상상력을 갖고 연구하게 되었습니다. 그런 의미에서 새로운 방법론을 추구하였지만 앞선 세대 방법론이나 문제의식을 되찾고자 했던 부분이 큽니다. 저희 세대들은 민주화 이후의 한국 현대사에서 통일 지향적인 그런 연구를 다룬 역사책을 주로 읽었고 서경식 선생님의 책을 집중적으로 읽었습니다. 오히려 그 당시에 한국에서 일본으로 와서 연구 발표하시는 분들과는 시각 차이가 컸습니다. 탈식민과 탈민족의 시각에서 민족주의를 상대화하는 담론을 기반으로 한 연구들이 주류였고, 저희도 그런 연구에서 배운 바가 많았지만 일본 지식인들도 한국 연구자들도 다 같이 재일조선인에게 민족주의를 상대화하라고 조언을 하는 그런 상황이 생겼습니다. 그때 고군분투했던 지식인이 바로 서경식 선생님이었습니다. 서경식 선생님의 존재는 올드패션한 민족주의자가 아니었고, 또 민족주의를 상대화하려는 맥락에서도 왜 민족이란 개념이 필요한가 하는 문제에 대해 깊게 생각하고 싶었던 젊은 층의 호응을 많이 받았습니다. 탈국가론이나 탈민족론은 모두 원래 급진적인 주장들이고 국민국가 해체를 지향하는 것인데, 이런 주장이 뭔가 소수자의 정체성을 해체하려고 하는 것처럼 느껴지는 상황이었습니다. 이런 상황이 1990년대 후반에서 2000년대 중반까지 대학이나 대학원의 분위기였기 때문에 그런 분위기와는 다른 시각에서 연구하고 싶었고 그때 되돌아갔던 것이 바로 역사학이었다고 생각합니다.

김용규　　영국의 문화 연구자인 레이먼드 윌리엄스Raymond Williams가 감정구조structure of feeling라는 개념을 사용하는데 선생님 같은 경우도 역사학의 감정구조가 2000년대를 넘어오면서 새롭게 형성되고 있었다는 얘기군요. 서경식 선생님의 시각도 그런 점에서 중요한 것 같습니다. 민족을 탈역사화하는 탈민족 진영도 있고, 자유주의 진영도 있고, 그 사이에서 민족에 대해 새로운 방식으로 사고하려고 했던 시각들이 등장하고 있었군요. 정 선생님의 작업이나 서경식 선생님의 작업을 통해 민족을 탈민족화함으로써 민족 문제의 해체에 동조하지 않으면서, 닫힌 민족주의의 민족 개념과도 다른 그런 민족 개념과 이를 사고하는 방식을 구체적인 역사 속에 어떻게 녹여 놓을까 하는 문제의식이 정 선생님이나 선생님과 같이 3세대 역사학자인 최덕효 선생님의 고민이 아니었을까 하는 생각을 해봅니다. 좀 전에 선생님께서 역사의식에서 묘하게도 1세대와 친화성이 있다고 말씀하셨는데, 제가 볼 때 그런 친화성에도 불구하고 선생님의 작업에는 그들과는 다른, 즉 한반도 역사에 공감하는 모든 사람들을 겨냥하는 역사 서술을 위해 객관성의 문제가 굉장히 중요한 것 같습니다. 이 부분을 한 번 더 설명해주시겠는지요. 선생님은 역사 서술에서 어떤 역사를 지향하고자 했고, 역사의 방법론으로 어떻게 글을 쓰고자 했습니까?

정영환　역사학자이기 때문에 자신의 편견이나 생각을 그냥 대상에 투영하면 안 되는 것이지 않습니까? 가설의 출발점은 있어야 하지만 거기에서는 역사 연구자로서 타자의 사료를 접하고 타자들의 소리를 어떻게 재구성할 것인가 하는 큰 문제를 고민해야 한다고 생각합니다. 시기적으로 보면 2000년대 이후 특히 해방공간에서 재일조선인들이 생산한 신문이나 자료에 쉽게 접근할 수 있게 되었고 그 양도 엄청나게 많습니다. 그런 자료들을 보면서 기존의 민족단체들을 정리한 운동사 서술과는 많은 차이가 있는, 여러 가지 다른 소리들이 느껴지는 겁니다. 민족단체의 목소리를 정리한 것 중 대표적인 것은 북측의 입장을 지지하는 노선을 하나의 목적으로 설정해놓는 목적론적인 역사 서술을 전개하고자 하는 것으로 그런 시각에서 보면 상당히 이른 시기에 일찍이 김일성과의 인연이 있었다는 식으로 설명하기 때문에 오히려 남측의 다양한 정치가들이나 정치와의 연관성은 잘 드러나지 않지요. 사실 그 시기 자료를 보면 물론 김일성에 대한 언급이 적지는 않지만 다양한 정치가들과의 접촉이 있었고, 외국에서 일어나고 있는 일들과 달리 상당히 구체적인, 특히 서울에 대한 정치상황에 대한 언급들이 많았고 그곳과의 연락망도 갖고 있었지요. 『해방공간 재일조선인사』의 서론에서 언급하기도 했지만

1948년 4월에 유명한 한신교육투쟁이라는 사건이 일어났는데 그때 일본 정부가 조선 학교의 폐쇄를 명령하면서 재일조선인들의 저항을 받게 됩니다. 기존 연구들에서도 미국이 그런 저항을 엄격하게 규제하게 된 이유로 5월 10일에 있던 남한 총선거를 지키기 위해 4월의 사건을 소요로 간주한 것으로 언급되고 있는데, 재일조선인의 신문을 보면 그때 체포되어 군사재판에 넘겨진 몇몇 조선인들이 자신의 변호를 서울에 있는 변호사에게 부탁하는 내용이 나와 있습니다. 일본에서 자신들의 변호를 서울의 변호사에게 맡아달라고 부탁하는 기록이 남아있는거지요. 『동아일보』나 『조선일보』를 보면 이런 부름에 서울의 변호사들 몇 분이 호응하고 나왔던 겁니다. 하지 장군이 허가를 해주지 않아 못 가게 되는데, 결과적으로는 결실을 맺지 못한 연대라고 할 수 있습니다. 이에 대해서는 한국 현대사에서도 일본 현대사에서도 제대로 다루어진 적이 없었다고 생각합니다. 결과적으로 이루어지지 않았던 연대이기 때문이겠죠. 하지만 재일조선인들의 사료를 보면 이런 사실들이 상당히 많이 나옵니다. 그 당시 기록들이 저에게 한국 현대사와 일본 현대사를 넘나드는 사실들을 알려준 겁니다. 이런 경험이 많았습니다. 그 외에도 일본의 도쿄군사재판이 있지 않았습니까? 도쿄재판에 관해서 일본의 전범에 대해 유죄판결을 내린 걸로 알려져 있는데 일반 시민들에 대한 판결에 대해서는 거의 언급되지 않고 있다는 비판들이 70년대 이후 연구자들에 의해 제기되었지요. 일본의 우파도 좌파도 조선의 식민지 문제에 관해선 언급하지 않았다고 비판이 있었는데 그 당시 검열을 생각해볼 때 그들에게는 당연한 일이었습니다. 그걸 70년대 연구자들이 새로 발견한 것처럼 알고 있는데 그것은 아니라고 봅니다. 그래서 저는 일본에서 살면서도 조선인으로서의 정체성을 갖고 있는 사람들의 다른 목소리를 찾아내서 그런 점에 집중적으로 주목하면 새로운 현실을 발견할 수 있지 않을까 하는 생각을 했습니다.

또 하나는 『해방 공간의 재일조선인사』에서 대마도에 관한 글도 추가했는데 역시 지역에 주목을 해야 한다고 생각하고 있습니다. 대마도에 관한 역사 연구는 근세사까지는 상당한 양의 연구가 있습니다. 대마도가 일본의 에도 막부와 조선 왕조와의 교류의 중요한 창구였기 때문이지요. 하지만 근대 이후 대마도에 관한 연구는 거의 사라지는데 사실 일제 시기에 조선인들이 대마도에 많이 살았고 해녀나 숯구이와 같은 임업을 하면서 살았는데 그들의 역사는 거의 다루어지지 않았습니다. 하지만 공동 연구를 하며 찾아보니까 수천 명의 사람들이 식민지 시기에 대마도에 살고 있었습니다. 어떤 분의 증언을 들어보니까 해방 후 자신의 형님이 대마도에서 배를 구입하여 고향으로 돌아가려 했는데 결국 못 돌아가게 되었다고 하더군요. 그러다가 초등학교는 대마도에 생긴 조선 학교에 다니다가 중학교는 통영으로 진학을 했다는 겁니다. 해방 이후니까 밀항인거죠. 문제는 밀항을 했다는 의식 자체가 없었다는 겁니다. 그냥 자연스럽게 통영으로 간 거죠. 거기서 적응하지 못해 다시 돌아와서 일본에서 진학을 하게 되었는데 적어도 그런 공간이 한국전쟁 이전에는 있었다는 것을 대마도를 통해 알 수 있었습니다. 방법론적으로 볼 때 저는 기본 사료를 통해 실증적으로 보고자 했는데 그들의 기록 자체가 저에게 가르쳐준 것이 많았다고 말씀드릴 수 있습니다.

서민정　『누구를 위한 화해인가』에 대한 평가도 그랬고 이번에 번역되어 나온 『해방 공간의 재일조선인사』도 그렇고, 사료를 보는 것이 역사학자들에게는 기본인데, 어떤 사료를 보고 어떤 사료를 선택하는가가 궁금하거든요. 선생님이 보시는 사료와 사료의 해석 방식이 기존의 역사 연구 방식과는 많은 차이가 있을 듯합니다. 선생님의 작업이 한국 역사학자들에게 상당한 호응이 있을 것으로 보입니다. 역사학의 본격적인 질문은 아니지만 선생님께서 혹시 사료를 선택하거나 보실 때 선생님만의 방식이 있는지요. 그것이 오래전부터 궁금했습니다.

정영환　기본적으로 제가 다루고 있는 사료는 기관지나 회의록 같이 단체들이 생성한 자료들이고, 또 하나는 시기가 좋았던 점도 있습니다. 해방 직후의 미군 점령기에 많은 신문들이 나왔고, 그 신문들 중에서도 기관지 이외에 재일조선인들이 여러 신문들을 냈습니다. 거기에는 투고들도 많았고 여러 목소리가 반영되어 있었습니다. 저는 단체를 중심으로 연구하는 방법이 이 시기 재일조선인사 연구를 하는 데 중요하다고 보았는데, 동시에 단체가 대표하지 못하는 여러 소리들이 또한 있지 않습니까? 그런 소리들을 어떻게 부각시킬 수 있을까를 항상 고민하고 있습니다. 단체들의 회의록을 보아도 이 시기에는 아직 목가적인 측면이 있습니다. 한국전쟁 시기에는 회의록이 많지 않은 편입니다. 회의록에는 개인 이름이 잘 나오지 않고 대개는 필명을 쓰는 경우가 많았는데, 1949년까지는 비교적 상황이 좋았기 때문에 다양한 논쟁들이 소개되었지요. 조직의 차원 속에서도 이러저러한 경향은 올바르지 않다는 식의 소개가 있는 겁니다. 이것은 소위 북한의 연구에서 많이 쓰던 방법이지 않습니까? 이와 달리 비판하는 대상에 주목하면서 다른 목소리를 부각시키는 그런 방식이 있습니다. 『영국 노동 계급의 형성The Making of the English Working Class』이라는 책을 쓴 E. P. 톰슨Thompson이 노동자 계급의 범죄에 대한 자료를 자세히 보면서 그 속에서 노동자 계급의 저항이나 계급의식의 형성에 주목을 했던 연구를 했는데, 재일조선인의 경우에도 일탈이나 범죄에 대한 얘기들이 많은데 특히 좌우파들이 서로 싸우면서 상대를 불량배라고 부른 겁니다. 그런데 1945년 재일조선인들의 상황을 보면, 일제하에서의 법적인 단속을 받던 시기에서 해방되면서 스스로 자치를 모색합니다. 스스로 통치하려고 한 것이죠. 그 자치라는 것은 이면적인 의미를 갖고 있습니다. 법과 일치되는 부분도 있고 법을 일탈하는 부분도 있다 보니 자치를 둘러싸고 여러 가지 갈등이 생깁니다. 좌측의 자료에서 보면 그 갈등은 불량배의 범죄로 서술되고 있고, 우측에서는 공산주의자들의 범죄 행위로 서술되는데 거기에는 항상 밑바닥 사람들이 있지 않습니까? 밑바닥에 있는 사람들이 볼 때, 그것을 다른 방식으로 해석해볼 수 있지 않을까 생각합니다. 그런 문제의식을 가지고 민족 단체에서 활동하면서 민족을 대표하는 인물이 아니라 밑바닥에 있는 민중을 다루면 어떨까, 그리고 이런 계층을 주체로 상상하면서 역사서술을 해볼 수 있지 않을까? 이것은 가설입니다. 하지만 그런 식으로 해방 공간의 재일조선인사를 볼 수도 있지 않을까요. 불량배라고 불리었던 사람이 어떤 식으로 우파적인 사람으로 전환되어 갔는지, 다른 한편에서는 민중을 교양 교육시켜서 활동가로 육성을 하려고 하는, 특히 좌익계 단체에서 그런 경향이 강합니다만 사람들이 변화해가는 그런 과정이 흥미롭지 않습니까? 이런 점에 주목하면 그냥 단체의 회의나 저항의 운동사가 아닌, 다른 운동사를 쓸 수 있지 않을까 하는 생각을 갖게 되고, 이를 주목하다보면 사람들의 단체의 형성 과정도 달리 보게 되는 것이지요.

서민정　　선생님의 글이 한편으로는 역사책 같기도 하고 한편으로는 소설책 같은 느낌도 들었던 것이 아마 이런 자료를 보고 해석하고 기술해서서 그런 게 아닐까 생각해봅니다.

김용규　　역사의 자료에 접근하는 선생님의 태도가 순수하게 자료에 접근하는 게 아니라 이미 어떤 방법론적인 의도를 깔고 자료에 접근한다는 식으로 들립니다. 이미 자료에 대한 해석이 전제되어 있지요. 톰슨과 같은 역사학자도 이야기하지만 이데올로기로 인한 긴장과 갈등이 첨예하면서도 사람이 보이지 않는 게 아니라, 그 틈새 속에서 살아 움직이는 사람들이 있음을 보여주는 것이지요. 그런 점에서 대마도 문제라든지 재일조선인 하층계급 사람들의 삶이라든지 이런 부분이 한국의 민족사에 새로운 시각을 열어줄 수 있는 아주 독창적인 영역이 아닐까 생각하게 됩니다.

정영환　　석사학위논문에서 저는 재일조선인 단체에서 활동가 층이 어떻게 형성되었는지에 주목했습니다. 문제의식은 좀 전에 말씀드린 것처럼 운동사에 관심을 가졌는데 운동사는 사실 회의會議의 역사입니다. 대개는 재일조선인들이 어떤 단체를 결성하고 어떤 결정을 내렸고 하는 그런 연구였지요. 사실상 회의에서 어떤 결정이 내려지고 어떤 탄압을 받았는지를 보여주니 사실 회의의 역사는 곧 탄압의 역사이기도 했습니다. 일본의 재일조선인사를 봐도 일본 측에서 보면 재일조선인들이 문제를 일으킨 문제사나 다름없었거든요. 여기에는 사람들이 변해가는 모습이 안 보입니다. 제가 조선 학교에 다니면서 개인적인 경험에서 가장 크게 느껴졌던 문제는 조선대학교에 진학을 안 했다는 겁니다. 저로서는 큰 선택이었지요. 고등학교에 진학할 때는 조선대학교로 가고 싶었습니다. 조선대학교를 나오면 활동가가 되거나 교원이 되거나 정치인이 되거나 하는 길이 있었는데 그 길로 가고 싶었지요. 하지만 여러 가지 사정으로 결국 일본 대학으로 진학을 했습니다. 그것은 저에게 있어 뭐랄까 전향 같은 경험이었습니다. 원래는 조선대학교에 진학하고 싶었지만 생활 문제 혹은 가족 관계로 그걸 포기했다는 생각 때문에 그 길을 선택한 동창생들에 대한 존경심 같은 것을 갖고 있었습니다.

그런데 대학에 들어간 뒤 아까 말씀드린 2세대의 연구들을 보면서 기본적으로는 기존의 민족 단체에 관한 설명이 상당히 일면적인 것으로 느껴졌습니다. 민족 단체에 대한 묘사가 다분히 기계적인 면이 있었습니다. 위에서 지시를 내리면 아래에서는 모두 똑같이 움직이는 것처럼 말이죠. 단체의 특성상 그런 부분은 불가피하긴 하지만 석사학위논문에서는 그 내부에서 활동하는 사람들의 변화, 그런 사람들의 문제의식에 주목하면서 재일조선인들의 활동가층이 어떻게 형성되었는가를 복합적으로 연구하고자 했던 겁니다. 활동가층은 하나의 방침이나 사상과 같은 것을 지시하는 상층부와 밑에서 생활하는 사람들 사이의 중간에 존재하는 사람들이 아닙니까? 활동가층은 한편에서는 생활하는 사람이면서도 동시에 이 생활자들을 조직하려고 하는 그런 의식을 갖고 있는 사람들입니다. 이 매개가 되는 사람들을 보면서 단체사도 아니고 민중사도 아닌 그런 역사를 쓸 수 있지 않을까 고민했습니다.

김용규　한국에서는 사람들을 이끌고 주도하는 사람들의 태도를 계몽적이라고 말합니다.

정영환　2세대 연구자입니다만은 역사학자인 조경달趙景達 선생님이라는 분이 계시는데 동학 연구를 하셨습니다. 갑오농민전쟁 연구를 하신 지바千葉대학의 조경달 선생님은 전봉준에 대한 연구도 그렇고 동학 연구를 하면서 동학의 운영 및 교리와 민중들 간의 매개가 이루어지는 부분을 어떻게 이해하면 좋을지에 대해 많이 고민을 하셨습니다. 그분은 재일조선인사 연구를 하는 저희들에게도 민중에 주목하면서도 민중을 실체화하는 것이 아니라 매개적이고 관계적으로 이해하는 방식이 필요하다는 것을 많이 조언해주셨습니다. 그런 영향을 많이 받아서 저는 활동가 층을 어떤 방법을 사용하여 연구해야 할지를 고민하게 되었고 석사학위논문은 물론 박사학위논문에서도 활동가의 양성과 그 기관에 주목했습니다. 그런 곳을 연구하려고 하면서 그와 관련해서 E. P. 톰슨도 읽어보고 새로운 방법을, 아니 새롭다기보다는 운동사 연구에서 기존 방식보다 좀 더 깊이 구체적으로 파고들 수 있는 방법을 찾고자 했으며 지금도 그러려고 노력하는 중입니다.

이재봉　재일조선인문학을 보면, 해방 공간 시기에도 재일조선인 사회를 그리는데 있어 선생님께서 방금 이야기한 것처럼 좌우가 이념적으로 대립되어 있다고 하더라도 상대적으로 재일조선인의 생활과의 관계를 밀도 있게 다룸으로써 이념적 갈등보다 좀 전에 이야기한 연대의 모습이 잘 드러날 수 있을 것으로 보입니다. 그럴 때 그동안 추상화된 부분들도 좀 더 구체적으로 드러나기도 할 것 같습니다. 대표적으로 허남기薛南麒의 조선 풍물시 같은 것들도 그렇고『민주조선』, 그리고 조선 문예 활동들을 하면서 이분들이 상당히 많이 염두에 두고 있었던 조선문학가 동맹을 다시 볼 수 있거든요. 재일조선인들 사이에서 혹은 일본에서는 국제화와 연대 같은 것이 강조되는 데 반해 한국에서는 그런 점은 강조되고 있지 않습니다. 그냥 친일 잔재의 청산과 같은 것이 부각되는데 재일조선인들의 입장에서는 그것보다는 연대와 국제화가 강조되는 것 같습니다. 그렇게 보면 이런 부분들이 아까 선생님이 이야기하셨던 그분들이 여기에서 계속 살아왔던 삶들, 즉 구체적인 생활들과 연관되었을 때 선생님이 말씀하신 그런 부분들이 어떻게 나타날 것인가가 궁금하거든요. 조금밖에 보지는 못했지만『자유조선』같은 잡지를 보면 장혁주張赫宙가 흑구라는 필명으로 계속 글을 씁니다. 그런데 그 당시 대부분의 잡지들은 이념적으로 보면 사회주의에 가깝잖습니까? 하지만 나중에 가면 많은 부분들이 사회주의에서 전향해 가는 흐름이 보이기도 하고, 이런 부분들과 또 재일조선인들이 계속해서 살아왔던 부분들이 어떻게 관계하는지도 달리 보일 듯합니다.

정영환　　중요한 지적이라고 생각합니다. 해방 직후 재일조선인운동의 경우에서 국제주의와 민족주의의 문제와 관련하여 첨예하게 거론된 주제는 참정권 문제였습니다. 해방 전에는 일본에 거주하는 조선인과 대만인은 선거권을 갖고 있었습니다. 그런데 1945년 12월에 법이 개정되면서 이들의 선거권이 정지됩니다. 특히 공산당 계열의 좌파 조선인들은 일본공산당에 투표하고 싶었기 때문에 선거권 박탈에 대해 많은 비판을 가합니다. 선거권 논의가 1947년에 많이 이루어지게 되는데 어떤 의미에서 일본에서 처음으로 이루어진 외국인 선거권 관련 논의라고 할 수 있습니다. 그 당시 좌파의 조총련 측에서는 선거권을 행사할 수 있다는 권리론을 주장한 데 반해 민단 측에서는 그것을 일본화하는 동화의 길이라고 비판했습니다. 논쟁이 이런 식으로 진행되면서 향후 조총련 쪽에서 이와 관련하여 이론화하는 데 상당한 어려움을 겪습니다. 자신들은 여전히 제국의 시민이기 때문에 선거권을 달라는 주장을 펼치기가 곤란한거죠. 자신들은 해방된 민중이면서 외국인이라고 주장해야 하기 때문입니다. 그런데 조총련 쪽에서는 외국인이면서 동시에 선거권을 얻을 수 있다고 주장한 데 반해 민단 쪽은 비교적 논리가 쉬웠습니다. 외국인이니까 선거권을 주장하지 못한다고 말하는 거죠. 조총련 쪽에서는 이론적으로 검토도 하고 생각도 많이 했는데 동시에 민중의 생활적 측면에서 보면 그 당시에 상당히 첨예한 문제가 배급이었습니다. 쌀 배급을 받아야 하는데 연합국 국민의 경우는 홉이라고 합이라고 합니까? 일본에서 합이라는 단위가 있습니다.

이재봉　아마 홉을 이야기하는 것 같군요. 한 홉, 두 홉 할 때의 홉 말입니다.

정영환　연합국 국민은 당시 사 홉 배급을 받을 수 있었는데 조선인은 일본인과 비슷한 양밖에 받지 못했습니다. 대만인 화교 단체는 연합국 국민으로 인정받아 사 홉을 받게 되는데, 그 때 조선인들 중에서도 자신들을 외국인으로 대우해달라는 주장이 제기됩니다. 사

홉은 상당히 많은 양이었기 때문에 이 문제로 민단 쪽과 조총련 쪽이 서로 경쟁하는 겁니다. 자신들 편에 오면 사 홉을 받아주겠다고 하면서 말입니다. 그러나 일본공산당 쪽에서 보면 그것은 일본인과 조선인을 분열시킬 수 있는 주제였습니다. 그러니까 공산당 측에서 사 홉 배급에 대해 주장하지 말라는 주장이 생겨났습니다. 공산당은 선거권을 앞세워 배급에 관한 그런 주장을 거론하길 원치 않았던 겁니다. 일본공산당에 대한 비판 중에서도 조선인이 공산당에 많이 협조하고 있다는 것이 비판의 대상이었기 때문에 결국 공산당 측에 있는 조선인들이 사 홉 배급을 받는다면 이는 특권이라는 비판이 나왔던 거죠. 이런 문제를 피하기 위해서 외국인으로 대우받는 것을 거론하지 말자는 주장이 생겨났던 겁니다. 이 부분은 상당히 복잡한 문제입니다. 동시에 배급 문제에 대해 조총련 측에서 쉽게 결론을 내리지 못한 것을 보면 민단과의 경쟁은 물론이고 민중의 생활에 대한 책임도 짊어져야 했기 때문에 그렇지 않았나 생각하게 됩니다. 이런 주제들을 찾아 다루다보면 단순히 이데올로기적으로 좌파, 우파로 분류할 때는 보이지 않던 측면이 드러나는 것 같습니다. 대마도에 관해 연구할 때도 대마도의 민단은 이승만 정권이 들어서면서 대마도의 반환을 요구하지 않았습니까? 이승만이 대마도를 돌려달라고 주장할 때 민단은 찬성했지만 조련은 반대했던 거지요. "대마도는 일본 땅이다"라고까지는 말하지 않았지만 이승만 정권에 대한 비판도 있고 대마도 사람들의 지지를 받아야 했기 때문에 대마도 반환론에 대한 비판을 전개했던 거지요. 이후 남북의 평화선에 대해서도 재일조선인 중 좌파들은 기본적으로 비판적이었습니다. 이승만 라인에 대해서도 이승만의 이념에 대한 반대만이 아니라 어느 정도의 국제주의적 시각이라고 할 수 있을까요. 조일 친선이라는 관점에서 볼 수 있는 독특한 시각이 있었다고 할 수 있습니다.

조선적朝鮮籍이란?

이재봉 『해방 공간의 재일조선인사』는 아마도 선생님의 박사학위논문을 기반으로 하여 저술한 것으로 보이는데요. 작년에 출간된 『歷史のなかの朝鮮籍역사 속의 조선적』以文社, 2022.2은 어떤 내용인지 소개해줄 수 있는지요? 『해방 공간의 재일조선인사』의 문제의식과 어떻게 연결되는지요. 그리고 '조선적'이라는 국적 표기 방식을 역사적 맥락에서 따지신 것이라 짐작되는데 만약 그렇다면 '조선적'은 역사적으로 어떻게 변해 왔는지, 그리고 그것이 오늘날은 어떤 맥락에 존재하는지가 궁금합니다. 저 개인적으로는 조선적 문제를 김석범 선생님과 이회성 선생님의 논쟁을 통해서 알게 되었습니다. 여기에 나와 있는 조선적이라는 문제의식 하고 그 이전에 선생님의 『해방 공간의 재일조선인사』라는 그 책의 문제의식이 어떻게 이어지는지, 또 조선적이라는 국적 표기 방식 이런 것들이 지금까지 어떤 역사적 맥락으로 이어지고 있는 것인지가 궁금합니다.

정영환 『역사 속의 조선적』이라는 책은 1947년에 외국인 등록령이 공포되면서 '조선적'이라는 문제가 생겨나서 1971년에 이 조선적에 관한 일본 정부의 새로운 통달이 내려지기까지의 기간을 다룬 책입니다. 저는 이 책에서 김석범 선생님이 말씀하셨던 조선적에 관한 담론이 나오기 이전의 역사를 쓰고 싶었습니다. 이 책의 마지막에 김석범 선생님을 인용했는데 선생님은 "남도 북도 아니다"라는 표현을 쓰셨어요. 그러니까 조선이라는 존재를 남도 북도 아닌 상황으로 규정하면서 이를 '조선적'이라는 사상으로 표현하셨는데, 이런 인식은 지금은 적지 않은 분들이 갖고 있습니다. 그런데 역사 속의 조선적은 남도 북도 아닌 조선적일뿐만 아니라 남이기도 하고 북이기도 한 조선적이기도 합니다. 가능성 내지 지향성이라고 할까요. 저는 김석범 선생님도 선생님 나름의 인생 역정 속에서 그 지점에 도달하셨다고 생각하고 있는데, 지금은 일단 김석범 선생님의 시각을 무국적적인 시각이라고 말하겠습니다. 무국적으로서의 조선적이라는 시각이 주류화되어 있는 편입니다. 이는 법적 해석으로서 타당한 문제가 아니라 담론으로서의 무국적론이라고 보는 것이 더 나을 듯합니다. 역사를 돌이켜 보면, 일본 정부는 조선을 단순히 출신지로 간주해왔다고 보면, 재일조선인 측에서는 조선은 단순히 출신지가 아니고 나라로 인정받으려고 추구해왔던 역사와 관련이 있습니다. 이 나라로서의 조선이란 개념에는 두 가지의 측면이 있습니다. 하나는 조선민주주의인민공화국으로서의 조선이라는 개념이 포함되어 있는가 하면, 또 하나는 남북 두 정부의 밑바닥에 있는 조선이라는 나라를 전제로 하는 개념이라고 할까요. 이 두 가지의 주장이 항상 얽혀 있습니다. 단체들의 주장을 보아도 항상 두 가지의 시점을 이동하면서 주장하고 있는 거지요. 조선적을 조선민주주의인민공화국 쪽으로만 취급하는 것은 쉽게 말해 단순 논리라고 할 수 있습니다. 단체들은 조선을 남북한 두 정부와는 다른, 나라로서의 조선으로 간주하는 시각을 항상 가지고 있는 겁니다. 이런 단체의 주장들은 1970년대까지 일본 정부에 대해 항상 함께 그리고 각자의 방식으로 연대하고 분열하면서 해석하고자 했던 그런 역사를 갖고 있으며, 1965년까지는 한일조약이 없었기 때문에 일본 정부는 확실한 근거를 갖지 못한 채 이 문제에 대응해왔던 것입니다. 일본 정부는 조약이 아니고 행정 명령이나 통달 수준에서 대응했습니다. 이 부분을 일본 자료를 찾으면서 재검토한 것이 이 책이라 할 수 있습니다. 1947년에 조선적이란 말은 조선 호적이라는 의미로 쓰이고 있었는데, 이 조선 호적이 국적으로서의 조선적으로 이행하게 되었고, 1947년 시점에서는 출신지로서의 조선으로 보게 됩니다. 그 당시에는 한국이라는 표현이 없었습니다.

이재봉　　그렇지요.

정영환　　실은 국적은 식민지시대에는 조선 전체의 문제였습니다. 그 당시 국적이라는 문제의 등장을 어떻게 볼 것인가가 재일조선인들 사이에서 가장 큰 쟁점이었습니다. 지금은 조선적을 가진 인구가 줄어들고 있기 때문에 조선적 자체가 문제가 되어가고 있는 거죠. 조선적을 가진 사람들이 왜 조선적을 유지하고 있는가 하는 질문에 대답해야 하는 그런 상황에 놓이게 돼가고 있는데, 옛날은 기본적으로 모두 다 조선적이지 않았습니까?

　한일조약 이후 '한국적韓國籍'으로 바꾸는 것 자체에 설명이 필요하게 되었습니다. 이 문제를 둘러싼 다양한 논쟁이 있었고, 김석범 선생님과 이회성 선생님의 논쟁도 거기에 쟁점이 있지 않았습니까? 왜 '한국적'인가가 문제였던 겁니다. 저는 이 시기의 역사를 다루고 싶었습니다. 사실 저희들이 아는 것보다 여러 종류의 다채로운 조선적에 대한 논의가 있었고 일본 정부도 하나만의 주장과 해석을 갖고 있었던 것이 아니었습니다. 이 부분이 상당히 흥미롭다는 것을 조사하면서 알게 되었습니다. 나중에 문제가 된 것은 조선적에서 한국적으로 서류상 변경하는 것은 쉽게 할 수 있었는데, 한국적에서 다시 조선적으로 변경하는 것은 어느 시기까지는 쉬웠지만 어느 시점부터 갑자기 어려워지게 되는 것입니다. 조총련 쪽에서는 한국적을 갖고 있었던 사람을 다시 조선적으로 변경시키는 것을 자신들의 운동의 목적으로 삼기도 했습니다. 그때 일본의 중앙 정부는 이 변경을 인정하지 않았는데 행정 절차상 이 문제는 시청에서 관할하게 되어 있었습니다. 따라서 재일조선인의 입장에서는 시당국과 교섭하면서 행정 절차상 인정을 얻어낸다거나 여러 가지의 변경을 둘러싸고 갈등과 투쟁을 벌이는 겁니다. 이에 대해 중앙 정부가 이렇게 하라 저렇게 하라는 식의 지도도 하게 되고, 이와 관련해 행정 당국에서는 여러 가지 사건이나 소송이 일어나게 됩니다. 소송을 제기한 사람들 중에는 살인 사건을 일으켜서 사형 선고를 받은 조선인이 있었습니다. 그는 효고현에 살고 한국 국적이었는데 교도소 내에서 수차례 거듭해서 소송을 벌였지요. 마지막에 제기했던 소송에서 자신을 조선적으로 변경해달라는 소송을 제기합니다. 아마 귀국하게 되면 사형을 당할 수 있지 않을까 생각하여 조선적으로의 변경을 요구했던 것 같습니다. 이 사건의 판례가 행정과 사법의 사례로서 중요한 판례로 남아 있습니다. 이처럼 행정과 입법과 사법에서도 조선적이란 무엇인가를 둘러싸고 논쟁과 갈등이 일어나는 겁니다. 이런 과정을 종합해서 이 책은 1971년에 조선적이 정착되는 시점까지를 정리하고자 했습니다. 조선적과 관련해서 갈등이 절정에 달한 것은 1970년입니다. 그때까지는 시 당국에 조선적의 전환과 관련해서 개인 차원의 문제로서, 즉 "원래 제가 한국적으로 변경을 했을 때는 글을 좀 못 읽어서 그랬다"거나 "민단 간부가 이렇게 하라고 해서 마지못해 변경했다"는 식으로 대응하려고 했다면, 1970년은 조선적 전환에 대해 정면으로 돌파하려는 경향이 있었습니다. 1970년에 들어가면 특히 시장들 중에서 일부 진보적인 시장이 등장합니다. 사회당 출신 시장이 나타나 법무성과 대립하면서 조선적으로의 변경을 인정해 주는 거지요. 시와 법무성이 서로 소송 직전까지 갑니다. 이는 시장이 개인적으로 특이한 성향을 갖고 있었기 때문이 아니라 일본사회당 자체의 전략이었던 겁니다. 국교정상화의 기회를 틈타서 규슈의 어느 한 시가 반기를 드는 겁니다. 이에 대해 법무성과의 여러 가지 교섭이 있었고 결국 법무성은 일단 몇 가지의 조건을 충족하게 되면 한국에서 조선으로 국적 표기를 바꿔도 된다는 것을 인정합니다. 그래서 이 조선적을 둘러싼 법적인 갈등은 마무리됩니다. 저는 거기까지 연구했습니다.

이재봉　생각하지 못했던 흥미로운 지점들입니다.

김용규　현실적 맥락 속에서 기호가 갖는 의미 변화와 다의미성처럼 조선적이라는 것도 그렇게 보이는군요. 조선적이라는 것이 역사적 시간성 속에서 그 의미를 달리하는 과정은 매우 흥미롭군요. 김석범 선생님이 말씀하셨던 조선적의 역사성과 그 역사성을 추적해 가면서 지금 이 시점에서, 즉 조선적이 점점 사라져가는 상황 속에서 조선적 문제라는 걸 지적하는 것은 어떤 의미가 있을까요?

정영환　김석범 선생님의 생각은 소위 말하는 무국적론과는 좀 거리가 있고, 선생님은 조국이라는 개념을 항상 염두에 두면서 남북 정부가 그것을 대표하는 것은 아니라고 주장하시는 입장이기 때문에 어떤 의미에서는 40년대의 역사에서부터 항상 존재했던 두 가지의 입장, 즉 남북 정부의 입장이 아닌 그 근저에 있는 조선에 자신의 정체성을 두는 그런 주장의 연장선에 있었다면, 최근에는 오히려 남도 북도 아니라는 측면이 강조되는 경향이 있습니다. 그러므로 탈민족, 탈국가, 탈조국의 상징으로서의 조선적을 거론하는 분들이 적지 않습니다. 일본적 맥락에서 조선적을 말할 때 일본 사람들은 조선적을 북한 쪽이라고 오해하고 있지만 이것은 아닙니다. 일부 맞는 말이기도 하지만 외국인 등록상 조선적의 조선은 북한이 아닙니다. 하지만 조선적을 가지고 있는 사람의 국적이 어느 나라 국적인가라고 묻는다면 이 문제에 관해 북한 국적이 아니라고 말하는 것도 어렵습니다.

이재봉　현실적으로 그렇겠지요.

닻으로서의 조선적

정영환　남의 국적이 될 수도 있고 북의 국적일 수도 있고 과도기의 상태입니다. 이는 우리나라가 갖고 있던 과도기적 상황, 물론 과도기적인 상황 자체를 법제화할 수 없고 그 와중에서도 여러 가지 행정적 실무는 이루어져야 했는데, 원론적으로 생각하면, 조선적은 우리나라가 갖고 있는 과도기적인 상황을 상징하는 것이 아니겠습니까? 이는 과도기적 상황일 뿐이고 국적이 없는 것은 아니지 않습니까? 문제가 미해결적인 것뿐이지요. 이 부분에 대해 저는 남도 북도 아니라고 단정해버리면, 일본뿐 아니라 남북한을 포함하여 함께 해결해야 할 문제의 범위 자체가 상당히 축소되어 버리지 않을까 하는 우려를 갖게 됩니다. 특히 일본에서는 북한에 대한 인식이 상당히 좋지 않기 때문에 어떤 의미에서 북한적을 가진 사람들이 일상생활 속에서 조선적이 북한을 의미하는 것이 아니라 출신지로서의 조선을 나타낸다고 행정 당국에 말할 수 있는 상황은 이해가 되는 대목입니다. 하지만 저 같은 연구자도 그렇고 공론장에서 이야기를 하는 사람들이 그 대목을 강조하는 것은 문제의 본질을 약간 회피하는 부분이 있고, 일본과 조선과의 관계가 좋지 않은 상황에서 앞서처럼 조선적의 성격을 언급하는 데는 의구심을 느낍니다. 북한 국적일 수도 있고 남한 국적일 수도 있고 우리나라가 갖고 있는 과도기적인 상황을 나타내는 것이고 그 속에서 조선적을 가진 사람이 왜 한국 국적을 취득하지도 않고 일본 국적을 취득하지도 않는가 라고 말하면서 국적에 대해 강한 충성심을 주장하는 사람도 물론 있습니다. 하지만 조선적을 말하는 분들에게 공통적인 것은 기본적으로 표현 방식에 차이가 많이 있지만 자신의 존엄이라고 할까요, 자신이 원하는 바를 상황에 맡겨버리는 것에 대한 거부감 같은 것이 있는 겁니다. 이 부분에 대해서 저는 이 책의 마지막에서 '닻'으로서의 조선적이라는 표현을 썼습니다.

이재봉   자신을 붙잡아주는 닻anchor 말이죠.

정영환   마지막 장에서 제가 가네시로 카즈키의 『GO』라는 소설의

일부를 에피그래프로 인용했는데 가네시로 카즈키의 소설에서 주인공에게 조선적은 족쇄로 보입니다. 외부에서 조선적을 바라보는 사람들은 왜 주인공이 자진해서 족쇄를 지키려고 하는지에 대해 질문하지 않습니다. 이건 마지막 장이기 때문에 역사적인 부분이라기보다는 제 생각도 포함하여 썼는데 그건 족쇄로 보이지만 실은 흔들리지 않도록 자신을 고정하기 위해 내린 닻인 거지요. 일본 말 '이카리 いかり'라고 표현할 수 있는 것이 아닌가 하고 결론지었습니다. 그러니까 언젠가는 그 닻을 올려서 다른 데로 떠날 필요가 있는데, 지금은 과도기로서 떠날 자리가 아직 확정되어 있지 않은 것이지요.

김용규　흥미로운 표현이군요.

정영환　이런 점을 납득하지 못하는 사람들이 많아서 아직도 지키고 있는 것이 아닐까 하는 생각도 해봅니다.

이재봉　2019년 1월 초에 히토츠바시 대학에서 잠시 뵈었을 때 강만길, 강덕상 두 분 선생님이 강연하신 뒤의 질문에서 정 선생님께서 "주체성 또는 정체성을 어디에 물어야 할지 모르는 혼란스러운 존재"라는 요지의 질문을 하신 것으로 기억합니다. 제 기억에 강만길 선생님이나 강덕상 선생님은 대답하지 않으셨는데 그 질문의 구체적 의미와 현재 정 선생님 자신은 그 질문에 어떤 대답을 갖고 있는지가 궁금합니다. 그때 하셨던 질문이 우리가 주체성을 어디에서 물어야 하는가 하는 것으로 기억합니다.

정영환　네. 맞습니다.

이재봉　아마 선생님이 그 질문을 했을 때 지금 논의한 것과 같은 문제의식을 토대로 그런 질문을 하신 게 아닌가 하는 생각이 듭니다.

정영환　네, 맞습니다. 제가 가장 존경하며 배우고자 노력해왔던 두 분 선생님을 모시고 꼭 드리고 싶었던 질문이었습니다. 주체성 혹은 민족과 같은 개념 자체를 상대화하려는 입장에서 자신의 의견을 개진하는 분들이 많이 있습니다만 제 관심은 그런 개념을 소중하게 생각하면서도 보수적인 틀에 갇혀 있지 않으면서 좀 더 발전적으로 나아가는 길, 그리고 그런 길을 어떤 방향에서 찾을 수 있는지에 대한 것이었기 때문에 두 분께 물어봤던 것입니다. 남북 그리고 해외 동포들이 공유할 수 있는 역사를 어떻게 쓸 수 있는지를 묻고 싶었던 겁니다. 말로는 쉽게 할 수 있을지 몰라도 상당히 어렵지 않습니까? (웃음) 어려운 일이지요. 재일조선인의 역사도 예전과 많이 달라지고 있습니다. 현재 조선적이 줄어들고 있지요. 한반도에 뿌리를 두고 있는 재일조선인들은 조금 늘기도 했지만 남북한에 국적을 두고 있는 국적자는 줄어들고 있습니다. 제가 교편을 잡고 있는 대학의 학생들 중에 "제 할아버님이 한국인인데"라고 말하는데 그 학생은 완전히 일본인으로서의 정체성을 갖고 있거든요. 가족사를 이해하기 위해서 조선반도의 역사를 공부하는 학생들은 늘고 있지만 그들에게 "당신은 조선인인가"라고 질문하면 선뜻 대답하기 쉽지 않다는 것은 해외 동포들이 사는 모든 지역에서 문제이지 않습니까. 이 질문에 대해 어떤 의미에서 모두 다 조선인이라고 말하는 것도 폭력일 수 있습니다. 하지만 정체성의 다양화라고 말하면 좀 더 긍정적으로 들릴는지 모르지만 자신의 정체성이 파편화되는 것에 저항하며 파편화될 수 없는 부분을 찾고자 하는 젊은이들 중에 자신의 뿌리를 알고 싶어서 역사를 배우는 친구들이 있습니다. 이들에게 어떤 식으로 메시지를 던져야 할가요. 기존 논의에서는 답을 찾기가 쉽지 않고 오히려 새롭게 구성해야 할 부분이 많거든요. 저는 『해방 공간의 조선인사』도 그랬지만 『역사 속의 조선적』에서도 상대화되어 가는 민족이나 조국 개념을 좀 더 고집스럽게 붙잡고 낡은 주제처럼 보일지 모르지만 거기에서 뭔가 새로운 걸 찾으려고 시도해보았습니다.

어떤 역사학자가 되고 싶은가?

김용규   아주 근본적인 물음인 것 같습니다. 사실 우리가 재일조선인 3세라는 말을 자주 떠올려서 그렇지만 방금 그 고민은 3세대 역사학자로서 자신의 위치를 잘 보여주는 그런 지적이 아닌가 하는 생각이 듭니다. 닻으로서의 조선적과 같이 새로운 개념을 창안하면서 그것이 가질 수 있는 희망을 보여주기도 하는 것 같군요. 조금 전에 말씀하신 것처럼 이런 주제를 통해 낡아 보이지만 미래의 가능성을 본다는 것이 굉장히 상징적인 말처럼 느껴집니다. 우리 인터뷰를 거의 마무리할 때가 되어가는데, 마무리 질문으로 『누구를 위한 화해인가』에서 『해방 공간의 재일조선인사』를 거쳐 최근 출간된 『역사 속의 조선적』으로 이어지는 작업을 반추하면서 3세대 재일조선인 역사학자로서의 고뇌가 무엇이고, 선생님은 앞으로 어떤 방향으로 나아가고자 하는지가 궁금합니다.

정영환   기본적으로 저는 재일조선인사 연구를 계속 수행해갈 것입니다. 하지만 일본도 그렇고 한반도도 그렇고 그들이 살았던 공간적 맥락을 연결하고 재구성할 수 있는 그런 역사를 쓰고 싶은데 이와 관련해서 특히 분단의 역사, 다시 말해, 남북의 분단은 물론이고 일본과 재일조선인들과 한반도의 분단, 나아가서 좀 전에 연대라고 말씀드렸듯이 그런 분단 속에서 사라진 여러 가지 사실이나 사건들에 주목하고 싶습니다. 최근에 두 가지 주제에 집중하고 있는데, 하나는 일본 내의 재일조선인들의 지역사를 깊이 파고들어 재일조선인의 구체적인 생활상을 조사하는 작업을 진행하고 있습니다. 이것은 대마도 연구를 할 때 그 중요성을 알게 되었는데 대마도의 경우 한반도와 일본의 교류 창구였고 쉽게 추적할 수 있었던 측면이 있었습니다. 최근에 시코쿠四國의 도쿠시마현德島県의 어느 산촌에 살았던 조선인 한 가구 7명의 역사를 2~3년간 조사해봤습니다. 도쿠시마는 오키나와를 제외하면 조선인의 인구가 가장 적은 현이었고 도쿠시마의 도시 지역이 아니라 산촌 지역에는 행정 문서철이 남아 있어서 그 행정 문서를 보니까 전쟁 시기인 1940년대 전반부터 시작해서 몇 명의 조선인들이 살고 있었던 겁니다. 해방 전에 재일조선인들이 200만 명 가까이 일본에 살았다고 하는데 그 산촌에도 몇 명이 살았던 겁니다.

이재봉　어떤 자료를 보니 240만 명 정도 있었다고 하더군요.

정영환　추계로 240만 명이라는 자료가 있습니다. 실질적으로 200만 정도라고 하면 상당한 숫자이지 않습니까? 이 사람들이 어디에 어떻게 살았는지를 연구한 것은 거의 없습니다. 최근에 시작되었지만 이런 지역사 속에서 조선인들에 대한 연구가 좀 더 깊어져야 할 것 같습니다. 이 부분은 민족사 내지 남북한 현대사를 지향하고자 할 때 빠지기 쉬운 그런 주제들이기 때문에 더 깊이 추적해보고 싶습니다. 또 하나는 거시적인 틀에서, 즉 제3세계사적 시각에서 재일조선인사에 대한 연구를 이어가고 싶습니다. 이는 해외 연구를 위해 영국에 갔던 것과도 관련이 있습니다. 최근에 제가 『역사비평』에 논문을 하나 썼습니다. 1947년에 인도의 뉴델리에서 아시아-아프리카 관계 회의가 개최되었습니다. 아시다시피 한반도는 분단이 되고 특히 한국전쟁 이후에 상당한 기간 동안 제3세계나 혹은 아시아의 여러 회의에 참가하지 못하게 됩니다. 진영에 따라 사회주의 진영이나 반공산주의 진영이 개최하는 회의에는 참가할 수도 있었겠지만 반둥 회의에는 참가하지 못합니다. 그런데 반둥 회의의 전사前史로 알려져 있는 인도 뉴델리 회의에는 백남준, 하연덕, 고환경 이 세 분이 참가했습니다. 이 자료를 보러 영국에 해외 연구를 갔는데 그 당시에 이 참석이 한국에서는 어느 정도 주목받기도 했고 재일조선인들도 이 회의에 호응하여 조선 화교, 필리핀, 베트남 등지의 사람을 모아 재일아시아 회의를 개최했습니다. 이런 움직임이 1950년대 화교와의 과거 청산 문제에 관한 조사로도 이어졌고, 1950년대 들어가면 아까 허남기 선생님의 「화승총의 노래」도 그렇고 한반도에 대한 문화적 상상력에 자극을 주고받으면서 재일조선인에게도 제3세계적인 문제의식이 스며들게 됩니다. 그것이 성숙되었다고 말하기는 곤란합니다만 그런 문제의식과 관련된 여러 움직임이 있었던 것으로 보입니다. 제3세계적인 움직임에 주목했던 한국에서의 『민족일보』나, 혹은 일본에서 『통일조선신문』도 그렇고 제3세계에 대한 관심을 한국 현대사나 재일조선인사가 어떻게 인식하고 있었는지를 연구해보고 싶습니다.

김용규   트랜스내셔널 연구가 되겠군요.

이재봉   개인적인 견해로 볼 때, 일본에서 재일조선인사 연구가 어느 정도 이루어지고 있는지 궁금합니다. 사실 재일조선인 내에서 선생님은 그런 연구가 계속 이루어져 온 것으로 이야기하지만 실제로 재일조선인사와 같은 주제가 부각된 적은 드물어 보입니다. 한 가지 덧붙이자면, 재일조선인문학사 같은 경우에도 책을 제가 한두 권밖에 못 봤거든요. 옛날에 임전혜 선생님은 다룬 시기가 제한적이었고, 그 이후 송혜원 선생님의 작업이 있는 정도이지요. 자세한 정보를 갖고 있지 않아서 그럴지 몰라도 그렇게 많아 보이지는 않습니다.

정영환   맞습니다. 어떻게 평가해야 할지 좀 어려운 부분이 있습니다만, 연구사를 정리하다보면 항상 연구는 있었구나 하는 생각이 듭니다. 하지만 일본사회나 일본 학회, 혹은 일본 독자들에게 그것이 어떻게 인식되었는지를 살펴보면 상당히 변화가 많은 것 같습니다. 시기적으로 좀 더 주목받는 시기가 있는가 하면 사라져버린 시기도 있어서 시기적으로 관심 받는 부분은 서로 다릅니다. 해방 이전의 역사에 관해서는 주로 강제 동원 이슈를 중심으로 관심이 집중되어 왔다면, 최근에는 박사학위논문이나 여러 연구들이 다양한 방법론과 다양한 분야로 확장되고 있는 것 같습니다. 최근에 일본에 거주하는 외국인들의 국적이 다양화되어가고 있기 때문에 다양한 출신의 외국인들, 예를 들어 대만 출신의 연구자나 유럽 출신의 연구자들의 글이 쏟아지고 있습니다. 그에 반해 최근 재일조선인사에 관한 관심은 줄고 있는 것 같습니다. 사회적으로 보면 최근에 있었던 출입국 관리센터에서의 난민 신청자 사망 사건이나 일본에 새로 들어온 외국인에 대한 관심은 높아진 데 반해 이런 문제를 재일조선인 화교들의 역사와 어떻게 연결할 수 있을지에 대해선 제대로 인식하지 않는 것 같습니다. 최근에 강력한 이슈는 헤이트스피치 같은 거지요.

이재봉 　재일조선인을 주제로 한 담론이 이어지는 것도 중요하겠지만 재일조선인을 바라보는 시각과 그들의 문제의식들이 확산되는 것 또한 상당히 중요한 부분이 아닌가 하는 생각이 듭니다.

나에게 영향을 준 역사론

김용규 　끝으로 선생님의 역사학적 시각에 대한 질문으로 마무리해볼까 합니다. 역사학 내에서의 문제로 보자면, 한국에서 에릭 홉스봄Eric Hobsbawn이나 베네딕트 앤더슨Benedict Anderson의 작업이 들어옴으로써 민족을 바라보는 역사학의 연구 경향이 그 전과 후로 크게 달라져 버렸습니다. 민족을 바라볼 때 어떤 시각을 어떻게 가질 것인가, 전통을 어떻게 바라볼 것인가 등 이런 문제와 마찬가지로 제가 느끼는 것은 선생님의 연구나 역사론이 이전 세대들과는 다른 것 같습니다. 혹시 선생님께 가장 크게 영향을 준 역사학자나 사상가는 누구인가요?

정영환 　한국사 연구에서는 아까 말씀드린 것처럼 민주화 이후의 현대사 연구에 영향을 많이 받았고, 일본에서도 한국사 연구가 민주주의 운동사 연구를 중심으로 이루어지는 경우가 많습니다. 하지만 제가 현대사에 관해 강의할 때 일반 역사학이나 교양 과목을 주로 강의하기 때문에 재일조선인사에 관해서만 강의하는 건 아닙니다. 20세기 역사를 강의할 때는 에릭 홉스봄의 책으로 강의하고 있는데 학생들이 상당히 어려워합니다. 제가 항상 고민하는 것은 홉스봄의 현대사 연구와 제가 추구하려고 하는 방법론 간의 차이라 할까요. 창조된 전통에 관한 논의보다도 홉스봄이 기본적으로 계급 중심으로 현대사를 바라보고 특히 민족적 소수자를 언급할 때는 대체로 차갑고 냉소적인 태도를 표기하기도 합니다. 페미니즘에 대해서도 그렇고요. 자본주의 역사와 관련하여 홉스봄이 제시하는 세계관에 상당히 공감하지만 그는 제3세계나 민족에 대해서는 상당히 냉소적인 시각을 갖고 있거든요. 특히 제3세계의 사상을 제1세계가 제공한 계몽의 이념을 재차 모방한 것뿐이라는 시각을 드러내고 있습니다. 저의 역사 인식은 이와는 좀 다른 인식을 가질 필요가 있고 그러해야 한다는 것입니다. 이 부분에 대해선 최근 비자이 프라샤드Vijay Prashad 의『갈색의 세계사The Darker Nations : A People's History of The Third World 』와 같은 책이 흥미로운데 이 책은 제3세계의 세계사론을 제안하고 있습니다. 에드워드 사이드Edward Said는 제가 참조를 위해 항상 돌아가야 할 그런 인물입니다. 이는 서경식 선생님의 영향도 있습니다만 에드워드 사이드가 홉스봄이 20세기를 극단의 시대로 규정한 것을 비판하는 서평을 쓰기도 했습니다. 사이드는 제3세계가 만든 풍부한 새로운 담론을 서구의 모방으로 일축하는 그런 시각에 대해서 비판적이었는데 그런 점에서 사이드의 시각에서 많이 배웠고 앞으로도 그런 시각을 통한 연구에 합류하고 싶습니다. 일본사 속의 재일조선인이라는 시각과 틀을 벗어나고 싶은 것은, 일본이라는 틀뿐만 아니고 제1세계적 시각과 같은 서구중심적인 시각에서 벗어나서 제3세계적 시각에 어떻게 합류할 수 있을지에 대해 더 공부해보고 싶습니다.

김용규 　중요하고 소중한 지적 같습니다.

서민정 　시간이 많이 흘렀습니다. 많은 것을 생각할 기회를 제공해주었고 저희에게 너무 핵심적인 걸 던져주신 거 같습니다.

이재봉 　우리가 세대론의 시각에서 한번 보자는 생각을 가졌을 때, 세대론이 갖는 한계도 있지만 그럼에도 불구하고 선배 세대들과의 연속성 못지않게 차이도 있는 것 같습니다. 세대들이 같은 공간과 같은 시간을 살아도 받아들이는 의식과 느낌이 서로 다르다는 것을 볼 수 있게 해준 것 같습니다. 또 그런 문제의식을 갖고 이렇게 질문하니까 그 질문이 우리에게도 큰 도움이 된 것 같습니다.

일동 　길고 뜻깊은 인터뷰에 다시 한번 감사드립니다.